바우돌리노

바우돌리노

상

움베르토 에코 장편소설 | 이현경 옮김

BAUDOLINO
by UMBERTO ECO

Copyright (C) Giunti Editore S.p.A. Firenze-Milano
First published under the imprint Bompiani in 2000
Bompiani, an imprint of Giunti Editore S.p.A.
www.giunti.it

Korean Translation Copyright (C) The Open Books Co. 2002

이 책은 실로 꿰매어 제본하는 정통적인 사철 방식으로 만들어졌습니다.
사철 방식으로 제본된 책은 오랫동안 보관해도 손상되지 않습니다.

에마누엘레에게

차례

1 바우돌리노 글쓰기를 시작하다　　　　11

2 바우돌리노 니케타스 코니아테스를 만나다　29

3 바우돌리노 니케타스에게 어린 시절부터　57
어떤 글을 썼는지 설명하다

4 바우돌리노 황제와 이야기하다, 그리고　81
황후를 사랑하다

5 바우돌리노 프리드리히에게 지혜로운　95
충고를 하다

6 바우돌리노 파리에 가다　　　　　　114

7 바우돌리노 베아트릭스에게 사랑의　137
편지를 쓰게 하고 시인에게 시를 쓰게 하다

8 바우돌리노 지상 낙원에　　　　　147

9 바우돌리노 황제를 비난하고 황후를　171
유혹하다

10 바우돌리노 동방 박사를 찾아내고　183
카롤루스 대제를 성인으로 만들다

11 바우돌리노 요한 사제에게 왕궁을 세워 주다   203

12 바우돌리노 요한 사제의 편지를 쓰다   221

13 바우돌리노 새로운 도시의 탄생을 지켜보다   241

14 바우돌리노 아버지의 암소로 알레산드리아를 구하다   277

15 바우돌리노 레냐노 전투에   320

16 바우돌리노 조시모스에게 속다   334

17 바우돌리노 요한 사제가 너무 많은 사람들에게 편지를 썼다는 것을 발견하다   355

18 바우돌리노와 콜란드리나   369

19 바우돌리노 고향 도시의 이름을 바꾸다   377

20 바우돌리노 조시모스를 찾아내다   388

1
바우돌리노 글쓰기를 시작하다

레겐스부르크 ~~스카~~ 서기 1155년 12월 아울라리오라는 성을 가진 바우돌리노의 연대기

사자 머리를 한 나 아울라리오 집안 갈리아우도의 아들 바우돌리노는 할렐루야 하느님 은총을 베푸시어 저를 용서하소서

내 생에 가장 큰 죄를 ~~하였도다~~ 지었도다 오토 주교의 책상에서 여러 장의 종이를 훔친 것이다 그 종이들은 황제의 공문서 보관국에 있었던 것인지도 모른다 난 종이에 쓰인 글들을 거의 다 긁어 냈다 긁히지 않는 부분을 빼고는 모두 말이다 그래서 비록 내가 라틴 어로 글을 쓸 줄은 모르지만 내가 원하는 글을 쓸 수 있는 그러니까 내 연대기를 쓸 수 있는 양피지를 많이 갖게 되었다

만약 사람들이 종이가 없어진 걸 알게 될 경우 어떤

혼란이 벗어지지는 아무도 모른다 어쩌면 사람들은 프리드리히 황제에게 위해를 가하려는 로마 주교들이 보낸 첩자의 소행이라고 생각할지도 모른다

그렇지만 이런 종이들이 사라진 것에 아무도 신경을 쓰지 않을 수도 있다 사실 공문서 보관국에서는 모든 것을 다 기록한다 쓸데없는 것까지도 많이다 그래서 누군가가 그것들을[그 종이들을] 발견하게 된다면 ~~별로 대수롭게 생각하지~~ 별로 대수롭게 생각하지 않을 수도 있다

ncipit prologus de duabus civitatibus historiae AD mcxliii conscript

saepe multumque volvendo mecum de rerum temporalium motu ancipitq

이 몇 줄은 처음에 씌어 있던 글들이다 잘 긁히지 않아 그냥 두고 넘어가야겠다

내가 글을 쓴 후에 사람들이 이 종이들을 발견한다면 공문서 보관국장이라고 해도 이 글을 읽을 수 없으리라 내가 쓰는 글은 프라스케타 사람들이 말을 할 때 사용하는 말이지만 아직 아무도 이 말을 글로 써본 적이 없기 때문이다

그러나 아무도 이 언어를 이해하지 못하더라도 사람들은 곧 나를 떠올릴 것이다 모두들 우리 프라스케타 사람들은 사람으로서는 쓸 수 없는 언어를 쓰고 있다고 말하기 때문이다 그러니까 난 이 종이들을 잘 숨겨야 한다

이것 참 글 쓰는 게 이렇게 힘이 들다니 벌써 손가락이 다 아프다

우리 아버지 갈리아우도는 항상 이것을 로보레토의 성모 마리아께서 주신 선물이라고 말씀하셨다 사실, 어런 시절부터 나는 누군가가 ~~대여섯 대여섭~~ 대여섯 마디 말하는 소리를 듣기만 하면 곧바로 그 사람이 말하는 대로 흉내 낼 수 있었다 그 사람이 테르도나 사람이든 가비 사람이든 상관없었다 심지어는 개들도 안 쓰는 사투리를 쓴다는 메디올라눔(멀리노) 사람의 말도 흉내 낼 수 있었다 그래서 생전 처음 독일인들을 만났을 때도 반나절이 지나자 그들처럼 rausz(나와!)와 min got(맙소사!)라는 말을 할 수 있었다 그 독일인들은 모두 Tiusche(독일인들)와 농부들로 테르도나를 공격하고 있었는데 걸핏하면 rausz와 min got라는 말을 했다 그들이 내게 말했다 Kint(애야) 가서 예쁜 Frouwe(여자) 좀 찾아오도록 해라 우리가 피키푸키를 하게 말이다 그 여자가 싫다고 해도 상관없다 넌 어디 있는지만 말해 주면 돼 그 다음에는 우리가 꼼짝 못하게 할 테니까

그런데 Frouwe(여자)가 뭐죠 내가 물었다 그러자 그들이 대답했다 아가씨 여자 여성 du verstan(이제 알겠니?) 그러더니 손으로 커다란 유방을 만들어 보였다 포위 공격 내내 여자 구경 한번 못했거든 테르도나 여인들은 모두 성 안에 있다 우리가 성 안으로 들어가면 그때는 우리가 앉아서 하겠지만 지금은 그 여자들이 밖으로 나오지 않으니까 그러더니 내 몸이 오싹해질 정도로 욕설을 퍼부었다

훌륭하군 전장막을 인간들 당신들 그런 식으로 말하면서 내가 Frouwe(여자)가 어디에 있는지 말해 줄 거라고 기대도 하지 마 난 첩자가 아니거든 당신들 손으로 물건을 즐겁게 해주는 게 어때

맙소사 그들은 당장이라도 날 죽이려고 했다

죽이려고 했다 죽이려고 했다 아니 necabant 이제는 라틴 어를 막 쓰기도 한다 내가 라틴 어를 모르는 것은 아니다 라틴 어 책으로 읽기를 배웠고 사람들이 라틴 어로 내게 말하면 알아들을 수 있으니까 문제는 쓰는 것이다 난 동사들을 어떻게 쓰는지 모른다

젠장 난 equus인지 equum인지 알 수가 없어서 항상 실수를 한다 우리 고향에서 말은 항상 키바우스[1]이다 카발로라고 쓰는 사람이 아무도 없기 때문에 좀 더 정확히 말하자면 사람들이 읽을 줄을 모르기 때문에 아무도 글을 쓰지 않아서 난 절대 실수를 하는 법이 없다

그런데 이번에는 일이 잘됐다 독일인들은 내 머리카락 하나 건드리지 못했다 바로 그때 병사들이 와서 이렇게 소리쳤기 때문이다 가자 가자 다시 공격이다 그러더니 결코 끝날 것 같지 않은 일대 혼란이 벌어졌다 시종 무관들은 이쪽으로 지나가고 도끼창을 든 보병들은 저쪽으로 지나가고 나팔소리가 들리고 부르미아의 나무처럼 키가 큰 나무 탑들이 움직였는데 그것들이 다 무엇 때문인지 영문을 알 수 없었다 나무 탑들은 사수와 투수들을 싣고 마차처럼 움직였고 또 다른 나무 탑들은 사다리를 운반

---

1) 말[馬]의 사투리. 표준어는 카발로cavallo이다.

했다 그리고 그 나무 탑들 위에서 화살들이 마치 우박 쏟아지듯 떨어졌다 큰 숟가락같이 생긴 것으로 커다란 돌을 던져 대는 것들도 있었다 테르도나 사람들이 성벽에서 던지는 것들이 모두 내 머리 위에서 쉬잇 소리를 내며 날아갔다 무시무시한 전쟁이었다

　나는 두 시간 동안 관목 숲속에 숨어서 중얼거렸다 성모 마리아님 저를 도와주세요 그러다 보니 완전히 진정이 되었다 내 곁으로 파비아 말을 쓰는 사람들이 달려갔다 그들은 테르도나 사람들을 수없이 죽여 그 광경이 피 흐르는 타나로 강 같았다고 소리쳤다 그들은 5월 1일 축제 때처럼 기분이 좋은 것 같았다 그렇게 해서 테르도나는 멀라노 사람들과 한편이 되어야 한다는 것을 배웠다

　얼마 지나지 않아 Frouwe(여자)를 말한 독일인들이 되돌아오고 있었다 처음보다 그 수가 적은 것 같았다 테르도나 사람들도 장난으로 싸운 게 아니었기 때문이다 나는 혼자 말했다 도망가는 게 낫겠어

　그래서 걷고 또 걸어 거의 아침 무렵에 집으로 돌아와서는 내 아버지 갈리아우도에게 그 이야기를 모두 다 했다 아버지가 말했다 잘한다 포위 공격하는 싸움터 한가운데를 그렇게 싸돌아다니다가는 언젠가 네 엉덩이에 창이 꽂힐 게다 그런데 너 그런 건 귀족들이나 신경 쓰는 일이라는 거 알고 있니 그 사람들 자기들 마음대로 하게 내버려 둬 우선 양소들만 생각하면 되니까 우선 성실한 사람들이다 왔다가 다시 금방 갔다가 그러고 또 와서는 아무것도 매듭을 짓지 못하는 프리드리히와는 다른 사람들이지

하지만 그 후 테르도나는 함락되지 않았다 독일인들이 요새가 아니라 마을만을 차지했기 때문이었다 테르도나는 한동안 버텼다 독일인들이 테르도나 사람들에게서 물을 빼앗고 테르도나 사람들이 자기들 오줌을 마시느니 차라리 프리드리히에게 충성을 다하겠다고 말할 때쯤이면 내 연대기는 끝날 것이다 프리드리히는 그들을 성 밖으로 나오게 했으나 도시에 불을 지른 뒤 완전히 파괴해 버렸다 테르도나 사람들에게 이를 갈고 있던 파비아 사람들이 도시를 파괴하는 일을 했다 여기 우리 고향 사람들은 서로를 너무나 사랑해 두 손가락같이 지내는 독일인들 같지가 않다 독일인들과는 달리 여기서는 가몬디오 사람이 베르곡리오 사람을 만나기만 해도 벌써 화를 낸다

이제 다시 내 연대기 이야기를 시작하겠다 내가 프라스케타의 숲속을 돌아다닐 때 특히 다른 사람의 코끝조차 볼 수 없을 정도로 짙은 안개가 끼고 뭔가가 나타나는 기색도 없이 눈앞에 갑자기 나타날 때면 나는 환영을 보았다 유니콘을 본 적도 있었고 또 어떤 때에는 바우돌리노 성인을 만나기도 했다 바우돌리노 성인은 내게 이렇게 말을 걸었다 망할 자식 지옥에 떨어지러라 유니콘 이야기가 이렇게 되었기 때문이었다 잘 알다시피 유니콘을 사냥하려면 처녀를 나무 밑에 앉혀 놓아야 한다 유니콘이 처녀의 향기를 맡으면 머리를 처녀의 뱃속에 집어넣으려 온다 그래서 나는 ~~페~~베르곡리오 집안의 네나를 택했다 그녀는 우리 아버지에게 암소를 사러 온 자기 아버지를 따라왔었다 우리 숲에 가서 유니콘을 잡자 그러고 나서 나는 그녀를 나무 밑에 앉혀 놓았다 그녀가 처녀라

고 확신을 했기 때문이었다 그녀에게 말했다 그렇게 앉아 있어 그리고 다리를 벌려 유니콘이 머리를 집어넣을 수 있는 자리를 만들어야 하니까 그러자 그녀가 말했다 뭘 벌리라는 거니 내가 대답했다 거기 그 부분 여기야 잘 벌려 그리고 내가 그녀에게 손을 대자 그녀는 새끼를 낳는 암소 같은 소리를 내기 시작했다 나는 더 이상 어떻게 해야 할지 알 수가 없었다 간단히 말하자면 그녀는 계시처럼 내게 다가왔다 잠시 후 그녀는 더 이상 백합처럼 순결하지 않았다 그래서 그녀가 말했다 세상에 이제 어떻게 유니콘이 들어오게 해야 하지 바로 그 순간 나는 하늘에서 들려오는 어떤 소리를 들었다 그 소리는 *qui tollit peccata mundi*(세상의 죄들을 사하는) 유니콘은 바로 나였다고 말해 주었다 그래서 나는 관목 숲을 뛰어다니면서 히익 히이이 흐흐흐 흐흐 하고 소리를 질렀다 뿔을 처녀의 뱃속에 집어넣은 진짜 유니콘보다 더 행복했기 때문이었다 이것 때문에 바우돌리노 성인이 내게 말했다 이 모모할 놈 기타 등등 하지만 그 후 성인은 나를 용서해 주셨다 나는 해 질 녘에도 여러 번 성인을 보았다 하지만 안개가 아주 많이 끼어 있을 때나 어두워질 때뿐이었다 태양이 모든 것을 밝게 비추고 있을 때는 아니었다

그러나 내가 바우돌리노 성인을 보았다고 내 아버지 갈리아우도에게 말하자 아버지는 몽둥이로 내 등을 서른 번이 넘게 두들겨 팼다 그러면서 이렇게 말했다 오 하느님 환영을 볼 줄만 알지 않소 젖 하나 못 짜는 아들이 바로 제 차지가 되었군요 이놈의 머리를 박살 내놓을까요 아니면 떠돌이들에게 줘버릴까요 공진회(共進會)나 장터

로 떠돌아다니며 아프리카 원숭이에게 춤을 추게 하는 사람들에게 말입니다 착하신 어머니도 내게 소리쳤다 게으름뱅이 같으니라고 빈둥거리기만 하는 놈 넌 정말 나쁜 놈이야 내가 하느님께 무슨 죄를 지었기에 성인을 만나는 아들을 낳게 된 걸까 아버지 갈러아우도가 말했다 성인을 봤다는 건 거짓말이야 이놈은 유다보다 더한 거짓말쟁이라고 있지도 않은 일을 전부 꾸며 낸다니까

이 연대기를 적는 것은 이런 이야기를 하지 않으면 이미 3월이었는데도 앞을 분간할 수 없을 정도의 짙은 안개가 끼었던 그날 밤의 일이 어떻게 되었는지 이해할 수가 없기 때문이다 우리 고향에서는 8월에도 안개가 낀다 그쪽 지방에 사는 사람들이 아니면 부르미아와 프라스케타 사이에서 길을 잃기 십상이다 특히 그들 잡아 끌어 주는 성인이 없다면 더욱 그렇다 집으로 돌아가다가 난 쇠 철갑을 두른 말 위에 앉아 있는 남자를 만났다

쇠 철갑을 두른 건 말이 아니라 남자이었다 그는 검을 들고 있었는데 아라고나의 왕과 비슷했다

나는 너무나 놀랐다 맙소사 정말 바우돌리노 성인께서 날 지옥으로 데려가시려는 가봐 그런데 남자가 Kleines Kint bitte(애 꼬마야)라고 말했다 그래서 나는 곧 그가 독일 귀족이고 안개 때문에 동료들을 놓치고 길을 잃게 된 것임을 알게 되었다 어느새 거의 밤이 다 되어 가고 있었다 그때 그 독일 귀족이 내게 동전을 하나를 보여 주었다 난 동전을 한번도 본 적이 없었다 내가 그 사람네 말로 대답을 하자 그가 아주 좋아했다 그래서 나는 그에게

diutsch(독일어)로 말했다 계속 이렇게 전진하면 분명 늪에 빠집니다 해를 보듯 확실한 사실입니다

앞이 보이지 않을 정도로 짙은 안개가 끼어 있었기 때문에 해를 보듯 확실한이라고 말해서는 안 되었다 하지만 그래도 그는 내 말뜻을 이해했다

그래서 나는 독일인들이 항상 불난한 계속되는 어쩌면 레바논삼목들이 우거져 자라고 있는지도 모를 곳에서 왔다는 것을 알고 있다고 말했다 그렇지만 우리 지방 풀레아에는 안개가 끼어 있고 이 안개 속으로 아직도 카를루스 대제와 싸웠던 아랍 인들의 손자의 손자들인 못된 놈들이 떠돌아다닌다고 말해 주었다 그들은 나그네를 보면 몽둥이로 이를 치고 머리카락마저 뽑아가 버리는 못된 놈들이었다 그러니까 나리께서 우리 아버지 갈리아우도의 오두막으로 오신다면 따뜻한 수프 한 그릇을 드실 수 있을 것이고 밖에는 마구간에서 주무실 수 있을 겁니다 그런 다음 내일 해가 뜨면 제가 길을 알려 드릴게요 특히 나리께서 이런 동전을 가지고 계시니까요 감사합니다 복을 받으실 겁니다 우린 가난하지만 정직한 사람들입니다

그렇게 해서 나는 그를 우리 아버지 갈리아우도의 집으로 데려갔다 아버지가 고함을 치기 시작했다 넌 정말 멍텅구리 같은 놈이야 대체 네 머릿속에는 뭐가 들어 있는 거냐 대체 왜 길 가는 사람에게 내 이름을 말한 거냐 이런 사람이 누군지는 아무도 알 수 없는 거다 어쩌면 몬페라토 후작의 가신일지도 모른다고 그러면 내게 라이세 건초세 콩이나 사료세나 마소 임대료 등등을 다시 내라고 할 게다 그러면 우린 망하는 거야 그러면서 막 몽둥이

을 들으려고 했다

나는 아버지에게 이 귀족은 독일인이지 몬페라토의 가신이 아니냐고 말했다 그러자 아버지가 말했다 그건 더 나쁘지 하지만 내가 동전 이야기를 하자 아버지는 진정이 되었다 마렝고 사람들의 머리는 황소처럼 고집스럽지만 말처럼 영리하기도 하기 때문이다 아버지는 뭔가 이득을 얻을 수 있다는 것을 알아차렸다 그래서 내게 말했다 넌 모든 말을 다 할 수 있으니 저 사람에게 이렇게 말해라

다시 말하자면 우린 가난하지만 정직한 사람들이라고

그 말은 벌써 했는걸요

상관없다 한번 더 말하는 게 좋아 돈은 고맙다고 말해라 말에게 줄 건초도 있다고 말해라 그리고 따뜻한 수프 한 그릇에 치즈와 빵도 넣어 줄 거고 맛있는 포도주도 한 병 있다고도 말해 그리고 네 잠자리에서 잘 수도 있다고 해 바로 불 옆에서 말이다 그리고 넌 오늘 밤 외양간에 가서 자라 내게도 동전을 보여 주라고 말해 봐 내가 제노바 동전을 갖고 싶어했다고도 전해라 우리 마렝고 사람들은 손님을 신성하게 생각하니 한 가족처럼 머물 수 있을 거라고 말해라

귀족이 말했다 haha 당신들은 여우처럼 교활하군 어쨌든 거래는 거래니까 나는 이 동전 두 개를 주겠다 이게 제노바 동전인지는 묻지 마라 나는 제노바 동전 하나로 당신들 집과 당신들 가족을 모두 kaufo(구입)할 수 있으니까 아버지는 조용히 있었다 그리고 귀족이 식탁 위에 놓아둔 동전 두 개를 가져갔다 마렝고 사람들은 고집스

럽지만 영리하기 때문이다 독일인은 늑대(귀족)처럼 아니 두 마리 늑대처럼 식사를 했다 그리고 나자 우리 아버지와 어머니는 내가 프라스케타를 여기저기 돌아다니는 동안 하루 종일 등골이 빠지게 일을 했기 때문에 잠자러에 일찍 드셨다 Herre(귀족)가 말했다 이 포도주 참 맛있구나 난 여기 이 불 옆에서 조금만 더 포도주를 마시겠다 내게 이야기를 좀 해주려무나 Kint(애야) 어떻게 그렇게 우리 말을 잘할 수 있는지 이야기해 보렴

ad petitionem frater Ysingrine carissime primos libros chronicae meae missur
nehumane pravitate

이 부분도 지울 수가 없었다

지금 나는 그날 밤의 연대기를 다시 시작한다 독일 귀족은 내가 어떻게 그렇게 자기들 말을 잘할 수 있는지를 알고 싶어했고 나는 사도들처럼 언어 능력을 선물로 받았고 먹달레나처럼 환시의 선물을 받았다고 이야기해 주었다 숲으로 가서 우윳빛의 유니콘을 탄 바우돌리노 성인을 보았기 때문이다 유니콘은 말의 얼굴에 우리의 코에 해당하는 부분에 나선형으로 감겨져 올라가는 뿔이 나 있었다

하지만 말은 코가 없었다 만약 코가 있었다면 구릿빛 냄비 색깔의 멋진 수염을 가진 그 Herre(귀족)처럼 코밑에 수염이 났을 것이다 그런데 내가 본 다른 독일인들은

귀에까지 노란색 털이 나 있었다

 그러자 귀족이 내게 말했다 좋다 넌 유니콘이라고 부르는 것을 보았구나 네가 혹시 Monokeros를 말하는 것인지 모르겠구나 그런데 너 이 세상에 유니콘들이 있다는 것을 어디서 배웠지 나는 그에게 프루스케타 은자의 책에서 읽었다고 말했다 그러자 그는 부엉이처럼 눈을 둥그렇게 뜨면서 물었다 그러면 네가 읽을 수도 있다는 거냐

 세상에 내가 그에게 말했다 이제 제가 이야기를 하나 해드릴게요

 그러니까 어떤 이야기냐 하면요 숲 근처에 성스러운 은자 한 사람이 살고 있었어요 사람들은 가끔 그 은자에게 암탉이나 토끼를 갖다 주었어요 은자는 책을 놓고 기도를 하고 있어요 사람들이 지나가면 그는 돌덩이로 가슴을 친답니다 하지만 제가 분명히 말하는데 그건 완전히 흙으로 된 거였어요 그래서 별로 아프지 않아요 그 일이 있던 날 사람들이 달걀 두 개를 은자에게 갖다 주었어요 은자가 책을 읽고 있는 동안 나는 혼자 말했죠 저분께 하나 나한테 하나 얼마나 착한 사람들이야 저분이 보시지만 않으면 돼 하지만 은자가 제 목을 잡았어요 대체 어떻게 그럴 수 있었는지 이해할 수가 없었어요 은자는 분명히 기도를 드리고 있었는데 말이에요 제가 말했지요 *diviserunt vestimenta mea*(내 옷들이 서로 헤어지려고 해요) 그러자 은자가 웃기 시작했어요 그리고 말했지요 네가 아는지 모르겠다만 넌 참 영리한 아이구나 매일 이리 오너라 내가 읽기를 가르쳐 주마

그렇게 해서 저는 볼기와 꿀밤을 맞아 가며 글을 배웠어요 친해지자 은자가 제게 말했어요 넌 정말 건강하고 잘생긴 소년이란다 이 머리는 사자 머리처럼 근사하구나 그런데 팔 힘도 센지 가슴도 튼튼한지 내게 좀 보여 주렴 네가 건강한지 보고 싶으니 네 사타구니를 좀 만져 보게 해다오 그래서 저는 일이 어떻게 끝나게 될지 알게 되었어요 그래서 무릎으로 그의 감자를 그러니까 다시 말해 고환을 한방 먹였어요 그가 푹 고꾸라지며 말했어요 젠장맞을 내가 마렝고 사람들한테 가서 네게 악령이 씌었다고 말할 테다 그러면 사람들이 널 화형시킬걸 마음대로 하세요 제가 말했어요 그렇지만 그보다 먼저 내가 당신이 한밤중에 마녀의 입에다 그걸 집어넣는 걸 보았다고 할걸요 어디 사람들이 누가 악령이 들었다고 생각할지 두고 보자고요 그러자 그가 말했어요 잠깐만 기다려 봐라 내가 장난을 좀 했단다 난 네가 하느님을 경외하는지 보고 싶었다 더 이상 그 이야기는 하지 말자꾸나 내일 오너라 내일은 쓰기를 가르쳐 주마 읽기는 조금도 어렵지 않아 눈으로 보고 입술을 움직이기만 하면 되니까 그렇지만 네가 책을 쓰려면 펜과 잉크 그리고 folii(종이)가 필요하다 alba pratalia arabat et nigrum semen seminabat(펜이 하얀 밭을 갈고 검은 씨앗을 뿌리니까) 그러니까 그는 늘 중간중간에 라틴 어를 섞어서 말했어요

그래서 내가 그에게 말했지요 읽을 줄만 알면 돼요 읽을 줄 알면 지금까지 몰랐던 것을 배우게 되겠지만 글을 쓰게 된다면 이미 알고 있는 것만 쓰게 되죠 그러니까 됐어요 글 쓰는 것을 모르고 지내는 게 더 나아요 그것만

빼고는 어디에도 빠질 게 없죠

내가 이런 이야기를 독일 귀족에게 해주자 그 귀족은 미친 사람처럼 웃어 대다가 말했다 훌륭하구나 어떤 기사여 은자들은 *allesammt Sodomiten*(모두 다 비역질 하는 자들)이란다 그런데 또 말해 보렴 또 말해 봐 숲에서 또 뭘 봤지 그래서 나는 그 귀족이 프리드리히 황제를 따라서 테르도나를 차지하려는 사람 중의 하나라고 생각하고서는 속으로 이렇게 말했다 이 사람을 기쁘게 해주는 게 좋겠어 혹시 동전 한 닢을 더 줄지도 모르잖아 그래서 그 귀족에게 이틀 전 밤 바우돌리노 성인께서 내 앞에 나타나셨다고 말했다 바우돌리노 성인께서 내게 말씀하시기를 프리드리히는 프리스케타를 포함해 롬바르디아 전체를 통틀어 단 한 사람뿐인 진짜 귀족이기 때문에 프리드리히가 테르도나에서 대승을 거둘 것이라고 했다고 말했다

그러자 귀족이 말했다 *Kint*(얘야) 넌 하늘이 보낸 아이로구나 황제의 진영으로 가서 바우돌리노 성인께서 네게 하셨다는 그 말을 해줄 수 있겠느냐 그래서 나는 만약 귀족이 원한다면 나는 베드로 성인과 바울로 성인께서도 포위 공격하는 황제군을 지휘하러 오실 거라는 이야기를 바우돌리노 성인께 들었다고 말할 수도 있다고 말해 주었다 그러자 귀족이 말했다 *Ach wie Wunderbar*(아 정말 놀라운 일이다) 내가 보기에는 베드로 성인이면 족할 것 같구나

Kint(얘야) 나하고 같이 가자 넌 행운을 잡은 거다

즉시 그 당장에 그렇게 되었다 다음날 아침 그 귀족은 내 아버지에게 나를 데려가겠다고 읽기와 쓰기를 배울

수 있는 곳으로 그리고 어쩌면 재상이 될 수도 있을 곳으로 데려가겠다고 말했다

내 아버지 갈리아우도는 그가 무슨 말을 하는지 잘 못 알았다 하지만 놀고 먹는 기생충 같은 게으름뱅이를 집에서 없애 주겠다는 말이라는 것은 이해했다 게다가 내가 도시로 가는 것이기 때문에 아버지로서는 더 고민할 때도 없었다 하지만 그 귀족이 어쩌면 원숭이를 데리고 공진회나 장터를 떠돌아다니는 사람일지도 모르며 어쩌면 나를 때릴지도 모른다는 생각이 들자 아버지는 별로 기분이 좋지 않았다 그러나 귀족이 자신은 지위가 높은 용장이며 독일인들 중에는 Sodomiten이 없다고 말했다

그 Sodomiten이라는 게 뭐지 아버지가 말했다 그래서 나는 비역질 하는 자들이라고 말해 주었다 말도 안 되는 소리 마슨 아버지가 말했다 비역질 하는 자들은 어디에나 있소 하지만 귀족이 전날 밤 준 동전 두 닢에 더해서 다시 동전을 다섯 닢을 꺼냈기 때문에 더 이상 화를 내지 않았다 그리고 내게 말했다 내 아들아 가거라 네게 그리고 어쩌면 우리에게도 행운이 찾아온 것인지 모르니까 이 독일인들은 많은 곳을 돌아다니고 우리 지역으로도 늘 온단다 이건 가끔 네가 우리를 만나러 올 수 있다는 뜻이야 내가 말했다 맹세해요 그리고 떠나려고 했다 하지만 어머니께서 마치 아들이 죽으러 가기라도 하듯 울고 계시는 것을 보자 마음이 아팠다

우리는 그렇게 떠났다 귀족이 내게 황제 병영이 있는 곳으로 데려가 달라고 말했다 식은 죽 먹기예요 내가 말했다 해를 따라가기만 하면 돼요 다시 말하자면 해가 뜨

는 곳으로 가면 된다는 거죠

길을 가다가 병영이 보이기 시작하자 완전 무장을 한 기사단이 나타났다 그들은 우리를 보자마자 무릎을 꿇고 창과 깃발들을 내리고 검을 높이 든다 대체 무슨 일이지 나는 속으로 의아해 했다 그러자 기사들이 여기저기서 **Kaisar**와 **Keiser**(황제) **Sanctissimus Rex**(존귀하신 왕이시여)라는 소리를 외친다 그리고 그 귀족의 손에 입을 맞춘다 나는 입을 화덕처럼 크게 벌리고 있어서 턱뼈가 빠질 지경이다 그제야 나는 그 붉은 수염의 귀족이 진짜 황제 프리드리히라는 것을 알게 된다 그런데 나는 지난밤 보통 사람에게 하듯 온갖 이야기를 다 지껄였다

이제 내 목을 자르게 할 거야 나는 혼자 말한다 그런데 그는 나 때문에 동전 일곱 닢을 지불했다 만약 내 머리를 원했다면 지난밤 **gratis et amoredei**(돈 안 들이고 그냥) 베어 버렸을 것이다

그가 말한다 놀라지들 말라 모든 게 다 잘 될 것이다 놀라운 소식을 가지고 왔다 이 어린 소년이 숲속에서 계시를 받았다 우리 모두에게 그 이야기를 해줄 것이다 그래서 나는 간질병에 걸린 사람처럼 땅에 쓰러진다 눈을 부릅뜨고 일부러 입에서 거품이 나오게 하며 소리친다 저는 보았어요 보았어요 보았어요 그리고 내게 예언을 하신 바우돌리노 성인의 이야기를 모두 한다 그러자 모두들 하느님을 찬미한다 그리고 말한다 기적이야 기적 **gottstehmirbei**(하느님 제 편이 되어 주세요!)

테르도나의 사절들도 그곳에 있었다 그들은 아직 항복을 해야 할지 말지를 결정하지 못한 상태였다 하지만 그

들은 내 이야기를 듣자 땅에 길게 엎드려 성인들조차 자신들에게 등을 돌렸으니 항복을 하는 게 낫겠다고 말했다 그런 상황을 오랫동안 지속시킬 수는 없었기 때문이었다

그리고 나는 테르도나 사람들이 모두 남녀노소 할 것 없이 모두 도시에서 나오는 것을 보았다 그들은 울고 있었다 그사이 독일인들은 그들을 가축이나 양처럼 끌고 가버렸고 파비아 인들은 alé alé(가자 가자) 하며 미친 사람들처럼 낫과 나무 몽치와 곡괭이를 들고 테르도나로 들어갔다 도시의 토대부터 파괴하는 일이 그들을 즐겁게 했기 때문이다 저녁 무렵 나는 언덕에서 짙은 연기를 보았다 테르도나 오 테르도나 전쟁은 그런 것이었다 내 아버지 갈리아우도가 말했듯이 전쟁은 정말 무서운 짐승 같았다

그러나 우리보다는 그들이 나았다

황제는 밤이 되자 아주 만족스러운 기분에 젖어 천막으로 돌아왔다 그리고 내 아버지나 되듯이 그러나 내 아버지는 한 번도 그렇게 해준 적이 없었는데 나를 쓰다듬어 주었다 그런 다음 어떤 귀족을 불렀다 그러니까 그가 바로 훌륭한 주교이자 성당의 참사회원인 라에빈이었다 황제는 그에게 쓰기 산수 그리고 문법까지도 내게 가르쳐 주길 바란다고 말했다 그때에는 내게 무슨 일이 일어난 것인지 알지 못했다 이제는 차츰차츰 알고 있다 내 아버지가 상상조차 할 수 없는 일이 일어났다

학식이 있는 사람이 된다는 건 얼마나 멋진 일인지 누가 이런 일을 상상이나 했겠는가

Gratia agamus ~~domini dominus~~ 간단히 말해 하느님 감사합니다

연대기를 쓰는 일은 겨울에도 몸을 따뜻하게 해준다 나는 또 등불이 꺼질까 봐 걱정을 하기도 한다 그리고 누군가가 말했듯이 엄지손가락이 아프다

2
바우돌리노 니케타스 코니아테스를 만나다

「이게 뭡니까?」 니케타스[2]가 양피지 두루마리를 펴서 거기에 쓰인 글을 몇 줄 읽어 보려고 하다가 이렇게 물었다.

「내가 처음으로 글을 써본 겁니다.」 바우돌리노가 대답했다. 「이 글을 쓴 뒤부터는 — 아마 내 기억으로는 열네 살 때였던 것 같은데, 그때 나는 숲속의 짐승처럼 살고 있었지요 — 이것을 부적처럼 몸에 지니고 다녔어요. 이걸 쓴 뒤에도 매일 다른 양피지에 수없이 많은 글들을 가득 채워 넣었어요. 나는 오로지 낮에 겪은 일을 저녁에 글로 쓰기 위해서 존재하

---

[2] Niketas Choniates(1150~1213). 비잔틴 제국의 정치가, 역사가, 신학자. 가장 뛰어난 중세 그리스 역사가의 한 사람. 1204년 십자군이 콘스탄티노플을 노략질하는 것을 목격하고 니케아로 도망쳐 21권의 『시대사』를 집필하였다. 이 책은 12~13세기 비잔틴 왕조사로서, 플랑드르의 보두앵 1세의 침략까지의 기간을 다루고 있다.

는 것 같았어요. 그 뒤부터는 내게 일어난 중요한 사건들을 기억하려면 다달이 기록한 짤막한 메모 몇 줄을 보기만 하면 됩니다. 몇 줄만 봐도 되었어요. 그래서 나는 혼자 이렇게 말하곤 했지요. 내가 나이가 좀 더 들면 — 말하자면 지금쯤 — 이 기록들을 토대로 『바우돌리노 무훈담*Gesta Baudolino*』을 쓸 거라고 말이요. 그런데 요한 사제의 왕국[3]에서 도망을 치다가……」

「요한 사제라고요? 그런 이름은 생전 처음 들어 봅니다.」

---

3) 요한 사제의 왕국의 전설은 십자군 시대에 서유럽에 대중적으로 알려진 전설이었다. 이에 따르면 페르시아와 아르메니아를 넘어 극동 지역에 사제이자 왕인 요한이 다스리는 기독교국이 존재하며, 동방 교회 콘스탄티노플의 관할을 거부하는 네스토리우스교를 신봉한다는 것이었다. 십자군 시대에 이 전설은 유럽 인들에게 이슬람 세력에 대항하는 동맹 관계를 구축할 수 있다는 현실적인 매력을 가지고 있었다. 이 전설이 처음 기록된 문서는 오토 폰 프라이징의 『연대기』(1145)인데 사제왕 요한이 페르시아 왕을 패퇴시키고 예루살렘에 입성하고자 했으나 티그리스 강을 건너는 데 따르는 어려움 때문에 목적을 이루지 못한 것으로 되어 있다. 1165년에는 사제왕 요한이 프리드리히 황제나 비잔틴 황제 등 유럽의 왕들에게 보내는 서한이 나타났는데 여기서 요한은 자신의 영토가 세 인도(인도, 인도차이나, 동인도 제도의 총칭)라는 것과 왕국의 행정 제도와 풍요로움을 소개하고 있다. 라틴 어로 씌어졌으며 비잔틴 황제를 노골적으로 멸시하고 있는 이 가짜 문서는 여러 언어로 번역되었으며 교황 알렉산데르 3세는 프리드리히 황제와의 주도권 다툼에서 우세를 점하려는 의도로 이에 답장을 보내기에 이른다(1177). 〈요한 사제〉라는 이름은 아마도 몽골 제국의 중앙아시아 칸이었던 〈구르칸〉이 히브리 어나 시리아 어를 거치면서 와전된 것인 듯하다. 칸 자신은 불교도였지만 다수의 네스토리우스 파 관리들을 거느리고 있었다. 진위 여부를 떠나 요한 사제 왕국의 전설은 마르코 폴로 등 다수의 유럽 인의 마음을 사로잡아, 동서 문화 교류를 촉발시킨 한 원인이 되었다.

「앞으로 당신에게 이야기해 줄 겁니다. 어쩌면 너무 많이 할지도 모르지요. 어쨌든 내 말은 그 왕국에서 도망쳐 나오다가 양피지들을 잃어버렸다는 겁니다. 내 인생 자체를 잃어버린 것이나 마찬가지였어요.」

「생각나는 대로 모두 내게 이야기해 주십시오. 나는 단편적인 사실들이나 사건의 일부분만 들어도 거기서, 신의 섭리에 따라 하나의 이야기를 끌어낼 수 있습니다. 당신이 나를 구해 주어서 얼마간의 미래를 선물로 주셨으니 나는 그 보답으로 당신에게 당신이 잃어버린 과거를 재구성해 드리겠습니다.」

「그렇지만 내 얘기는 아무 의미 없는 것일 수도 있어요……」

「의미 없는 이야기들은 없습니다. 그리고 저는 다른 사람들이 의미를 찾아내지 못하는 바로 그 부분에서 의미를 찾아낼 줄 아는 그런 사람 중의 하나입니다. 그리고 하나의 이야기는 살아 있는 사람들의 책이 됩니다. 날카로운 나팔 소리가 수세기 동안 먼지로 존재하던 사람들을 무덤에서 일으켜 세우듯이 말입니다……. 시간이 필요할 뿐입니다. 사건들을 관찰하고 그것들을 연결해 보고 그 연결점들을 찾아낼 필요가 있습니다. 눈에 잘 보이지 않는 연결점들까지 말입니다.」

궁정 연설가이자 제국의 최고 재판관이며, 베일 재판관이며, 세크레톤[4]의 로고테트,[5] 좀 더 정확히 말하자면 — 라틴 인들이 말하듯이 — 비잔틴 바실레우스[6]의 공문서 보관 국장일 뿐만 아니라, 콤네누스와 앙겔루스 가문[7] 출신의 수

---

4) 비잔틴 제국(동로마 제국)의 중앙 행정 부서.
5) 〈명령을 내리는 사람〉이라는 뜻으로 세크레톤의 최고 지휘자.
6) 비잔틴의 황제. 바실레우스는 그리스 어로 〈왕〉이라는 뜻.

많은 황제들의 역사를 쓴 니케타스 코니아테스가 호기심 어린 눈으로 자기 앞에 앉아 있는 남자를 바라보았다. 바우돌리노가 니케타스에게 말한 바대로라면 두 사람은 프리드리히 황제[8] 시절에 헬레스폰투스 해협의 갈리폴리스에서 만난 적이 있었다. 바우돌리노가 그곳에 있었더라도 그는 수많은 대신들 틈에 섞여 있었을 것이다. 반면 바실레우스를 위해 협상을 하던 니케타스 코니아테스는 아주 쉽게 눈에 띄었을 것이다. 바우돌리노가 거짓말을 하는 것일까? 어찌 되었든 니케타스를 광기 어린 침입자들로부터 구해 내 안전한 장소로 데려다 주고 가족들과 재회할 수 있게 해준 사람은 바로 바우돌리노였다. 그는 지금 니케타스에게 콘스탄티노플 밖으로 데려가 주겠다고 약속을 하고 있다……

니케타스는 생명의 은인을 자세히 뜯어보았다. 바우돌리노는 기독교도보다는 사라센 인에 더 가까워 보였다. 햇빛에 그을린 얼굴, 흐릿하지만 뺨 전체를 관통하고 있는 흉터, 아직도 황갈색 머리털이 정수리 주변에 화환처럼 남아 있어 사자 같은 인상을 주고 있는 머리. 니케타스는 이 남자의 나이가 예순이 훨씬 넘었다는 것을 알게 되면 놀라지 않을 수 없을 것이다. 바우돌리노는 손이 아주 컸다. 두 손을 배 위에 모아 쥐면 금방 굵은 손마디가 보였다. 검보다는 가래를 쥐게 만들어진 농부의 손이었다.

---

7) 비잔틴 황제들을 배출한 가문.

8) Friedrich I Barbarossa(1123~1190). 독일의 왕. 신성 로마 제국의 황제. 교황권에 도전하였고 서유럽에서의 독일의 우세를 확립했다. 북부 이탈리아 도시들과 오랜 싸움을 벌였다(1154~1183). 3차 십자군 원정 때 성지(聖地)로 가는 도중 죽었다.

그렇지만 이 남자는 너무나 유창하게 그리스 어를 구사했다. 외국인들이 그리스 어를 할 때면 말 한 마디 할 때마다 침을 튀기는 게 보통인데 이 사람은 그것도 없었다. 니케타스는 이 사람이 침입자들에게 그들의 거친 언어로 말하는 것을 잠깐 들어 보았다. 그는 빠르고 건조하게 말을 했는데 그 언어를 써서 욕을 하고 모욕줄 줄도 아는 사람 같았다. 게다가 전날 밤 바우돌리노는 니케타스에게 자신이 한 가지 재능을 타고났는데, 어떤 언어든지 두어 번 듣기만 하면 곧 그 언어를 사용하는 사람들처럼 말할 수 있다고 말해 주었다. 특별한 재능이었다. 니케타스는 그런 재능은 사도들에게만 부여된 줄 알고 있었다.

궁정 생활, 특히 바로 이곳 궁정의 생활은 니케타스에게 경계심을 가지고 침착하게 사람들을 평가하는 법을 가르쳐 주었다. 그런 그가 바우돌리노에게서 받은 인상은, 그 라틴 남자가 이야기를 할 때마다 마치 자기 말을 진실로 받아들이지 말라고 알려 주기라도 하려는 듯 조소를 감춘 눈길로 상대방을 쳐다본다는 점이다. 그 누구라도 가질 수 있는 습관이었지만 역사로 옮겨질 진실한 증언을 말할 사람에게는 그다지 적절치 않은 습관이었다. 한편으로 니케타스는 천성적으로 호기심 많은 사람이었다. 그는 다른 사람들의 이야기를 듣는 것을 좋아했다. 자신이 모르는 이야기뿐만 아니라 이미 자기 눈으로 본 일에 대한 이야기를 듣는 것도 좋아했다. 누군가가 니케타스에게 자기가 본 일을 다시 이야기하면, 니케타스는 다른 관점에서 그 사건을 바라보는 것 같았다. 마치 성화(聖畵)에 나오는 산 정상에 앉아 있는 것 같았다. 그래서 신자들처럼 밑에서가 아니라 사도들처럼 산 위에서 돌들을 내려다보는 것 같았다. 그리고 그는 그리스 인들과는 너무나 다른 라틴 인들에게, 너무나 생소한 그들의 언어로부터 시작해서 이것저것 서로 다른 점들을 물어보기를 좋아했다.

니케타스와 바우돌리노는 작은 탑의 한 방 안에 마주 보고 앉아 있었다. 방의 세 면에 뾰족한 아치형 창문이 나 있었고 그것들은 모두 열려 있었다. 한쪽 창문을 통해서 황금뿔[9] 바다와 그 맞은편 해안에 있는 페라[10] 지구가 보였다. 이 지구에는 빼곡히 들어찬 건물들과 움막들 위로 갈라타 탑이 솟아 있었다. 다른 창문으로는 항구 운하가 성 게오르기스 지류로 이어져 있는 것이 보였다. 마지막으로 세 번째 창문은 서쪽으로 나 있었다. 이 창문을 통해서 틀림없이 콘스탄티노플 시내를 다 볼 수 있을 것이다. 하지만 그날 아침에는 불타 버린 저택과 교회에서 솟아 나오는 짙은 연기가 부드러운 하늘을 뒤덮고 있었다.

최근 아홉 달 동안 도시를 덮친 세 번째 화재였다. 첫번째 화재는 궁전의 물품 창고들을 파괴했는데, 북동쪽에 있는 블라케르나이 궁전에서 시작하여 콘스탄티누스 성벽 있는 곳까지 내려왔다. 페라마에서 해변 가까이까지 번진 두 번째 화재는 베네치아 인들과 아말피 인, 피사 인들과 히브리 인들의 상점들을 집어삼켜 버렸다. 두 번째 화재에서 간신히 그 해를 입지 않은 곳은 아크로폴리스 발치에 있던 제노바 인들의 구역뿐이었다. 이번의 세 번째 화재는 지금 사방으로

---

9) 지금의 골든혼 해(海).
10) 콘스탄티노플의 유럽 인 지구. 현재 이스탄불의 베욜루.

번지고 있었다.

아래쪽은 정말 불바다였다. 회랑들이 땅으로 무너져 내리고 저택들이 주저앉고 기둥들이 부러졌다. 그 화염 한가운데서 불똥이 튀어 불길에서 멀리 떨어져 있는 집들까지 불태우고 있었다. 그리고 그 지옥 위로 변덕스럽게 불어 대는 바람에 떠밀린 불꽃들이 처음 불길이 번질 때 불이 붙지 않았던 곳을 집어삼켜 버렸다. 위쪽에는 자욱한 연기 구름들이 떠다녔다. 아래쪽에서 타오르는 불길이 그 구름의 아랫부분에 반사되어 여전히 붉은빛을 띠고 있었는데 그 색깔이 기이해서 그게 그때 떠오르고 있는 태양 광선 때문인지 향료나 나무 혹은 불타 버린 다른 어떤 물질에서 나오는 자연스러운 빛 때문인지 알 수 없었다. 바람이 어떻게 불어오느냐에 따라 도시의 여러 곳에서 육두구, 육계피, 후추와 사프란, 겨자나 생강 냄새가 퍼져 나왔다 — 그래서 세상에서 가장 아름다운 도시가 불타고 있었건만, 그렇다, 마치 향기로운 향료로 가득 채워진 화로가 타고 있는 것 같았다.

바우돌리노는 세 번째 창을 등지고 있었다. 그래서 그는 이중의 빛, 그러니까 햇빛과 불길에서 번지는 빛에 에워싸여 어두운 그림자처럼 보였다. 니케타스는 바우돌리노의 이야기를 들으며 머릿속으로는 전날 벌어졌던 사건들을 생각하고 있었다.

이미 니케타스는 서기 1204년 혹은 이 세상이 생긴 날로부터 계산하는 비잔틴의 계산 방법대로라면 6712년 4월 14일 화요일 그날 아침으로 가 있었다. 이틀 전에 야만인들은 콘스탄티노플을 완전히 점령해 버렸다. 열병식 때처럼 갑옷과 방패에 투구를 갖춰 써 눈부시게 빛나던 비잔틴 군대와 무시무시한 양날 칼로 무장을 한 영국인, 덴마크 인 용병들로 이루어진 황제 친위대는 금요일까지만 해도 맹렬하게 전투를 벌이며 저항을 했지만 적들이 드디어 성벽을 짓밟았던 월요일에 결국 무릎을 꿇고 말았다. 너무나 갑작스러운 승리여서 승리의 당사자들조차 겁에 질려 공격을 멈추었으며, 저녁 무렵에는 반격이 있으리라 예상했다. 그들은 도시를 방어하는 사람들이 가까이 오지 못하도록 다시 방화를 시작했다. 하지만 화요일 아침이 되자 왕위 찬탈자인 알렉시오스 두카스 무르추플로스[11]가 지난밤 오지로 달아나 버렸다는 것을 온 도시가 다 알게 되었다. 지도자를 잃고 패배자가 된 시민들은 전날 저녁까지 즉위 축하연을 열었던 그 도둑을 저주했다. 그는 마치 전임자를 목 졸라 죽인 사실을 축하하기라도 하듯, 큰 잔치를 벌였다. 시민들은 어떻게 해야 할지 알 수가 없었기 때문에 함께 모여 큰 행렬을 이루었다(겁에 질린 사람들, 겁에 질린 사람들, 너무나 겁에 질린 사람들, 부끄럽구나, 니케타스는 수치스러운 항복을 눈앞에서 지켜보며 비통해 했다). 예복을 차려입은 대주교들과 다양한 부족의 사제들, 자비를 베풀어 달라고 중얼거리는 수도승들이 행렬에 합

---

11) Alexios V Ducas Murtzuphlos(?~1204). 비잔틴 제국의 마지막 황제. 콘스탄티노플의 반(反)라틴 세력의 지도자. 라틴 제국의 십자군이 옹립한 공동 황제 이사키오스 2세와 알렉시오스 4세를 몰아내고 황제가 되면서, 알렉시오스 4세를 살해하였다. 콘스탄티노플에서 십자군이 물러날 것을 요구하였으나, 십자군이 도리어 도시를 포위하면서 재위 기간이 4개월 만에 끝났다. 콘스탄티노플에서 도망 나와 알렉시오스 3세와 합류하였는데, 알렉시오스 3세는 그의 눈을 멀게 하였다. 다시 십자군에 붙잡혀 알렉시오스 4세를 살해한 죄로 처형당하였다.

류했다. 그들은 옛 사람들에게 그랬던 것처럼, 함성과 비탄의 소리만큼이나 높이 들어 올린 십자가와 주 예수의 초상을 새로운 권력자에게 팔아 버릴 준비가 되어 있었다. 그들은 정복자들을 진정시킬 수 있기를 바라면서 그들을 향해 갔다.

그 야만인들에게 자비를 바란다는 게 얼마나 어리석은 일인지. 그들은 몇 달 전부터 꿈꿔 오던 일, 그러니까 세계에서 가장 넓고, 인구가 많고, 제일 부유하고 가장 귀족적인 도시를 파괴하고 그 전리품들을 함께 나누기 위해서라면 적의 항복을 기다릴 필요도 없는 사람들이었다. 거대한 행렬의 사람들이 눈물을 흘리며 이교도들 앞에 섰다. 험상궂게 눈살을 찌푸린 이교도들의 손에는 아직도 붉은 피가 묻어 있는 칼이 들려 있었고, 그들이 탄 말들은 발굽으로 땅을 긁어 댔다. 행렬 같은 건 그들의 안중에도 없는 듯, 약탈이 시작되었다.

오, 주 예수여, 그런데 대체 우리에게 어떤 재앙과 고난이 닥친 것인지! 대체 어떻게, 그리고 무엇 때문에 요란한 바다의 소리가, 어두워진 혹은 완전히 가려진 태양이, 붉은 달무리가, 별의 움직임들이 이 마지막 불운을 우리에게 예언해 주지 않은 것일까? 그렇게, 화요일 날 저녁, 니케타스는 마지막 로마 인들의 수도였던 곳을 헤매고 다니면서 한탄을 했다. 그러면서 한편으로는 이교도들의 무리와 마주치지 않도록 조심을 했고, 또 한편으로는 계속 새롭게 불이 번지고 있는 길을 뚫고 지나가 보려고 했다. 그는 집으로 돌아갈 수 없어 절망을 하고 있었으며, 그사이 그 불한당 같은 이교도들이 가족들을 위협하지나 않았는지 말할 수 없는 걱정에 휩싸여 있었다.

마침내 밤이 다가오자, 니케타스는 성당의 큰 문이 열려져 있는 것을 보고 그 성당으로 달려갔다. 정원들을 지나고 소피아 성당과 경마장 사이에 있는 탁 트인 광장을 가로질러 갈 용기가 생기지 않았기 때문이었다. 야만인들의 광기가 벌써 이곳까지 이르러 성당을 더럽혔으리라고는 상상조차 하지 않았다.

하지만 그는 성당 안에 들어서자마자 벌써 공포로 하얗게 질리고 말았다. 그 넓은 성당 안에 시체들이 여기저기 즐비하게 흩어져 있었다. 곤드레만드레 취한 적의 기사들이 말을 타고 주위를 빙빙 돌았다. 더 안쪽에서는 오합지졸의 적병들이 연단의 양쪽 계단에 붙은 철책을 곤봉으로 두들겨 망가뜨리고 있었다. 은으로 만들어 금으로 가장자리를 두른 철책이었다. 놀랄 만큼 훌륭한 설교대는 밧줄에 묶여 있었다. 노새떼들을 이용해 그 설교대를 뽑아 내서 끌어가려고 그렇게 밧줄로 묶어 둔 것이었다. 술 취한 무장 병사 하나가 노새들에게 욕을 해대며 노새들을 몰아댔다. 하지만 노새의 발굽은 평평한 바닥에서 자꾸만 미끄러졌다. 칼끝으로 그 불쌍한 짐승들을 몰아대던 무장 병사들은 나중에 그 칼로 그 가엾은 노새들의 몸을 베어 버렸다. 너무나 놀란 노새들이 쉴 새 없이 똥을 싸댔다. 어떤 놈들은 바닥에 쓰러져 버려 다리가 부러지기도 했다. 그렇게 해서 설교대 주변은 피와 배설물이 뒤범벅된 진창으로 변하고 말았다.

적그리스도의 전위 부대 병사들이 제단을 향해 달려들었다. 니케타스는 무장 병사들이 감실(龕室)의 문을 활짝 열고 성작(聖爵)들을 움켜쥐는 것을 바라보았다. 그들은 또 성물들을 바닥에 집어던졌다. 그러고는 단검으로 잔에 붙은 보석들을 떼어 내서 옷 속에 숨겼다. 술잔은 공동의 것으로 만들기 위해, 무더기로 쌓아 놓은 약탈물 더미에 집어던졌다. 어떤 병사들은 그전에 큰 소리로 웃어 대며 말안장에서 포도주병을 꺼내 성합(聖盒)에 포도주를 따라서는, 사제의 동작을 흉내 내면서 술을 마시기도 했다. 그보다 더 끔찍한 장면이 펼쳐졌다. 술을 마셔 엉망진창이 된 데다가 옷을 거의 다 벗은 창녀 하나가 이미 약탈을 당해 아무것도 남아 있지 않은 중앙의 제단 위에서 맨발로 춤을 추고 있었다. 그것도 성찬대에서 성스러운 의식을 흉내 내기까지 했다. 그것을 지켜보던 남자들이 낄낄거리며 걸치고 있는 옷도 마저 벗으라고 그녀를 부추겼다. 그러자 창녀는 차츰차츰 옷을 다 벗어 던지면서 알몸을 드러내며 제대 앞에서 고대부터 전해져 온 음탕한 코르닥스 춤을 추기 시작했다. 그러다가 마침내 피곤에 지쳐, 트림을 해대며 사제의 의자에 쓰러졌다.

니케타스는 눈앞에 벌어진 광경을 보고 눈물을 흘리며 서둘러 성당의 안쪽으로 향했다. 그곳에는 항간의 사람들이 땀 흘리는 기둥이라고 부르는 기둥이 하나 서 있었다 — 실제로 그 기둥에 손을 대면 신비하게도 기둥이 계속 땀을 흘렸다. 하지만 니케타스가 그곳에 가보고 싶은 것은 그런 신비한 이유 때문은 아니었다. 그가 중간쯤 갔을 때 키가 큰 침략자 두 사람이 — 니케타스의 눈에는 거인 같았다 — 그의 길을 가로막았다. 그리고 거만한 말투로 니케타스에게 뭐라고 소리를 질러 댔다. 그들 말을 알아들어야만 그들이 하는 말을 이해할 수 있는 것은 아니었다. 두 침략자는 니케타스가 궁정인 차림을 하고 있는 것으로 보아 금을 가지고 있거나 적어도 어디에 금을 숨겨 두었는지 말해 줄 수 있을 것이라고 생각하는 것 같았다. 그 순간 니케타스는 기절을 할 것만

같았다. 숨이 가쁘게 침략당한 도시의 거리를 달리면서 이미 보았듯이, 이 두 사람에게 자신이 동전 몇 닢도 가지고 있지 않다는 것을 보여 주거나 어느 곳에 어떤 보물이 있는지 모른다고 말해 보아도, 이 상황을 절대 모면할 수 없다는 것이 불을 보듯 뻔했기 때문이었다. 치욕을 당한 귀족들과 눈물을 흘리던 원로들, 재산을 다 빼앗긴 부자들은 그들의 재산을 어디에 숨겨 놓았는지 다 털어놓으라고 해대는, 죽음에 맞먹는 고문을 받았고 재산을 가지고 있지 않아 숨겨 놓은 곳을 말할 수 없는 사람들은 죽임을 당했다. 재산을 숨겨 놓은 곳을 알려 준 사람은, 그렇게 심한 고문을 당한 뒤에 그대로 땅에 버려져서, 목숨을 살려 주었다 해도 결국은 죽어 갈 수밖에 없었다. 그사이 그들을 고문했던 자들은 돌을 집어 들어가짜 벽을 그 돌로 쳤고, 눈속임 천장을 무너뜨렸다. 그리고 값비싼 그릇들에 탐욕스러운 손을 갖다 대고, 벨벳과 비단을 어루만지고, 모피들을 쓰다듬고, 보석과 장신구들을 손가락에 걸어 돌리며, 희귀한 약재들이 들어 있는 항아리와 작은 자루들에 코를 댔다.

그런 상황이었기 때문에 니케타스는 바로 그 순간 이제는 죽었다고 생각했다. 그리고 그를 잃고 살아갈 가족들을 생각하고 눈물을 흘렸다. 그리고 전지전능하신 하느님께 자신의 죄를 용서해 달라고 빌었다. 소피아 성당에 바우돌리노가 들어온 것은 바로 그 순간이었다.

그는 살라딘[12]처럼 근사했다. 가슴에 붉은 십자가가 커다랗게 새겨진 옷에 성장을 한 말을 탄 그는 칼을 빼들고 소리쳤다.

「하느님의 저주를 받을 더러운 놈들, 불한당 놈들, 오입쟁이 놈들, 빌어먹을 자식들, 대체 이게 뭐하는 짓들이냐……?」

그러더니 그 남자는 자기처럼 십자군 표시를 한 그 불경스러운 자들을 모두 칼로 베어 버렸다. 그는 다른 병사들과는 달리 술에 취해 있지 않았고, 오히려 몹시 격노해 있었다. 사제의 의자에 흐트러진 모습으로 비스듬히 누워 있는 매춘부에게 이르자 몸을 숙여 그녀의 머리채를 잡았다. 큰 소리로 그 창녀를 낳은 어미에게 무시무시한 욕설을 퍼부으며 노새의 똥 더미 속으로 그녀를 끌어내렸다. 하지만 그의 주위에 있는 모든 사람들, 그러니까 그가 벌을 줘야 한다고 생각한 모든 사람들은 너무나 취해 있는 데다가 이런 저런 물건들에 박혀 있는 보석들을 빼내는 데에만 열중해 있어서 그가 무슨 일을 하고 있는지를 알아차리지 못했다.

그 남자는 그렇게, 니케타스를 고문하려고 하는 두 거인 앞에 이르렀다. 그는 자비를 베풀어 달라고 애원하고 있는 불쌍한 남자를 보았다. 그는 붙잡고 있던 창녀의 머리채를 놓아 버렸다. 이미 다리를 절고 있던 창녀가 바닥에 쓰러졌다. 그는 훌륭한 그리스 어로 말했다. 「오 세상에, 당신은 바실레우스의 대신이신 니케타스 아니십니까! 내가 어떻게 도와드리면 되겠습니까?」

---

12) Saladin(1137/38~1193). 이집트, 시리아, 예멘, 팔레스타인의 술탄. 88년 동안 십자군이 점령하고 있던 예루살렘을 탈환했으며 3차 십자군의 반격도 능숙하게 막아 냈다. 점령지 주민과 포로에 대한 그의 자비로운 처분은 야만적이었던 십자군의 행동과 흔히 비교되어 그를 가장 유명한 이슬람 영웅으로 만들었으며 여러 문학 작품에 모습을 나타내게 하였다.

「누구신지는 모르지만 기독교 신자 형제이시라면,」 니케타스가 소리쳤다. 「나를 죽이려고 하는 이 라틴 야만인들에게서 구해 주십시오. 내 육신을 살려 주시면 당신의 영혼이 구원을 받을 겁니다.」 그들이 동방의 말소리로 대화를 주고받았기 때문에 두 명의 라틴 순례자들은 그들의 대화를 전혀 알아듣지 못했다. 그래서 라틴 인들은 프로방스 어로, 자기들과 같은 편으로 보이는 바우돌리노에게 설명을 요구했다. 그러자 바우돌리노는 완벽한 프로방스 어로 이 남자는 플랑드르의 보두앵 백작의 포로인데, 백작의 명령에 따라, 그리고 두 사람처럼 신분이 낮은 병사들은 이해할 수도 없는 *arcana imperii*(제국의 기밀) 때문에 자신이 이 남자를 찾고 있는 중이라고 소리쳤다. 두 사람은 잠시 정신을 잃은 듯했다. 그러다가 이러쿵저러쿵 해봐야 시간만 낭비이고 그러느니 차라리 별 노력을 기울이지 않고 손에 넣을 수 있는 다른 보물들을 찾아가는 게 더 나을 것이라는 결론을 내렸다. 그래서 그들은 그 자리를 떠나 중앙 제단 쪽으로 멀어져 갔다.

니케타스는 이미 땅바닥에 앉아 있었기 때문에, 자신의 목숨을 구해 준 사람의 발에 입을 맞추려고 몸을 숙이지는 않았다. 하지만 너무나 놀라 어쩔 줄 몰라 하던 상태였기 때문에 그의 계급에 걸맞는 위엄 있는 태도를 보이기는 힘들었다. 「오, 나리, 나리가 도와주신 덕택에 목숨을 구했습니다. 라틴 인들이 모두 증오로 일그러진 얼굴을 하고 날뛰는 야수들인 것만은 아니었구려. 예루살렘을 다시 정복했던 사라센 인들도 이렇게 행동하지는 않았습니다. 그때 살라딘은 얼마 안 되는 돈에 만족하며 주민들의 목숨을 살려 주었습니다! 무장한 형제와 형제들이 싸운다는 게 전(全) 기독교도들에게 얼마나 수치스러운 일입니까! 성묘를 재정복하러 가야만 하는 순례자들이 탐욕과 질투에 사로잡혀 로마 제국을 파괴한다는 게 얼마나 수치스러운 일입니까! 오 콘스탄티노플, 콘스탄티노플이여. 교회의 어머니이고, 종교의 공주이며, 모든 사고(思考)의 지도자이며, 모든 학문의 유모이고, 모든 미(美)의 휴식처인 콘스탄티노플이여, 당신은 하느님의 손에서 분노의 술잔을 받아 마셨도다. 펜타폴리스를 불태운 불꽃보다 훨씬 더 큰 불길에 불타 버렸도다! 대체 그 어떤 질투에 사로잡힌 악령이, 그 어떤 집요한 악령이 술에 취해 무절제하게 날뛰는 자들을 당신에게 풀어 놓았단 말인가? 대체 그 어떤 광기 어린 악령이, 증오에 사로잡힌 악령이 당신에게 횃불을 붙였단 말인가? 오 황금빛과 자줏빛의 황후복을 입은 어머니시여, 이제 당신의 아들들에 의해 더럽혀지고 힘을 잃고 실명을 하시었구려. 우리들은 지금 새장 안에 갇힌 새처럼 우리의 것이었던 이 도시를 떠날 길도, 이 도시에 머무를 강인한 기운도 찾지 못하고 있습니다. 수많은 과오를 저지른 우리들은 떠돌이별처럼 헤매고 있습니다!」

「니케타스 씨.」 바우돌리노가 말했다. 「당신네 그리스 인들은 온갖 것에 대해 너무 많이 이야기한다고 들어 왔습니다. 하지만 나는 지금까지 그 말을 믿지 않았어요. 이제 그 의문은 말끔히 사라진 거나 다름없군요. 안전하게 제노바 인들의 구역으로 당신을 데려다 줄 수 있습니다. 그렇지만 당신이 내게 네오리온으로 가는 가장 빠르고 안전한 길을 알려 주어야만 해요. 이 십자가는 나를 보호해 줄 수는 있지만 당신은 아닙니다. 여기 이 근방 사람들은 이성의 빛을 잃어버렸습니다. 내가 그리스 인 포로와 함께 있는 것을 보면 그 포로에게 뭔가 그럴 만한 가치가 있다고 생각할 것이고, 그러고는 포로를 빼앗아 가버릴 겁니다.」

「좋은 길을 하나 알고 있습니다. 하지만 그 길은 거리를 따라 나 있는 게 아닙니다.」 니케타스가 말했다. 「아마 말을 포기하셔야 할 겁니다……」

「그러면 말을 포기합시다.」 바우돌리노가 말했다. 그가 너무나 태연하게 말해 니케타스는 놀라지 않을 수 없었다. 아직 그는 바우돌리노가 그 준마를 얼마나 싼값에 마련한 것인지를 모르고 있기 때문이었다.

그래서 니케타스는 바우돌리노의 도움을 받아 다시 자리에서 일어섰다. 그리고 바우돌리노의 손을 잡고 살그머니 땀 흘리는 기둥으로 다가갔다. 그는 주위를 둘러보았다. 멀리서 보니 성당이 너무나 넓어 순례자들의 움직임이 꼭 개미 같았다. 그들은 약탈하느라 정신이 없었기 때문에 그 두 사람에게는 주의를 기울이지 않았다. 니케타스는 기둥 뒤에 무릎을 꿇고 앉아 바닥의 석판들 가운데 이가 조금 맞지 않아 벌어져 있는 석판 틈으로 손가락들을 집어넣었다. 「저를 좀 도와주십시오.」 니케타스가 바우돌리노에게 말했다. 「아마 우리 두 사람 힘이면 될 겁니다.」 니케타스의 말대로 힘을 조금 쓰자 석판 하나가 들어 올려지면서 검은 구멍이 드러났다. 「계단이 있어요.」 니케타스가 말했다. 「내가 어디를 밟아야 하는지 알고 있으니까 먼저 들어가겠습니다. 당신은 내려와서 석판을 다시 덮어요.」

「이제 어떻게 합니까?」 바우돌리노가 물었다.

「내려가는 겁니다.」 니케타스가 말했다. 「그리고 손으로 더듬어 가다 보면 벽감을 찾을 수 있을 겁니다. 그 안에 횃불과 부싯돌이 있어요.」

「콘스탄티노플은 정말 굉장한 도시군요. 경이로움으로 가득 차 있어요.」 바우돌리노가 나선형 계단으로 내려가면서 말했다. 「저 돼지 같은 놈들이 콘스탄티노플의 쓸 만한 돌 하나도 제대로 남겨 두지 않을 것 같아 안타깝네요.」

「저 돼지 같은 놈들이라니요?」 니케타스가 물었다. 「당신은 그들 중의 한 사람이 아닌가요?」

「나 말입니까?」 바우돌리노가 깜짝 놀랐다. 「나는 아닙니다. 이 옷 때문에 그렇게 생각하신 모양인데 이 옷은 빌려 입은 겁니다. 그자들이 도시에 들어왔을 때 나는 이미 성 안에 있었는걸요. 그런데 횃불은 어디 있습니까?」

「조금만 참으시지요. 아직 계단이 몇 개 더 남아 있습니다. 당신은 누구십니까. 이름이 뭡니까?」

「알레산드리아 사람 바우돌리노입니다. 이집트에 있는 알렉산드리아가 아니라 지금은 체자레아라고 불리는 도시 출신입니다. 아니 어쩌면 이제는 체자레아라고 불리지 않을지도 모릅니다. 누군가가 콘스탄티노플을 불태우듯 그렇게 불태워 버렸을지도 모릅니다. 제가 말하는 북부 이탈리아의 알레산드리아는 바다와 북쪽 산들 사이에 있고 메디올라눔(밀라노)에서 그리 멀지 않은데, 혹시 아십니까?」

「메디올라눔은 압니다. 예전에 게르만 왕이 그 도시의 성벽을 파괴해 버렸지요. 그 뒤 우리 바실레우스께서 그들에게 돈을 주어 성벽을 재건축할 수 있도록 도왔습니다.」

「맞습니다. 난 그 게르만 황제가 돌아가시기 전에 그분과 함께 있었습니다. 당신은 거의 15년 전쯤 황제께서 이 프로폰티스 바다[13]를 지나실 때 황제를 만났겠군요.」

「바르바로사(붉은 수염) 프리드리히 폐하시지요. 위대하고 품격이 높고 인자하고 관대하신 군주였죠. 그분이었다면 결코 이 사람들처럼 행동하지 않았을 겁니다……」

「그분도 도시를 정복할 때는 전혀 온화하시지 않았습니다.」

마침내 두 사람은 계단의 끝에 도착했다. 니케타스가 횃불을 찾았다. 두 사람은 횃불을 머리 위로 높이 들고 긴 지하도를 따라갔다. 그렇게 걸어가다가 바우돌리노는 콘스탄티노플의 심장부를 볼 수 있었다. 그곳은 전세계에서 가장 웅장한 교회의 아랫부분으로, 숲을 이룬 기둥들이 어둠 속으로 사라졌다. 마치 호숫가의 수많은 나무들이 물 위에 비춰지는 것 같았다. 완전히 뒤집어진 대 성당 혹은 대 수도원 같았다. 높디높은 둥근 천장의 그늘 속으로 사라지는 주두(柱頭)들을 겨우 스치고 지나가는 빛조차 원화창(圓華窓)이나 유리창을 통해 들어오는 것이 아니라, 지하를 방문한 사람들이 들고 있는 횃불의 빛이 바닥의 물에 반사되어 비춰지기 때문이었다.

「수조(水槽)들이 도시를 관통하고 있습니다.」 니케타스가 말했다. 「콘스탄티노플의 정원들은 자연의 선물이라기보다는 인공을 가한 결과라고 말할 수 있지요. 그런데 보십시오. 지금 물은 다리 반 정도밖에 차지 않습니다. 화재를 진압하기 위해 물을 거의 다 끌어다 썼기 때문입니다. 만약 정복자들이 수도관들마저 파괴시킨다면 모두들 갈증으로 죽고 말 겁니다. 보통때는 걸어서 이 지하도를 지나갈 수가 없었습니다. 그렇게 하기 위해서는 배가 한 척 필요했지요.」

---

13) 현재는 마르마라 해. 터키 내륙으로 파고든 바다.

「이 길이 항구까지 이어지나요?」

「아닙니다. 항구에 도착하기 바로 전에 끝납니다. 하지만 저는 이 길과 연결되는 다른 수조와 다른 지하도로 갈 수 있는 통로와 계단들을 잘 알고 있습니다. 그래서 네오리온이 아니라 프로스포리온까지도 갈 수 있습니다. 그런데,」 그가 근심 어린 목소리로 말했다. 마치 그 순간에 이르러서야 비로소 다른 중요한 용건이 생각난 것 같은 사람의 분위기였다. 「저는 당신과 갈 수가 없겠네요. 제가 당신에게 길을 알려 드리지요. 저는 돌아가야겠습니다. 내 가족들을 구하러 가야 합니다. 제 가족들은 이레네 성당 뒤의 작은 집에 지금 숨어 있습니다. 들어 보세요.」 니케타스가 용서를 구하려는 듯이 말했다. 「제가 살던 저택은 두 번째 화재 때, 그러니까 8월 화재 때 무너져 버렸습니다……」

「니케타스 씨, 당신은 미쳤습니다. 첫째 당신은 나를 이 지하로 내려오게 하고 내 말을 버리게 했어요. 난 당신이 없었다면 지상의 길을 통해서도 충분히 네오리온에 갈 수 있었는데 말입니다. 둘째 당신은 내가 아까 만났던 그런 병사들과 비슷한 다른 병사들에게 잡히지 않고 당신 가족들이 있는 곳에 갈 수 있을 것이라고 생각하십니까? 그리고 설사 당신이 가족들이 있는 곳까지 갔다고 합시다. 그런 다음에는 어떻게 할 겁니까? 조만간 누군가가 당신들을 그 집에서 쫓아낼 겁니다. 그리고 가족들을 데리고 떠날 생각이라고 해도 대체 어디로 갈 겁니까?」

「셀림브리아에 친구들이 있어요.」 니케타스가 하얗게 질린 채 말했다.

「난 그곳이 어디인지 모릅니다. 하지만 그곳에 가려면 어쨌든 도시에서 나가야 할 거요. 내 말을 들어요. 당신은 당신 가족들에게 아무런 도움도 줄 수 없어요. 대신 내가 당신을 데리고 가는 곳에 가면 제노바 친구들을 만날 수 있을 겁니다. 이 도시에서 별별 일을 다하는 사람들이지요. 그들은 사라센 인들과 히브리 인들, 수도사들, 황실 근위대원들, 페르시아 상인들, 그리고 지금은 라틴 순례자들과 거래하는 데에 익숙해요. 아주 빈틈없는 사람들이지요. 그 사람들에게 당신 가족들이 어디 있다고 말하면 내일 당신 가족들을 우리가 있는 곳으로 데려다 줄 겁니다. 그들이 어떻게 그 일을 해낼지는 나도 모릅니다. 그렇지만 분명 그 일을 해낼 수는 있을 거요. 어찌 되었든 옛 친구인 나를 위해 그 일을 해줄 겁니다. 그렇기는 하지만, 제기랄, 그들은 변함없는 제노바 인들이어서 당신이 그들에게 뭔가 근사한 것을 선물해야 할 겁니다. 그러면 우리는 거기서 사태가 진정될 때까지 기다리는 겁니다. 대개 약탈이 며칠 이상 계속되지는 않아요. 나를 믿어요. 나는 이런 일을 많이 경험했습니다. 사태가 진정되고 나면 셀림브리아든 어디든 당신이 원하는 곳으로 갈 수 있어요.」

니케타스는 바우돌리노의 말이 옳다고 생각하고서는 감사의 인사를 했다. 앞으로 계속 걸어가다가 니케타스는 바우돌리노에게 십자군 순례자도 아니면서 왜 이 도시에 머무르고 있는지를 물어보았다.

「나는 라틴 인들이 다른 해안에 이미 상륙했을 때 도착을 했습니다. 다른 사람들과 함께 말이지요……. 이제 그 사람들은 여기에 없어요. 우리는 멀리서 오는 길이었습니다.」

「시간이 있을 때 왜 도시를 떠나지 않았나요?」

바우돌리노는 대답을 잠시 주저했다. 「그건…… 한 가지 사실을 알아내야 했기 때문에 도시에 머물러야 했던 겁니다.」

「알아냈습니까?」

「불행히 그렇습니다. 겨우 오늘에서야 알게 되었지요.」

「또 하나 물어보고 싶은 게 있습니다. 왜 나를 위해 이렇게 고생을 하는 거지요?」

「훌륭한 기독교도에게 이 일 말고 할 일이 뭐가 있겠습니까? 그렇기는 하지만 결론적으로 당신 말이 맞습니다. 난 당신을 아까 그 두 사람에게서 구해 주고 당신이 알아서 도망치게 그냥 내버려 둘 수도 있었어요. 그런데 지금 나는 마치 거머리처럼 당신에게 달라붙어 있어요. 이보시오, 니케타스 씨. 나는 당신이 역사가라는 것을 알고 있습니다. 예전에 오토 폰 프라이징[14] 주교처럼 말입니다. 하지만 내가 오토 주교를 알게 되었을 때, 그리고 그분이 돌아가시기 전까지 난 어린아이였어요. 그때 내게는 내 이야기가 하나도 없었어요. 나는 오로지 다른 사람들의 이야기만을 알고 싶어했지요. 이제 나는 내 이야기를 가질 수 있습니다. 그런데 내가 내 과거에 대해 썼던 글을 모두 잃어버렸을 뿐만 아니라 과거를 생각해 보려고 해도 생각들이 다 뒤섞여 버리고 말았어요. 사건들을 기억하지 못하는 것만이 아니라 그 사건들에 의미를 부여

---

14) Otto von Freising(1111~1158). 독일의 주교. 시토 회 수도원에 들어가 수도원장을 거쳐 주교가 되었다. 프리드리히 황제의 삼촌으로서 신성 로마 제국의 정치에도 관여했다. 그의 『연대기 혹은 두 도시 이야기 Chronica sive historia de duabus civitatibus』는 천지 창조에서부터 1146년까지의 세계사를 〈하느님의 나라〉와 〈세상〉 사이의 갈등이라는 관점에서 서술한 것이다. 『프리드리히의 치적 Gesta Friderici』은 호엔슈타우펜 왕가와 프리드리히 황제의 치적을 1156년까지 기술한 것이다.

할 수도 없어요. 그리고 오늘 일어났던 일을 누군가에게 이야기를 해야만 합니다. 그렇지 않으면 난 미치고 말 겁니다.」

「오늘 대체 무슨 일이 일어났나요?」 니케타스가 물속을 비틀비틀 힘들게 걸어가면서 물었다 — 그는 바우돌리노보다 훨씬 젊었지만 학자와 궁정인으로 살다 보니 뚱뚱하고 게으르고 무기력한 사람이 되어 있었다.

「사람을 한 명 죽였어요. 거의 15년 전에 내 양아버지, 가장 훌륭한 국왕이셨던 프리드리히 황제를 암살한 자요.」

「프리드리히 황제는 킬리키아에서 물에 빠져 죽었는데요!」

「모두들 그렇게 믿고 있지요. 그렇지만 그분은 암살당하셨어요. 니케타스 씨, 오늘 밤 당신은 내가 소피아 성당에서 미친 듯이 칼을 휘두르는 것을 보았습니다. 하지만 지금까지 살아오는 동안 나는 그 누구의 피도 흘리게 해본 적이 없다는 것을 아셔야 합니다. 나는 평화를 사랑하는 사람입니다. 그렇지만 이번에는 살인을 하지 않을 수 없었습니다. 심판을 내릴 수 있는 사람이 나밖에 없었으니까요.」

「이야기를 들어 보도록 합시다. 그런데 대체 어떻게 그렇게 신기하게도 소피아 성당에 도착을 해서 내 목숨을 구해 줄 수 있었는지 말해 주시지요.」

「순례자들이 도시를 약탈하기 시작했을 때 나는 어두운 곳에 들어가 있었습니다. 한 시간 전쯤 밖이 깜깜해졌을 때 그곳에서 나왔지요. 나는 경마장 옆에 있었던 겁니다. 나는 비명을 지르며 도망치는 그리스 사람들의 무리에 휩쓸려 가고 있었어요. 나는 거의 반쯤 불타 버린 집의 현관으로 들어가 그 군중들이 지나가기를 기다렸어요. 그들이 지나갔을 때 그 그리스 인들을 뒤쫓는 순례자들을 보았지요. 나는 무슨 일이 벌어졌는지를 알게 되었어요. 그 잠깐 사이에 굉장한 진리 하나가 내 머릿속에 떠올랐지요. 그러니까 나는 그리스 인이 아니라 라틴 인이라는 겁니다. 그러나 성이 나서 미친 사람들 같은 라틴 인들이 그 사실을 알아주기 전에는 나나 죽은 그리스 인이나 아무 차이도 없는 거라는 점이지요. 하지만 이건 있을 수도 없는 일이야 하고 나는 혼자 말했습니다. 라틴 인들이 설마 방금 정복한 기독교의 대도시를 파괴하고 싶어하지는 않겠지……. 그러다가 그들의 조상이 고드프루아 드 부용 시대에 예루살렘으로 들어갔을 때, 그 도시가 이미 자기들 것이 되었음에도 불구하고 남녀노소를 가리지 않고, 그리고 가축들까지 모두 죽였다는 사실이 생각났지요. 그들이 실수로 성묘를 불태우지 않은 것은 정말 하늘의 은총이었어요. 사실 그들은 이교도들의 도시에 들어오고 있는 기독교도들이었어요. 나는 하찮은 단 한 마디 말 때문에 서로를 죽여 대는 기독교도들을 여행 중에 얼마나 많이 보았는지 모릅니다. 오래전부터 우리 사제들이 당신네 사제들과 〈필리오쿠에〉[15]의 문제로 다투어 왔다는 것은 잘 알려진 사실입니다. 그러니까 결국, 전사가 어떤 도시에 들어가면 그가 가지고 있던 종교는 사라지고 만다는 말이 꾸며 낸 말만은 아니었습니다.」

---

15) 성령이 하느님에게서 나오는가, 하느님과 예수 그리스도에게서 동시에 나오는가를 놓고 가톨릭 교회와 동방 정교회의 대립을 낳은 논쟁. 니케아 공의회(325년)와 콘스탄티노플 공의회(381년)를 거쳐 채택된 기독교의 신경(信經)에는 성신이 성부에게서만 나오는 것으로 되어 있었는데, 6세기경 스페인에서 성신은 〈성부와 성자에게서 좇아 나시며 *qui ex Patre Filioque procedit*〉라 하면서 *Filioque*(~와 성자)라는 말을 첨가하였고, 그것이 갈리아와 게르마니아 등지로 퍼져 나가면서 동방 교회의 반발을 사게 되었다.

「그래서 어떻게 했나요?」

「현관에서 나와 벽을 따라서 경마장까지 갔지요. 거기서 스치듯 지나가면서도 깊은 인상을 남기는 아름다운 처녀상을 보았습니다. 아시겠습니까, 나는 이 도시에 오고 난 뒤부터 가끔 그 아래쪽에 가서 그 처녀상을 말없이 바라보곤 했어요. 균형 잡힌 발, 눈처럼 하얀 두 팔, 붉은 입술, 그 미소, 그 가슴, 춤을 추는 것 같은 그 옷과 머리카락들, 그 모습을 멀리서 보면 그게 청동상이라는 것을 믿을 수가 없었지요. 정말 살아 있는 사람처럼 보였으니까……」

「트로이의 헬레나 상이지요. 그런데 거기서 무슨 일이 있었나요?」

「불과 몇 초 사이에 나는 밑동이 잘린 나무처럼 쓰러지고 있는 기둥을 하나 보았습니다. 기둥은 엄청난 먼지를 일으키며 땅바닥에 쓰러졌어요. 머리가 몸통 아래쪽으로, 그러니까 내가 서 있는 곳에서 몇 걸음 떨어지지 않은 곳에 떨어져 산산조각이 나버렸습니다. 그때서야 나는 그 상이 얼마나 컸는지를 알게 되었어요. 청동상의 머리는 두 팔을 모두 넓게 벌려도 안을 수 없을 것 같았습니다. 마치 누워 있는 사람처럼, 코가 땅과 수평이 되고 입술은 수직이 된 그 얼굴이 나를 비스듬히 노려보았어요. 이렇게 말해도 용서를 해주십시오. 그 입술은 꼭 여자 다리 사이에 있는 그것과 같았습니다. 그 눈에서는 동공이 튀어나왔어요. 그래서 갑자기 눈이 먼 사람처럼 보였지요. 오 주님, 이것처럼 말입니다!」 그러더니 그는 사방으로 물을 튀기며 뒤쪽으로 껑충 뛰었다. 갑자기 횃불이 비친 물속에서 돌로 만든 두상 하나가 나타났기 때문이었다. 그 두상은 기둥 위에 있었던 것으로 사람 머리 열 개를 합해

놓은 것처럼 컸다. 이 두상 역시 눕혀져 있었다. 반쯤 벌어진 입술은 역시 아주 관능적이었고 수많은 뱀들이 곱슬머리처럼 머리를 휘감고 있었다. 상아로 만든 얼굴은 오랜 시간이 지나 죽은 사람의 것처럼 창백했다.

니케타스가 미소를 지었다.「이것은 아주 오래전부터 여기 있었습니다. 메두사의 머리지요. 어디에서 온 건지는 나도 모르겠습니다. 건축가들이 이것을 받침으로 사용했지요. 조금 놀란 것 같으신데……」

「놀라지 않았습니다. 이 얼굴은 이미 본 얼굴입니다. 다른 곳에서요.」

바우돌리노가 당황스러워 하는 것을 눈치 챈 니케타스가 화제를 바꿨다.「침입자들이 나무를 쓰러뜨리듯 헬레나 상을 도끼로 쓰러뜨리는 것을 보았다고 말씀하셨던 것 같은데……」

「그 상만 그렇게 했을 겁니다. 경마장과 공회장 사이에 있는 상들은 모두, 모두, 적어도 금속으로 되어 있으니까요. 침입자들이 상 위에 올라가서 목에 밧줄이나 쇠사슬들을 묶었습니다. 그리고 땅에서 대여섯 마리의 황소들이 그 밧줄들을 끌었지요. 전차의 마부상들이 전부, 그리고 스핑크스, 하마, 이집트의 악어, 로물루스와 레무스[16]에게 젖을 먹이는 커다란 늑대상, 헤라클레스의 상들이 모두 쓰러지는 것을 보았습니다. 헤라클레스 상이 엄청나게 크다는 것도 알게 되었지요. 그의 엄지손가락이 보통 사람의 상체만 했어요……. 그리고 돋을새김으로 장식을 한 그 청동 오벨리스크들, 맨 위에 바

---

16) 로마 시를 건설한 형제로 늑대의 젖을 먹고 자라났다고 한다.

람에 따라 도는 작은 여인이 있는 그 오벨리스크도…….」

「〈바람의 여자 친구〉랍니다. 엄청나게 파괴를 해댔군요. 그 작품들 중에는 옛 이교도들, 로마 인들보다도 훨씬 더 오래전에 살았던 조각가들의 작품도 있습니다. 그런데 대체 무엇 때문에, 무슨 이유로?」

「녹이기 위해서죠. 당신이 한 도시를 약탈한다면 제일 먼저 해야 할 일은 가져갈 수 없는 것들을 모두 녹여 버리는 겁니다. 곳곳에 용광로를 설치하는 거지요. 한번 생각해 보세요. 활활 타오르고 있는 저 모든 집들은 금방 자연 그대로의 화덕이 완전히 되어 주고 있잖아요. 당신은 교회에서도 그들을 볼 겁니다. 그들은 이리저리 돌아다니며 감실의 성체 용기와 성반을 가져갈 수 있다는 것을 보여 줄 겁니다. 뒤섞어야 합니다. 금방 뒤섞어야 할 필요가 있지요. 약탈은 말입니다…….」 바우돌리노는 약탈에 대해 너무나 잘 아는 사람처럼 설명을 했다. 「포도 수확과 같은 것이지요. 역할을 나누어야 할 필요도 있습니다. 포도를 밟아 으깨는 사람, 포도즙을 통으로 옮기는 사람, 포도를 으깨고 있는 사람들이 먹을 음식을 준비해야 하는 사람, 1년 전에 만든 맛있는 포도주를 가지러 가는 사람……. 약탈은 신중하게 해야 할 일입니다 ─ 적어도 내가 메디올라눔에 있을 때 그랬던 것처럼 그 도시에 돌 하나도 남겨 놓고 싶지 않으면 말입니다. 물론 그렇게 하려면 파비아 인들이 필요할지도 모릅니다. 한 도시를 사라지게 만들려면 어떻게 해야 하는지를 알고 있는 사람들이지요. 여기 있는 이 사람들이 그들을 따라가려면 아직 멀었죠. 한번 생각해 보세요. 그들은 상을 쓰러뜨린 다음 그 위에 앉아 술을 마시기 시작해요. 그러다가 한 사람이 처녀의 머리채를 낚아채서는 끌고 오면서 진짜 처녀라고 소리칩니다. 그러면 모두 정말 그런지 보기 위해 그 처녀의 몸속에 손가락을 넣어 봐요……. 훌륭하게 약탈을 하려면 곧바로 모든 것을 다, 한 집도 빼놓지 않고, 깨끗이 훑어 내야 합니다. 즐기는 것은 그런 다음에 할 수 있는 거지요. 그렇게 하지 않으면 더 교활한 사람들이 아주 좋은 것을 손에 넣을 수 있으니까요. 그런데 간단히 말해 내 문제는 바로 이것이었어요. 그렇게 약탈을 하고 있는 사람들에게 내가 몬페라토 후작이 다스리는 지방에서 태어났다는 이야기를 시의 적절하게 할 수 없을 거라는 겁니다. 그래서 내가 할 수 있는 일은 하나뿐이었습니다. 나는 골목 구석에 몸을 웅크리고 숨어 있다가 기사가 그 길로 들어올 때까지 기다렸습니다. 골목길에 들어온 기사는 이미 엄청나게 술을 마셨기 때문에 자기가 어디로 가는지조차 모른 채 말이 가는 대로 그곳으로 들어온 겁니다. 내가 한 일이라고는 그 기사의 다리를 잡아당긴 것밖에 없습니다. 기사는 밑으로 떨어졌지요. 나는 그의 투구를 벗기고 머리를 돌로 쳤습니다.」

「그 사람을 죽였습니까?」

「아니요. 그건 의미 없는 짓이지요. 잠깐 정신만 잃게 하려고 했습니다. 그 기사가 보라색 음식물들을 토해 대기 시작했기 때문에 용기를 내야만 했습니다. 나는 그의 사슬 갑옷과 옷, 투구와 무기들을 벗겨 낸 후 말을 탔습니다. 그리고 그 거리를 지나 소피아 성당의 문 앞에 도착한 겁니다. 성당 문 앞에서 난 그들이 노새를 끌고 성당 안으로 들어가는 것을 보았습니다. 한 무리의 군인들이 내 앞으로 지나갔습니다. 사람 팔처럼 굵은 쇠사슬로 은색의 촛대들을 묶어 운반하고 있었습니다. 그들은 롬바르디아 사람처럼 말을 했지요. 그 파괴의 현장을, 그 파렴치한 행동을, 그 더러운 거래를 내 눈으로 보자 난 이성을 잃었습니다. 그런 수치스러운 짓을 하는 그자들이 어찌 되었든 내 고향 사람들이고 로마 교황 성하의 신심 깊은 아들들이었기 때문입니다……」

이런 이야기를 나누면서 그들은 다시 수조 밖으로 나왔다. 그들이 든 횃불이 바로 그때 거의 다 타 들어가고 없었다. 밖은 완전히 깜깜한 밤이었다. 그들은 한적한 골목들을 지나 제노바 인들이 사는 작은 탑에 도착했다.

그들이 문을 두드리자 누군가가 내려왔다. 그들은 환대를 받았고 거칠지만 따뜻한 대접으로 원기를 회복했다. 바우돌리노는 이 사람들 사이에 섞이자 집에 돌아온 것 같아 보였다. 바우돌리노는 곧 니케타스의 일을 부탁했다. 제노바 인들 중의 한 사람이 말했다.

「식은 죽 먹기지요. 우리가 알아서 하겠습니다. 두 분은 가서 눈을 좀 붙이시지요.」

그 사람이 너무나 자신 있게 말했기 때문에 바우돌리노만이 아니라 니케타스도 마음 놓고 그 밤을 보낼 수 있었다.

3
바우돌리노 니케타스에게 어린 시절부터 어떤 글을 썼는지 설명하다

　다음날 아침 바우돌리노는 제노바 인들 중에서도 가장 민첩한 페베레, 보이아몬도, 그릴로, 그리고 타라부를로를 불렀다. 니케타스가 그들에게 어디로 가면 자기 가족들을 만날 수 있을지를 설명해 주었다. 이 제노바 인들은 다시 바우돌리노를 안심시킨 뒤 길을 떠났다. 니케타스는 그래서 포도주를 청한 다음 바우돌리노의 잔에 포도주를 따라 주었다. 「이 포도주가 마음에 들지 모르겠습니다. 송진 향이 나거든요. 대부분의 라틴 인들이 이 포도주를 마시면 구역질이 난다고 하더군요. 그리고 곰팡내가 난다고 말한답니다.」 바우돌리노가 그 그리스 포도주를 흡족해 한다는 확신을 얻은 니케타스는 바우돌리노의 이야기를 들을 준비를 했다.
　바우돌리노는 누군가와 이야기하기를 갈망하고 있는 것처럼 보였다. 마치 언제부터인지는 모르지만 그가 마음속에 간직해 왔던 것들로부터 자유로워지고 싶어하는 것 같았다.
「자 이걸 보십시오, 니케타스 씨.」 바우돌리노는 목에 걸고 있던 작은 가죽 가방을 열어 그 안에 있던 양피지를 내밀며 말했다. 「이게 내 이야기의 시작입니다.」

니케타스 — 그는 라틴 문자들도 읽을 줄 알았다 — 는 그 양피지의 글들을 해석해 보려고 했지만 단 한 문장도 이해를 할 수가 없었다.

「이게 뭡니까?」 니케타스가 물었다. 「그러니까 대체 어떤 언어로 씌인 거냐는 거지요.」

「어떤 언어인지는 나도 모릅니다. 이렇게 시작합시다. 니케타스 씨. 당신은 야누아, 다시 말해 제노바가 어디에 있는지, 그리고 메디올라눔(밀라노), 그러니까 튜토니들 또는 게르만 인들, 당신네들 식으로 부르자면 알라마노이들이 말하는 마일란트가 어디인지 알고 있을 겁니다. 자, 들어 보십시오, 이 두 도시의 중간쯤에 타나로와 보르미다라는 두 개의 강이 흐르고 있습니다. 그리고 이 두 강 사이에 평야가 하나 있습니다. 이곳은 돌 위에 계란을 올려놓으면 그 계란이 익을 정도로 더운 게 보통이고, 그렇게 덥지 않을 때는 안개가 끼고 안개가 끼지 않을 때는 눈이 내리고 눈이 오지 않을 때는 얼음이 얼고 얼음이 얼지 않을 때에도 얼음이 얼 때와 마찬가지로 춥습니다. 내가 태어난 곳은 바로 거기 프라스케타 마린카나라는 황무지였습니다. 두 강 사이에는 아름다운 저습지도 있었습니다. 물론 프로폰티스 해변 같지는 않지요……」

「상상이 갑니다.」

「하지만 나는 좋았어요. 공기가 내 친구가 되어 주었지요. 나는 여행을 아주 많이 했습니다. 니케타스 씨. 아마 인도까지 갔었는지도 모릅니다.」

「확실하지가 않은가요?」

「확실하지 않아요. 나는 내가 간 곳이 어디였는지 잘 모르겠어요. 분명 그곳에는 머리에 뿔이 난 남자들과 배 위에 입이 달린 남자들이 있었습니다. 나는 끝도 없는 사막에서, 너무나 넓어 시야에 다 들어오지도 않는 넓은 평야에서 몇 주를 보냈지요. 나는 언제나 내 자신이, 나의 상상력을 뛰어넘는 무엇인가의 포로가 되어 있는 것 같은 느낌이었어요. 하지만 내 고향에서는, 만약 당신이 안개에 쌓인 숲속을 걷다 보면 아직도 어머니의 뱃속에 있는 것 같은 기분을 느낄 겁니다. 당신은 두려움을 전혀 느끼지 않을 것이고 아마 자유를 느낄 겁니다. 안개가 끼어 있지 않을 때에 숲으로 갈 경우, 목이 마르면 나무에서 고드름을 따면 되지요. 그러고 나면 입으로 손가락을 호호 불 겁니다. 손에 젤로니가 잔뜩 생겼을 테니까요……」

「젤로니가 뭡니까……. 웃기는 겁니까?」

「아니요, 내가 말하는 것은 *gheloioi*(웃기는 것)가 아닙니다! 여기서 당신들이 쓰는 말에는 그런 말이 없지요. 난 내가 쓰는 말을 써야만 하니까요. 그것은 당신의 손가락 위에, 그리고 손가락 마디 위에 생긴 상처로 너무 추워서 그런 게 생기는 거지요. 손가락이 아주 가려워요. 그리고 가려운 곳을 긁으면 아프답니다……」

「마치 아름다운 추억을 이야기하듯 그런 이야기를 하시는군요.」

「추위는 아름다운 것이랍니다.」

「누구나 자신이 태어난 고향을 사랑하니까요. 계속하시지요.」

「좋습니다. 예전에는 그곳에 로마 인들이 있었지요. 라틴 어를 말하는 로마 사람들 말입니다. 그리스 어를 말하는 당신들이 지금 로마 인들이라고 부르는 사람들이 아닙니다. 우리는 당신들이 로마 인이라고 부르는 사람들을 〈동로마 인〉이나 〈그레쿨리〉라고 부른답니다. 이런 말을 한 걸 용서해 주시구려. 로마에 있던 로마 인들의 제국은 사라졌지요. 로마에는 교황만이 있을 뿐입니다. 이탈리아 전역에서 서로 다른 언어를 쓰는 다양한 사람들을 볼 수 있었습니다. 프라스케타 사람들은 자기들 언어를 쓰고, 테르도나에서는 또 다른 언어를 사용합니다. 프리드리히 황제와 이탈리아를 여행하면서 나는 아주 부드러운 말들을 들었습니다. 그와 비교해 보니까 우리 프라스케타의 말은 말이라고도 할 수 없는, 개가 짖는 소리와 다름없어요. 아무도 그 말을 글로 적을 수가 없지요. 사람들이 글을 쓸 때에는 여전히 라틴 어를 사용하기 때문이지요. 그래서 내가 이 양피지에 끼적인 게 아마 구어(口語)를 그대로 글로 옮겨 보려고 애쓴 최초의 시도였을 겁니다. 그 후 나는 교양 있는 남자가 되어 라틴 어로 글을 썼습니다.」

「그런데 여기 이건 무슨 말입니까?」

「당신이 보시다시피, 나는 교양 있는 사람들 속에서 살면서 내가 몇 년도에 살고 있는지도 알게 되었습니다. 나는 서기 1155년에 글을 쓴 겁니다. 그때 난 내가 몇 살인지 몰랐습니다. 아버지는 열두 살이라고 했고 어머니는 열세 살일 거라고 생각하셨지요. 그건 아마 어머니께서 내게 하느님에 대한 경외심을 키워 주기 위해 노력을 하다 보니 그 세월이 길게 여겨지셨던 것 같습니다. 내가 글을 썼을 때는 분명 열네 살이 되어 가고 있었습니다. 4월에서 12월까지 글 쓰는 법을 배웠습니다. 황제가 나를 데리고 다닌 후에 나는 모든 상황에서 머리를 짜내서, 그러니까 전쟁터에서, 천막 아래에서, 무너진 집의 담벼락에 기대서 글쓰기에 몰두했습니다. 대개는 서판(書板)에 썼지만 아주 가끔 양피지에 쓰기도 했습니다. 나는 벌써 프리드리히처럼 사는 데 익숙해져 가고 있었습니다. 프리드리히는 같은 장소에 몇 달 이상을 머무르는 법이 절대 없었습니다. 그렇게 머무는 것도 겨울뿐이었습니다. 그 이외에, 1년의 나머지 날들은 길에서 보냈습니다. 매일 밤 다른 곳에서 잠을 자면서 말입니다.」

「그랬지요. 그런데 당신이 들려줄 이야기는 뭔가요?」

「그해 초에 나는 내 아버지 어머니와 살고 있었습니다. 암소 몇 마리와 채소밭이 우리의 재산이었지요. 그 지역에 살던 은자(隱者)가 내게 글읽기를 가르쳐 주었습니다. 나는 숲으로 저습지로 이리저리 돌아다녔지요. 난 상상력이 풍부한 소년이었습니다. 난 유니콘을 보았습니다. 그리고 말씀드렸듯이 안개 속에서 성 바우돌리노가 내 앞에 나타났습니다.」

「전 바우돌리노 성인에 대한 이야기는 한 번도 들어본 적이 없습니다. 정말 당신 앞에 나타나셨나요?」

「바우돌리노 성인은 우리 고향의 성인입니다. 빌라 델 포로의 주교이셨습니다. 그리고 내가 그분을 보았느냐 그렇지 않느냐는 다른 문제입니다. 니케타스 씨, 내 인생의 문제는 내가 직접 두 눈으로 본 것과 내가 보고 싶어했던 것을 항상 혼동한다는 겁니다…….」

「많은 사람들에게 일어나는 일이지요…….」

「그렇습니다. 하지만 내게는 항상 일어나는 일입니다. 내가 이런 것을 보았다고 말하거나 이렇게 씌어진 편지(어쩌면 내가 쓴 편지였는지도 모릅니다)를 발견했다고 말하기만 하면 다른 사람들은 바로 그것을 기다리기나 했다는 듯한 반응을 당장 보이는 것 같았습니다. 보십시오, 니케타스 씨, 자신이 상상했던 무엇인가에 대해 말하기만 하면 다른 사람들이 정말 그렇다고 말하는 겁니다. 그러면 자신도 그 일이 진짜 일어난 일인 것처럼 믿어 버리게 되는 거지요. 그러니까 나는 프라스케타로 가다가 숲속에서 성인들과 유니콘들을 보았습니다. 그리고 내가 황제를 만났을 때, 나는 그가 황제인지도 모른 채 그 황제가 사용하는 언어로 황제에게 말을 했습니다. 바우돌리노 성인께서 프리드리히가 테르도나를 정복할 것이라고 알려 주었다고 말입니다. 나는 그를 기쁘게 해주려고 그런 말을 한 겁니다. 하지만 그는 그 말이 자기에게 이로웠기 때문에 그 말을 모든 사람에게 전했습니다. 특히 테르도나 사절들에게 그 말을 했지요. 그 말을 들은 테르도나 사람들은 성인들조차 자신들에게 등을 돌렸다고 믿게 되었습니다. 프리드리히가 내 아버지에게서 나를 산 것은 바로 그 때문이었어요. 내 아버지는 돈 몇 푼 때문이 아니라, 먹여 살릴 입 하나를 줄이려고 날 판 것이고요. 그렇게 해서 내 인생이 바뀌게 되었습니다.」

「당신은 황제의 신하가 되었나요?」

「아니요. 아들입니다. 그 당시 프리드리히에게는 아직 자식이 없었어요. 내 생각에 그는 나를 아주 사랑했던 것 같습니다. 다른 사람들이 황제를 경외하는 마음에 감히 하지 못하는 말들을 나는 황제에게 했으니까요. 황제는 나를 친자식처럼 대했습니다. 악필인 내 글씨체, 손가락으로 하는 산술 실력, 그의 아버지에 대해, 그 아버지의 아버지에 대해 익혀

가고 있던 기본적인 지식들을 칭찬했습니다. 아마도 내가 이해를 하지 못한다고 생각했기 때문에, 이따금 내게 자기 마음을 털어놓았는지도 모릅니다.」

「그러면 이 양아버지를 친아버지보다 더 사랑한 겁니까, 아니면 그의 권위에 끌렸던 겁니까?」

「니케타스 씨, 그때까지 나는 내가 내 아버지 갈리아우도를 사랑하는지 내 자신에게 물어본 적이 없었어요. 나는 그저 아버지에게 발길질을 당하거나 매를 맞지 않으려고 애를 썼을 뿐이니까요. 내가 보기에는 보통 아들들이 다 그러는 것 같았지요. 내가 아버지를 사랑했다는 것은 아버지가 돌아가시고 나서야 알게 되었지요. 나는 그보다는 불쌍한 여인인, 어머니의 품에 안겨 울곤 했어요. 하지만 어머니는 돌보아야 할 가축이 많았기 때문에 나를 달래 줄 시간이 별로 없었어요. 프리드리히는 아주 키가 컸습니다. 하얀 얼굴에 붉은 기가 감돌았지요. 우리 고향 사람들의 피부색과 전혀 달랐어요. 머리카락과 수염은 붉게 타오르는 것 같았고 손은 길고 손가락들은 가느다랬지요. 손톱은 정성스럽게 다듬어져 있었고요. 그는 자신감에 넘쳤고 그런 자신감을 다른 사람에게 불어넣어 주었어요. 그는 쾌활하고 결단력 있는 성격으로 다른 사람들에게 그 쾌활함과 결단력을 불어넣어 주었지요. 그는 용기 있는 사람이었고 다른 사람에게 그 용기를 불어넣어 주었습니다……. 나는 사자 새끼였고 그는 사자였습니다. 그는 자신이 잔인하다는 것을 알고 있었지만 자기가 사랑하는 사람들에게는 한없이 다정했지요. 나는 그를 사랑했습니다. 그는 내가 하는 말에 귀를 기울여 준 최초의 사람이었어요.」

「황제는 민중들의 소리를 듣기 위해 당신을 이용한 겁니다……. 훌륭한 군주로군요. 그는 궁정인들의 이야기에만 귀를 기울인 게 아니라 자신의 백성들이 무슨 생각을 하고 있는지를 알아보려고 애를 쓴 겁니다.」

「그렇습니다. 하지만 나는 내가 누구이고 어디에 있는지 더 이상 알 수가 없었어요. 내가 황제를 만났을 때, 그러니까 4월부터 9월까지 황제의 군대는 이탈리아를 두 번 통과했어요. 한 번은 롬바르디아에서 로마로 그리고 또 한 번은 정반대 방향인, 지그재그로 진군을 했습니다. 스폴레토에서 앙코나로, 거기서 아풀리에로, 그런 다음 다시 로마니아로 행군했다가 베로나와 트리덴툼과 바우차노 쪽으로 가서 마침내 산을 넘어 독일로 돌아간 것이지요. 나는 두 개의 강 사이에서 겨우 12년을 보낸 뒤에 세계의 중심으로 도약을 했던 겁니다.」

「당신이 보기에는 그랬겠지요.」

「니케타스 씨, 당신들의 제국이 세계의 중심이라는 것을 알고 있습니다. 그렇지만 세상은 당신들의 제국보다 훨씬 더 넓답니다. 울티마 툴레[17]도 있고 히베르니아[18] 지방도 있어요. 물론 콘스탄티노플 앞에서 로마는 폐허 더미에 불과하고, 파리는 진흙탕의 시골 마을에 불과하지만, 그곳에서도 매번 무슨 일인가가 일어난답니다. 세계의 넓고넓은 지역에서는 그리스 어를 사용하지 않아요. 동의한다는 것을 말하는데 〈옥〉[19]이라는 말을 쓰는 사람들도 있답니다.」

「〈옥〉이라고요?」

---

17) 북방의 끝에 있다는 전설의 섬.
18) 아일랜드의 라틴 어 명칭.
19) oc. 프로방스 어에서 〈예〉에 해당하는 말.

「그렇습니다. 〈옥〉이오.」

「이상한 말이군요. 어쨌든 계속하시지요.」

「계속하지요. 난 이탈리아 전역을 보았습니다. 새로운 장소와 새로운 얼굴들을 보았고 한 번도 본 적이 없는 의상들을 보았지요. 다마스크 천, 수놓은 옷들, 황금빛 망토, 검과 갑옷 같은 것들을 구경했습니다. 매일 흉내 내기조차 힘든 여러 말소리도 들었지요. 희미하게나마 생각나는 일이 하나 있는데, 프리드리히가 파비아에서 이탈리아 왕들이 쓰는 철 왕관을 받았다는 것이었어요. 그리고 이른바 이탈리아 내륙으로 접어들어 비아 프랑키게나[20]를 타고 계속 내려왔고, 황제는 수트리에서 하드리아누스 교황을 만나 로마에서 대관식을 하고······.」

「그런데 당신의 바실레우스가, 그러니까 당신들이 일컫는 바대로라면 황제가 파비아에서 대관식을 한 겁니까, 아니면 로마에서입니까? 그리고 그 황제가 알라마노이(독일인들)의 바실레우스라면 왜 이탈리아에서 대관식을 한 겁니까?」

「차례대로 이야기합시다, 니케타스 씨. 우리 라틴 인들의 지역에서는 당신네 동로마 인들처럼 일이 그렇게 쉽지가 않답니다. 당신네들은 어떤 기회가 찾아오면 바실레우스의 눈을 뽑아 버리고 자신이 바실레우스가 됩니다. 그러면 모두 동의를 하고 심지어 콘스탄티노플의 대주교도 새 바실레우스가 말한 대로 행동하게 됩니다. 그렇지 않았다가는 새 바실레우스가 대주교의 눈도 뽑아 버릴지 모르니까요······.」

---

20) 〈프랑스로 가는 길〉. 비아 로메아(*Via Romea*, 로마로 가는 길)라고도 함.

「지금 너무 과장을 해서 말씀하시는군요.」

「내가 과장을 한다고요? 내가 이곳에 도착했을 때 사람들이 곧 설명을 해주더군요. 바실레우스인 알렉시오스 3세가 합법적인 바실레우스인 그의 형 이사키오스를 장님으로 만들고 왕좌에 올랐다고 말입니다.」

「당신네 지역에서는 그럼 왕좌를 차지하기 위해 이전의 왕을 제거한 왕이 한 사람도 없다는 말입니까?」

「없지요. 대신 전투 중에 왕을 살해하거나 독약이나 단검으로 살해하는 거지요.」

「보십시오, 당신들은 야만인들입니다. 당신들은 지배 체제의 문제를 해결할 때 피를 덜 흘리는 방법을 생각해 내질 못하고 있어요. 이사키오스는 알렉시오스의 형이었습니다. 그리고 동생이 형을 죽이지는 않았습니다.」

「알겠습니다. 그러니까 그런 행동이 자비의 행동이었다, 이거군요. 우리 쪽은 그렇지 않습니다. 카롤루스 대제[21] 시대부터 라틴 인들의 황제는 라틴 인이 아닌 사람이 되었는데 그들은 로마 황제들의 계승자입니다. 내가 말하는 로마 황제들은 콘스탄티노플이 아니라 로마에 있었던 황제들입니다. 그런데 그 계승을 확실히 하기 위해서는 교황으로부터 왕관을 받아 써야 했습니다. 그리스도의 법률이 거짓된 법률, 허위의 법률을 모두 없애 버렸기 때문입니다. 하지만 교황에게서 왕관을 받아 쓰려면 황제는 이탈리아 도시들의 승인도 받아야만 했습니다. 이 도시들이 각자 자기들이 원하는 일을

---

21) Carolus Magnus. 프랑크 왕국의 왕(재위 768~814). 독일에서는 카를 대제Karl der Große, 프랑스에서는 샤를마뉴Charlemagne, 이탈리아에서는 카를로 마뇨Carlo Magno라고 부른다.

조금씩 하고 싶어하기 때문에 황제는 이탈리아의 왕으로서도 인정을 받아야 하지요 — 물론 먼저 독일 제후들에게 선출이 되어야 가능한 일이지요, 아시겠습니까?」

니케타스는 라틴 인들이 비록 야만인들이기는 하지만 아주 복잡한 사람들이며, 신학적인 문제를 논의할 경우에는 날카롭거나 특별한 것이 전혀 없지만 법률의 문제에 대해서는 머리카락 하나를 넷으로 나눌 수도 있는 사람들이라는 것을 오래전부터 알고 있었다. 비잔틴의 동로마 인들이 여전히 콘스탄티누스가 행사하는 권력에 대해서는 의문을 제기하지 않은 채 주님의 본질을 규정하기 위한 유익한 종교 회의로 수세기를 보내는 동안에, 서쪽의 사람들은 신학의 문제는 로마의 사제들에게 맡겨 놓고 자신들은 아직 황제가 존재할 수 있는지, 있다면 그게 누구인지를 정하기 위해 서로를 독살하고 전투용 도끼를 휘두르며 시간을 보냈다. 진짜 황제를 더 이상 가질 수 없다는 굉장한 결과를 만들어 내고 말았지만 말이다.

「그러니까 프리드리히는 로마에서 대관식을 거행할 필요가 있었군요. 틀림없이 아주 장엄하게 했을 것 같은데…….」

「어느 정도까지는 그렇다고 할 수 있죠. 제가 이렇게 말하는 이유는, 첫째, 로마의 베드로 대성당은 소피아 성당에 비교하면 오두막이고 또 좀 황폐해져 있었기 때문입니다. 두 번째 이유는 로마의 상황이 아주 혼란스러웠기 때문입니다. 그 무렵 교황은 베드로 성당과 자기의 성 근처에 피신을 해 있었습니다. 강 건너의 로마 인들이 도시의 주인이 된 것 같았습니다. 세 번째는 교황이 황제를 무시한 것인지 황제가 교황을 무시한 것인지를 잘 알 수 없었기 때문입니다.」

「어떤 의미에서 말인가요?」

「예를 들면 궁정에서 영주들이나 주교들이 하는 말을 들으면 그들은 교황이 황제를 대하는 태도 때문에 몹시 분개했습니다. 대관식은 일요일에 거행되어야 했는데 그들은 토요일에 거행했습니다. 황제는 중앙 제단에서 성유를 발라야 했는데 측면의 제단에서 했습니다. 그리고 예전처럼 이마에 성유를 바른 게 아니라 팔과 견갑골 사이에 기름을 발랐고 성유가 아니라 세례받을 준비를 하는 초심자들에게 발라 주는 기름을 발랐습니다 — 어쩌면 당신은 이 차이를 이해하지 못할지도 모릅니다. 그 당시에는 나도 잘 몰랐으니까요. 그런데 궁정 사람들의 얼굴은 모두 어두웠습니다. 나는 프리드리히가 표범처럼 성을 낼 것이라고 예상했지요. 하지만 예상과는 달리 그는 교황에게 아주 공손했습니다. 오히려 교황이 불안에 가득 찬 얼굴이었습니다. 나쁜 짓을 저지른 사람처럼 말입니다. 나는 프리드리히에게 솔직하고 분명하게 물어보았습니다. 남작들은 불평을 하는데 왜 황제께서는 불평을 하지 않느냐고 말입니다. 그러자 프리드리히는 내게, 의식이 지니고 있는 상징적인 가치들을 이해할 줄 알아야 한다고 대답했지요. 의식은 아무것도 변화시킬 수 없고 의식 그 자체로 족한 것이라고 말입니다. 프리드리히에게는 대관식이, 그것도 교황이 거행하는 대관식이 필요했던 거지요. 하지만 그것은 지나치게 엄숙해서는 안 되었어요. 만약 지나치게 엄숙했다면 그는 오로지 교황의 은혜를 입어 황제가 되었다는 말이 되는 거지요. 하지만 그는 이미 독일 제후들의 의사에 따라 황제가 된 것이었지요. 나는 프리드리히에게 돌담비처럼 교활했다고 말했습니다. 그가 마치 이렇게 말하는 것 같았기 때문입니다. 교황 너는 여기서 그저 공증인 노릇이나 하는 거야, 난 이미 하느님과 계약서에 서명을 했거든. 프리드리히는 내 머리를 가볍게 치면서 웃어 대기 시작했어요. 그가 말했습니다. 아주 훌륭해. 넌 사건들을 정확히 말하는 법을 금방 배우는구나. 그러더니 내게 그 며칠 동안 로마에서 무얼 하며 지냈냐고 물었습니다. 대관식에 신경을 쓰느라 나를 보지 못했던 겁니다. 저는 대체 어떤 종류의 의식들을 폐하께서 거행하는지 보았어요, 나는 이렇게 대답했어요. 사실 로마 인들은 — 내가 말하는 건 로마에 사는 사람들입니다 — 베드로 성당에서 대관식을 거행하는 것을 좋아하지 않았어요. 교황보다 훨씬 더 중요한 역할을 하기를 바라던 로마 원로원이 프리드리히의 대관식을 캄피돌리오에서 거행하고 싶어했기 때문이었죠. 하지만 프리드리히는 그것을 거절했지요. 그것은 나중에 돌아가서 민중에게 대관을 받았다고 말하면 독일의 제후들뿐만 아니라 프랑스와 영국의 왕들이 신성한 평민이 거행한 도유식이 대체 얼마나 근사했냐고 말할 게 분명했기 때문이었지요. 반면 교황이 그에게 도유를 해주었다고 한다면 모두들 그것을 진지하게 받아들일 겁니다. 하지만 일은 그것보다 훨씬 더 복잡했어요. 나는 나중에서야 그 사실을 알게 되었습니다. 독일의 제후들은 얼마 전부터 *Translatio imperii*(제국의 이전)에 대해 말하기 시작했어요. 다시 말하자면 신성 로마 제국의 황제 계승권이 자기들에게 넘어왔다는 말을 하고 싶던 거지요. 지금 프리드리히가 교황에게 대관을 받았다면 그것은 지상에 사는 그리스도의 대리자에게도 황제의 권리를 인정받았다는 말이 되는 겁니다. 말하자면 황제가 에데사나 레겐스부르크에 살고 있다고 해도 그 사실에는 변함이 없는 거지요. 하지만 만약 그가 원로원, 그리고 *Populusque Romanus*(로마 민중)에게 대관을 받았다면 이것은 황제가 계속 로마에 있어야 한다는 것을 의미하고 *translatio*(이전)는 있을 수 없는 게 되는 겁니다. 프리드리히는, 우리 아버지 갈리아우도가 늘 말하듯이, 영악한 검정 새였어요. 물론 아버지가 그 말을 하셨을 때 황제는 거기 없었지요. 대관식을 축하하는 연회가 열렸을 때 성난 로마 인들이 테베레 강을 건너왔습니다. 그리고 그 당시 날마다 일어났던 일이지만 사제 몇 명을 죽였을 뿐만 아니라, 두세 명의 황제군을 죽인 것도 바로 이런 이유 때문이었지요. 프리드리히는 끓어오르는 분노로 얼굴이 붉어졌지요. 그는 당장 연회를 중단시켰고, 그 로마 인들을 모두 죽이라고 했어요. 그 일이 있은 뒤, 테베레 강에는 물고기보다 시체가 더 많이 떠다녔어요. 그 후부터 프리드리히는 이탈리아 코무네(중세의 자치 도시)들에 대해 좋지 않은 감정을 갖게 되었어요. 7월 말 스폴레토에 도착해서 그곳 사람들에게 그를 극진히 대접할 것을 요구했는데 그들이 갖가지 핑계를 대자 황제가 로마에서보다 더 분노한 것은 바로 이 때문이었지요. 그는 스폴레토 사람들을 학살했는데 콘스탄티노플의 학살 같은 것은 스폴레토의 것에 비교하면 장난이나 다름없어요. 니케타스 씨. 당신이 알아야 할 게 있어요. 황제는 감정 같은 것들을 중요하게 생각하지 않으면서 황제다운 행동을 해야만 한다는 것이지요……. 나는 그 몇 달 동안 정말 많은 것들을 배웠습니다. 스폴레토를 지나 앙코나에서는 그곳에 와 있던 비잔틴의 사절들과의 만남이 있었어요. 그런 다음 북이탈리아 쪽으로 되돌아갔지요. 오토 주교가 피레네라고 불렀던 알프스의 기슭까지 말입니다. 나는 그때 생전 처음으로 눈에 덮인 산 정상을 보았습니다. 그러는 동안에 대성당 참사회원인 라에빈이 나에게 날마다 글 쓰는 법을 가르쳐 주었어요.」

「어린아이에게는 너무 어려운 입문이었군요……」

「아닙니다. 조금도 어렵지 않았어요. 사실 제대로 이해를 못하면 라에빈이 꿀밤을 먹이긴 했지요. 그는 나를 따뜻하게도 차갑게도 대하지 않았어요. 그리고 난 이미 우리 아버지에게 맞는 일에 익숙해 있었으니까요. 게다가 모든 게 내 입에 달려 있었지요. 내가 바다에서 세이렌을 보았다고 해도 — 황제가 나를, 성인들을 만난 아이로 궁정에 데려간 뒤이기 때문에 — 사람들은 모두 내 말을 믿었고 모두들 내게 너무나 대단하다고 말했으니까요……」

「그 때문에 당신이 말을 가려서 하는 법을 배웠겠군요.」

「그 반대요. 나는 그 때문에 말을 가리지 않고 마음대로 하는 법을 배웠습니다. 그러니까 나는 내가 뭐라고 말을 하든, 내가 그렇게 말했기 때문에 그 말은 사실이라고 생각을 했습니다. 우리가 로마를 향해 가고 있을 때 콘라트라는 신부가 내게 그 도시의 *mirabilia*(경이로움들)에 대한 이야기들을 들려주었습니다. 캄피돌리오의 일곱 기마상 이야기를 해주었는데 그 일곱 상은 일주일의 하루하루를 나타내며 각각 종을 하나씩 들고 있어서 제국의 지방에서 반란이 일어났을 경우 그것을 알려 준다고 했습니다. 또 저절로 움직이는 청동상들, 그리고 마법의 거울들이 가득 찬 궁전 등에 대해서도 말해 주었지요. 그 뒤 우리는 로마에 도착을 했습니다. 테베레 강변에서 학살이 벌어지던 그날 나는 거기서 도망을 나와 로마 시내를 돌아다녔지요. 발걸음 닿는 대로 가보았어요.

내가 본 것은 낡은 폐허 더미 속을 거니는 양 떼들과 주랑 밑에서 히브리 어로 떠들며 생선을 파는 서민들뿐이었어요. 캄피돌리오의 기마상 이외에, 정작 경이로움이라고는 하나도 보지 못했지요. 캄피돌리오의 기마상도 내가 보기에는 뭐 그리 대단한 것 같지는 않더군요. 하지만 내가 시내를 한 바퀴 돌고 돌아오자 모두들 내게 무엇을 보았는지 물어보더군요. 내가 뭐라고 할 수 있었겠습니까? 로마에는 폐허 더미 속의 양 떼들과 양 떼들 속의 폐허 더미밖에 없다고 말해야 할까요? 그렇게 말한다면 아마 아무도 내 말을 믿지 않을 겁니다. 그렇게 해서 나는 그 신부에게 들었던 경이로움을 이야기했지요. 그리고 이야기를 하면서 뭔가 다른 것도 덧붙였어요. 예를 들면 라테란의 궁전에서 다이아몬드로 장식된 금 성골 상자를 보았는데 그 안에는 주님의 배꼽과 포피(包皮)가 담겨 있었다고 말입니다. 모든 게 다 내 입에 달려 있었습니다. 사람들은 그날 로마 인들을 학살해야 해서 그 경이로움을 모두 구경할 수 없었던 게 애석하다고 말했어요. 그렇게 해서 오랫동안 나는 독일에서, 부르고뉴에서, 심지어 여기 콘스탄티노플에서까지 로마 시의 불가사의에 대해 말하는 것을 듣게 되었어요. 바로 내 입에서 나온 이야기라는 단 한 가지 이유 때문에 그렇게 된 거지요.」

그럭저럭 지내는 동안 수도사 복장을 한 제노바 인들이 돌아왔다. 그들은 종을 치면서 한 무리의 사람들을 데리고 왔는데, 사람들은 모두 흰 천으로 얼굴까지 감싸여 있었다. 흰 천은 때가 묻어 거의 회색에 가까웠다. 그 사람들은 니케타스의 아내와 매우 우아하고 아름다운 젊은이인 아들, 딸들,

그리고 몇몇 친척들과 하인들이었다. 니케타스의 아내는 아직 갓난아기를 품에 안고 있었고 게다가 임신 중이었다. 제노바 인들은 그들이 도시를 통과할 수 있도록 나병 환자 패거리로 위장시켰다. 순례자들도 이들에게 길을 비켜 줄 정도였다.

「순례자들이 어떻게 자네들을 진짜 수도사로 생각을 할 수 있었지?」 바우돌리노가 웃으면서 물었다. 「나병 환자들이야 그렇다 치고 자네들은 그렇게 차려입고 있어도 전혀 수도사 같지가 않은걸!」

「이렇게 말해서 미안하지만 순례자들은 멍청한 일당이지요.」 타라부를로가 대답했다. 「그리고 여기서 오래 살았기 때문에 필요한 만큼의 그리스 어는 우리도 안답니다. 우리는 〈키리에 엘레이손 피게 피게〉라고 계속 말했지요. 모두 함께 낮은 목소리로 말입니다. 마치 연도(連禱)를 하듯 말입니다. 그러자 순례자들은 한쪽으로 물러났지요. 성호를 긋는 사람도 있었고 우리에게 두 손가락을 펴 보이는 사람도 있었고, 또 자기 불알을 만지는 사람들도 있었어요.」

한 하인이 니케타스에게 상자를 하나 가져다 주었다. 니케타스는 방 한구석으로 가서 그 상자를 열었다. 그는 집주인에게 줄 금화 몇 닢을 가지고 다시 제자리로 돌아왔다. 집주인들은 한없는 감사의 인사를 했다. 그리고 니케타스가 이 집을 떠날 때까지 이 집의 주인은 니케타스라고 확언을 했다. 가족의 수가 많았기 때문에 약간 불결한 골목들을 사이에 두고 위치해 있는 근처의 주택에 흩어져서 생활하게 되었다. 전리품을 찾으려고 그 더러운 골목에 들어올 생각을 할 만한 라틴 인은 단 한 명도 없을 것 같았다.

이제 안심이 된 니케타스는 페베레를 불렀다. 페베레는 제노바 인들 중에서 가장 영향력이 있어 보였다. 니케타스는 그에게 만약 자신이 숨어서 지내야만 할 경우, 이 때문에 자신이 평소 즐기던 일을 포기하고 싶지는 않다고 말했다. 도시는 불타고 있지만 항구에는 계속 상선과 어부들의 배가 도착을 하고 있었다. 뿐만 아니라 배들은 물건을 상점들에 하역할 수가 없어서 황금뿔 해안에 정박하고 있어야만 했다. 돈만 있다면 편안한 삶에 필요한 모든 것을 싼값에 구입할 수 있었다. 요리는 겨우 목숨을 구한 니케타스의 친지들 중에 그의 처남 테오필로스가 맡았다. 그는 훌륭한 요리사였다. 필요한 재료들을 그에게 물어보기만 하면 되었다. 그렇게 해서 오후가 될 무렵에 니케타스는 자신의 손님에게 로고테트답게 식사를 대접할 수 있었다. 마늘과 양파, 부추로 속을 넣고, 소금에 절인 생선으로 소스를 만들어 얹은, 기름진 새끼 염소 요리였다.

「2백 년도 더 전에,」 니케타스가 말했다. 「리우트프란도 주교가 당신들의 왕인 오토의 대사로 콘스탄티노플에 왔습니다. 그는 바실레우스 니케포로스의 영접을 받았지요. 별로 좋은 만남은 아니었습니다. 우리가 알고 있기로, 리우트프란도 주교가 콘스탄티노플 여행에 대한 보고서를 작성했는데 그 보고서에서 우리 로마 인들이 더럽고 거칠고 미개하고 낡아 빠진 옷을 입는다고 묘사를 했습니다. 그는 송진 냄새가 나는 포도주조차 참을 수 없어 했습니다. 그가 보기에 우리 음식은 기름에 절인 것 같았지요. 그런 그가 열광적으로 칭찬한 게 꼭 하나 있습니다. 바로 이 요리입니다.」

바우돌리노는 새끼 염소 요리가 입에 맞았다. 그는 계속 니케타스의 질문에 대답을 했다.

「그러니까 병사들과 살면서 당신은 쓰기를 배운 거로군요. 그래도 이미 읽을 줄은 알았지요.」
「그렇습니다. 하지만 쓰는 것은 읽는 것보다 훨씬 더 힘이 들었어요. 라틴 어로 써야 했지요. 황제가 병사들의 고향을 물어봐야만 할 경우 그 병사들에게 독일어로 물어볼 수는 있지만, 교황이나 하느님 도와주세요를 입에 달고 사는 사촌[22)]에게 편지를 써야 할 경우에는 라틴 어로 써야만 했지요. 공문서국의 모든 기록도 마찬가지였어요. 나는 글자를 서판에다 그렸는데 처음에는 무척 힘들었습니다. 의미를 알 수도 없는 말과 문장들을 베꼈지요. 결국 그해 말에 글씨를 쓸 수 있게 되었습니다. 그러나 아직 라에빈이 시간이 나지 않아 내게 문법을 가르쳐 줄 수가 없었어요. 나는 베껴 쓸 줄은 알았지만 내 머릿속의 생각을 표현할 수는 없었습니다. 프라스케타 말로 글을 쓴 것은 바로 이 때문이었어요. 그런데 내가 쓴 게 정말 프라스케타 말이었을까요? 내 주위에서 들었던 다른 구어(口語)들, 그러니까 아스티, 파비아, 밀라노, 제노바 사람들, 당연히 자기들끼리는 의사 소통이 되는 사람들의 구어들이 머릿속에 뒤섞여 있었어요. 그리고 후에 우리는 그쪽 지역에 도시를 하나 세웠습니다. 여기저기서 사람들을 모아 와서 탑을 하나 쌓기로 했습니다. 그 사람들은 말을 할 때 모두 똑같은 방식으로 말을 했어요. 그건 바로 내가 고안했

---

22) 예-하느님-저를-이렇게*Jasomirgott* 하인리히 공. 이 별명은 하인리히가 자주 〈오 하느님께서 저를 이렇게 도와주시기를〉 하고 자주 외쳤기 때문에 붙게 되었다.

던 방법과 좀 비슷한 것 같아요.」

「당신은 노모테트[23]였군요.」 니케타스가 말했다.

「무슨 말을 하시는지 잘 모르겠군요. 하지만 아마 그랬을 겁니다. 어쨌든, 그 뒤의 종이에는 이미 훌륭한 라틴 어가 적혀 있었습니다. 레겐스부르크에 있을 때 나는 오토 주교에게 맡겨져 조용한 수도원에서 주교의 보살핌을 받게 되었습니다. 평화로운 수도원 속에서 나는 양피지를 하나하나 넘겼습니다……. 하나하나 배워 간 것이지요. 아마 당신도 내가 이미 글이 씌어져 있는 양피지에서 글을 아무렇게나 긁어 내고 그 위에 글을 쓴 것임을 알아차렸을 겁니다. 어떤 부분에서는 원래의 글이 밑에 그냥 씌어져 있기도 하니까요. 나는 정말 악동이었습니다. 내 스승들의 양피지를 훔쳐 내서 이틀 밤을 새워 가며 그 양피지에 적힌 글씨들을 긁어 낸 겁니다. 내가 글을 쓸 수 있는 공간을 만들기 위해서지요. 제 생각으로는 제가 쓴 양피지는 고문서였던 것 같았습니다. 그 뒤 오토 주교는 자신이 10년 전부터 써온 『연대기 혹은 두 도시 이야기』 첫 판이 없어져 절망을 했습니다. 주교는 애꿎은 라에빈만 야단을 쳤습니다. 여행 중에 그것을 잃어버린 게 틀림없다고 말입니다. 주교는 2년 뒤 그것을 다시 쓰기로 마음먹었지요. 내가 주교의 필사자 노릇을 했습니다. 나는 주교의 『연대기』의 초판을 내가 긁어 버렸다고 고백할 만한 용기가 나지 않았습니다. 아시다시피 그 뒤에 나 역시 내 연대기를 잃어버렸으니 공평하게 된 거지요. 다만 난 주교처럼 연대기를 다시 쓸 용기는 나지 않습니다. 그렇지만 내가 알기로는, 오토 주교

---

23) 〈법을 세우는 사람〉이란 뜻의 그리스 어.

는 연대기를 다시 쓰면서 내용을 바꾸고 있었습니다…….」

「무슨 말이지요?」

「이 세상에 대한 이야기인 오토 주교의 『연대기』를 읽어 보시면 주교가, 말하자면, 세상과 우리 인간들에 대해 긍정적인 견해를 가지고 있지 않았다는 것을 알게 될 겁니다. 세상은 처음에는 선하게 시작이 되었을지 모르지만 점점 더 나빠져서 결국에는 *mundus senescit*(노쇠한 세상)가 되는 거지요. 세상은 늙어 가고 있고 우리가 결국 향해 가는 곳이란……. 그런데 오토 주교가 다시 『연대기』를 쓰기 시작한 바로 그해에 황제는 오토 주교에게 자신의 모험들을 기리는 글을 써달라고 청했습니다. 그래서 오토 주교는 『프리드리히의 치적』을 쓰기 시작했지요. 그러나 그 글을 쓰기 시작한 뒤 1년이 조금 더 지난 뒤 세상을 뜨셨기 때문에 완성할 수가 없었습니다. 주교가 죽은 뒤 라에빈이 그 글을 계속 썼지요. 그런데 당신은, 당신의 국왕이 왕좌에 오름과 동시에 *historia iucunda*(행복한 역사)의 세기가 열렸다는 확신을 가지고 있지 않다면 그 국왕의 치적을 이야기할 수 없을 겁니다…….」

「자신의 황제들이 어떻게, 무엇 때문에 파멸을 향해 치달았는지를 엄중하게 쓸 수 있어야 합니다.」

「당신이라면 그렇게 할 수 있었을 겁니다, 니케타스 씨. 하지만 그 훌륭하신 오토 주교는 아니었어요. 일이 어떻게 되었는지만 이야기해 드리지요. 그렇게 해서 그 성인께서는 한편으로는 『연대기』를 다시 쓰고, 또 한편으로는 『치적』을 써 나갔지요. 『연대기』에서 세상은 타락해 갔지만, 치적에서 세상은 점점 더 좋아질 수밖에 없었어요. 당신은 아마 모순이라고 말할 겁니다. 바로 그겁니다. 내가 추측컨대 처음 쓴

『연대기』에서 세상은 점점 더 타락해 갔었는데, 지나친 모순에 빠지지 않기 위해 오토 주교는 『연대기』를 다시 쓰면서 우리 가엾은 인간들에게 더 너그러운 태도를 취한 것 같습니다. 그건 내가 초판 양피지를 긁어 버렸기 때문에 일어난 일이지요. 아마 그 초판이 그대로 있었다면 주교는 『치적』을 쓸 용기를 내지 못했을 겁니다. 장래에 프리드리히가 이런 일을 했고 저런 일은 하지 않았다고 말할 수 있는 건 이 『치적』 덕택이라고 할 수 있으니까, 내가 『연대기』 초판을 긁어 버리지 않았다면, 프리드리히가 한 일은 전혀 전해지지 않아 그는 아무것도 하지 않은 게 되고 말았겠지요.」

니케타스는 생각했다. 당신은 거짓말쟁이 크레타 인 같군요. 당신은 내게 자신이 이름난 거짓말쟁이라고 말하면서도 내게 당신을 믿으라고 강요하는군요. 당신은 모든 사람들에게 거짓말을 했지만 나에게만은 그렇지 않다는 것을 믿게 만들려고 하고 있어요. 나는 오랫동안 여러 황제들을 모시며 궁정 생활을 하면서 당신보다 훨씬 더 교활한 거짓말쟁이의 대가들이 파놓은 함정에서 벗어나는 법을 배웠소……. 당신의 고백에 따르면 당신은 당신 자신이 누구인지도 알지 못하고 있어요. 그리고 어쩌면 바로 이 때문에 당신이 심지어 자기 자신에게까지, 그렇게 많은 거짓말을 하고 있는 것인지도 모르겠구려. 당신은 지금 나에게 당신이 놓친 이야기를 만들어 달라고 부탁하고 있어요. 하지만 나는 당신과 같은 종류의 거짓말쟁이가 아니에요. 다른 사람들의 이야기에서 진실을 찾아내기 위해 그들의 이야기를 물어 온 게 내 삶이지요. 어쩌면 당신은 양아버지인 프리드리히 황제의 원수를 갚기 위해 누군가를 죽인 뒤, 당신을 무죄로 만들어 줄 수 있는 이야기를 내게 요구하고 있는 것인지도 모르겠군요. 당신은 황제 아버지와의 사랑 이야기를 차츰차츰 만들어 가고 있어요. 그렇게 하면 아버지의 복수를 해야 할 의무가 너무나 자연스럽게 설명이 되겠지요. 프리드리히 황제가 암살당했고 당신이 죽인 그 사람이 황제를 암살했다고 해두지요.

이런 생각을 한 뒤에 니케타스는 밖을 바라보았다. 「아크로폴리스로 불이 번지고 있군요.」 니케타스가 말했다.

「내가 여러 도시에 불행을 가져다 주었어요.」

「당신은 자신이 전지전능하다고 생각하는군요. 오만의 죄를 범하시네요.」

「아니지요, 오히려 자학을 하고 있지요. 지금까지 살아오는 동안, 내가 어느 도시에 가까이 가기만 하면 그 도시가 파괴되는 일이 벌어졌습니다. 난 마을들이 드문드문 있고 소박한 성들이 몇 채 있는 그런 땅에서 태어났습니다. 내 고향에서 난 지나가는 상인들이 메디올라눔 시의 아름다움을 칭찬하는 것을 몇 번인가 들었을 뿐, 도시란 게 어떤 것인지도 몰랐어요. 멀리 테르도나 시의 탑들이 보이기는 했지만 그 테르도나에도 가보지 않았어요. 난 아스티나 파비아 같은 도시들은 천국과 가까운 곳에 있다고 믿었지요. 그 후 내가 알게 된 도시들은 모두 파괴되어 가고 있거나 이미 불타 버린 도시뿐이었지요. 테르도나, 스폴레토, 크레마, 밀라노, 로디, 이코니온, 그리고 픈다페침까지 모두 말입니다. 그래서 아마 이런 일들이 벌어진 걸 거요. 당신들 그리스 인들이 말하듯이 내가 재난을 불러오는 악의 눈길을 가진 *Polioklast*(도시 파괴자)인가요?」

「스스로를 벌줄 수 있는 사람은 없습니다.」

「당신 말이 맞습니다. 딱 한 번, 내 거짓말로 한 도시를, 그러니까 내 고향 도시를 구해 본 적이 있어요. 그런 일 한 번만으로도 재앙을 불러오는 사람에서 제외될 수 있다는 말씀인지요?」

「운명이란 존재하지 않는다는 말이지요.」

바우돌리노는 잠시 아무 말 없이 앉아 있었다. 그러다가 몸을 돌리고 콘스탄티노플이었던 곳을 바라보았다. 「그래도 난 죄의식을 느낍니다. 지금 이런 짓을 하고 있는 사람들은 베네치아 인들과 플랑드르 사람들입니다. 우리 몬페라토 사람들 말고도 샹파뉴와 블루아, 트루아, 오를레앙, 수아송의 기사들이지요. 차라리 이 도시가 투르크 인들에 의해 파괴되었더라면 더 나았을 겁니다.」

「투르크 인들은 절대 이렇게 하지 않을 겁니다.」 니케타스가 말했다. 「우리는 투르크 인들과 최상의 관계를 유지하고 있었습니다. 우리가 경계를 한 것은 기독교도들이지요. 어쩌면 당신들은 하느님을 대신해 이렇게 하는 것인지도 모릅니다. 우리의 죄를 벌하기 위해 우리에게 당신들을 보내신 하느님을 대신해서 말입니다.」

「*Gesta Dei per Francos*[24]지요.」 바우돌리노가 말했다.

---

24) 프랑크 인들을 통한 하느님의 역사(役事). 이 말은 기베르(Guibert de Nogent, 1053~1124)가 제1차 십자군 원정에 관해 쓴 저서의 제목과 같다.

4
바우돌리노 황제와 이야기하다,
그리고 황후를 사랑하다

　오후에 바우돌리노는 다시 더욱 빠르게 이야기를 시작했다. 그래서 니케타스는 그의 말을 가로막지 않기로 마음먹었다. 니케타스는 빨리 성장한 바우돌리노의 이야기를 듣고 싶었다. 이야기의 결론에 도달하기 위해서였다. 그는 바우돌리노가 이야기를 하고 있는 그 순간에 자기 자신도 아직 결론에 도달하지 못하고 있고 바로 그 결론에 도달하기 위해 이야기를 하고 있다는 사실을 이해하지 못했다.

　프리드리히는 바우돌리노를 오토 주교와 그의 보좌 신부인 대성당 참사회원 라에빈에게 맡겼다. 명문 바벤베르거 가문 출신인 오토 주교는 황제의 외삼촌이었는데 나이는 황제보다 겨우 열 살 정도밖에 더 많지 않았다. 그는 아주 학식이 풍부한 사람으로 위대한 아벨라르와 함께 공부를 했다. 그 뒤 시토 수도회의 수사가 되었다. 그리고 아주 젊은 나이에 프라이징의 주교 자리에 올랐다. 사실 바우돌리노는 오토 주교가 상당히 귀족적인 이 도시에 많은 힘을 쏟아 부은 것은 아니었다고 니케타스에게 설명을 했다. 그렇지만 서쪽의 기독교 세계에서는 귀족 가문의 자손들이 이런 저런 지역의 주교로 임명되었고 자신이 주교로 임명된 도시에 갈 의무도 없이 그저 그 땅에서 나오는 수입만 챙기면 그만이었다.

오토 주교는 쉰 살도 채 안 되었는데 백 살은 먹어 보였다. 항상 천식기가 조금 있었던 데다 담석증이 있어서 매일 번갈아 가면서 허리가 아프거나 어깨가 아파서 절뚝거리며 걸었다. 게다가 햇빛 아래서든, 촛불 아래서든 책을 너무 많이 읽고 글을 많이 써서 눈에 약간씩 눈곱이 끼여 있었다. 통풍(痛風)에 걸린 사람이 대개 그렇듯이 그는 아주 화를 잘 내서 바우돌리노를 처음 만났을 때 이렇게 말하며 화를 냈다. 「네가 거짓말을 엄청나게 해서 황제의 마음을 사로잡았다지, 사실이냐?」

「스승님, 절대 그렇지 않습니다.」 바우돌리노가 항의를 했다. 그러자 오토 주교가 말했다. 「틀림없어. 거짓말쟁이가 아니라고 하는 건 바로 거짓말쟁이라는 뜻이야. 나하고 가자꾸나, 내가 알고 있는 것을 네게 가르쳐 주마.」

근본적으로 볼 때 오토 주교는 아주 훌륭한 성격을 가진 사람이라는 게 증명되었다. 그리고 그는 곧 바우돌리노를 좋아하게 되었는데, 바우돌리노가 들은 것을 모두 기억하는 능력을 가지고 있고 이해력이 뛰어났기 때문이었다. 그런데 주교는 곧, 바우돌리노가 배운 것만이 아니라 자기가 꾸며 낸 이야기도 큰 소리로 공표한다는 것을 알아차리게 되었다.

「바우돌리노,」 주교가 그에게 말했다. 「넌 타고난 거짓말쟁이다.」
「왜 그렇게 말씀하시는 겁니까, 스승님?」
「사실이니까. 너를 나무라는 거라고 생각하지는 말아라. 네가 교양 있는 남자가 되어서, 언젠가 역사에 대해 쓰고 싶다면 거짓말을 하고 이야기를 꾸며 내야 할 거야. 그렇지 않으면 네 이야기는 지루해질 테니까. 그러나 그 일을 할 때 절도 있게 해야 한단다. 세상은 아주 작은 일에서조차 거짓말을 하는 거짓말쟁이들을 벌주지만 아주 큰일에서만 거짓말을 하는 시인들에게는 상을 준단다.」

바우돌리노는 스승의 이런 가르침으로부터 성과를 얻어 냈다. 그리고 서서히 스승 역시 굉장한 거짓말쟁이라는 것을 알아차리게 되었다. 스승이 『연대기 혹은 두 도시 이야기』에서 『프리드리히의 치적』으로 옮겨 가면서 얼마나 자가당착에 빠지는지 보았기 때문이었다. 그 때문에 바우돌리노는 완벽한 거짓말쟁이가 되고 싶다면 다른 사람들의 이야기에도 귀를 기울여야 한다고 판단을 했다. 사람들이 어떻게, 이런 저런 문제들에 대해서 서로를 설득시키는지를 보기 위해서였다. 예를 들면 그는 롬바르디아의 도시들에 대해 황제와 오토가 서로 다른 이야기를 하는 것을 보았다.

「대체 어떻게 그렇게 야만스러울 수가 있지요? 그들의 왕들이 아무 이유 없이 옛날에 철왕관을 쓴 게 아니에요!」 프리드리히가 분개했다. 「아무도 그자들에게 황제를 존중해야 한다는 것을 가르쳐 주지 않았단 말이오? 바우돌리노, 너 알겠니? 그자들이 *regalia*(왕의 권리)를 행사한다는구나!」

「그런데, 훌륭하신 아버님, *regalioli*가 뭡니까?」 모두들 웃어 대기 시작했다. 오토 주교는 다른 사람보다 더 크게 웃었다. 그는 과거의 라틴 어를, 훌륭한 그 라틴 어를 아직도 알고 있어서 *regaliolus*가 성기를 가리킨다는 것을 알고 있었기 때문이었다.

「*Regalia, regalia, iura regalia*, 바우돌리노는 멍텅구리로군 그래!」프리드리히가 소리쳤다.「레갈리아는 사법관을 임명한다든지, 공공 도로나 시장, 그리고 배가 다닐 수 있는 강에서 세금을 징수한다든지, 등등 황제인 내게 속한 권리를 말하는 거다. 그리고 화폐를 주조할 권리, 또, 그리고 또…… 또 다른 게 뭐가 있나, 라이날트?」

「…… 벌금이나 처형을 통해 나오는 이익금, 합법적인 계승자가 없는 재산의 몰수, 범죄 행위에 의한 재산 압류, 혹은 근친상간 결혼을 허용해 주는 데서 생기는 이익금과 광산, 염전과 어장의 수익금들의 배당액, 공공 장소에서 발굴된 보물들에 대한 세금들을 거둘 권리와……」라이날트 폰 다셀[25]이 계속 말을 했다. 그는 얼마 후 재상으로, 그러니까 제국의 2인자로 임명될 인물이었다.

「봐라. 그러니까 이 도시들은 내 모든 권리들을 자기들 마음대로 사용한 거란다. 그런데 그들은 어떤 게 옳은 것이고, 어떤 게 좋은 것인지 판단을 못한다. 대체 어떤 악령이 그들의 머리에 들어갔기에 그렇게 정신이 흐릿해진 것일까?」

「조카 황제.」오토 주교가 대화에 끼어들었다.「자네는 밀라노와 파비아, 제노바를 울름이나 아우크스부르크로 생각하

---

25) Rainald von Dassel(1118~1167). 독일의 정치가. 신성 로마 제국의 총리, 쾰른의 대주교로서 프리드리히 황제의 이탈리아 정책을 집행한 인물.

고 있네. 독일의 도시들은 제후의 뜻에 따라 탄생했기 때문에 처음부터 제후를 인정하는 거라네. 그렇지만 이탈리아의 도시들은 달라. 그 도시들은 독일 황제들이 다른 일로 정신없이 바쁠 때 생겼어. 그리고 제후들이 없는 틈을 이용해서 성장을 한 거라네. 자네가 주민들에게 이런 포데스타[26]들을 천거하고 싶다고 말하면 주민들은 이 *potestatis insolentium*(무례한 권력)을 참을 수 없는 굴레로 느끼게 될 걸세. 그래서 직접 자신들의 손으로 집정관을 뽑아 그들의 통치를 받게 될 거야.」

「그러니까 그들은 제후의 보호를 받고 제국의 권위와 영광을 함께 나누는 것을 싫어한다는 말입니까?」

「굉장히 좋아한다네. 절대 이런 이익을 잃고 싶어하지 않을 거야. 그렇지 않았다가는 다른 군주나 비잔틴 황제, 심지어는 이집트 술탄의 먹이가 될 수도 있을 테니까. 하지만 제후가 가능한 한 멀리 떨어져 있어야 한다는 조건으로 말일세. 자네는 귀족들에게 에워싸여 살아가고 있지. 어쩌면 이탈리아 도시들 사이의 관계가 독일과는 다르다는 것을 모를 수도 있어. 그 도시들은 들판이나 숲이 봉신들의 소유라는 것을 인정하지 않는다네. 들판과 숲도 도시에 속한 것이기 때문이야 — 아마 몬페라토 후작과 다른 몇 안 되는 봉신들의 땅을 빼놓고는 모두 그럴 걸세. 자, 들어 보게나, 그 도시에서는 기술을 가진 젊은이들, 그러니까 황제의 궁정에는 발도 들여놓을 수 없는 신분의 젊은이들이 통치를 하고 지휘를 한다네. 이따금 그들이 기사의 자리에 오르기도 하지……」

---

[26] 중세 이탈리아의 코무네(도시) 혹은 공화국의 행정 장관.

「그러니까 세상이 거꾸로 가는 거지요!」 황제가 소리쳤다.
「훌륭하신 아버님,」 그때 바우돌리노가 손가락 하나를 들었다. 「아버님께서는 저를 마치 친가족처럼 대해 주셨습니다. 그렇지만 저는 어제까지 짚더미 속에서 살았습니다. 그러면 이제는?」
「이제는 내가 원한다면, 바로 내가 널 공작으로 만들어 줄 수 있다. 난 황제니까 내 명령으로 누구에게든 작위를 줄 수 있어. 그렇지만 누구든 자기가 직접 자신에게 작위를 줄 수 있다는 말은 아니다! 그 사람들은 왜 세상이 거꾸로 돌아가면 자신들도 파멸을 향해 달리게 된다는 것을 모르는 거지?」
「그런 것 같지는 않구나, 프리드리히.」 오토가 다시 끼어들었다. 「나름대로의 통치 방식을 가지고 있는 그 도시들은 이미 온갖 부가 모여드는 장소가 되었다. 각처에서 상인들이 이 도시로 모여들고 있어. 그 도시의 성벽들은 다른 그 어느 곳보다 아름답고 튼튼하단다.」
「삼촌, 삼촌은 대체 누구 편이시죠?」 황제가 고함을 쳤다.
「물론 황제이자 내 조카인 네 편이다. 바로 그렇기 때문에, 네 적수가 어떤 힘을 가지고 있는지를 네가 알 수 있도록 도와주는 게 내 의무야. 만약 네가 계속, 그 도시들이 네게 주고 싶어하지 않는 것을 얻고자 한다면 넌 그 도시를 포위 공격하고 정복하느라 네 인생의 나머지 시간들을 다 허비하고 말게다. 그 도시를 정복한다 해도, 도시들은 불과 몇 달 만에 다시 이전보다 더 거만하게 일어설 거고, 넌 또 그 도시들을 굴복시키기 위해 알프스를 넘어야 할 거야. 그러나 네 제국의 목적지는 다른 곳에 있다.」
「내 제국의 목적지가 어디라는 겁니까?」

「프리드리히, 내 『연대기』에 다 써놓았단다 — 그런데 이해할 수 없는 일이 벌어져서, 그 종이들이 사라져 버렸어. 다시 준비를 해서 써야지. 하느님이시여, 이 참사회원 라에빈을 벌주시길, 이 『연대기』를 잃어버린 건 바로 이 라에빈이 틀림없다니까 — 얼마 전, 지존(至尊)이신 교황 에우게니우스 3세 때, 가발라라는 시리아 주교가 아르메니아의 사절단과 함께 교황을 방문했지. 그때 가발라 주교가 교황께 이런 말을 했다. 지상 낙원과 아주 가까운 곳인 극동 지역에 *Rex Sacerdos*(사제 왕)의 왕국이 번영하고 있다고 말이다. 그 왕국의 왕은 요한 사제라고 했다. 비록 이단인 네스토리우스파의 추종자이긴 하지만 그래도 기독교도는 분명하다. 네스토리우스의 조상들 역시 왕이면서 동시에 사제였던 동방 박사들이란다. 하지만 그들은 아주 예로부터 전해 오는 깊은 지혜를 간직하고 있는 사람들이야. 아기 예수를 방문하기도 했지.」

　「그런데 그게 나하고 대체 무슨 상관이 있다는 겁니까. 신성 로마 제국의 황제인 나와 대체 극동의 어느 곳인지도 모르는 곳에서 무어 인들과 살고 있는 왕이자 사제인 요한 사제가 대체 나와 무슨 관련이 있다는 겁니까?」

　「이보게, 훌륭하신 조카 황제, 자네는 〈무어 인〉이라고 말하면서, 예루살렘을 지키느라고 기력을 잃어 가고 있는 다른 기독교 왕들이 생각하는 대로 생각하고 있네 — 물론 예루살렘을 지키는 것은 너무나 경건한 일이지. 그것을 부인하지는 않겠네. 하지만 그 일은 프랑스의 왕에게 내버려 두게. 이미 예루살렘에 프랑크 인들이 주둔하고 있으니까. 기독교 세계가 목적으로 삼을 곳은, 그리고 신성 로마 제국이 되고자 하는 모든 제국의 목적지는 무어 인들 저 너머에 있네. 예루살렘과 이교도들의 땅 너머에 기독교 왕국이 있네. 어떤 황제가 신성 로마 제국과 기독교 왕국을 통합시킬 수 있다면 그 영광이 망망대해처럼 넓게 퍼져 이교도들의 제국과 비잔틴에 있는 바로 그 제국을 그 망망대해에 떠 있는 잊혀진 작은 섬으로 바꿔 놓게 될 걸세!」

「환상일 뿐이에요, 삼촌. 괜찮으시다면 현실로 돌아오도록 하지요. 다시 이탈리아의 도시들로 돌아가도록 합시다. 친애하는 삼촌, 내게 설명을 좀 해주세요. 그들의 상황이 그렇게 바람직하다면 왜 몇몇 도시들이 나와 동맹을 맺어 다른 도시들과 맞서려고 하는지, 왜 모두 함께 내게 대항하지 않는지 말이에요.」

「적어도 아직까지는 아닙니다.」 라이날트가 신중하게 말했다.

「다시 말해 주마.」 오토가 설명했다. 「이탈리아 도시들은 제국에 예속되는 것을 부정하고 싶어하는 게 아니야. 그래서 밀라노가 로디에게 그랬던 것처럼, 어떤 도시가 자기들의 도시에 압력을 가해 올 때 자네에게 도움을 청하는 거지.」

「그렇지만 도시의 상황이 그렇게 이상적이라면 무엇 때문에 각자의 도시들이 옆 도시들을 압박하려고 하는 거지요? 마치 다른 도시의 영토를 집어삼켜 제국이라도 만들 것처럼 말입니다.」

그때 바우돌리노가 대화에 끼어들었다. 그 지방 출신으로 그 지방에 대해 정보를 줄 수 있는 사람답게 지혜롭게 말했다. 「아버님, 문제는, 알프스 저 너머에서는 도시들뿐만 아니라 시골 마을들도 서로 다투는 데서 최고의 기쁨을 느낀다는 겁니다……. 아야! (오토 주교는 꼬집기로도 교육을 했다.) ……그러니까 한 도시가 다른 도시에게 모욕을 주는 거지요. 사람들은 이방인을 증오할 수 있지만 대개는 이웃을 증오합니다. 이방인이 이웃을 해치는 데 도움을 준다면 환영을 받을 겁니다.」

「대체 왜 그런 거냐?」

「사람들이 사악하기 때문입니다. 제 친아버지도 제게 그렇게 말하곤 했습니다. 아스티 사람들이 바르바로사(붉은 수염)보다 더 나쁘다고요.」

「바르바로사가 누구지?」 프리드리히 황제가 화를 냈다.

「아버님, 이탈리아에서는 아버님을 그렇게 부릅니다. 그게 그렇게 잘못된 것 같지는 않습니다. 아버님 수염이 정말 붉은 데다 얼굴과 아주 잘 어울리니까요. 아버님 수염이 구릿빛이라는 것을 가리키고 싶어서 사람들이 바르바디라메(구릿빛 수염)라고 부르면 좋으시겠어요? 저는 아버님 수염이 검은색이었다 해도 아버님을 사랑하고 존경했을 겁니다. 그렇지만 아버님 수염이 붉은색이니까, 사람들이 아버님을 바르바로사라고 부른다고 해도 아버님께서 불평을 하시면 안 될 것 같습니다. 제가 아버님께 말씀드리고 싶은 것은 수염 때문에 화를 내시지 마시고 침착하셔야만 한다는 겁니다. 제 생각으로는 그 도시들이 모두 힘을 합쳐 아버님께 달려드는 일은 절대 없을 것 같으니까요. 그들은 자신들이 승리를 했을 때 그들 중의 한 도시가 다른 도시보다 훨씬 힘이 강해질까 두려워하고 있습니다. 그러니까 아버님이 더 나은 것이지요. 아버님께서 그들에게 지나친 대가를 치르게 하지 않는다면요.」

「바우돌리노가 하는 말을 모두 믿으면 안 되네.」 오토 주교가 미소를 지었다. 「이 아이는 타고난 거짓말쟁이야.」

「아니에요, 삼촌.」 프리드리히가 대답했다. 「이탈리아에 대해서 하는 말은 대개 아주 정확하답니다. 예를 들어서 지금 같은 경우, 우리가 그 이탈리아의 도시들에 대해서 유일하게 할 수 있는 일은 될 수 있는 대로 그들을 갈라놓는 것뿐이라는 점을 가르쳐 주고 있지요. 다만 누가 내 편이고 누가 적인지를 모르는 게 문제지요!」

「우리 바우돌리노의 말이 맞다면,」 라이날트 폰 다셀이 비웃었다. 「누가 폐하의 편이 되고 폐하의 적이 될지는 폐하에게 달린 게 아니라, 그때 가서 그 도시들에 해를 가하려는 도시가 어느 도시냐에 달려 있는 겁니다.」

키가 크고 몸집이 좋고 막강한 권력을 가진 프리드리히가 자기 백성들의 사고방식을 이해하지 못한다는 점이 바우돌리노의 마음을 조금 아프게 했다. 사실 프리드리히는 자신의 영토에서보다는 이탈리아 반도에서 더 많은 시간을 보냈다. 그는 이탈리아 사람들을 사랑했다. 그래서 그 사람들이 무엇 때문에 자신을 배신하는지 이해할 수 없었다. 아마 이 때문에 프리드리히는 질투에 사로잡힌 남편처럼 이탈리아 사람들을 살해했을 것이라고 바우돌리노는 속으로 말했다.

독일로 돌아가고 난 후 몇 달 동안 바우돌리노는 프리드리히를 만날 기회가 별로 없었다. 프리드리히는, 처음에는 레겐스부르크에서, 그 뒤에는 보름스에서 회의를 열 준비를 하고 있었다. 그는 아주 무시무시한 두 명의 친척을 잘 다루어야만 했다. 한 사람은 하인리히 사자왕이었는데, 프리드리히는 마침내 그에게 바이에른 공작령을 주었다. 그리고 또 다른 친척인 〈예-하느님-저를-이렇게〉 하인리히에게는 그의 오스트리아를 공작령으로 만들어 주었다. 다음 해 봄이 시작될 무렵 오토 주교는 바우돌리노에게, 6월이 되면 모두 뷔르츠부르크로 떠날 것이라고 말해 주었다. 그곳에서 프리드리히는 행복하게 결혼식을 올릴 예정이었다. 황제는 이미 한 번 결혼을 했다. 첫번째 황후와는 몇 년 전 헤어졌고 이제 부르고뉴의 베아트릭스와 결혼을 하려던 참이었다. 베아트릭스는 지참금으로 프로방스에 이르는 백작령을 가져오기로 되어 있었다. 그와 같은 지참금 때문에 오토 주교와 라에빈은 이 결혼이 정략 결혼일 것이라고 생각했다. 바우돌리노 역시 이런 생각 속에서 행운이 찾아오길 기다리기라도 하는 것처럼 새 옷으로 차려입고, 양아버지의 팔짱을 낀, 개인적인 아름다움보다는 조상에게 물려받은 재산 때문에 훨씬 더 매력적인 부르고뉴의 처녀를 맞을 준비를 했다.

「고백하지만, 나는 질투심에 불탔습니다.」 바우돌리노가 니케타스에게 말했다. 「새 아버지를 갖게 된 지 얼마 되지도 않았는데, 그 아버지를 계모한테, 적어도 부분적으로는, 빼앗겼으니까요.」

여기서 바우돌리노는 잠깐 말을 멈추었다. 그는 약간 당황한 것 같았다. 한 손가락으로 상처를 만지더니 놀라운 사실을 밝혔다. 그는 결혼식장에 도착했다. 그리고 부르고뉴의 베아트릭스가 놀라울 정도로 아름다운 스무 살 처녀라는 것을 알게 되었다 — 적어도 그의 눈에는 너무나 아름답게 비춰졌다. 그녀를 보고 나자 근육 하나도 제대로 움직일 수가 없었다. 그는 눈이 휘둥그레져서 그녀를 보았다. 그녀의 머리카락은 황금처럼 빛이 났고 얼굴은 너무나 아름다웠다. 작은 입술은 잘 익은 과일처럼 새빨갰고 가지런히 난 이는 하얗게 빛났으며 몸매는 곧았다. 눈은 맑았고 그 눈길은 겸손해 보였다. 얌전하면서도 설득력 있게 말하는 그 태도, 연약한 몸은 눈부시게 우아한 그녀의 빛으로 그녀를 에워싼 주위의 것들을 지배하는 것처럼 보였다. 그녀는 보통 귀족처럼 불안해 하는 것 같은 남편에게 복종하는 듯한 태도(장래의 황후에게는 최고의 미덕)를 보일 줄 알았다. 하지만 또 그녀의 입에서 나오는 모든 부탁의 말들이 명령처럼 들릴 정도로 우아한 태도로, 아내로서의 자신의 의사를 남편에게 밝힐 줄도 아는 귀부인이었다. 그녀에 대한 찬사를 덧붙이자면, 그녀는 편지를 쓰고 음악을 연주할 줄 알고 너무나 부드럽게 노래를 할 줄도 알았다. 베아트릭스[27]라는 이름을 가진 그녀는 정말 지극히 복된 사람이었다고 바우돌리노가 결론을 내렸다.

  그 젊은이가 첫눈에 계모에게 반했다는 것을 이해하는 데에는 ─ 니케타스에게는 ─ 많은 노력이 필요치 않았다. 다만 바우돌리노는 ─ 난생처음으로 사랑에 빠졌기 때문에 ─ 자신에게 무슨 일이 일어나고 있는지를 알지 못했을 뿐이었다. 농부인 그가 여드름투성이의 촌아가씨를 만나자마자 첫사랑에 빠졌다면 그것도 눈앞이 번쩍하고 견디기 힘든 사건이었을 텐데, 우유처럼 살이 하얀 스무 살의 황후를 보자마자 사랑에 빠졌으니 그 얼마나 엄청난 사건이었을까.

  바우돌리노는 곧바로 자신이 느끼고 있는 감정이 아버지의 것을 훔치는 것과 같다는 것을 알게 되었다. 그래서 계모

---

27) 〈지극히 복된 사람〉이라는 뜻.

가 젊기 때문에 그녀를 누이처럼 생각하고 있는 것이라고 자신을 설득시키려 애를 썼다. 그러다가, 비록 윤리 신학을 공부한 것은 아니지만, 누이를 사랑하는 것도 허용이 되지 않는다는 것을 알게 되었다 — 적어도 베아트릭스의 모습을 보고 그가 느끼게 된 떨림이나 강렬한 열정 같은 것을 누이에게 가져서는 안 된다는 것을 알게 되었다. 그래서 그는 얼굴이 시뻘게져서 고개를 떨구었다. 바로 그때 프리드리히가 베아트릭스에게 자신의 아들 바우돌리노를 소개하자(프리드리히가 표현한 대로라면, 포 평야에서 자란 이상하고 너무나 사랑스러운 개구쟁이라고) 베아트릭스가 부드럽게 손을 내밀었고 처음에는 뺨을 쓰다듬더니 곧 머리를 쓰다듬어 주었다.

바우돌리노는 기절을 할 것 같았다. 주위의 빛들이 모두 사라지는 것을 느꼈다. 그리고 귀에서는 부활절 종소리들이 울려 퍼졌다. 그의 목을 두드리는 오토의 무거운 손이 그를 다시 깨웠다. 오토가 이를 악문 채 속삭였다. 「무릎을 꿇어라, 짐승 같은 녀석아!」 바우돌리노는 자신이 이탈리아의 왕비이기도 한 신성 로마 제국의 황후 앞에 서 있다는 것을 그제서야 깨달았다. 그는 무릎을 꿇었다. 그리고 그때부터 그는, 밤마다 잠을 이루지 못하고, 사도 바울로가 다마스쿠스로 가는 길에서 겪은 것과 같은 그 알 수 없는 체험을 기뻐하기보다는 정체를 알 수 없는 그 뜨거운 열정을 누를 길이 없어 눈물을 흘렸던 점을 빼고는, 완벽한 궁정인으로서 행동했다.

니케타스는 자기와 이야기를 하고 있는 작은 사자를 보았다. 그는 바우돌리노의 섬세한 표현과 거의 문어에 가까운 그리스 어로 구사하는 절제된 수사를 높이 평가했다. 대체 내 앞에 앉아 있는 이 사람, 자기 고향 사람들 이야기를 할 때는 농부들의 언어를 사용할 줄 알고 군주들에 대해 이야기할 때는 왕의 언어를 사용할 줄 아는 이 사람은 대체 어떤 사람일까, 니케타스는 자문을 해보았다. 다양한 영혼들을 표현하기 위해 자기 이야기를 접을 줄 아는 이 사람은 영혼을 가지고 있는 것일까? 니케타스는 자문해 보았다. 혹시 여러 개의 영혼을 가지고 있다면, 이야기를 하면서 대체 어떤 영혼의 입으로 내게 진실을 말해 주게 될까?

5
바우돌리노 프리드리히에게 지혜로운 충고를 하다

다음날 아침에도 시내는 여전히 단 한 줄기의 연기 구름에 뒤덮여 있었다. 니케타스는 몇 가지 과일을 맛보았다. 그러더니 초조한 듯이 방 안을 이리저리 돌아다녔다. 그러다가 바우돌리노에게 제노바 인 한 사람을 보내 아르키타스라는 사람을 데려올 수 있는지를 물어보았다. 아르키타스라는 사람은 니케타스의 얼굴을 가꾸어 주는 사람이었다.

당신 눈으로 좀 보시오. 바우돌리노가 속으로 말했다. 이 도시는 지금 파멸해 가고 있어요. 사람들은 길에서 목이 잘려 죽어 가고 있는데, 이틀 전만 해도 온 가족을 잃을 위험에 처해 있던 사람이 지금은 얼굴 가꿔 줄 사람을 원하고 있소. 이 부패한 도시의 대저택에 살던 사람들은 그런 식의 습관에 길들여져 있는 것이지요 — 프리드리히라면 그런 사람을 벌써 창문으로 날려 버렸을 거요.

잠시 후 아르키타스가 도착했다. 은으로 만든 도구들과 생각지 않았던 향수병들이 가득 든 바구니를 가지고 왔다. 그는 예술가였다. 먼저 따뜻한 수건으로 얼굴을 부드럽게 한 후, 피부 연화 크림을 얼굴에 바르기 시작했다. 크림으로 마사지를 하고 불순물들을 모두 닦아 낸 뒤 마지막으로 화장품을 발라 주름들을 가렸다. 눈은 갈색 안료로 약하게 그리고 입술은 엷은 분홍빛이 돌게 한 뒤, 귓속의 털을 뽑았다. 수염과 머리를 다듬는 것은 두말할 나위도 없었다. 니케타스는 눈을 감은 채 능수능란한 아르키타스의 마사지를 받으며, 자장가를 듣듯 계속 바우돌리노의 이야기를 들었다. 오히려 바우돌리노가 가끔 하던 말을 멈추고 그 아름다움을 가꾸는 거장이 무슨 일을 하는지를 살펴보곤 했다. 예를 들어 아르키타스는 작은 항아리에서 도마뱀을 꺼내 도마뱀의 머리와 꼬리를 잘라 내고 가루가 될 정도로 잘게 부수었다. 그런 다음 그 반죽을 기름 냄비에 넣어 익혔다. 물론 물어볼 필요도 없었다. 그것은 얼마 남아 있지 않은 니케타스의 머리카락들을 윤 나게 하고 좋은 냄새가 나게 만들 약이었다. 그러면 다른 병들은? 그것들은 육두구 열매나 카르다몸 열매의 추출물이나 장미 화장수로서, 각각 얼굴의 부분부분을 활력 있게 만들어 주는 것이었다. 꿀 반죽은 입술을 또렷하게 만들어 주는 것이었고, 비방(秘方)을 밝힐 수 없는 또 다른 덩어리는 잇몸을 강화시키는 것이었다.

마침내 니케타스가 베일 재판관과 세크레톤의 로고테트였을 때처럼 눈부시게 변했다. 거의 다시 태어났다고 해도 좋을 것 같은 니케타스가 생기 없는 그 아침의 햇살을 받아, 연기를 뿜어내며 죽어 가는 살벌한 비잔틴을 배경으로 눈부시게 빛났다. 바우돌리노는 춥고 불친절한 라틴 인들의 수도원에서 보낸 성장기 이야기를 니케타스에게 하는 게 왠지 꺼려졌다. 게다가 그 수도원에서는 익힌 야채와 약간의 수프밖에 먹을 수 없었다. 오토 주교의 건강 때문에 어쩔 수가 없었다.

바우돌리노는 그해에 궁정에서 그다지 많은 시간을 보내지 않았다(궁정에서 지낼 때 그는 베아트릭스를 만날까 봐 두려웠지만 그와 동시에 그녀를 만날 수 있기를 갈망하기도 했다. 그것은 고통스러운 일이었다). 프리드리히는 먼저 폴란드 인들과 청산해야 할 일이 있었고 — 오토는 *Polanos de Polunia, gens quasi barbara ad pugnandum promptissima*(폴란드의 폴란드 인들, 언제라도 싸울 준비가 되어 있는, 거의 야만인에 가까운 사람들)라고 썼다 — 3월에는 이탈리아로 다시 내려갈 준비를 하기 위해 보름스에서 다시 회의를 개최할 것이라고 공표했다. 밀라노는 자신을 추종하는 도시들과 함께 더욱더 전투적으로 변해 가고 있었다. 보름스에서 회의를 한 다음, 9월에는 뷔르츠부르크에서, 10월에는 브장송에서 회의를 열 계획이었다. 한마디로 프리드리히는 신들린 사람처럼 정신없이 움직였다. 하지만 바우돌리노는 대개 오토 주교와 함께 모리몬도 수도원에 머물러 있었다. 그는 계속 라에빈과 공부를 했다. 그리고 점점 더 병이 깊어 가는 주교의 필사자 노릇을 했다.

주교의 책 『연대기』에서 요한 사제에 대해 이야기하는 부분에 접어들었을 때 바우돌리노가 주교에게 기독교도, *sed Nestorianus*(그러나 네스토리우스 파)라는 게 무슨 뜻인지 물었다. 네스토리우스 파는 기독교도라고도 할 수 있고 기독교도가 아니라고도 할 수 있다는 것일까?

「내 손자 바우돌리노. 사실대로 말하자면 네스토리우스는 이단자다. 하지만 우린 그에게 굉장히 감사를 해야 한단다. 도마 사도의 전도 이후 인도에서 비단이 나오는 먼 지방까지 기독교를 전파한 사람들이 네스토리우스 파들이란다. 네스토리우스는 우리 주님 예수 그리스도와 성모 마리아께 한 가지 중죄를 지었단다. 들어 보렴, 우리는 유일한 신성이 존재한다는 것을 굳게 믿는다. 그렇지만 유일성을 지닌 이 신성은, 삼위일체인 성부, 성자, 성신이라는 서로 다른 세 개의 격으로 이루어졌다고도 믿고 있다. 또한 그리스도에게는 단 하나의 격, 즉 신격과 두 개의 성질, 즉 인성(人性)과 신성(神性)이 있다고 믿고 있단다. 하지만 네스토리우스는 그리스도에게 인성과 신성이 있는 것은 물론이고 격도 두 개라고 주장한다. 그러니까 마리아는 인간을 낳았을 뿐이므로 신의 어머니라고 칭해지기보다는 오히려 인간 예수의 어머니라고 칭해져야 한다는 것이지. *Theotokos*(신의 어머니) 혹은 신을 낳은 어머니를 뜻하는 성모가 아니라 최대한 높이 공경한다 해도 *Christotokos*(그리스도의 어머니)라고 칭해야 한다는 거야.」

「그렇게 생각하면 위험한가요?」

「위험하기도 하고 위험하지 않기도 하다……」 오토 주교가 참을성을 잃고 화를 냈다. 「넌 성모 마리아에 대해 네스토리우스처럼 생각하면서도 변함없이 성모 마리아를 사랑할 수 있겠지. 하지만 분명 그것은 성모 마리아를 경외하지 않는 행동이야. 그리고 격이라는 것은 이성적인 존재가 가지는 개별적인 본질에 해당하는 것이다. 그런데 만약 그리스도께서 두 개의 격을 지니셨다고 하면, 두 이성적인 존재가 지니는 두 개의 개별적인 본질을 가지고 계셨다고 해야 하는 거냐? 이렇게 될 경우 우리는 어디로 가게 되겠느냐? 어느 날은 예수 그리스도께서 이런 식으로 생각하시고, 다른 날은 다른 식으로 생각하신다고 말해야 하느냐? 이렇게 말한다고 해서 요한 사제가 불성실한 이단자라는 말은 아니다. 그의 진정한 신앙을 높이 평가해 줄 기독교국의 황제와 접촉을 할 수 있었더라면 아주 좋았을 게야. 그는 정직한 사람이었으니까 틀림없이 개종을 하지 않을 수 없었을 거야. 그러나 네가 신학에 대해 조금이라도 공부를 시작하지 않으면 이런 문제들에 대해 이해를 할 수 없을 게 분명하다. 넌 영리하고 라에빈은 읽기, 쓰기, 약간의 계산법과 몇몇 문법 규칙에 대한 지식을 가르치는 데에는 다시없이 훌륭한 선생이지. 하지만 3학과 4과[28]는 전혀 문제가 다르다. 신학을 이해하려면 변증법을 공부해야 한다. 이런 것들을 여기 모리몬도에서는 배울 수가 없을 게다. 너는 *studium*(대학)에, 대도시에 있는 학교에 가야 한다.」

「저는 무엇인지도 모르는 〈대학〉에 가고 싶지 않아요.」

「그게 뭔지를 알게 되면 거기에 간 게 기쁠 게다. 이 봐라, 바우돌리노. 모두들 인간 사회는 전사, 군주 그리고 백성 이 세 개의 힘 위에 서 있다고 말한다. 이 말은 어제까지는 사실이었을 게다. 하지만 우리는 새로운 시대에 살고 있다. 이 시대에는 학자가 누구 못잖게 중요한 인물이 되어 가고 있단

---

28) 중세의 3학은 문법, 변증법, 수사학, 4과는 산술, 기하, 천문, 음악이다.

다. 학자는 수도사가 아니지만 법과 철학, 행성의 움직임과 다른 많은 것들을 공부하는 사람이다. 이 사람들은 자신들의 주교와 왕에게 모든 일에 대해 해명할 필요가 없단다. 지금 볼로냐 파리에서는 이런 대학들이 서서히 생겨나기 시작하고 있는데, 이런 곳은 스스로를 연마하고, 권력의 한 형태인 지식을 전하는 장소가 되었단다. 나는 아벨라르의 제자였단다. 하느님, 많은 죄를 지었으나 또 많은 고통으로 괴로워하며 죄를 갚았던 가엾은 남자를 불쌍히 여기소서. 그분은 불행한 일을 겪고 나서, 원한에 찬 복수를 하느라 청년기를 다 보낸 뒤, 수도사가 되고 수도원장이 되어 세상에서 멀리 떨어져 사셨지. 하지만 최고의 영광을 누리실 때 그분은 파리에서 교사 생활을 하시며 학생들의 사랑을 받았고 그분이 지닌 학식 때문에 권력자들의 존경을 받았다.」

바우돌리노는 결코 오토 주교 곁을 떠나지 않을 것이며 오토 주교에게서 계속 많은 것을 배울 수 있다고 말했다. 하지만 그가 오토를 만난 날부터 네 번째로 나무에 꽃이 피기 전 오토는 말라리아 열과 온몸 관절의 통증, 가슴 충혈 그리고 지병인 신장 결석으로 인해 거의 이 세상 사람이 아니었다. 아랍 의사와 히브리 의사들을 포함한 수많은 의사들과 기독교 황제가 주교에게 제공해 줄 수 있는 최상의 배려가, 이미 셀 수 없이 많은 거머리들로 인해 허약해질 대로 허약해진 주교의 몸을 괴롭혔다. 그런데 — 박학다식한 사람들도 설명할 수 없는 어떤 이유 때문에 — 그의 몸에서 거의 모든 피를 빼내고 나자 피가 몸에 그대로 있을 때보다 상태가 더 악화되었다.

오토는 먼저 라에빈을 머리맡으로 불렀다. 자신이 쓰던 프리드리히의 치적을 라에빈이 계속 써나가도록 맡기려는 것이었다. 오토는 라에빈에게 그 일이 쉽다고 말했다. 사건들을 기록하고 고서(古書)에서 발췌한 대화들이 황제의 입을 통해 나오게만 하면 되었다. 오토 주교는 라에빈과 이야기를 한 뒤 바우돌리노를 불렀다. 「*Puer dilectissimus*(사랑하는 애야),」 오토가 바우돌리노에게 말했다. 「나는 떠난다. 돌아간다고 말할 수도 있을 게다. 그러나 어떤 표현이 더 옳은 것인지는 모르겠구나. 두 도시에 대한 이야기와 프리드리히의 치적 중 어떤 게 더 정확한 것인지 확신할 수 없듯이 말이다……」 (「아시겠습니까, 니케타스 씨,」 바우돌리노가 말했다. 「임종을 맞고 있는 스승의 고백이 소년의 삶에 흔적을 남길 수 있을 텐데, 그 스승은 지금 두 개의 진실 중 어느 게 진짜 진실인지 구별할 수 없다고 고백하고 있는 것이지요.」) 「떠난다고 하든, 돌아간다고 하든 만족스럽지는 않단다. 하지만 하느님께서는 기뻐하시겠지. 하느님의 법령을 논의하면 바로 이 순간 내게 벼락이 내릴지도 모른다. 차라리 내게 남겨진 얼마 안 되는 이 시간을 잘 이용하는 게 더 낫겠지. 내 이야기를 잘 들어라. 너는 내가 황제께 피레네 산맥 너머의 도시들의 행동이 타당하다는 것을 이해시키려고 애를 썼다는 것을 알 게다. 황제는 그 도시들을 자신의 지배 하에 둘 수밖에 없을 거야. 하지만 그들을 굴복시키는 방법은 여러 가지가 있을 수 있어. 아마 포위 공격이나 대학살이 아닌 다른 방법을 찾을 수 있을 거야. 그러니까 너는 네가 태어난 고향 도시와 우리의 폐하의 요구가 잘 조화될 수 있도록, 가능하면 사람들이 적게 죽을 수 있게, 그리고 마지막에는 모두 만족할 수 있는 결과가 나오도록 최선을 다해야 할 게야. 황제께서는 네 말을 신뢰하시기 때문이다. 그리고 무엇보다 그 도시들이 네 고향이니까. 이렇게 하자면 넌 하느님께서 이르시는 사유하는 방법을 배워야 한다. 그래서 내가 황제 폐하께 널 파리로 보내 공부를 시키라고 청했다. 법률 연구에만 몰두하는 볼로냐가 아니다. 너 같은 악당은 법전에 코를 들이밀어서는 안 돼. 법률로는 거짓말을 할 수 없기 때문이다. 파리에서는 수사학을 공부하고 시인들의 작품을 읽게 될 게다. 수사학은 진실이라는 확신이 없는 사실을 그럴듯하게 말하는 기술이다. 시인들은 그럴듯한 거짓말을 꾸며 낼 의무를 가지고 있단다. 신학을 조금 공부하는 것도 좋을 거야. 하지만 신학자가 되려고 애를 쓰지는 말아라. 전지전능하신 하느님의 일들에 대해서는 거짓말을 할 필요가 없으니까. 훌륭한 궁정인이 될 수 있을 정도로 열심히 공부해야 한다. 넌 분명 궁정인을 거쳐 대신(大臣)이 될 게다. 농부의 아들이 꿈꿀 수 있는 최고의 지위지. 넌 다른 많은 귀족들과 비슷한 기사가 될 거야. 그러면 네 양아버지를 충성스럽게 섬길 수 있을 게다. 나를 기억해 주는 의미로 이런 모든 일을 하거라. 주님, 본의 아니게 당신의 말들을 사용했다면 저를 용서해 주십시오.」

그러더니 가쁜 숨을 내쉬었다. 주교는 다시 꼼짝도 하지 않았다. 오토가 마지막 숨을 거두려고 한다는 생각을 한 바우돌리노가 그의 눈을 감겨 주려고 했다. 그런데 갑자기 오토가 다시 입을 열더니 남아 있는 마지막 힘을 다해 조그맣게 말했다. 「바우돌리노, 요한 사제의 왕국을 기억하거라. 그 왕국을 찾아야만 기독교 황제의 깃발들이 비잔틴과 예루살렘 너머까지 갈 수 있단다. 난 네가 꾸며 낸 많은 거짓말들을 들었다. 황제는 그 말을 사실로 믿었지. 그러니까 네가 이 왕국에 대한 다른 이야기를 알아내지 못한다면 이야기를 꾸며 내도록 해라. 잘 들어야 한다. 내가 부탁하는 것은 네가 거짓이라고 생각하는 것, 죄가 될 수도 있는 것을 증언하라는 말이 아니라, 네가 진실이라고 믿는 것을 거짓으로 증언하라는 것이다 ─ 이것은 분명히 존재하거나 분명히 일어났던 사건 중에서 증거가 불충분한 부분을 보충하는 것이기 때문에 훌륭한 일이란다. 제발 부탁이다. 분명 페르시아 인들의 땅 너머에, 아르메니아 인들의 땅 너머에, 바크타, 에크바타나, 페르세폴리스, 수사, 아르벨라 너머에 동방 박사들의 후손인 요한이 살고 있을 거야……. 프리드리히를 동으로 가게 하려무나. 그쪽에서, 그 어느 왕보다 프리드리히를 빛나게 만들어 줄 빛이 비치고 있기 때문이란다……. 밀라노와 로마 사이에 뻗어 있는 이 진흙탕에서 황제를 구해 다오……. 어쩌면 황제는 죽는 날까지 그 진흙탕 속에서 뒹굴지도 몰라. 교황도 통치권을 가지고 있는 이 제국에서 그가 멀어지도록 만들어라. 그렇지 않으면 프리드리히는 이 제국의 반쪽짜리 황제로 영원히 남을 게다. 잘 기억하렴, 바우돌리노…… 요한 사제…… 동쪽의 길…….」

「왜 이런 말씀을 제게 하십니까, 스승님, 라에빈께 하시지 않고 말입니다.」

「라에빈에게는 상상력이 없기 때문이야. 그는 자기가 본 것만을 이야기할 수 있어. 본 것도 제대로 이야기하지 못할 때가 있단다. 자기가 본 게 무엇인지를 이해하지 못하기 때문이야. 그런데 너는 보지 않은 것도 상상을 할 수가 있어. 오, 왜 이렇게 어두워진 게냐?」

거짓말쟁이 바우돌리노는 밤이 되어서 그런 것이라고, 놀라지 말라고 오토에게 말했다. 정확히 정오가 되었을 때, 오토는 이미 목이 다 잠겨 목소리도 제대로 나오지 않는 상태에서 마지막 숨을 내쉬었다. 눈은 무엇인가를 뚫어지게 보고 있었다. 오토는 마치 왕좌에 앉은 자신의 요한 사제를 보고 있는 것 같았다. 바우돌리노는 오토의 눈을 감겨 주고 진심에서 우러나오는 뜨거운 눈물을 흘렸다.

오토의 죽음으로 슬픔에 젖어 있던 바우돌리노는 프리드리히에게 다시 돌아가 몇 달을 지내게 되었다. 처음에는 황제를 다시 만나면 황후도 만나게 될 것이라는 생각에 기운이 났다. 그녀를 다시 보자 슬픔이 더 깊어졌다. 우리가 잊지 말아야 할 것은 바우돌리노가 그때 열일곱 살이 되어 가고 있었다는 사실이다. 그리고 또 처음에 그의 사랑이 바우돌리노 자신도 제대로 이해하지 못한, 소년의 불안한 감정처럼 보였다면 이제 그 사랑은, 바우돌리노 자신도 의식할 수 있는 갈망이 되어 갔고 고뇌가 되었다는 것도 기억해야 한다.

울적한 기분으로 궁정에서 지내지 않기 위해서 바우돌리노는 항상 프리드리히를 따라 전쟁터로 나갔다. 그래서 그는 별로 유쾌하지 않은 사건들의 증인이 되었다. 밀라노 인들은 두 번에 걸쳐 로디를 파괴했다. 좀 더 자세히 말하자면 처음에는 도시를 약탈했다. 집집마다 들어가 짐승들, 곡물과 가재 도구들을 모두 가져가 버렸고 그 다음에는 로디 사람들을 모두 성 밖으로 쫓아내 버렸다. 그리고 로디 사람들에게 외딴 곳으로 떠나지 않으면 그들을 모두, 아직 요람에 있는 갓난아기들을 포함해서, 남녀노소를 가리지 않고 한 칼에 찔러 버리겠다고 위협했다. 로디 사람들은 도시에 개들만 남겨 둔 채 비를 맞으며 걸어서 시골로 떠났다. 말(馬)을 잃은 귀족들과 어린아이를 업은 여자들도 마찬가지였다. 이따금 길에 쓰러지거나 잘못해서 개울로 굴러 떨어지기도 했다. 그들은 아다와 세리오 사이 지역으로 피신을 했다. 그곳에서 그들은 오두막집들을 찾아내서는 좁지만 서로 달라붙어 잠을 잘 수 있었다.

이것이 밀라노 인들을 진정시킨 것은 결코 아니었다. 밀라노 인들은 로디에 돌아와서 로디를 떠나고 싶지 않아 그냥 남았던 몇 안 되는 로디 인들을 감옥에 가두었다. 밀라노 인들은 포도나무와 식물들을 모두 잘라 버린 다음 집에 불을 질러서 개마저도 거의 다 죽여 버리고 말았다.

황제는 이런 일들을 참아 넘길 수가 없었다. 바로 그 때문에 프리드리히는 다시 한번 더, 부르고뉴, 로렌, 보헤미아, 헝가리, 슈바벤, 프랑스 인과 머리에 떠오르는 사람들을 모두 다 동원해 대부대를 조직했고 그들을 이끌고 이탈리아로 내려갔다. 처음에 황제는 몬테제초네에 새로운 로디를 다시 건설했다. 그런 다음 밀라노 앞에서 야영을 했다. 프리드리히는 파비아, 크레모나, 피사, 루카, 피렌체와 시에나, 비첸차, 트레비소, 파도바, 페라라, 라벤나, 모데나 등등, 오로지 밀라노에 굴욕을 주려는 단 하나의 목적 때문에 신성 로마 제국과 동맹을 맺은 도시들의 도움을 받아 의기충천해 있었다.

그리고 정말 밀라노에 굴욕을 안겨 주었다. 여름이 끝나갈 무렵 밀라노는 항복을 했다. 밀라노 사람들은 도시를 구하기 위해 굴욕적인 의식을 따랐다. 밀라노 인들과는 아무 관련도 없는 바우돌리노마저 굴욕을 느낄 정도의 의식이었다. 패배자들은 용서를 구걸하는 사람처럼 맨발에 누더기를 걸친 비참한 모습으로 줄을 서서 그들의 군주 앞으로 지나갔다. 목에 검을 건 무장병들 속에 주교도 포함되어 있었다. 그때 다시 관대한 마음을 되찾은 프리드리히가 굴욕을 참고 있는 사람들에게 평화의 입맞춤을 보냈다.

「로디 인들에게 그렇게 흉포하게 굴다가 이렇게 항복하는 게 무슨 의미가 있는 일이지?」 바우돌리노는 혼잣말을 했다. 「모두들 자살 서약이라도 한 것같이 보이고. 서로가 서로를 도와 학살밖에 하지 않는 것 같은 이 땅에 무슨 살 만한 가치가 있는 건가? 난 떠나고 싶어.」 사실 그는 베아트릭스로부터도 멀어지고 싶었다. 멀리 떨어져 있다 보면 사랑의 상처가 치유될 수도 있다는 글을 어디선가 읽었기 때문이었다(그리고 정반대로 말한 다른 책들, 그러니까 멀리 떨어져 있는 게 열정의 불을 타오르게 하는 동력이 된다고 했던 글은 아직 읽어 보지 못했기 때문이었다). 그렇게 해서 바우돌리노는 프리드리히에게 오토의 충고를 상기시키고 자신을 파리로 보내 달라고 부탁하기 위해 그에게 갔다.

바우돌리노는 슬픔에 잠겨, 화를 내고 있는 황제를 보았다. 황제는 방 안을 이리저리 왔다 갔다 하고 있었다. 라이날트 폰 다셀은 황제가 진정되기를 기다리고 있었다. 갑자기 프리드리히가 걸음을 멈추었다. 그는 바우돌리노의 눈을 똑바로 보았다. 그러더니 바우돌리노에게 말했다. 「네가 나의 증인이다, 아들아. 나는 지금 이탈리아의 도시들을 단일한 법률 밑에 두려고 애쓰고 있다. 그렇지만 매번 난 처음부터 다시 시작을 해야만 한다. 혹시 내 법이 틀린 것일까? 누가 내 법이 옳다고 말해 줄 수 있을까?」 그러자 바우돌리노는 거의 생각도 하지 않고 말했다. 「폐하. 그렇게 다시 생각을 하시기 시작하면 끝이 없을 겁니다. 황제가 존재하는 이유는 바로 이것 때문입니다. 황제는 옳은 생각을 가지고 있기 때문에 황제인 것은 아닙니다. 다른 사람이 아닌 바로 황제가 갖고 있는 생각이기 때문에 그 생각은 옳은 것입니다. 이것이면 충분하지요.」 프리드리히가 바우돌리노를 보았다. 그러더니 라이날트에게 말했다. 「이 아이는 자네들 모두가 한 말보다 훨씬 더 뛰어난 말을 했어! 이런 말들을 훌륭한 라틴 어로 했다면 정말 감탄할 말로 보였을 거야!」

「*Quod principi placuit legis habet vigorem*, 즉 군주가 원하는 것은 법의 효력을 갖는다.」 라이날트 폰 다셀이 말했다. 「그렇습니다. 아주 지혜롭고 단호한 말로 들립니다. 그러나 이 말이 복음서에 기록되어 있어야 할 겁니다. 그렇지 않으면 이렇게 훌륭한 생각을 받아들여야 한다고 사람들을 어떻게 설득할 수 있겠습니까?」

「로마에서 어떤 일이 벌어졌는지 똑똑히 보았잖나.」 프리드리히가 말했다. 「만약 내가 교황의 축성(祝聖)을 받으면 그의 권력이 나의 권력보다 우위에 있다고 *ipso facto*(사실상) 인정하는 거지. 내가 만약 교황의 목을 낚아채서 그를 테베레 강에 내던져 버리면 난 〈하느님의 채찍〉이라고 불리게 될 테지……. 아틸라[29]조차 상대가 못 되는……. 내 권리를 정의해 주고도 자신이 내 위에 있다고 주장하지 않을 사람을 대체 어디에 가서 찾는단 말인가? 세상에는 그런 사람이 존재하지 않아.」

---

29) Attila(406?~453). 유럽에 침입하여 대제국을 건설한 훈 족의 왕. 451년 프랑스에서 패배. 〈하느님의 채찍〉은 아틸라의 별명이었다.

「그와 같은 힘은 존재하지 않을지도 모릅니다.」 그때 바우돌리노가 말했다. 「하지만 지식은 존재합니다.」
「무슨 말이냐?」
「오토 주교께서 대학이 무엇인지를 제게 이야기해 주실 때 스승과 학생의 공동체는 자체의 힘으로 기능을 한다고 말씀하셨습니다. 학생들은 전세계에서 오는데 그들의 군주가 누구인지는 중요치 않습니다. 그들은 스승에게 돈을 지불합니다. 그러므로 스승들은 오로지 학생들에게만 종속되어 있는 겁니다. 볼로냐에서는 법학 교사들이 그런 식으로 운영하고 있고, 파리에서도 이미 그렇게 되어 가고 있습니다. 파리에서는 처음에 교사들이 대성당 학교에서 학생들을 가르쳐서 주교에게 종속되어 있었으나 그 후 어느 날 교사들이 생트-주느비에브[30] 산으로 가르치러 떠났습니다. 그들은 주교의 말에도, 왕의 말에도 귀를 기울이지 않고 진리를 발견하려고 애쓰고 있습니다.」
「내가 그들의 왕이라면 그들에게 그렇게 하라고 가르쳤을 게다. 그런데 그렇게 된다고 치면?」
「볼로냐의 교사들이 그 어떤 권력에도, 그리고 아버님이나 교황님께, 그리고 다른 그 어떤 군주들에게도 종속되어 있지 않다는 것을 인정하는 법률을 아버님께서 만드시면 그렇게 될 겁니다. 그들은 오로지 법률에 대해서만 의무를 다한다고 말입니다. 그들은 세상에 하나뿐인 이런 권위를 부여받게 되었을 때 다음과 같이 확언할 겁니다. 유일한 법은 ― 합리적인 이성과 자연의 빛과 전통에 따르면 ― 신성 로마 법이고

---

30) 파리의 수호 성녀.

이 법을 대표하는 사람은 신성 로마 제국의 황제뿐이라고요. 그리고 물론 라이날트께서 너무나 훌륭하게 말씀하셨던 대로 *Quod principi plaquit legis habet vigorem*(군주가 원하는 것은 법의 효력을 갖는다)이라고 말입니다.」

「대체 무엇 때문에 그들이 그렇게 말할 거라는 거냐?」

「아버님께서 대신 그들에게 그렇게 말할 수 있는 권리를 주시기 때문입니다. 이건 결코 적은 게 아닙니다. 그렇게 되면 아버님께서도 만족하실 것이고 그들도 만족할 겁니다. 아버님과 그들 둘 다, 제 친아버지 갈리아우도가 늘 말하듯이, 쇠로 만든 튼튼한 통 속에 앉아 있게 되는 겁니다.」

「그들이 그렇게 하려고 하지 않을 겁니다.」 라이날트가 투덜거렸다.

「아닐세.」 프리드리히의 얼굴이 환하게 밝아졌다. 「분명히 말하지만 그들은 그렇게 할 걸세. 다만 먼저 그들이 의견을 표명하고 난 뒤에 내가 그들에게 독립을 주어야만 하지. 그렇지 않으면 모두들 그들이 내 선물에 대한 보답으로 그렇게 말했다고 생각할 테니까.」

「제 생각으로는, 그렇게 앞뒤를 바꾸더라도, 분명 아버님과 그들이 작당을 했다고 말하고 싶어하는 사람이 있을 것 같습니다.」 바우돌리노가 회의적으로 덧붙였다. 「하지만 황제께서 겸손하게 볼로냐의 박사들에게 의견을 물으러 가신다면 그 후에 누가 감히 볼로냐의 박사들이 전혀 가치도 없는 사람들이라고 말할 수 있겠습니까? 그들이 한 말은 복음서가 되는 겁니다.」

바로 그해에 롱칼리아에서 바우돌리노가 말한 대로 되었다. 롱칼리아에서는 두 번째로 제국 회의가 열렸다. 바우돌리노에게는 무엇보다 굉장한 볼거리였다. 라에빈이 설명해 준 대로 — 바우돌리노가 눈앞에 펼쳐지는 광경을 보고, 사방에서 깃발과 문장(紋章)이 펄럭이고 색색의 천막과 상인들과 어릿광대들이 있는 서커스 놀이라고만 생각하지 못하도록 — 프리드리히는 포 강의 한쪽에 전형적인 로마식 병영을 세웠다. 자신의 권위가 로마에서 기인한다는 것을 상기시키기 위해서였다. 병영의 중앙에는 신전 같은 황제의 천막이 있었다. 그리고 제후, 봉신과 그들의 신하의 천막들이 황제의 천막을 왕관 모양으로 에워쌌다. 프리드리히 측에는 쾰른의 대주교, 밤베르크의 주교, 프라하의 다니엘, 아우크스부르크의 콘라트와 그 외 여러 사람들이 참가했다. 강 너머의 다른 쪽에는 교황의 사절인 추기경, 아퀼레이아의 대주교, 밀라노 대주교, 토리노, 알바, 이브레아, 아스티, 노바라, 베르첼리, 테르도나, 파비아, 코모, 로디, 크레모나, 피아첸차, 레지오, 모데나, 볼로냐 등등의 주교들이 참석했다. 프리드리히는 위엄 있고 말 그대로 전세계적인 이런 회의장에 자리를 잡고 앉아 토론을 시작했다.

각설하고(걸작으로 꼽히는 황제의 연설들과 법학자들과 성직자들의 연설들을 늘어놓아 니케타스를 권태롭게 만들지 않기 위해 바우돌리노가 말했다), 황제는 이르네리우스[31]의 제자들로 그 누구보다 유명한 볼로냐의 박사 네 사람을 초대했다. 어떤 권리들이 황제에게 속한 것인지에 대해, 그 누구도 반박할 수 없는 이론적인 견해를 밝히게 하려는 것이었

---

31) Irnerius(1055~1125). 이탈리아의 법학자. 볼로냐 대학에서 최초로 로마 법 강의를 한 것으로 알려져 있다.

다. 그들 중 세 사람, 불가루스,[32] 야코푸스와 포르타 라베냐냐의 우고는 프리드리히가 원하는 대로, 즉 황제의 권리는 로마의 법률에 토대를 두고 있다고 자신들의 견해를 밝혔다. 다른 견해를 가진 사람은 마르티누스[33]라는 사람뿐이었다.

「나중에 프리드리히가 그의 눈을 뽑아 버리라고 했겠군요.」 니케타스가 말했다.
「아니 절대 그렇지 않았습니다, 니케타스 씨.」 바우돌리노가 대답했다. 「당신들 로마 인들은 이런 저런 일에 사람의 눈을 뽑아 버리고, 위대한 황제이셨던 유스티니아누스를 잊어버리고 법이란 게 대체 어디에 적용되는지도 알려고 하지 않았어요. 프리드리히는 곧 *Constitutio Habita*, 볼로냐에서 연구하는 학문의 독립성을 인정하는 법률을 공포했지요. 학문의 독립성이 인정된다면 마르티누스는 자신이 하고 싶은 말을 할 수 있는 것이고 황제라고 해도 그의 머리카락 하나 건드릴 수 없는 거지요. 만약 황제가 그의 머리카락을 건드린다면 그때는 박사들이 더 이상 독립되어 있는 것이 아니지요. 그들이 독립되어 있지 않다면 그들의 의견은 아무런 가치도 없게 될 겁니다. 그리고 프리드리히는 찬탈자로 낙인찍히게 될 위험에 빠지게 되겠지요.」
아주 훌륭하군, 니케타스는 생각했다. 바우돌리노는 넌지시 제국의 기초를 세운 게 바로 자기라고 말하고 싶어하는군

---

32) Bulgarus(?~1167). 이탈리아의 법학자. 볼로냐 법과 대학의 〈네 박사〉(불가루스, 마르티누스, 야코푸스, 우고) 중 한 사람. 로마 법에 대한 중세의 대표적 주석가로서 프리드리히 황제의 조언자였다.
33) Martinus Gosia(1100~1166). 볼로냐 대학의 〈네 박사〉 중 한 명.

그래. 그리고 — 그가 어떤 말을 하든 마찬가지인데 — 자기가 무슨 말을 하기만 하면 그 말이 진실이 되어 버릴 정도로 자기 권력이 지대하다는 걸 말하고 싶어하는군. 나머지 이야기를 어디 한번 들어 보도록 하지.

그사이 제노바 인들이 과일 바구니를 들고 들어왔다. 한낮이 되었기 때문이었다. 니케타스는 쉬어야만 했다. 약탈이 계속되고 있으니 아직은 집에 머물러 있는 게 좋다고 제노바 인들이 말했다. 바우돌리노는 다시 이야기를 시작했다.

프리드리히는 결심을 했다. 그는 바우돌리노가 아직은 경험이 거의 없는 소년일 뿐이고, 라에빈 같은 멍텅구리에게 교육을 받은 것뿐인데도 이렇게 예리한 생각들을 가질 수 있다면 정말 파리로 공부를 하러 보낼 경우 어떤 일이 벌어질지는 아무도 예측할 수 없으리라고 생각했다. 프리드리히는 바우돌리노를 정말 따뜻하게 포옹했다. 그러면서 프리드리히는 바우돌리노에게 정말 학자가 되어 달라고 부탁했다. 자신은 통치하랴, 전쟁하랴 시간이 없어서 당연히 갖추었어야 할 교양을 연마하지 못했기 때문이라고 했다. 황후는 바우돌리노의 이마에 입을 맞추며 작별 인사를 했다(물론 우리의 상상대로 바우돌리노는 금방이라도 그 자리에 쓰러질 것 같았다). 황후는 입을 맞추며 이렇게 말했다(황후는 귀부인이고 왕비였지만 비범한 여인으로서 읽고 쓸 줄 알았다).「내게 편지를 쓰렴. 너에 대해서, 그리고 네게 일어나는 일에 대해서 이야기를 해다오. 궁정 생활은 단조롭거든. 네 편지가 위안이 될 거야.」

「쓸게요. 맹세해요.」 바우돌리노는 그 자리에 있던 사람들이 이상하게 생각할 정도로 뜨겁게 말했다. 그 자리에 있던 사람들은 아무도 의심하지 않았다(파리로 떠나기 때문에 흥분해 있는 소년에게 누가 이상한 신경을 쓰겠는가?) 베아트릭스만은 예외였는지도 모른다. 그녀는 마치 바우돌리노를 생전 처음 보는 사람처럼 쳐다보았는데 그녀의 너무나 하얀 얼굴이 갑자기 붉게 물들었다. 하지만 이미 바우돌리노는 허리를 숙여 인사하느라 어쩔 수 없이 시선을 바닥으로 향한 채 홀을 나가 버렸다.

6
바우돌리노 파리에 가다

바우돌리노는 조금 늦은 나이에 파리에 도착한 것이었다. 파리에 있는 학교들은 열네 살이 되기 전에도 들어갈 수 있었기 때문이었다. 그는 다른 입학생들의 나이보다 두 살이 더 많았다. 하지만 그는 이미 오토에게 많은 것을 배운 상태였다. 그래서 바우돌리노는, 곧 알게 되겠지만, 수업을 다 듣지 않아도 된다는 허락을 받았다.

그는 친구와 함께 떠났다. 그 친구는 쾰른의 기사의 아들로 군대보다는 일곱 교양 과목 공부를 더 좋아했다. 아버지는 이런 아들 때문에 비통해 했지만 어머니는 시인의 자질을 일찌감치 드러낸 아들 편을 들어 주었다. 그래서 바우돌리노는 그의 진짜 이름을 듣긴 했어도 잊어버리고 있었다. 바우돌리노는 그를 시인이라고 불렀고 다른 사람들도 모두 그를 알게 된 뒤에는 그렇게 불렀다. 바우돌리노는 얼마 안 있어 시인이 시를 한 번도 써본 일 없이, 그저 앞으로 시를 쓰고 싶다고 선언했을 뿐이라는 것을 알게 되었다. 항상 다른 시인들의 시를 낭송했으므로 결국은 그의 아버지조차 아들이 뮤즈를 좇아야 한다고 확신을 하게 되었다. 그래서 아들이 떠나도록 내버려 두었으나 떠날 때 근근히 살아갈 수 있을 정도의 돈을 주머니에 넣어 주었다. 그 정도의 돈이면 퀼른에서 사는 데는 충분했기에, 마찬가지로 파리에서도 계속 생활해 나갈 수 있을 것이라고 잘못 계산했기 때문이었다.

파리에 도착하자마자 바우돌리노는 한시라도 빨리 황후의 말을 따르고 싶었다. 그래서 편지를 몇 통 썼다. 처음에는 편지를 쓰라는 황후의 권유에 응하다 보면 자신의 열정이 가라앉을 것이라고 믿었다. 하지만 자신의 진짜 감정을 말하지 못한 채 완벽하고 예의 바르게 편지를 쓴다는 것이 얼마나 고통스러운 일인지를 깨닫게 되었다. 그는 편지에서 아름다운 교회들이 늘어서 있고 너무나 맑은 공기를 호흡할 수 있는 도시, 파리에 대해 묘사를 했다. 그곳 하늘은 맑고 드넓었다. 물론 비가 올 때는 제외하고 말이다. 그러나 그 비도 하루 한두 차례뿐 그 이상 내리는 법이 없었다. 그래서 거의 영원히 지속될 것 같은 안개 속에서 살다 온 사람에게는 그 도시에 따사로운 봄만이 영원히 계속될 것 같아 보였다. 유연하게 흐르는 강 한가운데에 섬이 있는데 그 강물은 마실 수 있을 정도로 그렇게 깨끗했다. 성벽 뒤로는, 생 제르맹 수도원 옆에 있는 풀밭처럼 싱그러운 냄새로 가득 찬 풀밭들이 드넓게 펼쳐져 있었다. 그곳에서 사람들은 공놀이를 하며 멋진 오후를 보내곤 했다.

바우돌리노는 처음 파리에 온 후, 같이 세든 사람들에게 도둑을 맞지 않고, 친구와 같이 쓸 수 있는 방을 찾아야 했기 때문에 겪은 곤란한 일들을 베아트릭스에게 보내는 편지에 썼다. 바우돌리노와 시인은 아주 넓은 방을 비싼 가격에 얻을 수 있었다. 책상과 의자 두 개, 책을 꽂을 수 있고 짐 가방을 얹을 수 있는 선반들이 갖추어진 방이었다. 높은 침대가 하나 있었고 그 위에는 타조털 이불이 있었다. 또 바퀴가 달린 낮은 침대가 하나 있었는데 그 침대에는 오리털 이불이 있었다. 이 침대는 낮에는 큰 침대 밑에 들어가 있었다. 편지에는 적지 않았지만, 두 동거인은 잠시 동안 망설이다가, 매일 밤 체스 게임을 해서 이기는 사람이 더 편안한 침대를 사용하기로 결정을 했다. 편지에는 체스 게임에 대해 적지 않았는데, 궁정에서는 체스 게임을 별로 권유할 만한 놀이로 생각하지 않았기 때문이다.

바우돌리노는 다른 편지에서는 아침에 아주 일찍 일어난다는 이야기를 적었다. 수업이 일곱 시에 시작해서 오후 늦게 끝나기 때문이었다. 마구간 같은 곳에서 선생의 수업을 듣기 위해서 학생들은 많은 양의 빵과 포도주 한 사발을 준비했다. 학생들은 그 마구간 같은 곳에서 바닥에 지푸라기도 거의 깔지 않은 맨 바닥에 앉아 공부했는데 안이 바깥보다 더 추웠다. 베아트릭스는 가슴이 뭉클해졌다. 그래서 포도주를 아끼지 말라고 당부했고 하인을 하나 구하라고 말했다. 지체가 높은 사람이 책을 들고 다니는 것은 어울리지 않는 일이니까 하인에게 책을 들게 하고 밤이면 그 하인에게 시간에 맞춰 난로를 피워 놓게 해서 방 안을 따뜻하게 하라는 것이었다. 그리고 수사[34]의 솔리두스 금화 네 개를 보냈는데 그것에 필요한 비용 모두를 충당하라는 것이었다. 황소 한 마리를 사고도 남을 만한 돈이었다.

하인은 구하지 않았고 장작도 사지 않았다. 밤에는 이불 두 개면 충분했기 때문이었다. 밤이면 선술집에 들러 더할 나위 없이 몸을 따뜻하게 녹이는 데다가 시중까지 드는 하녀들의 엉덩이를 만지면서 하루 종일 공부하고 난 뒤의 피로를 풀었기 때문에 그 돈은 아주 지혜롭게 사용되었다고 할 수 있었다. 학생들은 〈은방패〉, 〈철십자가〉나 〈세 개의 촛불〉 같은 유쾌한 유흥 장소에서 한두 잔 술을 마시면서 돼지고기나 닭고기로 만든 파이, 비둘기 한두 마리나 구운 오리로 원기를 회복했다. 더 돈이 없는 학생들의 경우 소 내장이나 양고기로 배를 채웠다. 바우돌리노는 소 내장만 먹고는 살 수 없는 무일푼의 시인을 도와주었다. 하지만 시인은 값비싼 친구였다. 그가 마셔 대는 포도주의 양은 하루가 다르게 지출비용을 늘려 갔다.

바우돌리노는 편지에, 이런 사소한 이야기들에 대해서는 간단하게 언급하고 자기 스승들이나 자기가 공부하는 것들에 대한 이야기로 넘어갔다. 베아트릭스는 이런 의외의 이야기를 아주 민감하게 받아들였다. 이런 이야기들은 앎에 대한 그녀의 욕구를 만족시켜 주었다. 그녀는 바우돌리노가 문법, 변증법, 수사학과 산술, 기하학, 음악, 천문학에 대해 들려주는 편지를 몇 번이고 다시 읽었다. 하지만 바우돌리노는 점점 더 자기 자신이 비겁하다는 생각을 하게 되었다. 왜냐하면 자신의 마음을 자극하는 것이나 다른 모든 행동들, 그러니까 어머니에게도, 누나에게도, 황후에게도, 사랑하는 여자

---

34) 페르시아의 수도.

에게는 더욱더 얘기할 수 없는 다른 일들에 대해서는 입을 다물었기 때문이었다.

무엇보다 먼저, 그는 공놀이를 했다. 이건 뭐 그렇게 나무랄 일이 아니다. 하지만 그러면서 생 제르맹 수도원의 수사들과 싸우는 일이 생겼고, 출신이 서로 다른 학생들끼리, 예를 들면, 피카르디 출신과 노르망디 출신들 사이에 패싸움이 일어나기도 했다. 그들은 싸울 때 라틴 어를 썼는데 그렇지 않으면 서로 무슨 욕을 하는지 알아들을 수가 없었다. 대교구장은 이런 일들을 좋아하지 않았다. 그는 휘하의 궁사들을 보내 가장 소란을 피운 자들을 체포하게 했다. 물론 궁사들이 나타나는 바로 그 순간 학생들은 자신들이 편을 갈라 싸우고 있었다는 것을 완전히 잊어버리고 모두 함께 궁사들에게 달려들어 그들을 두들겨 팼다.

이 세상에서 대교구장의 궁사들처럼 그렇게 쉽게 돈으로 매수할 수 있는 사람들은 다시 없었다. 그래서 어떤 학생이 궁사에게 붙잡히면 모두들 그 학생을 빼내기 위해 자기 가방을 열어 궁사들을 유인해야 했다. 하지만 이것은 파리의 즐거움을 더욱더 비싼 것으로 만들어 놓았다.

두 번째로 사랑의 모험을 하지 않은 학생은 동료들에게 놀림을 받았다. 불행히도 여자들은 학생들이 접근하기가 쉽지 않은 대상이었다. 여학생들은 정말 몇 되지 않았다. 아름다운 엘로이즈에 대한 전설이 아직도 떠돌고 있었는데, 그녀는 연인 아벨라르로 하여금 자기 남근을 자를 수밖에 없게 만들었다고 한다. 비록 학생들이 하는 이야기이기는 했지만 말이다. 학생들의 이야기여서 불완전하고 정확하지 못한 점은 관대하게 다루어졌다. 그리고 위대하고 불행했던 아벨라르와 같은 교사들 측의 이야기가 있었다. 돈으로 사는 사랑은 너무 비쌌기 때문에 그것에 돈을 다 써버릴 수는 없었다. 그래서 선술집의 하녀들이나 그 구역의 서민 아가씨들과 가까이 지내야 했지만 그 구역에는 아가씨들보다 학생들이 언제나 훨씬 더 많았다.

아무 생각 없어 보이는 불량한 눈길로 시테 섬을 돌아다닐 줄 모른다거나 좋은 조건에 있는 부인들을 유혹할 줄 모르고는 살 수가 없었다. 그레브 광장의 푸주한의 아내들은 굉장한 열망의 대상이 되었다. 푸주한들은 직업적으로 성공을 해서 이제는 직접 소나 돼지를 잡는 게 아니라 정육 시장을 좌지우지하면서 귀족 행세를 하며 살았다. 그 아내들은 황소 부위를 토막 내다가 편안한 노년에 이른 남편보다는 탁월한 능력을 가진 학생들의 매력에 더 끌렸다. 그런데 이 귀부인들은 모피 옷에 은과 여러 가지 보석들로 만든 벨트를 하고 있었다. 이 때문에 처음에는 이런 식으로 차려입은 고급 매춘부들과 구별이 되지 않았다. 매춘부들은 법으로 금지가 되어 있는데도 불구하고 대담하게도 귀부인들처럼 옷을 입었다. 이 때문에 학생들은 불행을 초래할 오해에 노출되어 있었고 이런 오해가 빚은 행동 때문에 친구들의 놀림거리가 되기도 했다.

그리고 진짜 부인이나 혹은 순결한 처녀를 손에 넣는데 성공했을 경우에는 조만간 그 부인의 남편이나 처녀의 아버지가 그 사실을 눈치 채고 주먹다짐을 하러 나타났다. 그 싸움에서는 예외 없이 사망자나 부상자가 나왔는데, 무기를 가지고 싸우지 않을 때는 거의 남편이나 아버지가 항상 희생자가 되었다. 그러면 다시 대교구장의 궁사들과 격투가 벌어지곤 했다. 바우돌리노는 아무도 죽이지 않았다. 대개 그는 그 어떤 난투에도 끼어들지 않고 거리를 지켰다. 하지만 어떤 남편(이자 푸주한)과는 상대를 할 수밖에 없었던 일이 있었다. 사랑에는 대담했지만 싸움에는 신중했던 바우돌리노는 그 남자가 짐승들을 매다는 데 쓰는 갈고리를 휘두르며 방 안으로 들어올 때 곧바로 창문으로 뛰어내려 보려고 했다. 그러나 뛰어내리기 전에 그 창문의 높이를 사려 깊이 계산을 하다가 그만 시간을 놓쳐 뺨에 상처를 입게 되었다. 그렇게 되어 무장(武將)에 걸맞는 상처가 그의 얼굴을 영원히 장식하게 되었다.

아울러 서민의 처녀들을 손에 넣는 일이 자주 있었던 것은 아니었다. 그것은 (수업을 희생하면서) 장시간 잠복을 하고 하루 종일 창문을 지켜봐야만 하는 일이었다. 지루하고 재미없는 일이었다. 그래서 처녀를 유혹하려는 꿈을 버리고 지나가는 사람들에게 물벼락을 퍼붓거나 새총을 이용해 여자들에게 완두콩을 쏘아 대거나 창 밑으로 지나가는 교사들을 놀리기도 했다. 그리고 교사들이 화를 내면 떼를 지어 교사의 집까지 쫓아가서 창문에 돌을 던졌다. 교사의 봉급을 지불하는 게 언제나 학생들이기 때문에 그럴 만한 권리가 어느 정도는 있었다.

바우돌리노는 베아트릭스에게 말하지 않았던 사건들을 니케타스에게 이야기하고 있었다. 다시 말해, 파리에서 일곱 교양 과목을 공부하거나 볼로냐에서 법학을, 살레르노에서 의학을, 혹은 톨레도에서 마술(魔術)을 공부하던 그 학생들 중의 한 사람이 되어 가고 있었다. 그런데 그 학생들은 어느 곳에서도 훌륭한 품행은 배우지 못했다. 니케타스는 분개해야 하는 건지, 놀래야 하는 건지, 재미있어 해야 하는 건지 알 수가 없었다. 비잔틴에는 지위가 낮은 가문의 젊은이들을 위한 사립 학교밖에 없었다. 그 학교의 학생들은 어릴 때부터 문법을 배우고 신앙 서적들과 고전 문학의 걸작들을 읽었다. 열한 살이 지나면 시와 수사학을 공부하고 고전적인 문학적 모델에 따라 글 쓰는 법을 익혀 나갔다. 사용하는 용어들이 진귀할수록, 문장의 구성들이 복잡하면 복잡할수록 황제의 통치에 참여할 눈부신 미래를 위한 준비가 더 많이 되어 있는 것이라고 생각했다. 하지만 그 후에는 수도원의 학자가 되거나 사설 학교의 교사로 법학이나 천문학을 공부했다. 그러나 그들은 진지하게 공부를 했다. 니케타스가 보기에 비잔틴과는 달리 파리의 학생들은 세상의 모든 일들을 다 경험해 보느라고 공부는 별로 하지 않는 것 같았다.

바우돌리노가 그의 생각을 고쳐 주었다. 「파리의 학생들은 굉장히 공부를 많이 합니다. 예를 들어 초급반을 지나면 벌써 토론에 참가하게 됩니다. 토론을 하면서 이의를 제기하는 법이나 결론에 도달하는 법, 즉 문제에 대한 최종적인 해결책에 도달하는 법을 배웁니다. 학생에게는 강의만이 능사라고 생각하면 안 됩니다. 그리고 선술집에서는 시간만 낭비한다고 생각해서도 안 되지요. 대학의 훌륭한 점은 교사들에게 배울 수 있다는 겁니다. 그렇습니다. 하지만 학생들에게 더 많은 것을 배울 수 있다는 근사한 면도 있습니다. 특히 당신보다 나이가 더 많은 학생들에게 말입니다. 아마 당신은 그들이 읽은 책 이야기를 들으면 세상이 경이로 가득 차 있다는 것을 알게 될 겁니다. 그리고 인생이 짧아 전세계를 다 돌아다닐 수는 없기 때문에, 그 경이를 모두 다 알아내기 위해서는 책을 모조리 다 읽는 수밖에 없다는 것도 알게 되겠지요.」

바우돌리노는 오토 주교 곁에서 많은 책들을 읽을 수 있었다. 하지만 그는 파리나 온 세상에 너무나 많은 책들이 있을 수 있다는 것은 상상하지 못했다. 바우돌리노는 운 좋게, 아니 좀 더 정확히 말하자면 강의에 열심히 나간 덕에 압둘을 알게 되었다.

「압둘과 도서관들에 관련된 이야기를 하려면, 이야기를 뒤로 돌려야 합니다. 니케타스 씨. 내가 보통때처럼 시린 손을 따뜻하게 하려고 입으로 손을 불며 강의를 들을 때였습니다. 겨울 그 무렵이 되면 온 파리가 꽁꽁 얼어붙었고 지푸라기가 몇 개 깔려 있는 차가운 강의실 바닥 때문에 엉덩이는 얼음처럼 꽁꽁 얼어 있었어요. 그런 어느 날 아침 나는 내 옆에 한 소년이 앉아 있는 것을 보았답니다. 얼굴 색으로 보면 사라센 인 같았는데 머리는 붉은색이었습니다. 무어 인들에게는 붉은 머리가 절대 없지요. 나는 그가 강의를 듣고 있는 것인지 자기 생각을 쫓고 있는 것인지 알 수가 없었어요. 그의 시선은 허공 속을 떠돌았지요. 가끔 몸을 떨면서 위에 입은 옷을 잡아당겼어요. 그런 다음 다시 허공을 바라보기 시작했지요. 그러다가 또 가끔 자기 서판 위에 무엇인가를 끼적거렸습니다. 나는 목을 길게 빼고 보았어요. 파리 똥같이 생긴 아랍 문자들을 반 정도 끼적여 놓았고 나머지 반은 라틴 어처럼 보이는 글자들을 써놓았더군요. 라틴 어같이 생긴 글자들이 사실은 라틴 어가 아니었어요. 나는 심지어 우리 고향의 방언들 가운데 하나가 아니겠는가 하고 생각을 해보았습니다. 결국, 나는 수업이 끝났을 때 그에게 말을 걸어 보려고 했어요. 친절하게 응대를 합디다. 마치 오래전부터 함께 대화를 나눌 사람을 갈망해 온 것 같았어요. 우리는 친구가 되었어요. 우리는 센 강을 따라 산책을 했고 그는 내게 자기 이야기를 들려주었습니다.」

그러니까 그 소년이 압둘이었다. 바로 무어 인들의 이름이었다. 그러나 그의 어머니는 히베르니아(아일랜드) 출신이었다. 그의 붉은 머리가 이 사실을 증명해 주었다. 그 외딴 섬 출신 사람들은 모두 그렇게 붉은 머리였기 때문이다. 그 섬 사람들은 별나고 몽상적인 것으로 명성이 높았다. 그의 아버지는 프로방스 사람으로 50년도 훨씬 더 전에 예루살렘이 정복된 후 바다 너머 예루살렘에 정착한 가문 출신이었다. 압둘이 설명하려 애를 쓴 대로라면 바다 너머 왕국의 프랑스 귀족들은 그들이 정복한 민족들의 옷을 입었다. 터번과 투르크 식 복장으로 치장을 했고 적들의 언어로 말했다. 그들이 코란의 계율을 따르는 것도 크게 흠이 되지 않았다. 그런 이유로 빨간 머리의 이 (절반의) 히베르니아 인은 압둘이라고 불렸다. 그의 얼굴은 그가 태어난 시리아의 햇빛에 검게 그을렸다. 그는 아랍 어로 생각을 했고, 어머니에게 들은, 북쪽의 꽁꽁 언 바다에서 활약한 고대의 영웅들의 무훈담을 프로방스 어로 이야기했다.

바우돌리노는 압둘에게 파리에 온 이유가 다시 훌륭한 기독교도가 되어, 밥 먹듯이 쉽게 말을 하기 위해, 그러니까 라틴 어를 잘 구사하기 위해서인지를 물어보았다. 압둘은 자신이 파리에 온 이유에 대해 이야기하기를 몹시 꺼려했다. 압둘은 자기에게 어떤 일이 있었다고 말했다. 불안해 하는 것으로 봐서 그가 어린 시절에 무시무시한 일을 겪었던 것 같았다. 그래서 귀족인 그의 부모는 어떤 복수인지는 모르지만 그 보복으로부터 아들을 보호하기 위해 파리로 보내기로 결정을 했다. 압둘은 그 이야기를 하면서 얼굴 표정이 어두워졌고 무어 인들이 얼굴을 붉힐 때처럼 얼굴을 붉혔다. 그리고 손을 떨었다. 바우돌리노는 화제를 바꾸기로 마음먹었다.

압둘은 총명했다. 그는 파리에 온 지 불과 몇 달도 안 됐는데 라틴 어와 그 지역 속어로 말을 했다. 그는 삼촌과 살고 있었다. 그의 삼촌은 생 빅토르 수도원의 참사회원이었다. 그 수도원은 알렉산드리아 도서관보다 훨씬 더 많은 장서를 보유하고 있어서 파리 시내에서(어쩌면 전 기독교 세계 내에서) 학문이 높기로 유명한 수도원 중의 하나였다. 그 뒤 몇 달 동안 바우돌리노가, 그리고 시인까지 그 세계적인 지식의 보고에 접근하게 된 경위가 바로 압둘에 의해 설명이 가능해진다.

바우돌리노는 압둘에게 수업 시간에 쓴 게 무엇인지를 물어보았다. 그러자 압둘은 선생이 변증법에 대해 말한 어떤 것들과 관련된 것을 아랍 어로 메모한 것이라고 대답했다. 아랍 어가 철학에는 가장 적당한 언어인 것이 분명하기 때문이었다. 다른 언어로 쓴 것은 프로방스 어였다. 그는 그것에 대해서는 말하고 싶어하지 않았다. 그는 오랫동안 그렇게 말을 하지 않으려고 했다. 하지만 그 눈빛은 그것에 대해 더 물어봐 주길 원하는 사람의 것이었다. 그러더니 마침내 번역을 해주었다. 그것은 시였다. 이렇게 노래했다. 〈오, 먼 곳에 있는 내 사랑 ─ 내 마음은 당신 때문에 고통스럽다오……. 오

화려한 나의 커튼이여, 오 미지의 여인이여, 나의 친구여.〉

「시를 쓴 거니?」 바우돌리노가 물었다.

「노래를 한 거야. 내가 느낀 것을 노래한 거야. 난 멀리 있는 공주를 사랑해.」

「공주라고? 누군데?」

「몰라. 그녀를 한 번 본 적이 있어 — 정확히 말하자면, 꼭 그런 것은 아니야. 그런데 꼭 본 것 같아 — 성지(聖地)[35]에서 내가 포로가 되었을 때였어······. 그러니까 내가 모험을 할 때였는데 그 모험에 대해서는 아직 네게 말하지 않았지. 내 마음은 불타올랐어. 그래서 그 여인에게 영원한 사랑을 맹세했지. 난 내 인생을 그녀에게 바치기로 결심했어. 아마 어느 날엔가는 그녀를 만나게 될 거야. 그렇지만 난 그런 일이 벌어질까 봐 두렵기도 해. 이룰 수 없는 사랑 때문에 쇠약해져 가는 건 정말 멋지거든.」

바우돌리노는 자기 아버지가 자주 말했듯이, 〈이 멍청아〉, 이렇게 말해 주고 싶었다. 그러다가 자신 역시 이룰 수 없는 사랑 때문에 쇠약해져 가고 있다는 것을 떠올렸다(비록 그는 베아트릭스를 분명히 보았고, 그 모습들이 밤마다 그를 괴롭히고 있기는 하지만 말이다). 그래서 친구 압둘의 운명이 불쌍하게 여겨졌다.

멋진 우정은 바로 이렇게 시작되었다. 바로 그런 이야기를 나눈 날 밤 압둘이 만돌린 모양으로 생기고 팽팽한 현들이 많이 달린, 바우돌리노가 그때까지 한 번도 본 적이 없는 악기를 가지고 바우돌리노와 시인의 방에 나타났다. 그리고 그

---

[35] 예루살렘.

현 위에서 손가락을 놀리며 이렇게 노래했다.

>시냇물이 늘 그렇듯
>샘에서 솟아 맑게 흐르고
>찔레꽃이 봉오리를 터뜨리고
>나뭇가지 위 꾀꼬리가
>갖가지 노래를 조용히 부르다가
>부드러운 그 노랫소리 가늘어지면
>내 노래 그 노래와 어우러지네.
>
>오, 먼 곳에 있는 내 사랑
>당신으로 인해 내 마음은 병들었다네.
>그 어떤 약도 소용없으리.
>당신의 부름을,
>따사로운 당신의 옷깃을 따라가는 것 말고는,
>오 나의 화려한 커튼이여,
>오 미지의 여인이여, 오 나의 친구여.
>
>당신을 내 곁에, 이 뜨거운 불길 속에
>둘 수 없다네. 나는 뜨겁게 타오르고.
>오 하느님, 기독교도 중에도
>유대 인 중에도 사라센 인 중에도
>당신보다 더 아름다운
>여인은 찾을 수 없다네.
>누가 당신의 사랑을 얻을까?

아침으로 저녁으로
당신을 부르네, 오 내 사랑
내 정신은 병들고
내 열망은 태양을 가린다네.
고통이 나를 살리고
가시처럼 찌르네.
눈물은 또 나를 적시고.

멜로디는 달콤했고 화음은 미지의, 혹은 숨겨져 있던 열정들을 다시 일깨웠다. 바우돌리노는 베아트릭스를 생각했다.
「염병할,」 시인이 말했다. 「난 왜 이렇게 아름다운 시들을 쓸 수 없는 거지?」
「난 시인이 되고 싶은 생각은 없어. 그저 내 자신을 위해서 노래한 거야. 그것으로 충분하지. 네가 원한다면 이 시들을 선물할게.」 이제 압둘이 친절하게 말했다.
「아, 그래.」 시인이 반응을 보였다. 「이 프로방스 시를 독일어로 번역을 하면 거지같이 되어 버릴 거야…….」
압둘은 그 동아리의 세 번째 친구가 되었다. 바우돌리노가 베아트릭스를 생각하지 않으려고 노력하고 있을 때 이 망할 놈의 빨간 머리 무어 인은 염병할 악기를 들고 와서 노래를 불러 바우돌리노의 마음을 괴롭혔다.

나뭇잎들 사이의 꾀꼬리가
사랑을 선사하며 그것을 자랑하네,
여자 친구는 대답한다네,
꾀꼬리와 함께 노래했노라고,

경쾌한 풀밭으로
흐르는 시냇물의 잔물결에
내 마음은 기쁨으로 떨고.

내 영혼은 우정으로
녹아 나고, 그녀가 주는
사랑, 내 병든 마음에 아픔으로
느껴지는 사랑이 우정보다
더 이익이 된다 할 수 없으리.

바우돌리노는 어느 날엔가 자신도 멀리 떨어져 있는 황후를 위해 노래를 써야겠다고 혼자 생각했다. 그러나 사실 그는 시를 어떻게 써야 하는 것인지 잘 몰랐다. 오토도 라에빈도 몇 개의 찬송가를 가르쳐 준 것 이외에 그에게 시에 대해서는 단 한 번도 말을 해준 적이 없었기 때문이었다. 우선은 생 빅토르 도서관에 들어가기 위해 압둘을 조금 이용하기로 했다. 바우돌리노는 아침이면 수업을 빼먹고 오랜 시간을 도서관에서 환상적인 책들에 빠져 입을 헤벌린 채 시간을 보냈다. 문법책이 아니라 플리니우스의 이야기들, 알렉산드로스 소설,[36] 에솔리누스의 지리와 이시도루스의 어원학 등등이었다…….

그는 악어들과 커다란 물뱀 이야기를 읽었다. 물뱀들은 사

---

[36] 알렉산드로스 대왕의 생애에 대한 전설과 그 전설의 문학화를 가리킴. 그의 출생(마법사의 아들이었다고 한다), 아마존 여왕과의 만남, 곡과 마곡을 사로잡은 에피소드들에 대한 이야기이다. 9세기부터 14세기까지 영국, 아일랜드, 독일, 프랑스, 이탈리아, 스칸디나비아, 슬라브 제국으로 퍼져나갔다. 곡과 마곡에 대한 에피소드는 코란에도 언급된다.

람들을 잡아먹은 뒤에 우는데, 혀가 없고, 위턱을 움직였다. 또 반은 사람이고 반은 말인 하마들, 그리고 레우코크로카라는 짐승이 산다는 먼 지방 이야기를 읽었다. 레우코크로카는 몸은 당나귀지만 등은 사슴이고 사자 가슴과 허벅지, 말 다리, 양쪽으로 갈라진 뿔에 입은 귀까지 찢어져 있다고 했다. 그 입에서는 거의 인간의 목소리 같은 소리가 나오고 이빨 대신 입 안에 뼈가 단 하나 있을 뿐이다. 무릎 관절이 없는 인간들, 혀가 없는 인간들, 추위로부터 몸을 보호할 정도로 어마어마하게 큰 귀를 가진 인간들, 다리 하나로 너무나 빨리 달리는 스키아푸스가 산다는 지역에 대한 글도 읽었다.

바우돌리노는 베아트릭스에게 자신이 쓰지 않은 시를 보낼 수가 없었기 때문에(비록 그가 시를 썼다 해도 감히 보낼 생각은 하지 못했을 것이다) 연인에게 꽃이나 보석들을 보내듯이 자신이 정복해 가고 있는 경이로운 사실들을 그녀에게 선물로 보내기로 작정했다. 그렇게 해서 그는 밀나무와 꿀나무가 자라는 평원에 대해, 맑은 날이면 그 정상에서 노아의 방주의 잔해를 볼 수 있는 아라라트 산에 대해, 그리고 그 산 정상에 올랐던 사람이, 노아가 식사 전 기도문을 읽었을 때 악령이 도망쳤다던 구멍을 손가락으로 건드렸다는 이야기를 편지에 적어 보냈다. 그는 또 베아트릭스에게 알바니아에 대한 이야기를 들려주었다. 그곳 남자들의 피부는 다른 어느 곳의 사람들보다 하얗고 고양이 수염처럼 수염이 듬성듬성 나 있었다. 사람이 동쪽으로 몸을 돌리면 바로 그의 오른쪽에 그림자가 생기는 지방, 아기들이 태어나면 슬퍼하고 사람들이 죽으면 잔치를 벌이는 아주 잔인한 사람들이 사는 또 다른 어떤 지역, 개처럼 몸집이 큰 개미들이 지키고 있는 거대한 황금산들이 높이 솟아 있는 지방에 대해 이야기했다. 여전사들인 아마존의 여인들이 사는 곳에 대한 이야기를 들려주었다. 아마존의 여인들은 남자들을 국경 지역에 가두어 놓고, 사내아이가 태어나면 그 지역에 사는 아버지에게 보내거나 죽여 버리고, 여자아이가 태어나면 뜨겁게 달군 철로 가슴을 도려내 버리는데, 지배 계급일 경우 방패를 안을 수 있게 왼쪽 가슴을 도려내고 낮은 계급의 여인들은 활을 쏠 수 있게 오른쪽 가슴을 도려냈다. 마지막으로 지상 낙원의 산에서 시작되는 4개의 강 가운데 하나인 나일 강에 대해 베아트릭스에게 이야기해 주었다. 나일 강은 인도의 사막으로 흘러 땅속으로 들어갔다가 아틀라스 산 근처에서 다시 나타나 이집트를 거쳐 바다로 흘러들어 갔다.

그러나 정작 바우돌리노가 인도에 도착했을 때는 베아트릭스를 까마득히 잊어버리고 있었다. 그의 머리는 다른 환상들을 좇고 있었다. 오토 주교가 그에게 이야기해 주었던 요한 사제의 왕국이 존재한다면, 인도 쪽에 있어야만 한다는 생각이 머릿속에 박혀 있었기 때문이었다. 바우돌리노는 요한에 대한 생각을 단 한 번도 떨쳐 본 적이 없었다. 미지의 세계에 대한 글을 읽을 때마다 그를 생각했다. 그리고 양피지 위에 그려진 뿔 달린 인간이라든가 학과 싸우면서 일생을 보내는 피그미들의 세밀화를 볼 때면 더욱더 그를 생각하게 되었다. 그렇게 요한 사제에 대해 골똘히 생각하다 보니 어느새 그가 친한 친구나 되는 양 혼자 그에게 말을 하곤 했다. 그러므로 바우돌리노에게 사제가 어디에 있는지를 알아내는 일은 그 무엇보다 중요한 일이었다. 그리고 만약 그 왕국이 그 어디에도 존재하지 않는다면, 요한 사제가 발을 디뎠다는 인도라도 찾아야 할 것이다. 바우돌리노는 친애하던 주교가 임종을 할 때 했던 그 맹세(비록 실제로 한 것은 아니지만)를 저버릴 수 없다고 생각했다.

바우돌리노는 두 친구에게 사제에 대한 이야기를 해주었다. 친구들은 곧바로 놀이에 매료되었다. 그들은 바우돌리노가 인도의 냄새를 맡을 수 있도록 필사본들을 뒤져 찾아낸 막연하거나 희한한 정보를 알려 주었다. 한 가지 생각이 압둘의 머리에 섬광처럼 떠올랐다. 멀리 있는 그의 공주는 멀리 있어야 할 뿐만 아니라 세상에서 가장 먼 곳에서 그녀의 빛을 숨기고 있어야만 했다.

「그래.」 바우돌리노가 대답했다. 「그런데 어디를 통해서 인도로 가야 하지? 인도는 틀림없이 지상 낙원 가까이에 있을 거야. 그러니까 동방에서도 동쪽, 바로 땅이 끝나고 대양이 펼쳐지는 곳이지…….」

그들은 아직 천문학 수업을 듣지 않은 상태였다. 그래서 지구의 형태에 대해서 막연한 생각들을 가지고 있었다. 시인은 아직도 지구가 길고 평평한 넓은 지역이고 그 넓은 지역의 끝에서 대양의 물들이 밑으로 떨어져 내린다고 확신하고 있었다. 물이 어디로 떨어지는지는 하느님이나 아실 일이었다. 하지만 라에빈은 바우돌리노에게 ─ 약간 회의적이긴 했지만 ─ 이렇게 말했다. 고대의 위대한 철학자들, 또는 모든 천문학자들의 대부인 프톨레마이오스뿐만 아니라 성 이시도루스조차 지구가 둥글다고 확언했다는 것이다. 뿐만 아니라 이시도루스는 기독교도답게, 적도의 길이를 8만 스타디온[37]으로 정할 정도로 그 사실에 대한 확신이 있었다. 하지만 라에빈은 야기될지도 모를 불행한 사태를 미리 막고 싶어했다. 그래서 그는 위대한 락탄티우스 같은 몇몇 교부들이 『성서』에서 이르는 대로 지구는 형태는 감실 형태로, 즉 하늘과 땅이 동시에 아치처럼 보일 수 있게 되어 있으며, 멋진 돔과 바닥이 있는 신전, 또 큰 상자 형태로 되어 있지만 공 모양은 아니라고 말했다고 덧붙이면서, 이것도 지구가 둥글다는 것과 마찬가지로 진실이라고 말했다. 너무나 신중한 사람이었던 라에빈은 성 아우구스티누스의 말을 충실히 따랐다. 다시 말해 이교도 철학자들이 한 말이 맞아서 지구가 둥글 수도 있고, 또 『성서』도 단지 비유해서 감실이라고 말하긴 했지만, 그와 같은 지식은 훌륭한 모든 기독교도의 유일하고 진지한 문제를 푸는 데에는, 즉 영혼을 어떻게 구할 것인지의 문제를 푸는 데에는, 도움을 주지 않으므로, 지구의 형태에 대해 고심하는 것은, 그게 30분 정도에 불과하다 하더라도 시간 낭비라고 생각했던 것이다.

「내 생각엔 맞는 것 같아.」 시인이 선술집으로 발걸음을 재촉하면서 말했다. 「그리고 지상 낙원을 찾는 것은 쓸모없는 일 같아. 지상 낙원이란 공중에 정원들이 떠 있는 경이로운 곳이 틀림없을 테니까 말이야. 그리고 아담 시대 이후로 아무도 살지 않고 버려져 있었고 말뚝을 박고 생울타리를 쳐서 테라스를 가꾸는 데 힘쓴 사람이 아무도 없었으니까. 대홍수가 났을 때 틀림없이 대양 안으로 전부 다 가라앉아 버렸을 거야.」

시인과는 달리 압둘은 지구가 둥글 것이라고 확신했다. 압둘은 분명하고 엄격하게 추론을 했다. 「만약 지구가 단지 평

---

37) 그리스의 거리 단위로 대략 600척, 180미터. 〈스타디움〉이라는 말도 여기서 유래된 것으로 고대 경기장의 실제 길이가 1스타디온이었다.

평한 지역에 불과하다면, 내 눈길은 — 다른 모든 연인들과 마찬가지로 사랑으로 인해 너무나 날카로워졌으니까 — 아득히 먼 곳에서도 내 연인의 모습을 그 흔적이라도 알아볼 수 있을 거야. 하지만 둥근 지구 때문에 그녀는 나의 갈망을 외면해 버리는 거야.」 그러더니 그는 생 빅토르 수도원의 도서관을 뒤져서 지도를 찾아내었고 그 지도를 기억해 두었다가 조금 그려서 보여 주었다.

「지구는 커다란 반지 같은 대양의 한가운데에 놓여 있어. 그리고 헬레스폰투스, 지중해, 나일 강, 이 거대한 세 개의 흐름에 의해 땅이 나뉘어져 있어.」

「잠깐만. 동쪽은 어디지?」

「물론 여기 위쪽, 아시아가 있는 곳이지. 동쪽의 끝, 바로 해가 떠오르는 곳에 지상 낙원이 있어. 낙원의 옆에 카우카수스 산이 있고, 그 근처에 카스피 해가 있지. 이제 너희들이 알아야 할 것은 인도가 세 개라는 거야. 낙원의 바로 오른쪽에 아주 더운 대인도가 있고, 카스피 해 너머, 그러니까 왼쪽으로 더 위쪽에 북인도가 있어. 북인도는 물이 수정으로 변해 버릴 정도로 추운 지방인데 예전에 알렉산드로스 대왕이 성벽 안에 가둬 버렸던 곡과 마곡[38]이 살고 있지. 그리고 마

---

[38] 『성서』에서 곡과 마곡은 사탄에 미혹되어 하늘나라에 대항하는 두 나라로서 세계의 종말 직전에 나타난다고 한다. 코란에서 이들은 거인의 형상을 한 야주즈와 마주즈라는 이름으로 나타나는데, 이에 따르면 사람들이 이들을 두려워하여 알렉산드로스 대왕에게 도움을 요청했고, 알렉산드로스는 거대한 성벽을 지어 이들을 가두었다. 야주즈와 마주즈는 탈출하기 위해 매일 밤 성벽을 팠지만 아침이면 알라에 의해 성벽이 복구되어 있었다고 한다.

지막으로 아프리카 근처에 따뜻한 인도가 있어. 그리고 오른쪽에서 아래쪽으로, 남쪽 방향에 있는 아프리카를 봐. 그곳으로 나일 강이 흐르지. 그리고 거기서 아라비아 만과 페르시아 만이 바로 홍해 쪽으로 향해 있어. 홍해 너머에는 사막이 있지. 적도의 태양과 너무나 근접해 있어서 찌는 듯이 덥기 때문에 그곳에 가볼 생각을 하는 사람이 아무도 없지. 마우리타니아 옆, 아프리카의 서쪽에 행복의 섬이라는 섬이 있어. 아주 오래전에 우리 고향의 성인이 발견한 섬이지. 북쪽 밑으로는 지금 우리가 사는 땅이 있어. 헬레스폰투스에 면해 있는 콘스탄티노플과 그리스, 로마, 북쪽 끝으로는 게르마니아, 그리고 히베르니아 섬이 있지.」

「대체 어떻게 그런 지도를 진지하게 받아들일 수 있는 거지?」 시인이 비웃었다. 「평평한 땅이 네 눈앞에 있는데 어떻게 지구가 둥글다고 할 수 있냐?」

「대체 넌 어떤 식으로 생각하는 거니?」 압둘이 화를 냈다. 「넌 공 모양의 둥근 물체를 그려서 그 위에 있는 것들이 모두 보이게 할 수 있을 것 같니? 지도는 길을 찾는데 필요한 거야. 넌 걸을 때 둥근 게 아니라 평평한 땅을 보게 되는 거지. 그리고 지구가 비록 둥글다고는 해도, 아래쪽에 있는 부분에는 아무도 살지 않고 대양이 그 자리를 차지하고 있을 뿐이야. 누군가가 그곳에서 살아야만 한다면, 머리는 땅에 박고 다리는 하늘로 향한 채 살아야 하니까. 그러니까 지구의 윗부분을 표현하는 데에는 이런 둥근 원이면 충분해. 그래도 난 수도원의 지도들을 좀 더 살펴보고 싶어. 게다가 도서관에서 지상 낙원에 대해 모두 다 알고 있는 학생을 알게 되었거든.」

「그래. 이브가 아담에게 사과를 준 곳이 바로 그곳이었지.」 시인이 말했다.

「지상 낙원에 대한 것을 전부 다 알기 위해 어떤 곳에 꼭 가봐야 할 필요는 없어.」 압둘이 대답했다. 「그렇지 않다면 뱃사람들이 신학자들보다 훨씬 더 지혜로워야 할 테니까.」

바우돌리노가 니케타스에게 이런 것을 설명한 것은, 파리에서 처음 몇 년 동안 어떻게 생활했는지, 그리고 거의 풋내기나 다름없는 우리의 친구들이 오랜 세월이 흐른 뒤, 그들을 극동의 경계선까지 끌고 가게 될 그 사건에 어떻게 휘말려 들게 되었는지를 말하기 위해서였다.

7
바우돌리노 베아트릭스에게 사랑의
편지를 쓰게 하고 시인에게 시를
쓰게 하다

 봄이 되자, 그 계절이면 다른 연인들이 다 그렇듯이, 바우돌리노 역시 베아트릭스에 대한 사랑이 점점 깊어 가는 것을 느꼈다. 그래서 그는 별 볼일 없는 처녀들과의 썰렁한 사건들로는 마음을 가라앉힐 수가 없었다. 뿐만 아니라 베아트릭스와 비교되어 그녀를 향한 갈망은 커졌다. 그것은 베아트릭스가 우아하고 지적이며 황실 사람이라는 장점을 가지고 있기 때문만이 아니라, 바우돌리노의 곁에 없기 때문이기도 했다. 압둘은 밤마다 자기 악기를 연주하며 여러 노래들을 불러 대는 통에, 베아트릭스가 곁에 없기 때문에 느껴지는 매력을 더욱 강렬하게 하면서 바우돌리노를 계속 괴롭혀 댔다. 그 노래들을 완전히 음미하기 위해 바우돌리노가 프로방스어도 알게 되었을 정도였다.

5월이 되어 낮이 길어지면
멀리서 들려오는 새들의 노래가 나를 어루만지네.
이 여행의 시작부터
한시도 멀리 있는 사랑을 잊어 본 적이 없기 때문에
고개를 숙이고 내 고통을 향해 간다네.
노랫소리도 산사나무의 하얀 꽃도 이제 도움이 되지 않기에,

바우돌리노는 꿈을 꾸었다. 언젠가 압둘은 미지의 공주를 만날 것이라는 희망을 잃게 될 거야. 바우돌리노는 혼자 말했다. 오, 압둘이 정말 부러워! 내 고통은 최악이야. 어느 날엔가 나의 연인을 틀림없이 만날 테니까. 내겐 그녀를 다시는 보지 않아도 되는 행운이 없어. 그녀가 누구이고 어떤 사람인지 알고 있는 게 오히려 불행이야. 그런데 압둘이 우리에게 자신의 고통을 이야기하는 데서 위안을 찾는다면 나도 그녀에게 내 이야기를 함으로써 위안을 찾을 수는 없는 것일까? 다른 말로 바꾸면 바우돌리노는 자신이 느끼는 감정을 글로 옮김으로써 심장 박동을 조절할 수 있으리라고 직감했다. 자신이 사랑하는 대상이 이처럼 소중한 사랑을 잃는 게 훨씬 더 좋지 않다고 생각했다. 그래서 깊은 밤 시인이 잠들었을 때 바우돌리노는 편지를 썼다.

〈별이 극지를 밝혀 줍니다. 달님은 밤을 물들입니다. 그러나 나를 이끄는 것은 단 하나의 별뿐입니다. 어둠이 걷히고 나면 동쪽에서 내 별이 떠오를 겁니다. 내 정신은 고통스러운 어둠을 알지 못할 겁니다. 당신은 밤을 쫓아 버리고 빛을 실어다 줄 나의 별입니다. 당신이 없으면 밤은 밤의 빛 그대

로이지만 당신과 함께 하면 그 밤이 눈부신 빛으로 환하게 빛납니다.〉

그리고 이렇게도 썼다. 〈내가 배가 고플 때 당신은 내 배고픔을 채워 줄 수 있습니다. 목이 마를 때 당신은 나의 갈증을 해소시켜 줄 수 있습니다. 내가 무슨 소리를 하는 거지요? 당신은 기운을 찾아 주기는 하지만 만족을 주지는 않습니다. 당신이 내게 충만하게 다가온 적은 결코 없었습니다. 앞으로도 결코 그런 일은 없겠지요…….〉 그리고 다시 〈한없이 부드러운 당신, 기적과도 같은 강한 영혼이여, 손으로 잡을 수 없는 당신의 목소리, 당신을 에워싼 그 끝없는 아름다움과 우아함, 그것을 말로 표현하려 애쓰는 것은 무례한 짓이 되겠지요. 우리를 태워 버리는 불꽃이 새로운 자양분을 받아 더욱 거세게 불타오릅니다. 숨기면 숨길수록 불길은 더 거세게 불타오르고 질투와 계략을 끌어들이게 됩니다. 그렇게 해서 우리 두 사람 중 누가 더 많이 사랑하는지는 영원한 의혹으로 남게 됩니다. 우리 두 사람, 언제나 다시없이 아름다운 싸움을 벌여 둘 다 이길 수 있기를…….〉

아름다운 편지들이었다. 바우돌리노는 그 편지들을 다시 읽으면서 몸을 떨었다. 그리고 그와 같은 열정을 불어넣어 줄 수 있는 그 사람을 점점 더 갈망하게 되었다. 갑자기 그는 베아트릭스가 이토록 부드러운 폭력에 어떤 반응을 보일지 모르고 있어야 한다는 사실을 받아들일 수가 없었다. 그래서 그는 그녀가 자신에게 답장을 하게 만들기로 결심했다. 바우돌리노는 그녀의 필체를 흉내내려고 애쓰면서 이런 편지들을 썼다.

〈내 가슴 깊은 곳에서 올라오는, 다른 그 어떤 향기보다 더 향기로운 사랑 속에서, 당신의 몸이며 영혼인 그녀는, 당신의 청춘을 갈망하는 꽃들이 영원한 행복으로 싱싱하게 피어나길 기원한답니다……. 내 기쁜 희망인 당신에게 나의 믿음을 바칩니다. 제가 살아 있는 한은 헌신적으로…….〉

〈오,〉그가 곧 답장을 했다. 〈난 잘 지내고 있어요. 당신 속에 나의 행복이 담겨 있고 당신 속에 나의 희망과 위안이 담겨 있기 때문입니다. 나는 너무나 늦게 깨어나 내 영혼은 그 속에 들어 있는 당신을 찾지 못했어요…….〉

그러자 아주 대담해진 그녀의 답장. 〈우리가 처음 만난 순간부터 난 당신만을 사랑했어요. 당신을 사랑하면서 당신을 원했고 당신을 원하면서 당신을 찾았지요. 당신을 찾으면서 당신을 만났고 당신을 만나면서 당신을 사랑했고 당신을 사랑하면서 당신을 열망했어요. 당신을 열망하면서 당신을 내 마음속에, 다른 그 무엇보다도 높은 곳에 당신을 올려놓았지요……. 그리고 당신의 달콤함을 음미했어요……. 내 마음이며, 내 몸이며, 내 단 하나의 기쁨인 당신에게 인사를 보내요…….〉

몇 달 동안 지속된 이런 편지 교환은 처음에는 바우돌리노의 격정적인 정신에 위안을 주었다. 그러다가 말할 수 없는 희열을 주었고 마침내는 불타오를 듯한 자긍심을 불어넣어 주었다. 사랑에 빠진 남자는 사랑하는 여인이 자신을 어떻게 그렇게 사랑해 줄 수 있는지 이해할 수 없었기 때문이었다. 사랑에 빠진 다른 모든 사람들처럼 바우돌리노는 잘난 체하게 되었다. 모든 연인들처럼 그는 질투심 때문에 자기가 사랑하는 여인하고만 둘만의 비밀을 나누고 싶다고 썼다. 그와 동시에 온 세상이 자신의 행복을 알아야 한다고 주장했다.

그리고 자신을 사랑하는 여인이 지니고 있는 한없는 사랑스러움에 경탄했다.

그러던 어느 날 그는 친구들에게 그 편지들을 보여 주었다. 그는 이런 편지를 주고받는 방법과 그 대상에 대해 말하기를 꺼렸고 애매하게 말했다. 그는 거짓말을 하지는 않았다. 그뿐만 아니라, 그 편지들이 자신의 상상력의 산물이기 때문에 그들에게 편지를 보여 주는 것이라고 말했다. 하지만 두 친구들은 이번만은 정말 바우돌리노가 거짓말을 한다고 믿었다. 그래서 더욱더 그의 운명을 시기했다. 압둘은 마음속으로 자신의 공주에게 그 편지들을 보냈고 마치 자신이 그 편지들을 받기라도 한 것처럼 공주를 갈망했다. 이런 종류의 문학적 놀이를 전혀 중요하게 생각하지 않는다는 것을 자랑스럽게 드러내던 (하지만 사실 마음속으로는 자기 자신이 그렇게 아름다운 편지들을 쓰지 못한다는 사실 때문에 몹시 괴로워하고 있었던) 시인은 사랑하는 사람이 아무도 없었기 때문에 그러한 편지 자체를 사랑했다 — 니케타스가 웃으면서 이것은 놀랄 만한 일이 아니라고 설명했다. 청년기에는 사랑이라는 것 자체를 사랑하는 경향이 있어서 그렇다고 말이다.

아마도 그 편지들에서 자기 노래의 새로운 모티프들을 찾아내기 위해서인 듯, 압둘은 밤이면 생 빅토르에서 그 편지들을 다시 읽어 보기 위해, 부러워하는 마음으로 편지를 베꼈다. 어느 날 누군가가 그 편지를 훔쳐 갔다는 것을 알게 될 때까지, 압둘은 그 일은 계속했다. 이제 압둘은 몇몇 타락한 참사회원들이 밤에 그것들을 음탕하게 한 자씩 음미해서 읽은 뒤 수천 개나 되는 수도원의 필사본들 속에 집어던져 버렸을까 봐 두려웠다. 바우돌리노는 자신의 편지들을 여행 가방 속에 잘 넣고 열쇠로 잠가 두었다. 그는 얼마 전부터 편지를 전혀 쓰지 않았다. 자기 편지를 받는 그녀를 웃음거리로 만들고 싶지 않아서였다.

어찌되었든 갈피를 잡을 수 없는 열일곱 살 소년의 마음을 토해 내야만 했기 때문에 바우돌리노는 그때 시를 쓰기 시작했다. 편지에서는 너무나 순수한 자신의 사랑을 이야기했다면 이번에는 선술집 시를 쓰는 연습을 했다. 그 당시 학생들은 이런 시를 통해 자유 분방하고 근심 걱정 없는 자신들의 삶을 칭송했다. 바우돌리노는 학생들의 방탕함을 비꼬는 약간 우울한 암시를 자신의 시에 빠뜨리지 않았다. .
바우돌리노는 니케타스에게 자신의 재능을 증명해 보이고 싶었기 때문에 몇 구절을 읊었다.

Feror ego veluti — sine nauta navis,
ut per vias aeris — vaga fertur avis...
Quidquit Venus imperat — labor est suavis,
quae nunquam in cordibus — habitat ignavis.

니케타스가 라틴 어를 잘 이해하지 못하는 것을 알자 바우돌리노는 대충 번역을 해주었다. 「나는 키잡이 없는 배처럼 정처 없이 떠도네. 새가 하늘의 길을 따라 날아가듯이……비너스의 명령에 따르는 건 얼마나 기분좋은 노고인지……겁 많은 영혼 속에는 그녀가 깃들지 않으니…….」
바우돌리노가 이런 저런 시들을 시인에게 보여 주자 시인의 질투심과 수치심이 폭발하였다. 시인은 눈물을 흘렸다.

그는 자신의 성격이 무미건조하고 메말라 환상을 가질 수 없다고 고백했다. 그는 고백을 하면서 자신의 무능력을 저주했다. 마음속으로 느끼고 있는 것을 — 바우돌리노가 너무나 잘 표현해서 정말 자기 마음속에서 그런 감정을 읽어 내었느냐고 물어보고 싶은 생각이 들 정도인 것을 — 그렇게 표현할 능력이 없는 것보다는 차라리 여인의 마음을 사로잡을 줄 모르는 게 더 나을 것이라고 소리쳤다. 그리고 자신이 이렇게 아름다운 시를 쓸 능력이 있었다면, 가족들 앞에서, 그리고 전세계에 시인이라는 그 별명이 당하다는 것을 보여 주게 될 테니, 자기 아버지가 얼마나 기뻐했겠느냐고 말했다. 시인이라는 별명은 아직도 그를 유혹하고 있긴 했지만 또 그 별명 때문에 그는 자기 것도 아닌 권위를 자기 것인 양하는 *poeta gloriousus*(허풍쟁이 시인), 즉 허풍선이라고 느끼고 있었다.

바우돌리노는 시인이 너무나 절망하고 있는 것을 보고는 그의 손에 양피지를 쥐어 주면서 그 시를 주었다. 시인이 그 시를 썼다는 것을 다른 사람에게 보여 줄 수 있게 하려는 것이었다. 귀중한 선물이었다. 바우돌리노가 베아트릭스에게 다시 무엇인가를 이야기하기 위해 편지를 쓸 때 그 시를 보내면서 자기 친구가 쓴 것이라고 말했기 때문에 일이 벌어졌다. 베아트릭스는 그 시를 프리드리히에게 읽어 주었다. 라이날트 폰 다셀도 그 시를 들었다. 비록 여전히 궁정의 음모에 휩싸여 살고 있긴 했지만 연애 편지들을 좋아하는 라이날트는 시인을 자기가 데리고 있으면 좋을 것 같다고 말했다…….

라이날트는 바로 그해에 쾰른의 대주교라는 높은 지위에 올라 있었다. 시인에게는 〈대〉주교의 시인, 그가 농담 반 자랑 반으로 말한 표현을 빌리면, 〈대〉시인이 된다는 것은 그다지 나쁜 일이 아니었다. 그가 공부에 거의 뜻이 없기 때문이기도 했고 아버지가 준 돈이 파리에서 생활하는 데는 턱없이 부족했기 때문이기도 했다. 그는 궁정 시인은 다른 일에 신경 쓸 것 없이 하루 종일 먹고 마신다고 생각했다 — 틀린 것은 아니었다.

다만 궁정 시인이 되기 위해서는 시를 써야 했다. 바우돌리노는 그에게 적어도 열두 편 정도의 시를 써주겠다고 약속했다. 하지만 단숨에 모두 써줄 수 있는 것은 아니었다. 「자, 봐.」 바우돌리노가 그에게 말했다. 「위대한 시인들이라고 해서 항상 설사만 하는 게 아니야. 많은 이들은 변비에도 시달려. 그래서 그들이 위대한 시인인 거야. 넌 뮤즈 때문에 고뇌하고 있는 것처럼, 가끔 2행시 정도만 겨우 쓸 수 있는 것처럼 보여야 해. 내가 너에게 주는 이 시로 아마 몇 달 정도는 잘 버틸 수 있을 거야. 그렇지만 내게 시간을 좀 줘. 난 변비에 걸린 것은 아니지만 그렇다고 설사를 하는 것은 아니니까 말이야. 그러니까 출발을 미루고 시를 몇 편 보내서 라이날트를 기쁘게 만들도록 해. 지금으로서는 네 후원자에게 네 소개를 하는 게 좋겠다. 헌사와 찬사의 말을 넣어서 말이야.」

바우돌리노는 밤새 그것을 생각했다. 그리고 라이날트를 위해 시 몇 편을 써서 시인에게 선물했다.

Presul discretissime — veniam te precor,
morte bona morior — dulci nece necor,
meum pectum sauciat — pullarum decor,
et quas tacto nequeo — saltem chorde mechor.

그 뜻은 이러했다. 「고결하신 주교님, 저를 용서해 주십시오. 제가 아름다운 죽음을 맞이하고 있기 때문입니다. 너무나 부드러운 상처가 저를 기진하게 만들었나이다. 여인들의 아름다움이 제 마음을 아프게 합니다. 손을 댈 수 없는 그녀들을 생각만으로라도 소유하려고 합니다.」

니케타스는 라틴 주교들이 거의 다 불경스러운 노래를 좋아한 것 같다고 말했다. 그러나 바우돌리노는 무엇보다도 라틴 주교가 뭐하는 사람인지를 이해해야 한다고 대답했다. 라틴 주교는 꼭 성인이 될 필요는 없다고, 특히 그가 제국의 재상을 겸하고 있는 경우에는 더욱더 그렇다고 말했다. 두 번째로 알아야 할 것은, 주교의 일은 아주 조금씩 처리하고 재상의 일을 더 많이 하는 라이날트 같은 사람은 분명 시를 사랑하는 사람이긴 하나, 나중에 알게 되겠지만, 시인의 재능을 자신의 정치적 목적에 이용하려는 경향이 더 짙었다는 것이다.

「그러니까 시인은 당신이 쓴 시로 유명해졌군요.」

「바로 그렇습니다. 거의 1년 동안 시인은 라이날트에게 헌신적인 마음이 넘쳐흐르는 시들을 써 보냈고 서서히 라이날트를 위해 쓴 시들을 보냈습니다. 그래서 마침내 라이날트는 무슨 수를 써서라도 이 비범한 재능을 지닌 시인이 자신에게 와주기를 바랐지요. 시인은 과작(寡作)을 하는 듯이 보이면서 적어도 1년 정도는 살아갈 수 있을 정도의 시들을 마련해 가지고 떠났습니다. 그는 성공을 했습니다. 나는 남의 동정으로 얻은 명성을 어떻게 그렇게 자랑스러워할 수 있었는지 결코 이해할 수가 없었습니다. 그래도 시인은 만족스러워했습니다.」

「정말 놀랄 일이군요. 다른 사람에게 준 당신의 창조물들을 보면서 당신이 어떤 기쁨을 느꼈었는지 궁금하군요. 어떤 아비가 제 자식을 남에게 선물로 주는 건 잔인한 일 아닌가요?」

「선술집 시의 운명은 입에서 입으로 전해지는 겁니다. 그것을 노래하는 것을 들으면 행복합니다. 자신의 명예를 높이기 위해서만 시를 보인다는 건 이기적이라고 할 수 있을 겁니다.」

「난 당신이 그렇게 겸손한 사람일 것이라고 생각하지 않습니다. 당신은 다시 한번 거짓말의 왕자가 되었다는 사실에 만족을 느낀 것이지요. 당신은 그 사실을 자랑스럽게 생각했고 그와 마찬가지로 어느 날엔가 누군가가, 생 빅토르의 책들 속에서 당신이 쓴 연애 편지를 발견해 내길 바란 겁니다. 그리고 그것들을 누군지는 모르겠지만 누군가의 작품으로 여기길 바란 거고요.」

「난 겸손하게 보일 생각은 아니었습니다. 난 사건이 일어나도록 만드는 것을 좋아하고 그 사건이 내 작품이라는 것을 나 혼자만 알고 있는 것을 좋아합니다.」

「그렇게 말해도 사실은 변하지 않는답니다. 친구.」 니케타스가 말했다. 「당신이 거짓말의 왕자가 되고 싶었다고 말한 건 너그러운 표현이었습니다. 지금 당신의 말을 듣고 나니 당신은 신이 되고 싶었던 것 같군요.」

8
바우돌리노 지상 낙원에

바우돌리노는 파리에서 공부하고 있었지만 이탈리아와 독일에서 어떤 일이 일어나는지 다 알고 있었다. 라에빈은 오토 주교의 명령에 따라서 『프리드리히의 치적』을 계속 썼다. 하지만 제4권의 말미에 이르렀을 때 글쓰기를 중단하기로 결심했다. 그의 생각에, 복음서의 수를 넘어서는 건 신성 모독인 것 같았기 때문이었다. 그는 자신의 임무를 달성한 데에 만족을 느껴 궁전을 떠났다. 그리고 바이에른의 수도원에서 무료한 시간을 보내고 있었다. 바우돌리노가, 자신이 어마어마한 생 빅토르 도서관의 책들과 가까이하고 있다고 편지를 보내자 라에빈은 지식을 풍부하게 해줄 수 있는 몇몇 논문에 대해 알려 달라고 부탁했다.

바우돌리노는 그 가엾은 참사회원에게는 상상력이 거의 없다고 말했던 오토 주교의 의견에 공감했기 때문에 그의 상상력을 조금 키워 주는 것도 유용한 일일 것이라고 생각했다. 그래서 바우돌리노는 자신이 보았던 사본의 제목 몇 개를 그에게 일러 준 뒤, 또 다른 제목들도 언급했다. 말하자면 비드 존자(尊者)의 『세 번 출산하는 최고의 사건에 대해 *De optimitate triparum*』, 『부드럽게 방귀 뀌는 기술 *Ars honeste petandi*』, 『배변하는 방법에 대해 *De modo cacando*』, 『머리 빗는 법에 대해 *De castramentandis*』, 『악마들의 조국에 대해 *De patria diabologm*』같이 그가 그럴듯하게 꾸며 낸 것이었다. 이런 작품들은 선량한 참사회원의 놀라움과 호기심을 자극했다. 라에빈은 서둘러서 알려지지 않은 이 지식의 보물들을 복사해 달라고 청했다.

바우돌리노는 오토 주교의 양피지를 지워 버리고 나서 느꼈던 양심의 가책을 치유하기 위해 성실하게 라에빈의 청을 들어주고 싶었다. 하지만 대체 어떤 것을 필사해야 좋을지 몰랐기 때문에 그 작품들이 거기, 생 빅토르 수도원에 있는데, 이단의 냄새가 나기 때문에 참사회원들이 그 누구도 볼 수 없게 한다고 둘러댈 수밖에 없었다.

「나중에 알게 되었는데,」 바우돌리노가 니케타스에게 말했다. 「라에빈은 자신과 알고 지내는 파리의 한 학자에게 편지를 써서 생 빅토르 수사들에게 그 필사본을 빌려다 달라고 청한 겁니다. 물론 빅토르 수사들은 그 필사본의 흔적도 찾을 수가 없었지요. 그들은 도서관 사서를 부주의하다고 나무랐습니다. 그 불쌍한 사서는 그런 필사본을 단 한 번도 본 적이 없다고 맹세했습니다. 내 생각으로는, 아마 원상 복구를 위해, 결국에는 몇몇 참사회원이 나중에 정말 그런 책을 썼을 겁니다. 난 언젠가 누군가가 그 필사본을 찾아내길 바란답니다.」

한편 시인은 라에빈에게 프리드리히의 행적에 대해 계속해서 알려 주고 있었다. 대부분의 이탈리아 인들은 롱칼리아 회의의 서약들을 믿지 않았다. 그 조약에는 싸움을 좋아하는 도시들의 성벽을 헐어 버리고 전쟁 장비들을 부숴 버리라는 내용이 들어 있었다. 하지만 시민들은 도시 주변의 해자(垓字)들을 메우는 척했을 뿐이었다. 해자들은 여전히 그대로 남아 있었다. 프리드리히는 서둘러 사절단을 크레마에 보내라고 재촉했다. 그러자 크레마 사람들은 황제의 사절들을 죽여 버리겠다고 위협했다. 사절들이 달아나지 않았더라면 그들은 정말 사절들을 죽였을 것이다. 그래서 포데스타를 임명하도록 라이날트와 왕궁 소속의 백작이 직접 밀라노로 파견되었다. 밀라노 인들이 황제의 권리는 인정하고 콘술은 자기들 손으로 직접 선출할 거라고 거드름을 피울 수는 없을 것이기 때문이었다. 이번에도 사절단 둘 다 거의 목숨이 위태로울 뻔했다. 다른 사절단이라면 몰라도 한 사람은 황제의 재상이고 다른 한 사람은 왕궁 소속 백작이었는데 말이다! 불만에 쌓인 밀라노 인들은 트레초 성을 포위 공격했다. 그리고 수비대들을 체포해 쇠사슬로 묶어 버렸다. 마지막으로 그들은 다시 로디를 공격했다. 그리고 로디가 밀라노 인들의 차지가 되자 황제는 더 이상 두고 볼 수가 없었다. 그래서 본보기를 보여 주기 위해 그는 크레마를 포위해 버렸다.

처음부터 기독교도들 간의 전쟁 규약에 따라 공격이 펼쳐졌다. 밀라노 인들의 후원을 받은 크레마 인들은 훌륭하게 돌격을 해서 수많은 황제군들을 포로로 잡았다. 크레모나 인들(그들은 크레마 인들에 대한 증오심 때문에 파비아 인들과 로디 인들과 함께 그 당시 황제 편에 서 있었다)은 강력한 전쟁 무기를 만들었다 — 공격당하는 사람보다도 공격하는 사람들의 생명을 더 많이 희생시키는 기계들이었지만 그렇게 일이 진행되었다.

시인이 유쾌하게 계속 이야기해 주었다. 굉장한 접전이 벌어졌다. 모두들 황제가 로디 인들에게 2백여 개의 빈 통을 준비하게 했던 때를 잘 기억하고 있었다. 황제는 그 통에 흙을 가득 채우게 해서 해자에 통들을 던졌다. 그런 다음 흙과 나무로 그 위를 다시 덮었는데, 로디 인들이 2천 대 이상의 수레로 거기에 쓰일 흙과 나무를 운반해 왔다. 그렇게 해놓고 나니 성벽을 부수기 위해 쇠기둥, 더 정확히 말하면 〈파성추(破城鎚)〉들을 몰고 지나갈 수 있었다.

그러나 크레모나 인들이 만든 가장 큰 탑 쪽에 공격을 시작하자 포위당한 사람들이 투석기로 돌들을 수없이 쏘아 대서 나무탑이 쓰러질 위험에 처하게 되었을 때, 프리드리히는 너무나 화가 나서 이성을 잃고 말았다. 그는 크레마와 밀라노의 전쟁 포로들을 데려오게 했다. 그리고 그들을 탑의 앞쪽과 옆쪽에 묶게 했다. 그는 만약 포위를 당한 자들이 자기들 눈앞에, 형제, 사촌, 아들과 아버지들이 묶여 있는 것을 보면 감히 돌을 던질 수 없을 것이라고 생각했기 때문이다. 그는 크레마 인들도 — 성벽 위에 있는 사람들과 성벽 밖, 탑에 묶여 있는 사람들까지 — 자신처럼 이성을 잃을 정도로 분노해 있다는 것을 계산하지 않았던 것이다. 탑에 묶여 있는 사람들이 자기들 걱정을 하지 말라고 형제들에게 소리쳤고 성벽 위에 있던 사람들, 자기 핏줄을 죽여야 하는 그 사람들은 이를 악물고 눈에 눈물을 머금고 계속 탑을 표적 삼아 돌을 던져서 그 포로들 중 아홉 명이 죽었다.

그 무렵 파리에 도착한 밀라노 학생들은 바우돌리노에게 탑에는 어린이들도 묶여 있었다고 말했지만 시인이 그런 소문은 거짓이라고 분명히 얘기해 주었다. 사실 그 순간 황제도 당황을 했다. 그래서 다른 포로들을 풀어 주게 했다. 하지만 자신들의 동료가 맞은 비참한 최후 때문에 독이 오를 대로 오른 크레마 인들과 밀라노 인들은 도시에 포로로 잡혀 있던 게르만과 로디 포로들을 데려왔다. 그들은 포로들을 성벽 위에 세워 놓고 프리드리히가 보는 앞에서 잔인하게 학살했다. 그러자 프리드리히는 두 명의 크레마 인을 성벽 밑으로 데려오게 해서 그들을 도둑과 위증자로 재판한 후 사형을 선고했다. 크레마 인들은 만일 그들을 교수형에 처한다면 자기들이 아직도 인질로 잡고 있는 포로들을 교수형에 처할 것임을 알렸다. 프리드리히는 자기가 원하는 게 바로 그 광경을 보는 것이라고 말하고서는 두 명의 포로를 교수형에 처해 버렸다. 그에 대한 답변으로 크레마 인들은 그들의 모든 인질들을 *coram populo*(공중의 면전에서) 교수형에 처해 버렸다. 프리드리히는 이제 아무 생각도 없었다. 그래서 아직 살아 있는 크레마 포로들을 모두 밖으로 데려오게 했다. 그리고 도시 앞에다가 교수대를 숲처럼 세워 놓게 했다. 그 포로들을 막 거기에 매달려고 할 때였다. 주교들과 수도원장들이 사형 장소로 달려와서, 황제는 관용의 근원이 되어야만 하므로 적들의 사악함에 맞서서는 안 된다고 애원을 했다. 프리드리히는 그런 중재에 감동을 했다. 하지만 그는 자신의 계획을 포기할 수는 없었기 때문에 그 불행한 사람들 가운데 최소한 아홉 명만 처형하기로 결정했다.

이런 이야기들을 들으면서 바우돌리노는 눈물을 흘렸다.

그가 평화를 사랑하는 사람이기 때문이기도 했지만, 또 자기가 그렇게나 사랑하는 양아버지가 너무나 많은 죄를 저질러 그 명예를 실추시켰다는 생각 때문이기도 했다. 이런 생각 때문에 그는 계속 파리에 남아 공부를 해야 한다는 확신을 얻게 되었고, 자기 자신도 알아차리지 못할 정도로 막연하게 자신이 황후를 사랑하는 게 죄가 아니라고 자신을 설득시키게 되었다. 그는 다시 더욱더 열정적인 편지들을 쓰기 시작했다. 그리고 은자들도 전율하게 할 만한 답장들을 썼다.

그렇기는 하지만 자신이 죄를 짓고 있다고 생각했기 때문에 자신의 군주의 영광을 위해 무언가를 하기로 마음먹었다. 오토 주교는 요한 사제를 소문의 어둠 속에서 나오게 하라는 성스러운 유산을 그에게 남겨 놓았다. 바우돌리노는 그래서 미지의 사제이지만 — 오토의 말에 따르면 — 너무나 유명한 게 분명한 그 사제를 찾는 일에 몰두했다.

3학과 4과의 학년이 끝났기 때문에 바우돌리노와 압둘은 토론 훈련을 받았다. 그들이 무엇보다 먼저 의문을 가졌던 것은 정말 요한 사제가 존재했는가였다. 하지만 그들이 그 문제에 대해 의문을 갖기 시작했을 때 특별한 상황에 처해 있었는데 바우돌리노는 왠지 니케타스에게 그 상황을 설명하는 게 꺼려졌다.

시인이 떠나고 난 뒤, 이제는 압둘이 바우돌리노와 함께 살게 되었다. 어느 날 밤 방에 들어온 바우돌리노는 압둘이 아주 고독하게 너무나 아름다운 노래를 부르고 있는 것을 발견했다. 노래 속에서 그는 멀리 있는 공주를 만나기를 갈망하고 있었다. 그런데 갑자기 공주가 그의 곁으로 오고 있는 게 보였다. 그가 보기에 공주는 뒤쪽에서 걸어오고 있는 것 같았다. 바우돌리노는 그게 음악인지 말인지 이해를 할 수가 없었다. 그런데 그 노래를 듣고 있을 때 금방 나타난 베아트릭스의 모습이 허공 속으로 사라지면서 그의 눈앞에서 없어져 버리고 말았다. 압둘은 노래를 부르고 있었다. 그의 노래가 그렇게 매혹적으로 들리기는 처음이었다.

 노래가 끝나자 압둘이 기운을 잃고 쓰러졌다. 바우돌리노는 잠시 동안, 압둘이 기절한 게 아닌지 걱정을 했다. 그래서 그에게 몸을 숙여 보았다. 하지만 압둘은 마치 친구를 진정시키려는 듯이 한 손을 들었다. 그러더니 아무 이유도 없이 혼자 힘없이 미소를 지었다. 그는 온몸을 떨면서 웃었다. 바우돌리노는 그가 열에 들뜬 것이라고 생각했다. 압둘은 웃음을 멈추지 않은 채, 바우돌리노에게 자기를 그냥 놓아두라고 말했다. 곧 진정이 될 것이라고, 자기가 왜 그러는지 너무나 잘 알고 있다고 말했다. 그러다가 바우돌리노가 압둘에게 자꾸 물어보며 대답을 재촉하자 마침내 자신의 비밀을 털어놓기로 결심을 했다.

「내 이야기 좀 들어보게, 친구. 나는 초록색 꿀을 좀 먹었어. 아주 조금 말이야. 난 그게 악마의 유혹이라는 것을 잘 알고 있어. 하지만 때론 노래를 부르려면 필요하기도 해. 들어봐. 그리고 나를 비난하지는 말아 줘. 난 어릴 때부터, 성지(聖地)에서 경이롭고도 무시무시한 이야기를 들었어. 소문으로 떠돌던 이야기인데 안티오쿠스에서 그리 멀지 않은 곳에 사라센 부족이 살고 있다는 거야. 그 부족은 산속의 성에 살았는데, 그 성에 접근할 수 있는 건 독수리들밖에 없었어. 그들의 왕은 알로아딘이라는 사람이었는데 사라센 군주들만이 아니라 기독교 군주들에게도 어마어마한 공포를 불러일으키는 사람이었지. 소문에 따르면 실제로 그 성의 중앙에 온갖 종류의 과일들과 꽃들이 만발한 정원이 있다고 했어. 포도주와 꿀과 물이 흘러 넘치는 운하가 그 정원으로 흐르고, 그 주위에는 그 누구도 견줄 수 없을 정도로 아름다운 처녀들이 춤을 추고 노래를 한다는 거야. 알로아딘에게 유괴당한 젊은이들만이 그 정원에 살 수가 있었어. 그 쾌락의 장소에서, 알로아딘은 젊은이들이 쾌락만을 즐기도록 훈련을 시켰지. 내가 쾌락이라고 말한 것은, 어른들이 수군거리던 대로 — 난 그 이야기를 듣고 당황스러워서 얼굴을 붉혔지 — 그 처녀들이 마음이 넓어서 언제든지 손님들에게 최고의 기쁨을 주었기 때문이야. 그녀들은 손님들에게 말로 표현할 수 없는 기쁨을, 그러니까 무기력하게 만드는 기쁨을 안겨 주었지. 그렇게 해서 그곳에 들어오는 사람들은 말할 것도 없이 어떤 대가를 치르더라도 거기서 나가지 않으려고 했던 거야.」

「네가 말한 알로아딘이라는 사람, 이름이 맞는지는 모르겠지만, 그 사람이 뭐 그리 나쁜 사람은 아니구나.」 바우돌리노가 수건을 적셔 친구의 이마에 갖다 대주면서 미소를 지었다.

「그렇게 생각할 수도 있겠지.」 압둘이 말했다. 「진짜 이야기를 모르면 말이야. 어느 날 아침 그 젊은이들 중 한 사람은 양지 바른 한적한 정원에서 잠이 깨는 거야. 그의 몸은 쇠사슬에 묶여 있지. 이런 형벌을 며칠 받고 난 뒤 그 젊은이는 알로아딘의 면전으로 끌려 나가지. 그러면 젊은이는 알로아딘의 발치에 쓰러져 자살하겠다고 협박하면서 쾌락을 돌려 달라고 애원을 하게 돼. 이제 그는 쾌락이 없이는 살 수가 없는 거야. 그러면 알로아딘은 그 젊은이가 예언자의 총애를 잃게 되었다는 사실을 밝히는 거지. 예언자의 총애를 되찾으려면 위대한 모험을 할 준비가 되어 있다고 말해야 한다고 일러 주는 거야. 그러면 알로아딘은 그 젊은이에게 황금 단검을 주고 여행을 시작하라고 말하는 거야. 알로아딘의 적인 어떤 제후의 성으로 가서 그를 죽이라는 거지. 그런 식으로 해야만 젊은이는 그가 원하는 것을 다시 손에 넣을 자격을 갖게 되는 거야. 비록 그 모험에서 목숨을 잃게 된다 해도 그는 천국에, 그러니까 그가 내쫓긴 이곳과 모든 면에서 똑같은, 아니 훨씬 더 좋은 천국에 이를 수가 있게 될 거라고 말이야. 바로 이 때문에 알로아딘이 강력한 권력을 가지고 주위의 제후들, 무어 인 제후나 기독교도 제후들을 공포에 떨게 만들 수 있었던 거야. 알로아딘의 사자들은 그 어떤 희생이라도 치를 준비가 되어 있으니까 말이야.」

「그렇다면,」 바우돌리노가 평했다. 「파리의 근사한 선술집들이 더 낫구먼. 목숨을 담보로 하지 않고도 여자들을 손에 넣을 수 있으니까 말이야. 그건 그렇고 이런 이야기와 네가 무슨 상관이 있는 거냐?」

「내가 열 살 때 알로아딘의 부하들에게 납치를 당했으니까 당연히 상관이 있지. 그리고 난 그들 곁에서 5년을 살았어.」

「그러면 네가 열 살 때 아까 이야기한 그런 여자들과 즐겼단 말이야? 그러다가 누군가를 죽이기 위해 파견이 되었단 말이야? 압둘, 무슨 소리를 하는 거야?」 바우돌리노가 걱정스럽게 말했다.

「난 그 복 받은 젊은이들의 일원이 되기에는 너무 어렸어. 그래서 성의 환관의 시중을 드는 아이로 맡겨졌지. 그 환관은 젊은이들의 쾌락을 담당한 사람이야. 그런데 내가 발견한 게 뭔지 좀 들어 볼래. 난 5년 동안 정원 같은 것은 한 번도 보지 못했어. 젊은이들은 언제나 볕이 잘 드는 뜰에, 쇠사슬에 일렬로 묶여 있었기 때문이지. 매일 아침 환관은 어떤 찬장에서 은으로 만든 항아리들을 꺼냈어. 그 항아리에는 꿀 같은데 색깔이 초록빛을 띠는 진한 반죽이 들어 있었지. 환관은 포로로 묶인 젊은이들 앞을 지나가면서 그 음식을 그들에게 먹였어. 젊은이들은 그것을 맛보았고 전설로 전해지는 온갖 쾌락들을 자기 자신에게, 그리고 다른 사람들에게 이야기하기 시작했어. 알겠니, 그 젊은이들은 눈을 뜬 채 행복한 미소를 지으며 하루를 보냈어. 저녁 무렵이 되면 그들은 피로에 지쳐 있었지. 그들은 웃기 시작했어. 때로는 작게, 때로는 무절제하게 말이지. 그러다가 잠이 들어 버렸어. 나는 나이가 들어 가면서 서서히, 알로아딘이 어떤 속임수를 쓰고 있는지 알게 되었어. 젊은이들은 쇠사슬에 묶인 채 자신들이 천국에 살고 있다는 환상에 빠져 살고 있었던 거야. 그리고 이런 행복을 잃지 않기 위해 그들 주인의 복수의 도구가 되는 것이었어. 모험을 무사히 마치고 돌아오면 그들은 다시 구속을 당하게 되는 거지. 하지만 그 초록색 꿀을 통해 그들이 꿈꿀 수 있는 것을 다시 보고 느끼게 되는 것이었어.」

「그럼 너는?」

「어느 날 밤 모두들 잠든 사이에 나는 초록색 꿀이 담긴 항아리들을 보관해 두는 곳으로 들어갔어. 그리고 그것을 맛보았지. 맛보았다고 내가 말했나? 그 꿀을 두 숟가락이나 집어삼켜 버렸어. 그리고 갑자기 놀라운 것들이 보이기 시작했지……」

「정원에 있는 것 같은 기분이었니?」

「아니야. 아마 젊은이들이 그곳에 도착했을 때 알로아딘이 정원에 대해 이야기를 했기 때문에 꿀을 먹고 나서 정원을 꿈꾸었던 것 같아. 내 생각에는 초록색 꿀은 사람들이 마음 깊은 곳에서 원하는 것을 볼 수 있게 해주는 것 같아. 나는 사막 한가운데에 있었어. 아니 좀 더 정확히 말하면 오아시스에 있었지. 나는 눈부신 대상(隊商) 행렬이 다가오고 있는 것을 보았어. 낙타들은 모두 깃털로 장식이 되어 있었지. 그리고 색색깔의 터번을 쓴 무어 인들의 행렬이 북을 치고 심벌즈를 쳤어. 그들의 뒤쪽에서 그녀가, 공주님이 오고 있었어. 네 명의 거인이 운반하는 천개(天蓋)가 덮인 가마 위에 앉아서 말이야. 더 이상 어떻게 말을 해야 좋을지 모르겠어. 말하자면…… 너무나 눈부셔서 그 섬광밖에는 생각나지 않아. 현혹적일 정도로 화려하게 빛이 났어…….」

「그런데 공주의 얼굴은 어땠어? 아름다웠어?」

「얼굴은 보지 못했어. 베일을 쓰고 있었거든.」

「그렇다면 대체 너는 누구를 사랑한다는 거니?」

「공주님이지. 그녀를 보지 못했기 때문에 사랑하는 거야. 여기 내 마음속에 부드러운 감흥이 샘솟는거야, 알겠니. 결코 사라지지 않을 것 같은 무기력이 내 마음속으로 들어왔어. 대상 행렬은 모래 언덕들을 향해 멀어져 갔어. 나는 그 환영이 결코 다시 나타나지 않으리라는 것을 너무나 잘 알고 있었어. 그 공주를 따라가야만 한다고 혼잣말을 했지. 하지만 아침이 밝아 오자 웃음이 나오기 시작했어. 그래서 나는 내가 기뻐서 웃고 있다고 생각했는데 그게 아니라 초록색 꿀의 약효가 다 떨어질 때면 나타나는 현상이었어. 나는 해가 중천에 떴을 때 잠에서 깼지. 환관이 그런 곳에서 아직도 자고 있는 나를 나무라려던 참이었어. 그때부터 나는 멀리 있는 공주를 다시 만나기 위해 그곳에서 달아나겠다고 혼자 마음먹었지.」

「어쨌든 넌 초록색 꿀의 효과만은 알게 되었구나……」

「그래, 눈으로 본 것은 환영이었어. 하지만 내 마음속에서 느끼고 있는 것은 환영이 아니었어. 진짜 갈망이었지. 갈망은 그것을 느낄 때 환영이 아니라, 진짜 존재하는 게 돼.」

「하지만 그것은 환영에 대한 갈망이야.」

「그렇지만 나는 그 갈망을 더 이상 잃고 싶지 않았어. 그것을 위해 내 삶을 다 바칠 수도 있었지.」

결론부터 말하면 압둘은 성에서 탈출할 수 있는 길을 찾는 데 성공했다. 그래서 그는 이미 자신을 죽은 것으로 생각하고 있던 가족에게 돌아올 수 있었다. 압둘의 아버지는 알로아딘의 복수를 염려해서 그를 성지와 멀리 떨어진 곳으로 보내기로 결심하고는 그를 파리로 보낸 것이었다. 압둘은 알로아딘의 성에서 도망쳐 나오기 전에 초록색 꿀 항아리 하나를 가지고 나왔다. 하지만 그가 바우돌리노에게 설명을 한 대로라면 그는 그 염병할 약이 자신을 예전의 바로 그 오아시스로 데려가 그 무아의 상태를 끝없이 되살려 놓을까 두려워서 꿀을 절대 맛보지 않았다. 압둘은 그 흥분된 상태를 견뎌 낼 수 있을지 잘 알 수가 없었다. 이제 공주는 그와 함께 있었다. 그 누구도 그녀를 그에게서 데려갈 수 없었다. 거짓 추억 속에서 그녀를 소유하는 것보다는 어떤 대상으로 그녀를 그리워하는 것이 훨씬 더 나았다.

그러다가 시간이 흐를수록 그는 아득히 먼 곳에 살고 있는 공주가 등장하는 노래를 부를 힘을 내기 위해 가끔 위험을 무릅쓰고, 수저 끝에 꿀을 조금 덜어 혀끝으로 느낄 수 있을 정도만 맛을 보았다. 그러면 잠깐 동안 무아의 상태에 빠졌는데 바로 그날 밤도 그런 상황이었다.

압둘의 이야기는 바우돌리노를 혼란에 빠뜨렸다. 비록 잠깐이었지만 황후가 나타나는 환영을 볼 수 있다는 가능성이 그를 유혹했다. 압둘은 한번 입에 대보겠다는 바우돌리노의 청을 거절할 수가 없었다. 바우돌리노는 가벼운 무감각 상태와 웃고 싶다는 기분만을 느꼈을 뿐이었다. 하지만 마음이 흥분되는 것이 느껴졌다. 이상하게도 베아트릭스 때문이 아니라 요한 사제 때문이었다. 그래서 그는 갈구하는 진정한 대상이 그의 마음속의 귀부인이라기보다는 그 도달할 수 없는 왕국이 아닌지 자문하게 되었다. 그래서 그날 밤, 그 꿀의 효과에서 완전히 벗어난 압둘과 약간 그 꿀에 취한 바우돌리노가 다시 사제에 대해서 토론을 벌이기 시작했다. 그들은 사제의 왕국이 존재한다는 결론을 내렸다. 초록색 꿀이 자신이 지닌 미덕으로, 결코 눈으로 볼 수 없는 것을 손으로 만질 수 있게 해주는 것 같았기 때문이었다.

사제는 존재해, 바우돌리노는 단호하게 말했다. 사제가 존재하지 않는다고 말할 근거가 전혀 없기 때문이었다. 사제는 존재해, 압둘이 동의했다. 압둘은 어떤 신학생에게서, 메디아 인들과 페르시아 인들의 땅 저 너머에 기독교도들의 왕이 있어서 그 지역에 사는 이교도들과 전투를 한다는 이야기를 들은 적이 있었기 때문이었다.

「신학생이라니, 누구지?」 바우돌리노가 안절부절못하면서 물었다.

「보롱이야.」 압둘이 대답했다. 그래서 다음날 두 사람은 보롱을 찾아 나섰다.

그는 몽벨리아르에서 왔고 그와 비슷하게 생긴 사람들처럼 떠돌이 신학생이었는데 지금은 파리에 머물고 있었다(이곳에서 그는 생 빅토르 도서관을 자주 드나들었다). 그러나 내일은 어디에 가 있을지 몰랐다. 그는 그 누구에게도 이야기하지 않은 자기 계획을 추구하고 있는 것처럼 보였기 때문이었다. 그는 머리가 큰 사람이었는데 머리카락들은 마구 헝클어지고 눈은 초롱불 아래서 책을 너무나 많이 읽어 빨갛게 충혈되어 있었다. 하지만 정말 박학한 사람 같아 보였다. 그는 첫 만남에서 압둘과 바우돌리노를 매료시켜 버렸다. 물론 그들은 선술집에서 만났다. 그들은 자신들의 교사들이 토론으로 몇 날 며칠을 허비하는 민감한 문제들을 제시했다. 예를 들어 정액은 냉동이 되는지, 창녀가 임신을 할 수 있는지, 머리에서 나는 땀 냄새는 신체의 다른 부위에서 나는 땀 냄새보다 더 고약한지, 사람이 부끄러움을 느낄 때 왜 귀가 빨개지는지, 남자는 왜 연인의 결혼보다 죽음을 더 고통스럽게 생각하는지, 귀족들은 왜 늘어진 귀를 가져야만 하는지, 아니면 미치광이들이 정말 보름달이 뜰 때 증세가 더 악화되는지 하는 그런 문제들이었다. 가장 혼란스러웠던 문제는 진공의 존재에 관한 것이었다. 그 문제에 대해 보롱은 다른 그 어떤 철학자들보다 지혜롭게 고찰하고 있었다.

「진공은,」 보롱이 말했다. 이미 그의 입 주위는 온통 음식으로 범벅이 되어 있었다. 「자연이 그것을 두려워하기 때문에 존재하지 않아. 존재하지 않는다는 것은 분명 철학적인 이유 때문이지. 그것이 존재한다면 그것은 실체이거나 우연적인 것이 될 거야. 진공은 물질적 실체가 아니거든. 만약 물질적 실체라면 몸체를 가지게 될 것이고 공간을 차지하게 될 거야. 비물질적인 실체도 아니지. 만약 그렇다면 그것들은 천사들처럼 지혜로워야 할 테니까. 우연적인 것도 아니야. 왜냐하면 우연적인 것은 오로지 실체의 속성으로만 존재하게 되니까. 두 번째로 진공은 물리적인 이유로 인해 존재하지 않는 거야. 둥근 항아리를 집으면……」

「그런데 무엇 때문에,」 바우돌리노가 그의 말에 끼어들었다. 「진공이 존재하지 않는다는 것을 보여 주는 일에 그렇게 관심을 보이는 건가? 진공이 자네에게 그렇게 중요한 건가?」

「중요하지, 중요하지. 왜냐하면 진공은 틈새에, 그러니까 달빛에 비친 우리 세상에서 물체와 물체 사이에 존재하거나, 혹은 우리가 보는 우주 저 너머로 확장되어 거대한 원형의 천체에 포함되어 있을 수도 있기 때문이야. 만약 그렇다면 그 진공 속에는 다른 세계들이 존재할 수 있어. 하지만 틈새에 있는 진공이 존재하지 않는다는 것을 보여 줄 수 있다면, 확장된 진공도 존재하지 않는다는 것을 보다 분명하게 보여 줄 수 있겠지.」

「대체 다른 세계들이 존재하는 것이 자네에게는 그렇게 중요한가?」

「중요하지, 중요하고말고. 다른 세계들이 존재한다면, 우리 주님께서는 틀림없이 그 각각의 세계에서 희생을 하셨을 것이고 각각의 세계에서 빵과 포도주를 축성하셨을 거야. 그러니까 그 기적의 증거이자 흔적인 고귀한 물건이 단 하나만이 아니라는 거야. 그것의 복사체가 수없이 많을 수 있다는 것이지. 그 고귀한 물건을 어느 곳에선가 다시 찾을 수 있으리라는 희망이 없다면 내 인생이 무슨 가치가 있겠어?」

「그 고귀한 물건이란 게 뭐지?」

여기서 보롱은 서둘러 말을 잘랐다. 「그건 자네들이 상관할 일이 아니야.」 그가 말했다. 「속인들이 들어서는 별로 좋지 않은 일들이지. 자 우리 다른 이야기를 해보도록 하지. 만약 수많은 다른 세상이 존재한다면 최초의 인류들도 수없이 많이 존재하겠지. 수많은 아담과 수많은 이브들이 끝없이 자신들의 원죄를 저지르게 되겠지. 그러니까 그들이 추방되었던 낙원이 수없이 존재할 수도 있다는 거야. 낙원 같은 숭고한 장소가, 생 주느비에브의 도시처럼, 강이 흐르고 언덕이 있는 도시들이 존재하듯이 수없이 존재할 수 있다고 생각해 보았나? 지상 낙원은 머나먼 땅에, 메디아 인들과 페르시아 인들의 제국 저 너머에 단 하나밖에 존재하지 않아.」

그렇게 해서 본론에 도착을 했다. 그들은 보롱에게 요한 사제에 대해 오랫동안 숙고해 왔다는 이야기를 했다. 그렇다. 보롱은 한 수사가 말하는 먼 동쪽의 기독교 왕에 대한 이야기를 들었다. 그는 방문기(訪問記) 하나를 읽었는데, 아주 오래전에 인도의 대주교가 교황인 칼릭스투스 2세를 방문했을 때의 글인 것 같았다. 그 방문기에는 대주교가, 교황이 쓰는 말과는 전혀 다른 언어를 사용했기 때문에 교황이 그와 의사 소통을 하기가 아주 어려웠다고 기록되어 있었다. 대주교는 훌나 시에 대해 묘사를 했다. 그 도시에는 지상 낙원에서 발원(發源)된 수많은 강물들 중 하나인 피손 강이 흐르고 있는데 다른 사람들은 그 강을 갠지스 강이라고도 불렀다. 도시 밖의 산 위에는 도마 사도의 시신이 보관되어 있는 성소가 있었다. 이 산은 호수 한가운데에 솟아 있었기 때문에 사람들의 접근이 불가능했다. 하지만 1년에 8일 간은 호수의 물들이 줄어들었다. 그래서 그 아래쪽에 사는 신심이 좋은 신자들은 사도의 시신을 경배하러 갈 수 있었다. 사도의 시신은, 마치 살아 있는 것처럼 아직도 완전한 모습 그대로였다. 마치 별처럼 빛나는 얼굴로 『성서』를 낭송하는 것 같았다. 붉은 머리카락은 어깨까지 내려왔으며 수염도 그대로였고 입고 있는 옷은 막 꿰맨 것처럼 새것이었다.

「그러나 그 대주교가 요한 사제일 수도 있다고 말하지는 않았어.」 보롱이 조심스럽게 결론을 내렸다.

「물론 아니지.」 바우돌리노가 되받아서 말했다. 「하지만 오래전부터 멀리 있는 어떤 왕국에 대한 소문이 떠돌았다는 것을 이야기해 주는 거지. 사람들에게 알려지지 않은 축복받은 어떤 왕국 말이야. 내 말 좀 들어보게. 내가 너무나 존경하고 사랑하던 오토 주교께서는 『연대기』에서 가발라의 우고라는 어떤 사람이 이렇게 말했다고 기록하셨네. 요한 사제가 페르시아 인들을 굴복시킨 뒤 성지의 기독교도들을 도우러 가려고 애썼지만 티그리스 강가에서 걸음을 멈추었다고 말이지. 부하들이 타고 강을 건널 배가 없었던 거야. 그러니까 요한은 티그리스 강 너머에 살고 있었네. 어떤가? 그렇지만 중요한 것은 우고가 요한에 대해 이야기를 하기 훨씬 전에 이미 모두들 그에 대해 알고 있었다는 거라네. 오토 주교께서 쓴 글을 다시 한번 잘 읽어보도록 하게. 주교께서는 그 글을 되는 대로 쓴 게 아닐세. 대체 무엇 때문에 우고는 교황에게 가서 요한이 예루살렘의 기독교도들을 도우러 갈 수 없었던 이유를 설명하려고 했던 것일까? 마치 그를 변명이라도 하려는 듯이 말이야. 그건 분명 로마에서 이미 누군가가 그런 희망을 키우고 있었기 때문일 거야. 그리고 오토 주교께서는 우고가 요한의 이름을 칭할 때 *sic enim eum nominare solent*, 〈그를 그렇게들 부르곤 한다〉는 말을 덧붙였다네. 이 동사 현재 복수형이 무엇을 의미하겠나? 그것은 분명 우고만이 아니라 다른 사람들도 그를 그렇게 부르기를 *solent*, 〈습관처럼 한다〉는 거야 — 그러니까 그 시대에 그를 그렇게 부르곤 했다는 것이지. 오토 주교는 계속 이렇게 적으셨네. 우고가 단언하기를 요한은 그의 조상들인 동방 박사들처럼 예루살렘에 가려고 했다고 말이야. 하지만 오토 주교께서는, 요한 사제가 그 일에 성공하지 못했다고 우고가 단언을 했다고는 적지 않으셨어. 그게 아니라, 요한 사제가 성공을 하지 못했다고 *fertur*, 〈전해지고 있고〉, 사람들, 그러니까 복수의 여러 사람들이 그럴 것이라고 *asserunt*, 〈확신하고 있다〉고만 적으셨지. 우리는 지금 스승들로부터⋯⋯」 바우돌리노가 결론을 내렸다. 「연속되는 전통보다 더 믿을 만한 진실의 증거는 없다는 것을 배우고 있는 중이지.」

압둘은 바우돌리노의 귀에 대고 어쩌면 오토 주교도 가끔 초록색 꿀을 먹었는지도 모른다고 속삭였다. 바우돌리노가 팔꿈치로 그의 갈빗대를 쳤다.

「난 아직도 그 사제가 자네들에게 왜 그렇게 중요한지 이해를 하지 못하겠어.」 보롱이 말했다. 「하지만 그를 찾아야 한다면 낙원에서 나오는 강물을 따라 갈 게 아니라 낙원 그 자체를 찾아야 해. 이 점에 대해서는 이야기할 게 아주 많은데⋯⋯」

바우돌리노와 압둘은 보롱이 낙원에 대해 더 많은 이야기를 하게 해보려고 애썼다. 하지만 보롱은 〈세 촛대〉 집의 술통을 너무 많이 축냈다. 그러더니 자기는 아무것도 기억 나지 않는다고 말했다. 두 친구는 서로 단 한 마디도 나누지 않았지만 동시에 같은 생각을 한 것처럼 보롱의 겨드랑이를 잡고서는 자신들의 방으로 데려갔다. 거기서 압둘은 여전히 인색하기는 했지만 그에게 초록색 꿀을 아주 조금, 수저 끝에 묻혀 먹여 주었다. 그리고 다시 아주 조금을 수저 끝에 묻혀 바우돌리노와 나누어 먹었다. 잠시 후 보롱은 눈이 휘둥그레져서 자기가 대체 어디에 와 있는지 잘 모르겠다는 듯이 주위를 돌아보다가 천국의 무엇인가를 보기 시작했다.

그는 말을 했다. 그리고 지옥과 천국을 모두 방문해 본 것 같은 투그달루스라는 사람 이야기를 했다. 지옥은 말할 가치도 없는 듯했다. 하지만 천국은 자비, 활기, 기쁨, 희열, 아름다움, 신성함, 화합, 조화가 가득한 곳이었다. 끝도 없는 자비와 영원성이 흘러 넘쳤고 황금의 성벽이 그곳을 지켜 주었다. 그 성벽을 넘어가면 보석들로 장식된 수많은 의자가 보였고 그 의자에 앉아 있는 남자와 여자, 비단 스톨을 두른 젊은이, 노인들을 볼 수 있었다. 그들의 얼굴은 태양처럼 눈부시게 빛났고 황금빛 머리카락은 너무나 깨끗했다. 모두들 황금 글자가 박힌 책들을 읽으면서 할렐루야를 노래했다.

「이제,」 보롱이 사려 깊게 말했다. 「지옥에는 모든 사람들이 갈 수 있어. 지옥에 가고 싶다고 원하기만 하면 말이지. 이따금 지옥에 갔던 사람이 돌아와서 우리에게 이야기를 들려주기도 하지. 악몽을 꾸었다거나 악령에 시달렸다거나 아니면 고통스러운 어떤 환각에 사로잡혔다는 식으로 말이야. 그런데 정말 지옥을 본 사람이 천국에 받아들여질 것이라고 생각할 수 있을까? 어떤 사람이 비록 지옥에 갔다 왔다고 해도 경솔하게 그 이야기를 할 수는 없을 거야. 겸손하고 정직한 사람은 비밀을 마음속에 간직하고 있어야 할 테니 말이야.」

「하느님께서는 인간에게 주신 믿음을 가치 없는 것으로 만들 정도로 그렇게······.」 바우돌리노가 말했다. 「허영심에 가득 찬 인간이 땅 위에 모습을 보이지 않게 해주소서.」

「자,」 보롱이 말했다. 「자네들은 알렉산드로스 대왕의 이야기를 들어 보았을 거야. 알렉산드로스 대왕이 갠지스 강에 도착해서 강물이 흐르는 방향으로 세워진 성벽을 따라갔어. 그 성벽에는 문이 하나도 없었다네. 사흘 동안 항해를 하고 나서 그는 성벽에 난 아주 작은 문을 하나 보았네. 그 문에서 노인의 얼굴이 보였지. 여행자들은 이 도시가 대왕인 알렉산드로스에게 공물을 바쳐야 한다고 말했지. 노인은 그 도시가 복자(福者)들의 도시라고 대답했어. 알렉산드로스는 대왕이지만 이교도이기 때문에 천상의 도시에 도착하는 게 불가능했지. 그러니까 그와 투그달루스가 보았던 것이 지상 낙원이었던 것이지. 지금 내 눈앞에 보이는 것은······.」

「어디가 보이나?」

「저기,」 그러더니 그는 방 한구석을 가리켰다. 「초록색 풀들이 힘차게 자라고 있는 초원들이 보여. 꽃과 향기 나는 풀들이 그 초원을 장식하고 있어. 주위에서는 달콤한 향기가 풍기고 있어. 그 향기를 맡으니까 이제 음식이나 음료를 마시고 싶은 생각이 나지 않아. 정말 아름다운 초원이 하나 있어. 머리에는 황금관을 쓰고 손에 야자나무 가지를 든, 경이로운 외모의 네 남자가······ 노랫소리가 들려. 향기로운 냄새를 느낄 수 있어. 오 하느님, 꿀 같은 달콤함이 입에서 느껴져······. 난 수정으로 만든 성당으로 가고 있어. 성당 한가운데의 제단에서는 우유처럼 하얀 물이 나오고 있어. 북쪽 교회는 보석 같지. 남쪽 교회는 핏빛이고 서쪽의 교회는 눈처럼 새하얀색이야. 그 위에 우리들이 하늘에서 볼 수 있는 것보다 더 눈부시게 반짝이는 별들이 수도 없이 떠 있어. 눈처럼 하얀 머리카락을 가진 남자가 보여. 새처럼 온몸이 깃털에 덮여 있고 눈은 새하얗게 늘어진 윗눈썹에 가려져 거의 알아볼 수가 없어. 그가 내게 어떤 나무를 가리키고 있어. 그 나무는 절대 나이를 먹지 않으며, 그 그늘에 앉은 사람을 모두 악에서 구해 준다는군. 또 완전히 무지갯빛으로 뒤덮인 다른 나무 하나를 가리키고 있어. 그런데 대체 오늘 밤 왜 이런 게 보이는 거지?」

「아마 어디선가 그에 관한 글을 읽었을 거야. 포도주가 그것을 자네 영혼의 문턱에 나타나게 만든 거지.」 그때 압둘이 말했다. 「우리 섬에 성 브렌단이라는 덕망 높은 분이 사셨는데 이분은 이 땅의 마지막 경계선까지 항해를 했다네. 그리고 전체가 잘 익은 포도로 뒤덮여 있는 섬을 하나 발견하게 되었어. 하늘색 포도도 있었고 보라색, 흰색 포도들이 있었지. 섬에는 또 놀랄 만큼 아름다운 일곱 개의 분수와 일곱 개의 성당이 있었대. 한 성당은 크리스텔로 만들어졌고 또 다른 것은 석류석으로, 세 번째 것은 사파이어로, 네 번째 성당은 토파즈로, 다섯 번째는 루비로 여섯 번째 것은 에메랄드로, 일곱 번째 것은 산호로 만들어져 있었어. 각각의 성당에는 일곱 개의 제단과 일곱 개의 등이 켜져 있었지. 그리고 성당 앞에, 광장 한가운데에 석영으로 만든 원주가 하나 높이 솟아 있었는데 그 끝에서는 방울이 달린 바퀴 하나가 돌아가고 있었다는군.」

「아냐, 아냐. 내가 본 곳은 섬이 아냐.」 보롱이 흥분을 했다. 「그곳은 인도 근처에 있는 육지였어. 거기서 나는 우리들의 귀보다 훨씬 더 큰 귀가 달리고 혀가 두 개여서 한번에 두 사람과도 이야기할 수 있는 남자들을 보았지. 수확물들이 얼마나 많던지, 그것들은 거기서 자연적으로 자라는 것 같았는데……」

「물론.」 바우돌리노가 설명했다. 「우리는 〈출애굽기〉에서 하느님의 백성들에게 우유와 꿀이 흐르는 땅을 약속했다는 사실을 잊지 않고 있네.」

「사실들을 뒤섞지 말자.」 압둘이 말했다. 「〈출애굽기〉의 그 땅은 인류의 타락 이후에 약속된 땅이야. 반면 지상 낙원은 인류 타락 이전의 선조들의 땅이야.」

「압둘, 우리는 *disputatio*(논쟁)를 하는 게 아니야. 지금 중요한 것은 우리가 가야 할 곳이 어느 곳인지를 확인하는 게 아니라 각자 가고자 하는 이상적인 장소가 어떤 곳인지를 이해하는 거지. 그리고 분명 지상 낙원만이 아니라, 아담과 이브가 발도 디뎌 보지 못한 섬들 중에 그렇게 경이로운 곳이 존재했고 지금도 존재한다면 요한 사제의 왕국은 그런 곳과 비슷한 곳에 있을 거야. 우리는 거짓과 탐욕, 음욕을 찾아볼 수 없고 풍요로움과 덕성이 넘치는 왕국이 어떻게 존재하는지를 이해해 보도록 해야 해. 그렇지 않다면 무엇 때문에 그곳을 최고의 기독교 왕국으로 생각하고 그곳으로 가겠어?」

「과장을 하지는 말자.」 압둘이 사려 깊게 간청했다. 「너무 과장을 하다 보면 아무도 그 사실을 믿지 않게 될 거야. 말하자면 그 누구도 그렇게 멀리 갈 수 있다고 생각하지 않을 거라는 거지.」

압둘은 〈멀리〉라고 말했다. 조금 전 바우돌리노는, 압둘이 지상 낙원을 상상하느라고 그날 밤에는 자신의 불가능한 사랑을 잊어버리고 있다고 생각했다. 하지만 아니었다. 그는 계속 생각하고 있었다. 그는 낙원을 보고 있었지만 그곳에서 자신의 공주를 찾았다. 실제로 그는 꿀의 효력이 서서히 사라져 가는 동안 이렇게 중얼거렸다. 「아마 어느 날엔가는 그곳에 가게 되겠지, *lanquan li jorn son lonc en mai*, 알겠니, 5월이 되어 해가 길어지면······.」

보롱은 힘없이 웃기 시작했다.

「자 니케타스 씨,」 바우돌리노가 말했다. 「내가 이 세계에 대한 유혹에 사로잡히지 않았을 때 나는 다른 세계들을 상상하느라 밤을 지새우곤 했습니다. 포도주의 도움을 받기도 하고 초록색 꿀의 도움을 받기도 해서 말입니다. 다른 세계를 상상하는 것이 그 무엇보다 좋았어요.」 그가 계속 말했다. 「이 세계에서 사는 게 얼마나 고통스러운지를 잊기 위해서 말입니다. 적어도 그 당시에는 그렇게 생각했어요. 다른 세계들을 상상한다는 것이 결국은 이 세계마저 바꿔 놓게 된다는 것을 그 당시에는 이해하지 못했던 겁니다.」

「먼저 우리는 신의 의지에 의해 부여된 이 세계 속에서 평화롭게 살아가도록 애를 써야 합니다.」 니케타스가 말했다. 「자, 우리들의 탁월한 제노바 인들이 우리를 위해 뭔가 맛있는 우리 요리를 준비한 것 같습니다. 바다와 강에서 잡은 다양한 생선으로 만든 이 수프를 한번 맛보십시오. 당신네 고향에서도 맛있는 생선들을 드셔 보셨겠지요. 물론 제 생각으로는 그곳이 너무 추워서 프로폰티스 바다에서처럼 물고기들이 활발하게 생장할 수는 없을 것 같기는 합니다. 우리는 올리브 기름에 튀긴 양파와 회향풀과 다른 풀들, 그리고 달지 않은 포도주 두 잔으로 수프의 맛을 냅니다. 그 수프를 이 빵 위에 부으세요. 그리고 거기에 아브골레모노 소스를 얹으세요. 이건 그러니까 계란 노른자와 레몬 즙에다 육즙을 아주 조금 넣어 묽게 만든 겁니다. 제 생각으로는 지상 낙원에서 아담과 이브가 이렇게 먹었을 겁니다. 물론 원죄를 짓기 전에 말이지요. 그 후에는 아마 파리에서처럼, 어쩔 수 없이 체념하고 소의 내장들을 먹게 되었겠지요.」

9
바우돌리노 황제를 비난하고 황후를 유혹하다

바우돌리노는 그다지 엄격하지 않은 공부를 따라가고 에덴 동산에 대한 환상을 좇으며 파리에서 벌써 네 번의 겨울을 보냈다. 그는 프리드리히를 다시 만나고 싶었다. 물론 그보다는 베아트릭스가 더 보고 싶었다. 바우돌리노의 변화된 정신 속에서 베아트릭스는 이미 현세적인 모든 모습을 다 잃어버리고 낙원에 사는 사람이 되어 버렸다. 압둘의 멀리 있는 공주처럼 말이다.

어느 날 라이날트가 시인에게, 황제에게 바칠 송시(訟詩)를 지어 달라고 청했다. 절망에 빠진 시인은 자기 주인에게 적절한 영감이 떠오르길 기다려야 한다고 말해 시간을 벌었다. 그리고 바우돌리노에게 긴급 구조 요청을 했다. 바우돌리노는 「오, 세상의 주인이시여 Salve mundi domine」라는 훌륭한 시를 지었다. 이 시에서 프리드리히는 다른 모든 왕들

위에 자리 잡고 있었다. 시는 그의 통치가 너무나 온화하다는 내용이었다. 바우돌리노는 전령을 통해 이 시를 보내는 게 마음이 놓이지 않아서 이탈리아로 돌아가기로 마음먹었다. 그사이 이탈리아에서는 너무나 많은 일들이 벌어졌지만, 니케타스에게는 요약해서 말해 주기가 어려운 것들이었다.

「라이날트는 황제를 이 세계의 주인으로, 평화의 군주로, 그 어떤 법에도 지배받지 않는 법의 근원이자 동시에 멜기세덱[39] 같은 *rex et sacerdos*(왕이자 사제)로 황제의 이미지를 만들어 내는 데 자신의 인생을 다 바쳤습니다. 그래서 그는 교황과 충돌하지 않을 수가 없었지요. 크레마 전투가 벌어졌을 때, 로마에서 프리드리히에게 왕관을 씌워 주었던 교황 하드리아누스가 사망했기 때문에 추기경들 과반수가 반디넬리 추기경을 교황 알렉산데르 3세로 선출했지요. 라이날트에게 이것은 재앙이나 다름없었지요. 그와 반디넬리는 견원지간이었으니까요. 라이날트는 교황의 우위권을 절대 받아들이려고 하지 않았습니다. 그가 어떤 음모를 꾸몄는지는 잘 모르겠지만 몇몇 추기경들과 원로원 사람들이 또 다른 교황 빅토르 4세를 선출하게 하는 데 성공했어요. 라이날트와 프리드리히는 이 교황을 자신들이 원하는 대로 조종할 수 있었지요. 물론 알렉산데르 3세는 프리드리히와 빅토르를 둘 다 파문해 버렸습니다. 알렉산데르가 진짜 교황이 아니기 때문에 그의 파문은 아무런 효력도 없다고 치부해 버릴 수는 없

---

39) 살렘의 왕이자 사제. 「창세기」 14장 18절에 〈살렘 왕, ……지극히 높으신 하느님을 섬기는 사제〉로 언급돼 있다.

는 일이었어요. 먼저 프랑스 왕과 영국 왕이 알렉산데르를 인정하는 분위기로 기울어졌기 때문이고, 또 이탈리아의 도시들은, 황제가 교회 분리주의자이므로 그 누구도 그의 명령에 따를 필요가 없다고 말하는 교황을 갖게 된 것이 은총과 다름없었기 때문입니다. 게다가 알렉산데르가 당신들의 바실레우스인 마누엘과 모종의 음모를 꾸미고 있으며, 그가 의지해야 하는 프리드리히의 제국보다 훨씬 더 강력한 제국을 찾으려고 한다는 소식이 들려왔어요. 만약 라이날트가, 신성 로마 제국의 유일한 진짜 계승자는 프리드리히라고 말하려면, 프리드리히가 그 혈통이라는 눈에 보이는 증거를 찾아야만 했습니다. 그가 시인에게 시를 짓게 한 것도 바로 이런 이유 때문이었지요.」

니케타스는 한 해 한 해 이어지는 바우돌리노의 이야기를 쫓아가기가 아주 힘들었다. 그가 보기에는 바우돌리노가 사건의 앞뒤를 혼동하며 이야기하는 것 같았을 뿐만 아니라, 프리드리히를 둘러싼 사건들은 언제나 똑같이 되풀이되고 있다는 것을 발견하게 되었다. 니케타스는 언제 밀라노 인들이 다시 무기를 들었는지, 언제 다시 로디를 위협했는지, 황제가 언제 다시 이탈리아로 내려왔는지를 이해할 수가 없었다. 〈만약 연대기가 이런 것이라면〉, 니케타스가 생각했다. 〈아무 페이지나 되는 대로 펼쳐 보면 되겠군. 어느 페이지에서나 똑같은 모험들을 찾을 수 있을 테니까 말이야. 언제나 똑같은 이야기가 되풀이되는 그런 꿈 같아. 그래서 이 사람은 내게 그 꿈에서 깨어나게 해달라고 간청하고 있는 것 같군.〉

어쨌든 니케타스는 2년 전부터 밀라노 인들이 원한을 품고 소전투를 벌여 프리드리히를 다시 곤경에 빠뜨렸다는 것은 이해한 것 같았다. 그래서 다음 해에 황제는 노바라, 아스티, 베르첼리, 몬페라토 후작, 말라스피나 후작, 비안드라테 백작, 코모, 로디, 베르가모, 크레모나, 파비아, 그리고 다른 몇몇의 도움으로 밀라노를 다시 포위했다. 어느 봄날 아침 이제 스무 살이 된 바우돌리노가 밀라노의 성벽 앞에 도착했다. 그는 「오, 세상의 주인이시여」와 그가 거짓으로 베아트릭스와 주고받았던 편지들을 가지고 있었다. 그 편지들을 도둑맞을까 봐 파리에 둘 수가 없었다.

「프리드리히가 밀라노에서는 크레마에서 그랬던 것보다 더 잘 처신했기를 바랍니다.」 니케타스가 말했다.

「내가 그곳에 도착해서 들은 이야기는 크레마에서보다 더 나빴어요. 프리드리히는 멜초와 론카테의 포로 여섯 명의 눈을 뽑게 했어요. 그리고 한 밀라노 인에게는 그가 다른 사람들을 다시 밀라노로 데려갈 수 있도록 눈은 하나만 뽑고 대신 코를 잘랐지요. 그리고 밀라노로 물건을 들여가려고 하는 사람을 붙잡으면 손을 잘라 버렸습니다.」

「그것 봐요. 프리드리히도 사람들의 눈을 뽑게 했잖습니까!」

「그렇지만 당신들처럼 귀족에게 그런 게 아니라 평민들에게 그렇게 한 겁니다. 자기의 친지들에게 그런 게 아니라 적에게 그렇게 한 거예요!」

「그를 두둔하는 겁니까?」

「지금은 그렇습니다. 하지만 당시에는 아니었어요. 그때 나는 분노했었습니다. 그를 만나고 싶지도 않았어요. 하지만 어쨌든 그에게 경의를 표하러 가야만 했습니다. 그것을 피할 수는 없었지요.」

황제는 아주 오랜만에 바우돌리노를 다시 보자 너무나 기뻐하며 그를 포옹하려고 했다. 그러나 바우돌리노는 머뭇거리지 않을 수 없었다. 그는 뒤로 물러섰다. 그리고 눈물을 흘렸다. 바우돌리노는 프리드리히에게 사악한 사람이라고 말하고, 만약 부당하게 행동한다면 이제 당신은 정의의 근원이라고 주장할 수 없을 것이라며, 당신의 아들이라는 게 부끄럽다고 말했다.

다른 사람이, 그 누구든 그런 말을 했다면 프리드리히는 그의 눈을 뽑게 하고 코를 베게 하고, 그뿐만 아니라 귀도 잘라 버리게 했을 것이다. 하지만 프리드리히는 바우돌리노의 분노에 충격을 받았다. 그래서 황제는 자기 변명을 해보려고 애를 썼다. 「이건 법에 대한 반역이다, 반역이라고, 바우돌리노. 내가 바로 법률이라고 제일 먼저 말해 준 사람은 바로 너였다. 난 용서를 할 수가 없었다. 선량한 마음을 가질 수가 없었어. 가혹해지는 게 내 의무였다. 내가 좋아서 그렇게 했다고 생각하는 거냐?」

「그렇습니다. 좋아서 하신 거지요. 아버님, 아버님은 2년 전에 크레마에서 그곳 사람들을 모두 학살해야 했고 밀라노에서는 또 이 사람들을 불구로 만들었습니다. 전쟁터가 아닌 곳에서 말입니다. 고집 때문에, 복수심 때문에, 모욕을 당했기 때문에 그렇게 하신 겁니까?」

「너, 내 치적을 뒤쫓고 있었구나! 네가 라에빈이라도 되느냐? 그런데 네가 알아야 할 게 있다. 그건 고집이 아니라 교훈이다. 반항하는 자식들을 길들이는 데는 그 방법밖에 없다. 카이사르와 아우구스투스는 훨씬 더 관대했을 것 같으냐? 이건 전쟁이다, 바우돌리노. 너 전쟁이 뭔지 아니? 네가 파리에서 박식한 사람이 되어 돌아오면 널 내 궁정의 대신으로 임명하려고 한다는 것을 아느냐? 어쩌면 너를 기사로 만들어 줄지도 모른다. 그런데 너는 네 손을 더럽히지 않고 신성 로마 제국의 황제와 함께 말을 탈 수 있다고 생각하는 거냐? 피가 싫다는 거냐? 어디 한번 말 좀 해봐라. 그렇다면 난 너를 수도사로 만들어야겠다. 그러면 넌 순결한 사람이어야 할 거야. 조심해라. 사람들이 파리에서 네가 어떻게 생활했는지 말해 주었다. 내가 보기에는 수도사 같은 생활을 한 것 같지는 않더구나. 그 상처는 어쩌다가 생긴 거냐? 엉덩이가 아니라 얼굴에 그런 상처가 났다는 게 놀라운 일이로구나!?」

「아버님의 첩자들이 파리에서의 제 생활을 이야기한 것 같군요. 저는 첩자들 같은 것도 없는데, 아버님께서 아드리아노폴리스[40]에서 굉장한 일을 하셨다는 이야기를 도처에서 들었습니다. 아버님과 비잔틴 수도사들에 관한 이야기보다는 파리의 남편들과 저에 관한 이야기가 훨씬 더 낫지요.」

프리드리히의 몸이 뻣뻣해졌고 얼굴은 창백해졌다. 그는 지금 바우돌리노가 한 말이 무슨 사건을 말하는지 너무나 잘 알고 있었다(바우돌리노는 오토 주교를 통해 그 사건을 알게 되었다). 프리드리히가 아직 슈바벤 공이었을 때 제2차 십자군에 참가해서는, 예루살렘의 기독교 왕국을 구하기 위해 바다 건너로 원정을 떠났다. 기독교 군대가 아드리아노폴리스에서 아주 힘겹게 진군을 하고 있을 때 원정대에서 뒤쳐졌던 귀족 한 사람이 급습을 당해 살해되었다. 아마도 그 지방 도적 떼의 소행인 것 같았다. 이미 라틴 인들과 비잔틴 인들 사

---

[40] 터키 서북부의 도시. 에디르네.

이는 극도로 긴장되어 있었다. 그래서 프리드리히는 그 사건을 십자군에 대한 모욕으로 받아들였다. 크레마에서처럼 그의 분노는 가라앉을 줄을 몰랐다. 그는 그 근처에 있는 수도원을 공격해서 수사들을 모두 학살해 버리고 말았다.

이 일화는 프리드리히의 이름에 흠으로 남아 있었다. 모두들 그 사건을 잊은 척했다. 심지어는 오토 주교마저 『프리드리히의 치적』에서 그 사실에 대해 입을 다물고 있었다. 대신 젊은 공작이 콘스탄티노플에서 그리 멀지 않은 장소에서 불의의 습격을 당했는데 그 습격을 피해 어떻게 살아남았는지만을 언급했다. 그런데 단 한 사람, 그 사건을 잊지 못하는 사람이 있었으니 바로 당사자인 프리드리히였다. 그 악행으로 인한 상처는 결코 치유될 것 같지가 않았다. 지금 그의 반응이 그것을 증명했다. 창백해졌던 그의 얼굴이 시뻘겋게 변했다. 그는 청동 촛대를 집어 들어 바우돌리노에게 던졌다. 바우돌리노를 죽일 것 같았다. 프리드리히는 간신히 끓어오르는 화를 가라앉혔다. 이미 바우돌리노의 옷을 움켜쥐었지만 무기를 내렸다. 그리고 이를 악문 채 바우돌리노에게 말했다. 「젠장할, 아까 같은 말을 두 번 다시는 하지 말아라.」 그러더니 천막에서 나가 버렸다. 프리드리히는 천막 입구에서 잠시 몸을 돌렸다. 「황후에게 가서 인사를 갖추거라. 그런 다음에 당장 파리에 있는 네 친구 녀석들, 그 겁쟁이 신학생들에게로 꺼져 버려.」

「그래, 내가 겁쟁이인지 아닌지 당신에게 보여 주겠습니다. 내가 어떤 일을 할 수 있는지를 보여 주도록 하겠어요.」 바우돌리노는 병영을 떠나면서 이를 갈았다. 양아버지에 대한 증오의 감정을 느끼며 그를 해치고 싶다는 생각 말고, 자기가 할 수 있는 일이 무엇인지는, 바우돌리노 자신도 알 수가 없었다.

바우돌리노는 화를 가라앉히지 못한 채 베아트릭스의 숙소에 다다랐다. 그는 공손하게 황후의 옷자락에 입을 맞춘 뒤 그녀의 손에 입을 맞추었다. 그녀는 그의 뺨에 생긴 상처를 보고 너무나 놀라서 여러 가지 것들을 걱정스럽게 물었다. 바우돌리노는 태연하게 길에서 강도 몇몇과 싸움이 있었다며, 세상을 여행하는 사람에게는 항상 일어나는 일이라고 대답했다. 베아트릭스는 감탄의 눈길로 그를 보았다. 먼저 말해 두어야 할 것은, 이 스무 살의 젊은이, 새끼 사자 같은 얼굴에 난 상처로 인해 더 남자다워 보이는 이 젊은이는 어디 내놓아도 손색없는 멋진 기사였다는 것이다. 황후는 그에게 앉으라고 권하고 최근에 있었던 일들을 이야기해 달라고 했다. 황후가 우아한 천개(天蓋) 밑에 앉아 미소를 지으면서 수를 놓고 있는 동안, 바우돌리노는 그녀의 발치에 앉아 오로지 긴장된 마음을 가라앉히기 위해 이야기를 했다. 바우돌리노는 자기가 무슨 말을 하고 있는지 알 수가 없었다. 그러나 차츰차츰 이야기를 하면서 자기 위쪽에 있는 그녀의 얼굴이 너무나 아름답다는 것을 발견했다. 그가 파리에서 몇 년간 느끼던 그 뜨거운 열정을 다시 느끼고 있을 때 — 그 열정이 이제 한꺼번에 갑자기 백 배로 불어났다 — 베아트릭스가 너무나 매혹적인 미소를 지으며 이렇게 말했다. 「그런데 너 내가 부탁했던 것처럼, 내가 원하던 것처럼 편지를 많이 쓰지는 않았더구나.」

아마도 그녀는 누이 같은 마음으로 그렇게 말했는지도 모른다. 대화를 활기 있게 하기 위해 그렇게 말한 것인지도 몰랐다. 하지만 바우돌리노에게는 베아트릭스가 말을 하면 그 말이 어떤 말이든 향수이면서 독이었다. 바우돌리노는 떨리는 손으로 가슴에서 자신이 그녀에게 쓴 편지, 그녀가 자신에게 쓴 편지를 꺼내서, 그녀에게 내밀며 조그만 소리로 말했다. 「아니요. 썼습니다. 그리고 황후 마마께서 제게 답장을 해주셨지요.」

베아트릭스는 무슨 말인지 이해를 할 수가 없었다. 그녀는 편지들을 받아 들고 그것을 읽기 시작했다. 두 개의 글씨체로 쓰인 편지들을 좀 더 정확히 읽기 위해 목소리를 낮추고는 소리를 내서 읽었다. 그녀와 몇 걸음 떨어지지 않은 곳에 있던 바우돌리노는 식은땀을 흘리며 손을 비틀고 있었다. 바우돌리노는 자기가 미쳤다고, 황후가 호위병들을 불러 그를 내쫓을지도 모르고 단검을 꺼내 자기 가슴을 찌를지도 모른다고 속으로 말했다. 베아트릭스는 계속 읽어 나갔다. 그녀의 뺨이 점점 더 붉어졌고 그 열정적인 단어들을 한 자 한 자 읽어 가면서 목소리가 떨렸다. 마치 신성을 모독하는 미사를 거행하기라도 하는 듯했다. 그녀가 일어섰다. 적어도 두 번 정도는 몸을 비틀거렸고, 그녀를 붙잡기 위해 앞으로 나오는 바우돌리노의 도움을 적어도 두 번 정도 물리쳤다. 잠시 후 그녀가 가느다란 목소리로 겨우 이렇게 말했다. 「오, 애야, 애야, 왜 그랬던 거지?」

바우돌리노가 그녀의 손에서 종이를 빼앗기 위해 다시 그녀의 곁으로 다가갔다. 그는 온몸을 떨었다. 역시 온몸을 떨고 있던 그녀가 한 손을 뻗어 그의 목을 쓰다듬었다. 그는 그녀의 눈을 똑바로 바라볼 수 없었기 때문에 옆으로 돌아섰다. 그녀가 손끝으로 그의 상처를 어루만졌다. 이런 접촉을 피하기 위해 그가 다시 고개를 돌렸다. 하지만 이번에는 그녀가 아주 가까이 다가와 있었다. 그래서 두 사람은 거의 얼굴과 얼굴이 닿을 정도로 가까이 서 있게 되었다. 바우돌리노가 그녀를 끌어안지 않으려고 두 손을 등 뒤로 가져갔지만 이미 두 사람의 입술은 맞닿아 있었다. 두 입술이 맞닿은 뒤 조금 입술이 벌어졌고 그렇게 해서 단 한순간, 그 너무 짧은 입맞춤이 지속되던 그 찰나에 반쯤 벌어진 입술 사이로 두 사람의 혀가 가볍게 맞부딪쳤다.

번개 같은 영원한 순간이 지나자 베아트릭스가 뒤로 물러섰다. 그녀의 얼굴은 병자처럼 창백했다. 그리고 바우돌리노의 눈을 바라보면서 준엄하게 말했다. 「천국의 모든 성자들께 맹세코 다시는 이런 짓을 하지 말아라.」

그녀는 화를 내지도 않았고, 거의 감정을 싣지 않은 채 그렇게 말했다. 그녀는 금방이라도 쓰러질 것 같았다. 잠시 후 그녀의 눈이 축축하게 젖었다. 그녀가 부드럽게 덧붙였다. 「제발, 부탁이야!」

바우돌리노는 이마가 거의 땅에 닿을 정도로 무릎을 꿇었다. 잠시 후 그녀의 처소에서 나왔지만 어디로 가야 할지 알 수가 없었다. 나중에 그는 그 한순간에 네 가지 죄를 범했다는 것을 깨달았다. 그는 황후의 위엄을 손상시켰다. 자신은 불륜으로 얼룩이 졌고 그의 아버지의 신의를 배신했다. 그리고 파렴치한 복수의 유혹에 굴복을 했었다. 「복수의 이유가 무엇이지?」 그는 이렇게 스스로에게 물었다. 「프리드리히가 만약 그런 참극을 벌이지 않았더라도, 내게 모욕을 주지 않았더라도, 마음속에 증오의 감정을 품지 않았더라도, 내가 그때

했던 것과 똑같이 행동했었을까?」그는 이 질문에 대답을 하지 않으려고 애를 썼다. 그리고 만약 그를 두렵게 만드는 대답이 나온다면 그때에는 죄 중에서도 가장 무서운 다섯 번째의 죄를 범하는 것이 될 것임을 알게 되었다. 오로지 자신의 원한을 풀기 위해 자신의 우상이 지닌 덕성을 씻을 수 없을 정도로 더럽히게 될 것이며, 그의 존재의 목적이 되었던 여인을 비참한 도구로 변질시켜 버리게 될 것임을 깨달았다.

「니케타스 씨, 가슴을 찢어 놓을 듯이 아름다웠던 그 순간을 잊을 수는 없었지만, 이런 의혹은 오랫동안 나를 따라다녔습니다. 나는 더욱더 그녀를 사랑했지만 이제는 아무런 희망도 없었어요. 꿈속에서조차 말입니다. 내가 조금이라도 용서를 구하고 싶다면 그녀의 모습을 내 꿈에서도 사라지게 해야 했기 때문입니다. 결국 나는 수없이 많은 길고긴 밤들을 뜬눈으로 보내며 이렇게 혼자 말했어요. 넌 모든 것을 가져 보았어. 이제 다른 것을 원할 수는 없어.」

콘스탄티노플에도 밤이 내려앉았다. 하늘은 이제 붉게 타오르지 않았다. 불길이 잦아들고 있었다. 도시의 몇몇 언덕에서만 가물가물한 빛이 보였는데, 그것은 불길이 아니라 타다 남은 불에서 비치는 것이었다. 니케타스는 꿀 포도주 두 잔을 가져오게 했다. 바우돌리노는 허공을 응시한 채 포도주를 한 모금 삼켰다. 「타소스 섬의 포도주입니다. 항아리에 꿀과 밀가루를 버무린 덩어리를 넣어 두는 겁니다. 그러고 나서 독하고 향기가 강한 포도주와 아주 부드러운 포도주를 뒤섞는답니다. 달콤하지요, 안 그래요?」니케타스가 그에게 물었다. 「그렇군요. 아주 달아요.」바우돌리노가 대답했다. 그는 다른 생각을 하는 것 같았다. 잠시 후 바우돌리노가 잔을 내려놓았다.

「그날 밤,」 바우돌리노가 결론적으로 말했다. 「난 프리드리히를 평가하는 일을 영원히 그만두었어요. 내 자신이 그분보다 더 많은 죄를 지었다고 생각했기 때문입니다. 적의 코를 베어 버리는 게 더 나쁩니까, 은인의 아내와 입을 맞추는 게 더 나쁩니까?」

다음날 그는 양아버지에게 가서 너무 심한 말들을 한 것에 대해 용서를 구했다. 그는 프리드리히가 후회를 하고 있다는 것을 알아차리고는 얼굴이 붉어졌다. 황제는 그를 부둥켜안으면서 화를 내서 미안하다고 말했다. 프리드리히는 주위에 있는 수많은 아첨꾼들보다는 자신이 잘못했을 때 직언을 해줄 수 있는 바우돌리노 같은 아들이 좋다고 말했다. 「내 고해 신부조차 내게 그런 말을 할 만한 용기가 없단다.」 프리드리히가 미소를 지으며 말했다. 「넌 내가 유일하게 신뢰하는 사람이야.」

바우돌리노는 부끄러움으로 온몸이 달아오르면서 자신의 죄에 대한 벌을 받기 시작했다.

10
바우돌리노 동방 박사를 찾아내고
카롤루스 대제를 성인으로 만들다

 바우돌리노가 밀라노 성벽 앞에 도착했을 때, 밀라노 인들은 이미 더 이상 저항을 할 수 없는 상황이었다. 그들이 더 버티지 못한 것은 내분 때문이기도 했다. 결국 밀라노 인들은 대사들을 보내 항복을 인정했다. 항복 조건들은 롱칼리아 회의에서 채결했던 대로였다. 말하자면 4년이라는 세월 동안 그렇게 많은 사람들이 죽고 도시들이 심하게 파괴되고 난 뒤에도 상황은 4년 전과 여전히 똑같았다. 아니 좀 더 정확히 말하면 이전보다 훨씬 더 치욕스러운 항복이었다. 프리드리히는 다시 밀라노를 용서해 주고 싶어했다. 하지만 라이날트가 잔인하게 불난 집에 부채질을 해댔다. 모든 사람들에게 잊지 못할 교훈을 줄 필요가 있다는 것이었다. 그리고 황제를 좋아해서라기보다도, 오로지 밀라노에 대한 증오심 때문에 황제 편에 가담해서 싸운 도시들에게 기쁨을 주어야 한다는 것이었다.

「바우돌리노,」 황제가 양아들에게 말했다. 「이번에는 내게 화를 내지 말거라. 황제도 옆에서 조언하는 사람들의 말을 따라야 할 때가 있단다.」 그러더니 작은 소리로 덧붙였다. 「나는 저 라이날트가 밀라노 사람들보다 더 무섭다.」

프리드리히는 밀라노를 지구상에서 없애 버리라는 명령을 내렸다. 그래서 주민들 모두를, 남자, 여자 가릴 것 없이 도시 밖으로 나가게 했다.

도시 주변의 들판에는 이제 어디로 가야 할지 몰라 정처 없이 헤매 떠도는 밀라노 인들로 북적거렸다. 근방의 도시로 피하는 사람들도 있었고, 성 앞에 야영하면서 황제가 용서를 내리면 성 안으로 다시 들어갈 수 있기를 기다리는 사람들도 있었다. 비가 내렸다. 피난민들은 밤이면 추위에 떨었다. 아이들은 병이 들었고 여자들은 눈물을 흘렸다. 무기를 모두 빼앗긴 남자들은 기진맥진해서 길가에 앉아 하늘을 향해 주먹질을 해댔다. 황제의 병사들이 그들의 주위를 맴돌다가 심한 원망의 소리가 들리면 그 이유를 추궁했기 때문에, 황제를 저주하는 것보다 신을 저주하는 편이 더 나았다.

프리드리히는 처음에는 반항을 한 도시를 불태워 소멸시켜 버리려고 했다. 그러다가 그는 자신보다 밀라노를 더 증오하는 이탈리아 인들의 손에 밀라노를 맡기는 게 더 좋겠다는 생각이 들었다. 그는 당시 렌차 문이라고 불리던 오리엔탈레 문을 모두 다 파괴해 버리는 임무를 로디 인들에게 맡겼다. 크레모나 인들에게는 로마나 문을 부수는 임무를 맡겼고, 파비아 인들에게는 티치네세 문에서 주춧돌 하나 남기지 않는 일을 하게 했으며, 세프리오와 마르테사나 사람들에게는 누오바 문을 단번에 파괴시키는 임무를 맡겼다. 그런 임무를 맡은 도시의 시민들은 너무나 좋아했다. 뿐만 아니라 패배한 밀라노와 직접 묵은 빚을 청산할 수 있는 특권을 누리게 해준 황제에게 많은 돈을 지불하기도 했다.

도시 파괴 작업이 시작된 다음날 바우돌리노는 성 안으로 들어갔다. 곳곳이 거대한 먼지 구름 천지였다. 그 먼지 구름 속으로 들어가면 몇몇 사람들이 굵은 밧줄들로 건물의 정면을 묶어 놓고 모두 힘을 합쳐 한번에 잡아당기고 있는 광경을 볼 수 있었다. 그들은 건물이 무너질 때까지 그렇게 밧줄을 잡아당겼다. 다른 쪽에 있던 노련한 벽돌공들은 성당의 지붕 위에서 곡괭이질을 해서 지붕을 벗겨 버렸다. 그런 다음 거대한 망치로 벽들을 부수거나 기둥 밑 부근에 쐐기를 박아 기둥들을 뽑아 버렸다.

바우돌리노는 며칠 동안 혼란에 휩싸인 거리들을 돌아다녔다. 그는 대성당의 종탑이 쓰러지는 것을 보았다. 그것은 이탈리아 그 어디에도 없을 정도로 아름답고 장대한 종탑이었다. 복수할 날만을 고대하던 로디 인들은 그 누구보다 열심히 일을 했다. 자신들에게 맡겨진 지역을 제일 먼저 파괴해 버린 사람들도 그들이었다. 그들은 곧 로마나 문을 부수고 있는 크레모나 인들에게 달려가 그들을 도와주었다. 파비아 인들은 아주 노련해 보였다. 그들은 아무렇게나 달려들지 않았다. 그들은 자신들의 분노를 통제할 줄도 알았다. 그들은 벽돌과 벽돌을 연결하기 위해 발라 놓은 석회를 가루로 만들거나 성벽 밑을 파냈다. 그러면 나머지 것들은 저절로 무너져 내렸다.

간단히 말하면 지금 무슨 일이 벌어지고 있는지 모르는 사람이 보면 밀라노는 각자가 하느님을 경배하며 열심히 일하고 있는 즐거운 건설 현장 같았다. 시간이 거꾸로 흘러가는 것 같아 보이는 점을 제외한다면 말이다. 아무것도 없는 곳에서 새로운 도시가 생겨나고 있는 것처럼 보였지만 사실은 옛 도시가 먼지와 황폐한 흙으로 되돌아가고 있었다. 부활절 날, 황제가 파비아에서 성대한 연회를 열 계획이라고 알렸왔을 때, 바우돌리노는 이런 생각과 함께 밀라노가 사라지기 전에 *mirabilia urbis Mediolani*(밀라노 시의 경이로움)를 찾아내기 위해 서둘렀다. 여기저기 돌아다니다가 그는 아직 고스란히 남아 있는, 눈부시게 아름다운 성당 근처에 도착하게 되었다. 파비아 인 몇 명이 교회가 정한 축일인데도 쉬지 않고 성당 근처의 저택을 거의 다 무너뜨려 가고 있는 게 보였다. 바우돌리노는 그들을 통해 이 성당이 성 에우스토르기우스 성당이라는 것과, 다음날이면 이 성당도 그들 차지가 될 것임을 알게 되었다.「그냥 세워 두기에는 너무 아름답지 않습니까, 예?」

바우돌리노는 서늘하고 고요한, 텅 빈 본당 안으로 들어갔다. 누군가에 의해 이미 제단들과 측면의 작은 예배소들은 제 모습을 잃었고, 어디서 왔는지 알 수 없는 개 몇 마리가 그곳이 구미에 당겼는지 기둥 밑에다 오줌을 갈겨 표시하고는 잠자리로 만들어 놓고 있었다. 중앙 제단 옆에서는 암소 한 마리가 구슬프게 울며 돌아다니고 있었다. 잘생긴 암소였다. 바우돌리노는 도시의 파괴자들을 부추기고 있는 증오심에 대해 깊이 생각을 해보게 되었다. 그들은 도시를 될 수 있으면 빨리 사라지게 하려는 욕심 때문에, 탐이 나는 전리품들마저 눈여겨보지 않았다.

바우돌리노는 측면의 작은 예배소에 있는 석관 앞에서 절망적으로 흐느끼고 있는 노신부를 발견했다. 아니 흐느껴 우는 게 아니라 상처 입은 짐승이 신음하는 것 같다고 하는 게 더 옳은 표현일 것이다. 얼굴은 눈의 흰자위보다도 더 희었고 앙상하게 마른 몸은 비탄의 소리를 낼 때마다 떨렸다. 바우돌리노는 신부에게 물병을 내밀며 그를 도와줘 보려고 했다. 「고맙소, 선량한 신자 양반.」 노인이 말했다. 「그렇지만 이제 내가 할 일이라고는 죽음을 기다리는 것밖에 없소.」

「신부님을 죽이지 않을 겁니다.」 바우돌리노가 그에게 말했다. 「포위 공격은 끝났습니다. 평화 조약에 서명이 되었습니다. 밖에 있는 사람들은 신부님의 성당을 부수려는 것이지 생명을 빼앗으려는 게 아닙니다.」

「성당이 없는 데 내 생명이 무슨 의미가 있습니까? 하지만 하늘이 내린 합당한 형벌입니다. 아주 오래전에 나는 야망에 눈이 멀어 내 성당을 가장 아름답고 유명한 성당으로 만들고 싶어서 죄를 저질렀으니까요.」

이 불쌍한 노인이 대체 무슨 죄를 저지를 수 있단 말인가? 바우돌리노가 신부에게 그 죄가 무엇인지를 물어보았다.

「오래전 동방에서 온 여행자가 기독교 세계에서 가장 눈부신 성유물(聖遺物)을 사라고 내게 제안을 했다오. 바로 손상되지 않은 동방 박사[41] 세 분의 시신이었소.」

「동방 박사라고요? 세 분 모두요? 손상되지 않은 채로?」

「동방 박사 세 분을 고스란히 말입니다. 살아 있는 것 같았어요. 말하자면 이제 막 숨을 거둔 것 같았지요. 나는 이 시신들이 진짜일 리가 없다는 것을 알고 있었습니다. 복음서에서만, 그러니까 〈마태오의 복음서〉에서만 동방 박사를 이야기하니까요. 게다가 아주 짧게 언급하지요. 그들이 몇 사람인지,

어디서 왔는지, 왕인지 현자인지 말하지 않고 있어요……. 다만 별을 따라 예루살렘에 왔다고만 말하고 있어요. 그들이 어디서 와서 어디로 돌아갔는지 아는 기독교인은 아무도 없습니다. 누가 그들의 무덤을 찾을 수 있었겠습니까? 이 때문에 나는 감히 밀라노 인들에게 이 성유물을 내가 감춰 두고 있다고 말하지 못했습니다. 나는 그들이 탐욕 때문에 그 가짜 유해를 이용해 전(全) 이탈리아의 신도들을 끌어들여 돈벌이를 하려 할까 봐 두려웠던 게지요……」

「그러면 죄를 짓지는 않으신 거군요.」

「죄를 지었습니다. 이 성스러운 장소에 그 시신들을 숨겨 놓고 있었으니까요. 난 계속 하늘에서 어떤 계시가 있기를 기다렸습니다. 그런데 계시를 받을 수 없었지요. 난 이 파괴자들이 시신을 발견하는 것을 원치 않습니다. 그들은 아마 지금 우리를 파멸시킨 그 몇몇 도시에 이 유해를 나누어 줄

---

41) 동방 박사에 대한 언급은 공관 복음서 중 「마태오의 복음서」에서 유일하게 나타난다. 이에 따르면 이들은 별빛의 인도를 받아 베들레헴에 와서 아기 예수를 경배하고 돌아갔다고 한다. 교회의 입장에서 보자면 이 일화는 유대 인뿐 아니라 이방인도 예수의 탄생을 축하한 것이므로 큰 의의가 있다. 동방 교회에서는 동방 박사의 수를 12명이라고 하나, 서방 교회에서는 3명으로 보고 있는데 이는 그들이 예수에게 〈황금과 유황과 몰약〉을 바쳤다는 데 근거한 듯하다. 전승은 점차 미화되어 3세기 초에 동방 박사들의 신분은 왕으로 높여졌다. 이는 모든 왕들이 메시아 앞에 복종하였다는 『구약 성서』의 예언이 실현되었음을 강조하기 위해서인 듯하다. 8세기에 이르러 서방 교회는 동방 박사들의 신분과 이름을 대개 아라비아의 왕 발타사르, 페르시아의 왕 멜키오르, 인도의 왕 가스파르(카스파르)로 정하기에 이른다. 그들의 〈유골〉은 콘스탄티노플과 밀라노를 거쳐 12세기에 쾰른 대성당에 안치되었다. 동방 박사는 여행자들의 보호자로서 특히 중세에 널리 숭배되었다.

지도 모릅니다. 그 도시들에게 특권을 부여해 주기 위해서지요. 부탁드립니다. 한때의 내 허약함의 흔적을 모두 사라지게 해주십시오. 도와주시오. 오늘 밤에 출처가 분명치 않은 이 유해들을 가져가서 사라지게 해주시오. 조금만 애를 쓰면 당신에게 천국이 약속될 것입니다. 이건 제가 보기에 결코 적은 게 아닙니다.」

「니케타스 씨, 그때 나는 오토 주교께서 요한 사제에 대해 말씀하시면서 동방 박사 이야기를 했다는 생각이 떠올랐습니다. 물론, 만일 그 가엾은 신부가 그 시신들을 마치 하늘에서 갑자기 떨어졌다는 식으로 보여 주었더라면, 아무도 신부의 말을 믿지 않았을 겁니다. 하지만 성유물이 진짜가 되려면 성인이나, 아니면 그것이 일부로서 관여하는 어떤 사건으로 거슬러 올라가야 하는 것 아닙니까?」
「반드시 그런 것은 아닙니다. 여기 이 콘스탄티노플에 보관되어 있는 수많은 성유물들은 그 출처가 너무나 의심스러운 것들입니다. 하지만 신자들은 그것에 입을 맞추면서 그 유물에서 초자연적인 향기가 나온다고 느끼는 것이지요. 그것을 진짜로 만드는 것은 믿음입니다. 그것이 진짜여서 믿음이 생기는 게 아닙니다.」
「바로 그겁니다. 나 역시 성유물은 진실된 이야기 안에서 진정한 제자리를 찾았을 경우에만 가치를 가질 수 있다고 생각했습니다. 요한 사제의 이야기 바깥에서 본다면, 그 동방 박사들은 카펫 장사가 만들어 낸 것일 수도 있습니다. 이 사제의 참된 이야기 속에 존재함으로써 그들은 확실한 증거로서 자리 잡게 된 것이지요. 문은 그 주위에 저택이 없으면 문이라고 할 수 없습니다. 차라리 하나의 구멍이라고 해야 할 겁니다. 아니 구멍조차 아닐 수 있습니다. 빈 공간은 그 주위에 채워진 것이 없으면 빈 공간이라고도 할 수 없기 때문이지요. 그런데 그때 나는 동방 박사들에게 무엇인가 의미를 지닐 수 있게 해줄 만한 이야기가 나에게 있다는 것을 알게 되었습니다. 내가 황제에게 동방으로 가는 길을 열어 주기 위해 요한에 대해 무슨 이야기를 해야 할 때, 동쪽에서 온 게 분명한 동방 박사들을 증거로 삼는다면 내 주장이 확실한 설득력을 얻게 될 것이라고 생각했어요. 그 가련한 세 동방 박사는 석관 속에 잠들어 있고 자신들을 무심코 받아들인 그 도시를 파비아 인들과 로디 인들이 파괴시키게 내버려 두고 있었소. 동방 박사들은 그 도시에 아무런 의무가 없었습니다. 그들은 마치 여관에 들듯, 잠시 그 도시에 들른 것이고 다른 곳으로 갈 기다리고 있는 것이었어요. 간단히 말해 그들은 천성적인 유랑자들이었습니다. 별을 쫓아 가다 보면 대체 어디엔들 가지 않겠어요? 이 세 시신에게 새로운 베들레헴을 만들어 주는 게 내 몫이었습니다.」

바우돌리노는 훌륭한 성물은 도시의 운명을 바꾸고, 순례자들이 쉴 새 없이 그 도시로 찾아오게 만들고, 성당을 성지로 바꿀 수 있다는 것을 잘 알고 있었다. 이 동방 박사들에게 흥미를 가질 만한 사람이 누가 있을까? 곧 라이날트가 떠올랐다. 그는 퀼른의 대주교에 임명되었지만 퀼른에 가서 공식적으로 서품을 받아야 할 일이 아직 남아 있었다. 그가 동방 박사들을 거느리고 대성당에 들어간다면 그것은 대단히 충격을 주는 일일 것이다. 라이날트는 황제의 권력을 상징할 물건들을 찾고 있지 않은가? 바로 지금 하나가 아니라 세 명의 왕이, 왕이면서 동시에 사제였던 동방 박사들이 근처에 있었다.

바우돌리노는 신부에게 사체들을 볼 수 있는지 물어보았다. 신부는 바우돌리노에게 자기를 좀 도와달라고 부탁했다. 석관의 뚜껑을 회전시켜야 사체들을 보관해 둔 성골함이 나타나기 때문이었다.

아주 힘든 일이었지만 그만한 가치가 있는 일이었다. 정말 놀라웠다. 동방 박사의 사체는, 비록 그 피부가 메마르고 거칠어지기는 했지만, 아직도 살아 있는 것 같았다. 미라처럼 갈색으로 변해 있지는 않았다. 두 박사의 얼굴은 아직도 거의 우윳빛에 가까웠다. 한 사람은 가슴까지 닿는 숱이 많은 흰 수염이 나 있었는데 그 수염이 딱딱해지기는 했지만 여전히 손상되지 않은 채 그대로여서 솜사탕 같았다. 다른 한 사람은 수염이 없었다. 세 번째 사람은 피부가 흑단처럼 까맸는데, 지나간 시간 때문이 아니라 살아 있을 때에도 검은색 피부였던 게 틀림없었다. 그는 나무 조각상 같아 보였다. 왼쪽 뺨 위에는 상처 같은 것도 있었다. 짧은 수염이 나 있었고 입술이 두꺼웠는데 그 입술이 벌어져 이빨 두 개가 보였다. 새하얗고 들짐승 같은 이빨이었다. 세 사람 모두 놀란 것처럼, 커다란 눈을 크게 뜨고 있었다. 눈동자는 유리처럼 빛났다. 그들은 각각 망토를 두르고 있었는데, 한 사람의 망토는 흰색이었고, 다른 사람은 초록색, 그리고 세 번째 사람은 붉은색이었다. 망토 밑으로 야만인들이 입는 바지가 보였다. 다마스쿠스 천에 진주를 여러 줄로 박아 넣은 바지였다.

바우돌리노는 재빨리 황제의 병영으로 되돌아왔다. 그리고 이 이야기를 하러 라이날트에게 달려갔다. 재상은 바우돌리노의 발견이 얼마나 값진 것인지 금방 알아차렸다. 그가 바우돌리노에게 이렇게 말했다. 「모든 일을 은밀히, 그리고 신속하게 처리해야 하네. 성골함을 모두 옮길 수는 없을 거야. 사람들의 눈에 너무 쉽게 띨 테니까. 만약 이 근방에 있는 사람들 중에서 누구라도 자네가 발견한 것을 알게 되면 그 사람은 주저 않고 그것들을 훔쳐 낼걸. 그리고 자기 도시로 가져가 버리겠지. 내가 나무 들것 세 개를 준비하게 할 테니 밤이 되면 그들을 성 밖으로 옮기도록 하세나. 사람들에게는 이번 공격에서 용감하게 싸우다 사망한 병사들의 사체라고 하게. 세 사람, 그러니까 자네와 시인과 내 하인만이 움직여야 하네. 그런 다음 서두르지 말고 그 시신들을 있어야 할 곳에 갖다 놓도록 하세. 쾰른으로 옮겨 가기 전에 그 성유물들의 출처와 동방 박사들 자체에 대한 진짜 증거들을 만들어야 해. 내일 자네는 파리로 돌아가게. 자네는 그곳의 박식한 사람들을 많이 알고 있으니까, 동방 박사에 대해 자네가 찾을 수 있는 것을 모두 찾아내도록 하게.」

밤에 동방 박사들은 성 밖에 있는 산 조르조 성당의 지하 납골당으로 옮겨졌다. 라이날트는 그들을 보고 싶어했다. 그의 입에서는 대주교라는 신분에 전혀 어울리지 않는 욕설들이 터져 나왔다. 「바지가 대체 이게 뭐지? 이 모자는 광대들이 쓰는 것 같지 않나?」

「라이날트 주교님. 동방의 현자들은 이렇게 차림을 한 게 분명합니다. 오래전에 라벤나에 가본 적이 있는데 거기서 모자이크를 하나 보았습니다. 그 모자이크에 새겨진 테오도라[42] 황후의 옷 위에 세 명의 동방 박사들이 그려져 있었는데 이 모습과 대충 비슷했습니다.」

「그래, 비잔틴의 동로마 인들이야 그렇게 믿겠지. 하지만 곡예사처럼 옷을 입은 동방 박사들을 쾰른에 소개한다고 상상해 보면 어떻겠나? 다른 옷을 입혀야 해.」

「그런데 어떻게 말씀이십니까?」 시인이 물었다.

「그런데 어떻게라니? 난 네가 1년에 겨우 시 한두 개 쓰면서 영주처럼 먹고 마실 수 있게 해주었다. 그런데 우리 주 예수님을 맨 처음 경배한 사람들에게 어떻게 옷을 입혀야 하는지도 모르고 있단 말이냐?! 사람들이 상상하는 대로, 그러니까, 주교처럼, 교황처럼, 대수도원장 등등처럼 입히란 말이다!」

「대성당과 주교관이 다 약탈을 당했습니다. 그래도 혹시 성직자들의 옷을 구할 수 있을지도 모르겠습니다.」 시인이 말했다.

끔찍한 밤이었다. 성직자들의 의복을 구하고 3중관처럼 보이는 모자 세 개도 구했지만 문제는 미라들의 옷을 벗기는 것이었다. 얼굴은 아직도 살아 있는 것 같았지만 몸통은 ─ 완전히 말라 버린 손을 제외하고는 ─ 버드나무 가지와 짚을 얽어 놓은 것이었다. 그래서 옷을 벗기려고 할 때마다 몸이 조금씩 부서져졌다. 「상관없어.」 라이날트가 말했다. 「쾰른에 도착을 하고 나면 아무도 성골함을 열어 볼 수 없을 것이야. 그 시신들이 꼿꼿이 지탱하도록 기둥 같은 것을 몇 개 집어넣게. 허수아비를 만들 듯이 말이야. 하지만 경외심이 느껴지게 만들게. 부탁이네.」

---

42) Theodora(500?~548). 동로마 제국의 황제인 유스티니아누스 1세의 황후.

「하느님 맙소사,」 시인이 한탄을 했다. 「아무리 곤드레만드레 취했을 때에도 내가 동방 박사의 등 뒤에 무엇인가를 집어넣고 있으리라는 상상은 해보지도 못했어.」

「조용히 하고 옷이나 입혀.」 바우돌리노가 말했다. 「우리는 지금 제국의 영광을 위해서 일하고 있는 거야.」 시인은 무시무시한 욕설을 퍼부었다. 어느새 동방 박사들은 신성 로마 교회의 추기경들처럼 보였다.

바우돌리노는 다음날 길을 떠났다. 파리에 도착한 바우돌리노는 동쪽 세계에 대해 많은 것을 알고 있던 압둘의 주선으로 생 빅토르의 참사회원과 접촉할 수 있었다. 그는 압둘보다 동쪽에 대해 더 많은 것을 알고 있었다.

「아, 동방 박사들이라!」 그가 말했다. 「그들에 대한 전설이 계속 전해졌지. 그리고 많은 교부들이 그들에 대해 이야기를 했네. 하지만 네 개의 복음서 가운데 세 개는 그에 대해 입을 다물고 있네. 그리고 〈이사야서〉나 다른 예언서들에 나오는 내용들도 뭔가 얘기하는 듯하지만 분명하지가 않네. 어떤 사람들은 그것들을 동방 박사에 대한 이야기로 읽었을 수도 있겠지만, 그건 다른 얘기였을 수도 있네. 그들은 누구였고 진짜 이름은 무엇이었을까? 어떤 사람은 페르시아의 왕인 셀레우케이아의 호르미즈, 사바의 왕인 야제가르드, 그리고 세바의 왕인 페로즈라고 하고, 또 어떤 사람들은 호르, 바산데르, 카룬다스라고 하기도 하네. 그런데 아주 신뢰할 만한 다른 사람들의 말에 따르면 그들의 이름은 멜콘, 가스파르, 그리고 발다사레이거나 멜코, 카스파레, 그리고 파디차르다라고 하네. 또 마갈라트, 갈갈라트, 그리고 사라킨이라고 하는 사람들도 있네. 아펠리우스, 아메루스와 다마스쿠스라고 하기도 하고······.」

「아펠리우스와 다마스쿠스는 정말 멋진 이름이군. 멀리 있는 땅을 생각나게 하는데.」 압둘이 어딘지 모를 곳을 쳐다보며 말했다.

「왜, 카룬다스는 그렇지 않아?」 바우돌리노가 반박했다. 「우리는 네 마음에 드는 이름이 아니라 진짜 이름 세 개를 찾아야 하는 거야.」

참사회원이 계속 말했다. 「난 비티사레아, 멜리키오레와 가타스파라고 하는 쪽에 마음이 가네. 첫번째 사람은 고돌리아와 사바의 왕이고, 두 번째는 누비아와 아라비아의 왕이고, 세 번째는 타르시스와 에그리세울라 섬의 왕이라네. 그들이 여행을 떠나기 전에 서로 알고 있었을까? 아니야. 그들은 예루살렘에서 만나게 되었고 기적적으로 서로를 알아보았지. 하지만 다른 사람들은 그들이 승리 산이나 바우스 산에 사는 현자였다고도 한다네. 그 산 정상에서 하늘의 계시를 주의 깊게 살펴보았다는 거야. 그리고 예수를 방문하고 난 뒤 승리 산으로 돌아갔다는 거지. 그 뒤에 그들은 인도에 복음을 전하기 위해 온 도마 사도와 합류했지. 동방 박사는 셋이 아니라 열두 명이라는 걸세.」

「동방 박사가 열두 명이라고요? 너무 많지 않아요?」

「요한 크리소스토모스[43]도 그렇게 이야기했네. 다른 사람들의 말에 따르면 그들은 아마 Zhrwndd, Hwrmzd, Awstsp, Arsk, Zrwnd, Aryhw, Arthsyst, Astnbwzn, Mhrwq, Ahsrs,

---

43) Chrysostomos(347~407). 초기 교부의 한 사람으로 『성서』 신학자이며 콘스탄티노플 대주교를 지냈다.

Nsrdyh, Mrwdk[44])로 불렸던 것 같아. 하지만 신중해야 할 필요가 있다네. 왜냐하면 오리게네스[45])는 그들이 노아의 세 아들처럼 세 명이었다고, 그들의 출신지인 세 인도처럼 세 명이었다고 말하기 때문이네.」

바우돌리노는 동방 박사가 열두 명이었을 수도 있지만, 밀라노에서 셋을 발견했으므로 바로 이 셋에 대해서 사람들이 받아들일 수 있는 이야기를 만들어야 한다는 생각을 했다. 「동방 박사들의 이름을 발다사레, 멜키오레와 가스파레라고 하자. 내가 보기에는 우리 존경하는 선생님께서 내뱉으신 그 이상한 트림소리 같은 것보다 훨씬 발음하기 쉬운 이름이야. 문제는 그들이 어떻게 밀라노에 도착했느냐는 것이지.」

「그건 문제가 될 것이 없을 것 같은데.」 참사회원이 말했다. 「이미 그곳에 도착해 있으니 말일세. 나는, 콘스탄티누스 황제의 어머니인 헬레나 황후[46])가 그들의 무덤을 승리 산에서 다시 발견했다는 말을 믿네. 예수님의 십자가를 발견할 줄 아는 여인이었으니 진짜 동방 박사들을 발견할 만한 능력이 있었을 거야. 헬레나는 동방 박사들의 시신을 콘스탄티노플의 소피아 성당으로 옮겨 왔지.」

「오 아니에요. 만약 그렇다면 동로마 제국의 황제가 우리에

---

44) 이 이름들을 굳이 우리말로 표기하지는 않기로 한다.

45) Origenes Adamantius(185~254). 알렉산드리아 학파의 대표적인 신학자.

46) Saint Helena(250~330). 열렬한 기독교 신자인 헬레나의 노력으로 밀라노 칙령이 공포되어 로마 제국 내에서 기독교가 인정되었다. 만년인 325년경에 예루살렘을 순례했고, 갈바리아에 성당을 세웠다. 그리스도가 못 박혀 책형당한 십자가를 발견했다는 전설이 있다.

게 왜 그 시신들을 가져갔느냐고 물을 겁니다.」 압둘이 말했다.
「걱정할 것 없네.」 참사회원이 말했다. 「만약 동방 박사들이 분명히 성 에우스토르기우스 성당에 있다면 분명 그들을 그 성당으로 데려온 분은, 바실레우스 마우리키오스 시절에, 그러니까 아주 오래전 우리 쪽에 카롤루스 대제가 살고 있었을 때, 밀라노의 주교좌를 차지하기 위해 비잔틴을 떠났던 그 성인 에우스토르기우스일 테니까 말일세. 에우스토르기우스 성인께서는 동방 박사들을 훔쳐 올 수는 없었을 걸세. 그러니까 동로마 제국의 바실레우스에게서 선물로 받은 거지.」

바우돌리노는 이렇게 잘 구성된 이야기를 가지고 그해 말 라이날트에게 돌아왔다. 그리고 그에게 오토 주교의 이야기를 상기시켰는데, 오토에 따르면 동방 박사들은 틀림없이 요한 사제의 조상들로서 자신들의 위엄과 역할을 사제에게 부여했을 것이라고 했다. 요한 사제가 세 개의 인도에, 혹은 적어도 하나의 인도에서 행사했던 힘은 바로 이들로부터 나오는 것이었다.

라이날트는 오토 주교가 한 말을 완전히 잊어버리고 있었다. 하지만 다시 한번, 왕국을 다스렸던 사제, 사제의 권한을 가진 왕, 교황이며 동시에 군주인 왕에 대한 이야기를 듣자 벌써 이미 알렉산데르 3세를 위기에 빠뜨린 것이나 다름없다고 생각하게 되었다. 왕이자 사제인 동방 박사들, 왕이자 사제인 요한, 이 얼마나 감탄할 만한 인물인가. 그가 지금 꿰매어 가면서 프리드리히의 몸 위에 입혀 주고 있는 황제의 권위에 대한 알레고리이며, 예언이며, 계시이며, 예지이지 않은가!

「바우돌리노,」 라이날트가 곧바로 말했다. 「동방 박사들은 내가 알아서 하겠네. 자네는 요한 사제의 일을 맡게. 자네가 내게 이야기한 대로라면 지금 우리가 알고 있는 것이라고는 소문밖에 없어. 그 소문만으로는 충분하지 않아. 요한 사제의 존재를 증명해 줄 문서, 그가 누구였고 어디에 살았고 어떻게 살았는지를 말해 줄 문서가 있어야 하네.」

「그것을 어디서 찾아야 합니까?」

「찾지 못하면 만들게. 황제 폐하께서는 자네에게 공부를 시켜 주셨어. 그러니까 이제 자네의 수완을 발휘할 때가 된 거지. 공부가 끝나자마자 기사 작위를 맡을 만한 일을 해야지. 내 생각에는 공부를 너무 오래 하는 것 같군.」

「알겠습니까, 니케타스 씨?」 바우돌리노가 말했다. 「이제 요한 사제에 관한 게 내게는 소일거리가 아니라 의무가 되어 버렸습니다. 그래서 이제 오토 주교를 추억하기 위해서가 아니라 라이날트의 명령을 수행하기 위해서 요한 사제를 찾아야만 했습니다. 내 친아버지 갈리아우도의 말처럼 나는 언제나 청개구리 같은 나쁜 놈이었어요. 무슨 일인가를 강요받으면 곧바로 그 일을 하고 싶은 의욕이 사라져 버렸어요. 나는 라이날트의 명령에 따라 곧 파리로 돌아갔지요. 하지만 그건 황제를 만나지 않기 위해서였습니다. 압둘은 다시 노래를 짓기 시작했습니다. 그리고 나는 초록 꿀 항아리가 벌써 반이나 비어 버린 것을 알아차렸지요. 나는 그에게 다시 동방 박사의 일에 관한 이야기를 했고 그는 자기 악기로 노래를 했습니다. 〈한 번도 본 적이 없는 여인을 사랑한다 해도, 그래, ― 아무도 놀라지 않을 걸세 ― 내 마음은 다른 사랑을 모른다네 ― 나를 본 적이 없는 그 여인을 사랑하는 것 말고는 ― 그 어떤 기쁨도 내게 웃음을 줄 수 없다네 — 어떤 기쁨이 내게 찾아 올지 난 알 수 없어 — 오, 오.〉 오, 오, 나는 그와 함께 내 계획을 의논하는 것을 포기해 버렸습니다. 거의 1년 동안 나는 사제와 관련된 일은 아무것도 하지 않았습니다.」

「그러면 동방 박사의 일은요?」

「라이날트는 2년 뒤에 쾰른으로 유물을 옮겼지요. 하지만 그는 참 마음이 넓은 사람이었습니다. 얼마 전까지 그가 힐데스하임 대성당의 성당 참사회장이었기 때문에 동방 박사들의 유해를 쾰른의 성골함에 넣기 전에 세 사람의 손가락을 하나씩 잘라서 그가 예전에 참사회장으로 지내던 교회에 보냈습니다. 하지만 바로 그 시기에 라이날트는 해결해야 할 다른 문제들이 있었는데, 결코 사소한 문제가 아니었지요. 그가 쾰른으로 영광스럽게 입성하기 두 달 전에 대립 교황이었던 빅토르가 사망했습니다. 거의 모든 사람들이 안도의 한숨을 쉬었습니다. 그렇게 해서 모든 일들이 저절로 제자리를 잡아 가게 되었습니다. 아마 프리드리히는 알렉산데르와 화해했을 겁니다. 하지만 라이날트는 교회 분열로 먹고 살고 있었습니다. 이해하시겠습니까, 니케타스 씨? 그에게는 교황이 한 명인 것보다는 두 명일 때가 훨씬 더 기대할 게 많았던 겁니다. 그래서 그는 거의 길에서 만난 것이나 다름없는 신부 네 명으로 교황 선거 추기경 회의를 흉내 낸 회의를 만들어서 새로운 대립 교황 파스칼리스 3세를 추대했습니다. 프리드리히는 납득을 하지 못했습니다. 황제가 내게 말하기를······.」

「당신은 황제에게 돌아와 있었나요?」

바우돌리노가 한숨을 쉬었다. 「그렇습니다. 잠깐 동안이었지요. 바로 그해에 황후가 프리드리히의 아들을 낳았습니다.」

「당신 기분은 어땠나요?」

「이제는 완전히 그녀를 잊어야만 한다는 것을 알게 되었습니다. 난 7일 동안 물만 마시며 단식을 했습니다. 어디선가 단식이 영혼을 맑게 정화시켜 주고 마지막에는 환영을 볼 수 있게 해준다는 글을 읽었기 때문입니다.」

「정말 그랬나요?」

「틀림없는 사실이었습니다. 하지만 환영 속에 그녀가 있었습니다. 그래서 나는 꿈과 환영 사이의 차이를 확인하기 위해 그 아기를 보러 가기로 결심했습니다. 나는 궁정으로 돌아갔습니다. 두렵고도 아름다웠던 그날로부터 2년이 지난 뒤였지요. 그날 이후로 우린 한 번도 만난 일이 없었습니다. 베아트릭스는 오로지 아기에게만 신경을 썼습니다. 내 시선을 받아도 전혀 동요를 하지 않는 것 같았습니다. 그래서 나는 혼자 말했지요. 비록 베아트릭스를 어머니로 사랑하는 일을 받아들일 수는 없지만 이 아기는 동생으로 사랑할 수 있을 것이라고 말입니다. 하지만 요람에 있는 그 아기를 보자 나는, 일이 조금만 다르게 되었어도 이 아기가 내 아들이 되었을 수도 있다는 생각을 하지 않을 수가 없었습니다. 어쨌든 나는 언제나 내 자신을 근친상간자로 느끼는 위태로운 상황에 빠져 있었습니다.」

그 무렵 프리드리히는 전혀 다른 일들로 흥분해 있었다. 그는 라이날트에게 반 쪼가리 교황이 자신의 권리를 너무나 조금밖에 보장해 주지 않았다고 말했다. 동방 박사의 일은 아주 잘되었지만 그것만으로는 충분하지가 않았다. 동방 박사들을 찾았다는 것이 필연적으로 그들의 혈통을 물려받았다는 것을 의미하지는 않았다. 교황은, 행복하게도, 자신의 뿌리를 베드로 성인에게서 찾을 수 있었다. 베드로 성인은 바로 예수님에 의해 선택되었다. 그런데 대체 신성 로마 제국의 황제는 뭐란 말인가? 이교도이기는 하지만 카이사르에게서 황제의 뿌리를 찾아야 하는 것인가?

바우돌리노는 그래서 제일 먼저 머릿속에 떠오른 생각을 밖으로 끌어냈다. 즉 프리드리히는 카롤루스 대제에게로 거슬러 올라가 그 권위를 찾을 수 있다는 것이었다. 「하지만 카롤루스 대제는 교황에게서 축성을 받았다. 우리는 그래서 더 나아가질 못해.」 프리드리히가 대답했다.

「아버님께서 카롤루스 대제를 성인으로 만들지 않는다면 그렇겠지요.」 바우돌리노가 말했다. 프리드리히는 바보 같은 말을 하기 전에 생각을 좀 하라고 명령했다. 「바보 같은 말이 아닙니다.」 바우돌리노는 이야기를 나누는 동안 생각보다는, 그 생각이 만들어 내는 광경을 보고 있었다. 「제 말씀을 들어 보십시오. 아버님께서 카롤루스 대제의 유해가 묻혀 있는 아헨에 가시는 겁니다. 유해를 발굴하셔서 그것들을 팔라틴 예배당 한가운데의 훌륭한 성골함에 넣으시는 겁니다. 그리고 아버님이 참석하신 가운데, 쾰른의 대주교이시고 그 지방의 수석 대주교이시기도 한 라이날트 씨를 포함한 신심 깊은 주교들이 행진을 하는 겁니다. 그리고 아버님을 합법적인 황제로 인정한 파스칼리스 교황께서 교서를 내려 카롤루스 대제를 성인으로 선포하게 하는 겁니다. 아시겠습니까? 아버님께서 신성 로마 제국의 건설자를 성인으로 선포하는 겁니다. 카롤루스 대제가 성인이 되면 그는 교황보다 우위에 있게 됩니다. 그러면 아버님께서는 모든 권위로부터 자유로워지게 되는 겁니다. 아버님을 파문하겠다고 주장하는 그 권위로부터도 말입니다.」

「카롤루스 대제의 수염에 대고 맹세한다.」 프리드리히가 말했다. 흥분을 해서 그의 수염이 빳빳이 일어섰다. 「들었나, 라이날트? 언제나 그런 것처럼 이 아이의 말이 맞지 않은가!」

비록 다음 해 말에 가서야 실행되긴 했지만 일은 바우돌리노가 말한 대로 되었다. 그런 일들에는 만반의 준비를 갖출 시간이 필요했기 때문이었다.

니케타스는 그게 얼마나 미친 생각이냐고 말했다. 바우돌리노는 자신이 정상적으로 행동했다고 말했다. 그리고 거만한 눈길로 니케타스를 쳐다보았다. 니케타스는 이렇게 생각했다. 당연하지. 당신의 허영심은 끝이 없으니까. 당신은 카롤루스 대제를 성인으로 만들기까지 했군. 바우돌리노는 어떤 일이라도 할 수 있는 사람이었다. 「그래서 어떻게 되었나요?」 니케타스가 물었다.

「프리드리히와 라이날트가 카롤루스 대제를 성인으로 만들 준비를 하는 동안 나는 서서히 카롤루스 대제로도 동방 박사만으로도 충분하지 않다는 생각을 하기 시작했습니다. 그들은 모두 천국에 있었습니다. 동방 박사들은 물론이겠고 카롤루스 대제도 그랬기를 바랍니다만. 그렇지 않다면 아헨에서 엄청난 혼란이 일어날 겁니다. 하지만 여기 이 땅 위에 존재하는 뭔가가 더 필요했습니다. 내가 여기 있노라, 이곳이 내 권리를 보장해 준다 하고 황제가 말할 수 있는 그런 장소가 필요했습니다. 황제가 이 땅 위에서 찾을 수 있는 것은 요한 사제의 왕국뿐이었습니다.」

11
바우돌리노 요한 사제에게 왕궁을 세워 주다

 금요일 아침에 페베레, 보이아몬도, 그릴로 이 세 명의 제노바 인들은 멀리서 보기만 해도 그냥 알 수 있는 일을 직접 가서 확인을 하고 왔다. 화재를 진압하기 위해 애를 쓰는 사람이 아무도 없었기 때문에 불은 저절로 꺼져 갔다. 그렇다고 해서 이게 콘스탄티노플을 과감하게 돌아다닐 수 있게 되었다는 뜻은 절대 아니었다. 오히려, 길거리나 광장에서 좀 더 쉽게 돌아다닐 수 있었기 때문에 순례자들은 부유한 시민들을 한층 더 심하게 쫓아다닐 수 있었다. 그래서 아직도 뜨거운 건물의 폐허들 속에서, 순례자들은 첫번째 습격 때 약탈을 당하지 않은 마지막 보물들을 찾느라 아직 쓰러지지 않은 얼마 안 되는 건물들을 파괴했다. 니케타스는 절망적으로 한숨을 쉬었다. 그는 사모스 포도주를 청했다. 또 기름을 아주 조금 넣고 참깨를 볶아 달라고 했다. 포도주를 한 모금씩 마시면서 참깨를 조금씩 씹으려는 것이었다. 그리고 호두와 피스타치오도 조금 청했다. 바우돌리노의 이야기를 보다 잘 듣기 위해서였다. 그는 바우돌리노에게 계속 이야기를 하라고 권했다.

어느 날 시인이, 라이날트가 파견한 몇 명의 사절단에 포함되어 파리에 왔다. 시인은 그 기회를 이용해서 바우돌리노와 압둘과 선술집의 달콤함에 다시 젖어 들었다. 그는 보롱도 알게 되었다. 하지만 그는 지상 낙원에 대한 보롱의 환상적인 이야기들에 거의 흥미가 없는 것 같았다. 궁정에서 몇 년 생활하더니 사람이 변했다고 바우돌리노가 말했다. 시인은 경직되어 있었다. 여전히 유쾌하게 술을 벌컥벌컥 들이켰지만 지나치게 취하지 않고, 자신을 지키려고 절제를 하는 것 같았다. 마치 때가 되면 튀어나갈 준비를 한 채 잠복해서 대기하고 있는 사람 같았다.

「바우돌리노,」 어느 날 시인이 그에게 말했다. 「자네들은 여기서 시간만 낭비하고 있는 거야. 우리가 파리에서 배워야 할 것은 이미 다 배웠어. 여기 있는 이 박사들은 내일이라도 내가 옆구리에 검을 차고 화려한 대신 차림으로 토론장에 나타나면 오줌을 질질 쌀걸. 나도 궁정에서 조금 배웠지. 위대한 사람 옆에 있으면 나도 위대해진다는 걸 말이야. 사실 그 위대한 사람들이라는 것도 알고 보면 별것 아닌 사람들이거든. 그러니까 언젠가 너도 그렇게 되지 말라는 법은 없어. 부분적으로라도 말이야. 물론 기다릴 줄 알아야 하지. 하지만 기회를 놓치지 않도록 해야 해.」

그렇지만 시인은 친구들이 요한 사제에 대해 계속 이야기하자 귀를 쫑긋 세웠다. 친구들과 헤어져 파리를 떠날 때만 해도 그것은 책벌레들이 만들어 낸 허황된 이야기로만 들렸는데 말이다. 하지만 밀라노에서 바우돌리노가 라이날트에게 하는 이야기를 듣자 그게 동방 박사들의 이야기에 필적할 가치가 있는 어떤 것, 황제의 권위를 가시적으로 상징할 수 있는 무엇인가로 보였다. 그렇다면 그 모험은 흥미 있는 일이었다. 그래서 그는 마치 전투 기계를 만들 듯이 그 일에 참여해 가고 있었다. 그 일에 대해 이야기를 하면 할수록 그에게는 요한 사제의 땅이 현세의 예루살렘처럼, 신비한 순례 성지에서 정복의 땅으로 변해 가고 있는 것 같았다.

그렇게 해서 시인은 친구들에게 동방 박사들 사건 이후 요한 사제의 존재가 이전보다 훨씬 더 중요해졌으며 사제는 정말 *rex et sacerdos*(왕이자 사제)로서 자기 존재를 드러내야 한다는 것을 상기시켰다. 요한 사제는 왕 중의 왕으로서 왕궁을 가지고 있어야 한다. 콘스탄티노플의 교회 분리자들이 따르는 바실레우스의 왕궁은 말할 것도 없고 기독교도 국왕들의 왕궁은 그에 비하면 초라한 오두막처럼 보일 그런 왕궁을 말이다. 또 사제로서 그는 교황의 성당들이 초라해 보일 만한 신전을 가지고 있어야만 했다. 요한 사제에게 어울릴 왕궁을 그에게 지어 주어야 했다.

「본보기가 있네.」 보롱이 말했다. 「묵시록에서 요한 사도가 보았던 것 같은 천상의 예루살렘이지. 높은 성벽에 에워싸이고 이스라엘의 열두 지파(支派)와 같은 열두 개의 문이, 남쪽으로 세 개, 서쪽으로 세 개, 동쪽으로 세 개, 북쪽으로 세 개 나 있었을 거야…….」

「그래.」 시인이 장난스럽게 말했다. 「요한 사제는 한쪽 문으로 들어갔다가 다른 문으로 나왔겠지. 그리고 폭풍우가 몰아칠 때면 문이 모두 함께 뒤흔들렸을 거고. 자네 그곳에서 바람이 어떻게 들어올지 상상할 수 있겠지? 나라면 죽어서도 그런 왕궁에서는 지낼 수 없었을걸…….」

「내 이야기 좀 계속 들어 봐. 성벽의 토대는 벽옥, 사파이어, 옥수, 에메랄드, 붉은줄마노, 홍옥수, 귀감람석, 녹주석, 토파즈, 녹옥수, 녹석류석과 자수정으로 되어 있다네. 열두 개의 문은 열두 개의 진주지. 왕궁 앞 광장은 유리처럼 투명한 순금으로 되어 있어.」

「나쁘지 않군.」 압둘이 말했다. 「그런데 내 생각에 그 본보기는 틀림없이 예루살렘의 성전이었을 거야. 선지자 에제키엘이 묘사했던 그 성전 말이야. 내일 아침 나와 함께 수도원에 가도록 하지. 생 빅토르의 리샤르라고 참사회원이시자 해박하신 분이 계신데, 지금 성전의 설계도를 다시 만들 방법을 찾고 있어. 그 선지자의 글에는 가끔 불분명한 부분이 나오기 때문이야.」

「니케타스 씨,」 바우돌리노가 말했다. 「당신은 교회의 크기에 관심을 가져 본 적이 있는지 모르겠군요.」

「아직은 아닙니다.」

「그러면, 절대 그런 일을 하지 마세요. 머리만 돌게 만드는 일이니까요. 〈열왕기〉에서는 성전의 길이가 60척, 높이가 30척, 너비가 20척이고, 성전 본당 앞 주랑은 길이가 20척, 너비가 10척이라고 말하고 있습니다. 하지만 〈역대기〉에서는 주랑의 높이가 120척이라고 하고 있습니다. 이렇게 본당 현관의 길이를 20, 높이를 20, 너비를 10으로 잡으면, 주랑은 성전 자체보다 네 배나 더 높을 뿐 아니라, 바람만 불어도 쓰러질 정도로 좁은 건축물이 될 겁니다. 그런데 에제키엘이 받은 계시를 읽으면 더 혼란스러워집니다. 거기에는 맞는 치수가 하나도 없습니다. 신앙심이 깊은 많은 사람들은 에제키엘이 말 그대로 환영을 본 것으로 여겼습니다. 어쩌면 그가 술을 좀 많이 마셔서 크기가 두 배로 보였다고도 할 수 있겠지요. 불쌍한 에제키엘이 잘못한 것은 없습니다. 그 역시 기분 전환을 조금 할 만한 권리는 가지고 있으니까요. 생 빅토르의 리샤르가 다음과 같은 추론을 하지 않았다면 말이지요. 만약 『성서』에 나오는 모든 사물, 모든 숫자, 아주 사소한 모든 것이 영적인 의미를 지니고 있다면 말 그대로 그게 무슨 뜻인지 잘 이해해야 한다는 겁니다. 영적인 의미에서 계산이란, 어떤 사물은 길이가 3척이고 다른 사물은 9척이라고 말하는 겁니다. 이 두 개의 숫자가 서로 다른 불가사의한 의미를 지니고 있기 때문입니다. 우리가 성전에 관한 리샤르의 강의를 들으러 갔을 때의 광경을 이야기하지 않은 것 같군요. 그는 에제키엘의 책을 바로 눈 밑에 갖다 대고 가느다란 끈을 가지고 일을 하고 있었습니다. 치수를 모두 다 재려는 것이었지요. 그는 에제키엘이 묘사한 성전의 측면도를 그렸습니다. 그러더니 막대와 재질이 연한 목재로 만든 두꺼운 판자들을 집어 들었고, 견습 수사들의 도움을 얻어서 그것들을 자르고 풀과 못으로 그 나무판들을 모두 함께 연결시키기 시작했지요……. 그는 성전을 재건축해 보려고 애를 썼습니다. 그래서 그 크기를 모두 비례적으로 축소해서, 말하자면 에제키엘이 1척이라고 말한 곳은 손가락 두께만큼으로 자르는 식으로 말입니다……. 2분에 한 번씩 모두 쓰러져 버렸습니다. 리샤르는 조수들에게 헐겁게 조립을 했다는 둥, 풀을 너무 조금 발랐다는 둥, 이런 저런 말을 하면서 화를 냈습니다. 조수들은 측량을 잘못한 건 바로 리샤르라고 말하면서 변명을 했습니다. 그러면 스승은 태도를 바꾸었습니다. 아마 『성서』에 *porta*(문)라고 쓰여 있지만 이 경우에는 그게 *portico*(주랑)를 의미하는 것 같다고 말했습니다. 그렇지 않다면 거의 성전의 크기와 똑같은 문이 밖으로 나오게 된다는 겁니다. 또 어떤 때는 돌이켜 생각을 해보기도 했습니다. 그리고 말했지요. 두 개의 치수가 맞지 않는다면 그 이유는 에제키엘이 처음에는 건물 전체의 크기라고 말했다가 그 다음에는 그게 한 벽의 크기라고 말했기 때문이라고 했습니다. 아니면 에제키엘이 가끔 척이라고 말하지만 그것은 보통 6척에 이르는 기하학적인 척으로 이해해야 한다고 말했지요. 결론적으로 말하자면, 며칠 동안이나 아침에 고군분투하는 그 신심 깊은 남자의 말을 듣는 것은 재미있는 일이었습니다. 우리는 신전이 무너질 때마다 웃음을 터뜨렸습니다. 리샤르가 눈치 채지 못하게 바닥에 뭔가 떨어져 있는 것을 줍는 척하며 웃었습니다. 하지만 곧 그 참사회원은 항상 바닥에 뭔가가 떨어진다는 것을 알아차리고는 우리를 쫓아내 버렸습니다.」

그 후 압둘은, 에제키엘이 이스라엘 백성이었으므로 에제키엘과 같은 종교를 믿는 누군가로부터 해결의 실마리를 찾을 수도 있을지 모른다는 힌트를 주었다. 그렇지만 친구들은 분개를 하면서, 유대 인에게 도움을 청해서 『성서』를 읽을 수는 없다고 말했다. 모두 다 알다시피, 그 음흉한 사람들이 재림 예수에 대한 모든 언급을 지워 버림으로써 『성서』를 변질

시켰기 때문이었다. 압둘은 파리에 있는 위대한 스승들이 종종, 남의 눈을 피해서이기는 하지만, 적어도 메시아의 도래에 대한 문제가 나오지 않는 구절에서는 라비의 지식을 이용한다는 사실을 밝혔다. 일부러 그렇게 한 것은 물론 아니지만, 그 무렵 빅토르 수도원의 참사회원들이 수도원에 라비한 사람을 초대했다. 그는 아직 젊지만 아주 유명한 라비로서 헤로나[47]의 솔로몬이었다.

물론 솔로몬은 생 빅토르에 머무르지 않았다. 참사회원들은 그에게 파리의 초라한 거리에 악취가 나는 어두운 방 하나를 구해 주었다. 명상과 공부로 초췌해진 얼굴이기는 했지만 그는 정말 나이가 어린 젊은이였다. 그는 라틴 어를 아주 훌륭하게 구사했다. 하지만 그의 생김새에 정말 기이한 특징이 있어서 그의 말을 제대로 알아들을 수가 없었다. 그의 이는 위아래가 모두, 가운데 이를 중심으로 모두 입의 왼쪽 부분에 나 있었다. 오른쪽에는 이가 하나도 없었다. 아침이었는데도 그의 방은 어두웠기 때문에 그는 등불을 켜고 글을 읽지 않을 수가 없었다. 방문객들이 도착하자 그는 자기 앞에 있는 두루마리 위에 두 손을 얹었다. 다른 사람들이 그것을 훔쳐 보지 못하게 하려는 것 같았다 — 그건 쓸데없는 걱정이었다. 그 두루마리에 적힌 글씨들은 히브리 어였으니까. 라비는 사과를 하려고 했다. 그것은 기독교도들이 증오하는 게 당연한 바로 그 책이라고 말했다. 평판이 너무나 나쁜 『예수의 생애*Toledot Yeshu*』였다. 이 책에서는 예수가 창녀와 판테라라는 용병의 아들이라고 말하고 있었다. 하지만 그에

---

47) 스페인 카탈루냐 지방에 있는 주.

게 그 책의 몇 페이지를 번역해 달라고 부탁한 사람들은 바로 빅토르 수도원의 참사회원들이었다. 참사회원들은 유대인들의 사악함이 어디까지 이르렀는지 이해하고 싶었던 것이다. 그는 이 작업을 아주 열심히 하고 있다고도 말했다. 그 역시 이 책이 너무나 지나치다고 생각하고 있었다. 예수는, 비록 부당하게도 자신을 메시아라고 주장하는 결점을 지니고는 있지만, 분명 덕이 높은 사람이기 때문이었다. 예수는 악마에게 속아 넘어갔을 수도 있다. 그리고 복음서들도 악마가 예수를 유혹하러 왔다는 점은 인정을 하고 있다.

에제키엘이 말한 성전의 형태에 대해 질문을 받자 그는 미소를 지었다. 「『성서』를 아주 신중하게 해석하는 사람들도 성전의 형태가 정확히 어떠했는지를 분명히 말할 수가 없었습니다. 위대한 라비이신 솔로몬 벤 이삭께서도, 『성서』의 글자들을 따라가 보아도, 북쪽으로 향한 바깥쪽 방들이 어디에 있는지, 서쪽에서는 어디에서 시작되어 동쪽으로 얼마나 뻗어 나가는지 등을 전혀 이해할 수가 없다는 점을 인정하셨습니다. 당신들 기독교도들은 『성서』가 하나의 목소리에서 탄생했다는 것을 모르고 있습니다. 하느님께서는, *ha-qadosh baruch hu*(성인께서 항상 축복을 내려 주시길), 예언자들에게 말씀하실 때 그들에게 목소리를 듣게 하실 뿐 모습을 보이시지 않습니다. 당신들의 필사본 세밀화에서처럼 말입니다. 목소리는 분명 예언자의 마음속에 어떤 이미지들을 불러 일으키지요. 하지만 이런 이미지들은 부동의 것이 아닙니다. 그것들은 용해되고 그 목소리의 멜로디에 따라 변하게 되지요. 그러니까 당신들이 하느님의 그 말씀들을 이미지로 변화시키고 싶다면, 성인께서 항상 축복을 내려 주시길, 당신들은 마치 신선한 물이 얼음이 되듯이 그 말들을 얼려야 할 겁니다. 그러면 그 목소리는 더 이상 흩어지지 않고 죽음 같은 얼음 속에서 온몸이 잠들게 될 겁니다. 참사회원 리샤르가 성전의 각 부분들에 대한 영적인 의미를 이해하기 위해 능숙한 벽돌공처럼 성전을 짓기를 원한다 해도 결코 성공을 할 수 없을 겁니다. 계시는 꿈과 아주 비슷합니다. 그 속에서 사물들은 자꾸만 변하게 되지요. 사물들이 언제나 똑같은 모습으로 남아 있는 당신들 교회의 그림들과는 다릅니다.」

그러더니 라비 솔로몬은 그를 방문한 사람들에게 왜 그렇게 성전의 모습에 대해서 알고 싶어하느냐고 물었다. 그래서 방문객들은 자신들이 요한 사제의 왕국을 찾고 있다는 이야기를 해주었다. 라비는 그 이야기에 굉장한 흥미를 보였다. 「아마 당신들은 모를 겁니다.」 그가 말했다. 「우리 『성서』에서도 멀리 동쪽에 있는 신비한 왕국에 대해 이야기하고 있습니다. 그 왕국에는 흩어진 이스라엘의 열두 지파가 아직도 살고 있다고 합니다.」

「나도 그 지파들에 대해 이야기하는 것을 들었습니다.」 바우돌리노가 말했다. 「하지만 알고 있는 것은 별로 없습니다.」

「기록에 모두 있습니다. 솔로몬 왕이 죽고 나자, 그 당시 이스라엘에 흩어져 살고 있던 열두 지파들이 충돌을 하게 되었습니다. 두 지파, 즉 유다와 베냐민 지파만이 다윗 가문에 충성을 했고 나머지 열 지파는 모두 북쪽으로 떠나가 버렸습니다. 거기서 그들은 패배를 해서 아시리아 인들의 노예가 되었습니다. 그 이외에 그들에 대해서는 아무것도 알려져 있지 않습니다. 에즈라는 그들이 사람이 살지 않는 지역, 즉 아르사렛이라고 불리는 지역으로 갔다고 말하고 있고, 다른 예언자들은 어느 날엔가 그들을 다시 만나게 될 것이며 그들은 예루살렘에 개선을 하게 될 것이라고 예언했습니다. 그런데, 우리 형제인, 단 지파의 엘닷이 백 년도 훨씬 더 전에 아프리카에 있는 카이라완에 도착을 했습니다. 그곳에는 선민 공동체가 존재했는데, 그들은 자신들이 사라진 열 지파의 후손들이라고 말했습니다. 그 왕국은 하늘에서 축복을 내린 땅으로 그 어떤 범죄에도 위협받지 않고 평화로운 삶을 누릴 수 있는 곳이랍니다. 정말 우유와 꿀이 시냇물로 흐르는 곳이지요. 이 땅은 삼바티온 강의 보호를 받으며, 다른 모든 길들과 단절되어 있습니다. 이 강의 너비는 강력한 화살이 날아가는 길이만큼이나 컸지만 물이 없었습니다. 모래와 자갈들만이 끔찍한 소리를 내며 거세게 흘러가고 있어서, 그 소리는 반나절이나 걸어야 강에 도착하는 거리에서도 들릴 지경이었습니다. 그 죽음의 모래와 자갈들은 어찌나 빠르게 흐르는지 그 강을 건너고자 하는 사람은 그 물길에 떠밀려 가고 말 정도였습니다. 그 돌 강물은 토요일이 시작될 때에만 그 흐름을 멈추었습니다. 토요일에만 그 강을 건널 수 있었지만 이스라엘의 아들들 중 안식일을 어기려는 사람은 아무도 없을 겁니다.」

「그러면 기독교도들은 건너갈 수 있나요?」 압둘이 물었다.

「안 됩니다. 토요일에는 울타리 같은 불길들이 강가에 접근을 할 수 없게 만듭니다.」

「그렇다면 그 엘닷이라는 사람은 어떻게 아프리카에 도착했습니까?」 시인이 물었다.

「그건 나도 모릅니다. 그리고 제가 대관절 뭐기에, 성인께서 항상 축복을 내려 주시길, 주님의 결정에 토를 달 수 있겠습니까? 별로 신앙심이 깊지 않은 사람들은 엘닷이 천사의 도움으로 강을 건넜을 수도 있다고 생각할 겁니다. 우리 라비들이, 바빌로니아에서 스페인까지 퍼져 있는 그 이야기에 대해 토론을 시작하게 되면 전혀 다른 게 문제가 됩니다. 만약 사라진 열 지파들이 신의 율법에 따라 살았다면 그들의 율법은 틀림없이 이스라엘의 것과 똑같았을 겁니다. 그런데 엘닷의 이야기에 따르면 전혀 달랐다고 합니다.」

「만약 엘닷이 말한 곳이 요한 사제의 왕국이라면,」 바우돌리노가 말했다. 「그렇다면 그 율법은 정말 당신들의 것과 다르고 오히려 우리의 것과 비슷하겠지요. 물론 훨씬 더 훌륭하겠지만 말입니다!」

「바로 여기서 이교도인 당신들과 우리가 서로 갈라지게 되는 겁니다.」 라비 솔로몬이 말했다. 「당신들은 당신들의 율법을 지키거나 지키지 않을 자유가 있습니다. 그런데 당신들은 율법을 타락시켰고 그래서 아직도 그 율법이 고스란히 간직되어 있는 곳을 찾고 있습니다. 우리는 우리의 율법을 완전하게 보존했습니다. 하지만 우리에게는 따르거나 따르지 않을 자유가 없습니다. 어쨌든 그 왕국을 찾는 게 나의 바람이기도 하다는 것을 알아주십시오. 그곳에서 사라진 우리의 열 지파와 이교도들이 평화롭고 조화롭게, 각자 자신들의 율법을 실행에 옮기며 살고 있을지도 모르니까요. 그 경이로운 왕궁의 존재 자체가 하느님의 모든 자손들에게 좋은 모범이 될 수도 있을 테니까요. 성인께서 항상 축복을 내려 주시길, 그런데 내가 그 왕국을 찾고 싶어하는 데에는 다른 이유가 있다는 것을 이야기해야겠습니다. 엘닷이 주장한 바에 따르면 그곳에서는 아직도 성어(聖語)를 사용하고 있답니다. 하느님께서, 성인께서 항상 축복을 내려 주시길, 아담에게 주셨던 태초의 언어, 바벨탑이 세워지면서 사라졌던 그 언어 말입니다.」

「정말 미치겠군.」 압둘이 말했다. 「우리 어머니께서는 항상 아담의 언어가 어머니의 섬에서 다시 만들어졌다고 말씀하시곤 했습니다. 그러니까 아홉 개 품사로 구성된 게일 어[48]라는 겁니다. 아홉 품사는 바로 바벨탑을 이루고 있는 아홉 개의 물질인, 점토와 물, 양모와 피, 목재와 석회, 피치, 아마와 역청과 같은 수이지요……. 언어의 혼란 이후 생긴 전체 72개 언어의 파편들을 이용하여 게일 어를 만든 사람들이 바로 페니우스[49]가 세운 학교의 현자들 72명이었소. 이 때문에 게일 어는 모든 언어 가운데 최고의 것만 모여 만들어졌지요. 아담의 언어가 창조된 세계와 똑같은 형태를 가지고 있듯이 게일 어에서 모든 명사는 그것이 지칭하는 사물 그 자체의 본질을 나타냅니다.」

라비 솔로몬이 너그러운 미소를 지었다. 「많은 민족들이 자기들 언어가 아담의 언어였다고 믿고 있습니다. 아담이, 거짓 신들에 대해 이야기하는 그 책에 쓰인 언어들이 아니라 토라[50]의 언어밖에 할 줄 몰랐다는 것을 잊어버리고 말입니다. 언어의 혼란 이후 태어난 72개의 언어들은 기본적인 알파벳을 무시하고 있습니다. 예를 들면 이교도들은 〈헤트*Het*〉를 모르고 아랍 인들은 〈페*Peh*〉를 모릅니다. 이 때문에 그런 언어들은 꿀꿀거리며 먹이를 먹는 돼지들 소리나, 개구리 울음소리, 아니면 학이 우는 소리와 아주 비슷합니다. 바로, 올

---

48) 켈트 어에 속하는 고대 아일랜드의 언어.
49) 켈트 신화의 인물로서 노아의 후손이며 바벨탑을 짓는 데 참여했고 언어 혼란 후에 스키타이에 72 언어 학교를 세웠다고 한다.
50) 모세 5경.

바르게 행동하며 살아가기를 포기한 민족들의 언어이기 때문입니다. 하지만 태초의, 그러니까 이 세계가 창조되던 순간의 토라는 하느님 앞에 있었습니다. 성인께서 항상 축복을 내려 주시길, 그것은 흰 불 위의 검은 불처럼 쓰여져 있었습니다. 오늘날 우리가 읽는, 그러니까 아담이 죄를 지은 후에나 나타나게 된 문어(文語) 토라의 체계와는 달랐던 겁니다. 이 때문에 나는 밤마다 몇 시간씩 완전히 주의를 집중해서 문어 토라를 소리 내서 읽는데 그것들을 뒤섞어 보기도 하고 물레방아 바퀴처럼 돌려 보기도 하면서 영원한 토라의 체계를 찾아내려고 애를 쓰고 있지요. 창조 이전에 존재했고 바로 하느님께서 천사들에게 전해 주었던 그 토라를 말입니다. 원래의 체계를, 그러니까 아담이 원죄를 짓기 전에 자신을 창조하신 분과 대화할 때 사용하던 언어를 간직하고 있는 왕국이, 멀고먼 왕국이 존재한다는 것을 알면 난 기꺼이 그 왕국을 찾는 데 내 생을 바칠 수가 있을 것 같아요.」

이런 말을 하는 동안 솔로몬의 얼굴이 너무나 환히 빛나서 우리의 친구들은 미래의 자신들의 비밀 모임에 그를 참가시키는 게 옳은 일인지에 대해 의논하게 되었다. 그를 참가시켜야 한다는 결정적인 근거를 찾아낸 사람은 시인이었다. 요한 사제가 심지어 사라진 유대 인 부족들을 다스릴 정도로 그렇게 강력한 사람이라면 아담의 언어를 말하지 말라는 법도 없을 것이다. 중요한 문제는 무엇보다 먼저 그 왕국을 건설하는 것이었다. 그리고 그 목적을 위해서는 유대 인 한 명 정도는 기독교도만큼이나 도움이 될 수 있었다.

일이 이렇게 되기는 했으나 요한 사제의 왕궁이 어떤 모습이었는지를 결정할 수가 없었다. 그 뒤 몇 날 밤 동안 바우돌리노의 방에 다섯 사람이 모여서 그 문제를 풀었다. 그 지역 천재에게 고무된 압둘은 새로운 친구들에게 초록 꿀의 비밀을 알려 주기로 결심을 했다. 그는 이 꿀이 그들의 생각을 도와줄 뿐만 아니라 바로 사제의 왕궁을 볼 수 있게도 해줄 것이라고 말했다.

라비 솔로몬은 즉시 환영을 얻는 훨씬 더 신비한 방법을 알고 있다고 말했다. 밤에 하느님의 비밀스러운 이름의 문자들을 여러 가지로 조합해서 중얼거리기만 하면 된다는 것이었다. 두루마리처럼 그 문자들을 혀끝에서 쉬지 않고 읊으면 눈앞에 생각과 이미지들의 소용돌이가 나타나 행복하게 정신을 잃게 된다는 것이다.

시인은 처음에는 믿지 않는 것 같았다. 그러다가 꿀맛을 보기로 결심했다. 하지만 포도주와 그 꿀이 합쳐진 힘을 시험해 보려 한 까닭에 마침내 자제력을 잃고 이치에 닿지 않는 말들을 다른 사람들보다 훨씬 더 많이 했다.

시인이 적당히 취한 상태에 이르렀을 때, 약간 불안정한 자세를 하고서는 손가락을 주전자에 넣어 꿀을 적신 뒤 테이블에 그림을 그리며 말했다. 요한 사제의 궁전은 도마 사도가 인도의 왕인 군도파르를 위해 지은 그 궁전과 같아야만 했다. 천장과 대들보를 사이프러스 나무로 만들고 흑단으로 지붕을 얹은 다음 둥근 지붕 위에는 두 개의 황금 사과를 올려놓고, 그 각각의 사과 위에서 두 개의 석류석이 빛나게 만드는 것이다. 그렇게 해서 대낮에는 햇빛을 받아 황금이 환하게 빛나고 밤에는 달빛에 빛나게 될 것이다. 잠시 후 그는 기억과 도마 사도의 권위에 의존하길 멈추었다. 그러자 뿔뱀의 뿔이 뒤얽혀 있는 붉은줄마노의 문이 보이기 시작했다.

뱀들은 그 문을 지나 안으로 독을 가지고 들어가려는 사람들의 길을 가로막았다. 창문은 수정으로 되어 있었고 다리가 상아인 황금 식탁이 놓여 있었으며 향유를 연료로 쓰는 등불, 수정으로 된 사제의 침대가 있었다. 침대는 순결을 보호할 수 있도록 수정으로 되어 있었다. 왜냐하면 시인이 이렇게 말하면서 말을 마쳤기 때문이다. 「요한 사제는 자네들이 원할 때까지 왕일 수 있지만, 또 사제이기도 해. 그러니까 여자는 절대 안 돼.」

「근사한 것 같은데.」 바우돌리노가 말했다. 「그렇게 광대한 지역을 지배하는 왕을 위해서 나는, 로마에 있다고들 하는 그 자동 인형들을 여러 응접실에 놓아두고 싶어. 그것들은 어떤 지역에서 반란이 일어났을 때 알려 준다고 하지.」

「난 사제의 왕국에서,」 압둘이 말했다. 「반란이 일어날 수 있다고는 생각하지 않아. 평화와 조화가 왕국을 지배할 테니까.」 하지만 자동 인형에 대한 생각이 마음에 들지 않은 것은 아니었다. 무어의 왕이든, 기독교의 왕이든, 위대한 황제들의 궁정에 자동 인형들이 있어야만 한다는 것을 모두 다 알고 있었기 때문이었다. 그래서 압둘은 눈앞에서 그것을 보았다. 그리고 놀라울 정도로 박진감 있게 친구들도 그것을 볼 수 있게 해주었다. 「왕궁은 산 위에 있어. 그리고 산은 얼룩마노로 되어 있는데, 그 정상이 달처럼 빛날 정도로 매끄러워. 신전은 둥글고 황금으로 된 둥근 지붕에 덮여 있지. 벽도 황금인데 보석들이 벽을 뒤덮어서 겨울에는 따뜻한 빛으로, 여름에는 시원한 빛으로 빛나. 천장에는 하늘을 나타내는 사파이어들과 별을 나타내는 흑단들이 박혀 있지. 황금빛 태양과 은빛 달, 바로 여기에 자동 인형들이 나타나 하늘로 지나

가지. 매일 기계 새들이 노래하고 네 귀퉁이에 서 있는 천사들이 트럼펫으로 새의 노래에 반주를 해줘. 왕궁은 비밀 샘 위에 서 있어. 그 샘에서는 한 쌍의 말들이 맷돌을 움직여서 계절의 변화에 따라 왕궁을 돌리게 되는 거야. 그렇게 해서 왕궁은 우주의 모습으로 변하게 되는 거지. 수정의 바닥 밑에서는 물고기들과 전설적인 바다 생물들이 헤엄을 치고 있어. 그런데 난 세상에서 벌어지는 모든 일을 볼 수 있게 해주는 거울에 대한 이야기를 들어 본 적이 있어. 사제가 왕국의 변경을 지배하는 데 너무나 유익할 것 같아······.」

시인은 벌써 그 구조를 감안해 거울을 그리면서 설명을 했다.「거울은 아주 높은 곳에 위치해 있을 거야. 125개의 반암 계단을 올라가야 하지······.」

「그리고 설화 석고로 되어 있어.」그때까지 초록색 꿀의 효과를 말없이 즐기고 있던 보롱이 조그맣게 말했다.

「그러면 설화 석고도 놓도록 하자. 제일 위쪽 계단들은 호박과 판테라로 만들게 될 거야.」

「판테라가 뭐지, 예수 아버지야?」바우돌리노가 물었다.

「바보 같은 소리 마. 플리니우스가 그에 대해 말했어. 그건 여러 가지 색으로 된 돌이야. 하지만 사실 거울은 단 하나의 기둥 위에 놓여 있어. 아니, 좀 더 정확히 말하자면, 이 기둥은 하나의 받침대를 떠받치고 있는데 그 위에는 두 개의 기둥이 놓여 있어. 이 두 개의 기둥들은 위에 네 개의 기둥들이 놓여 있는 받침대를 떠받치고 있지. 받침대 위에 기둥이 64개가 놓일 때까지 기둥들은 계속 그런 식으로 늘어나는 거지. 이 64개의 기둥들은 32개의 기둥이 놓인 받침대를 받치고 있고 32개의 기둥들은 16개의 기둥들이 놓인 받침대를 받치고 있고, 계속 이런 식으로 가다가, 거울이 놓인 단 하나의 기둥에 이르게 되는 거지.」

「이보게.」 라비 솔로몬이 말했다. 「기둥들을 그렇게 세워 놓으면 거울은 어떤 사람이 받침에 기대기만 해도 쓰러져 버릴 거야.」

「입 다물고 있어. 넌 유다처럼 거짓말쟁이야. 넌 너희 에제키엘이 대체 어떻게 생긴지도 모르는 성전을 보았다고 말하고 싶겠지. 기독교의 벽돌공이 네게 와서 그런 성전을 세울 수 없다고 말하면, 넌 에제키엘의 목소리를 들었을 뿐이지 형상은 중요시하지 않다고 대답할 거야. 그런데 내가 똑바로 서 있는 거울들을 만들어야만 한다면? 그리고 난 거울을 지키는 보초병 1만 2천 명을 가장 아랫부분의 기둥 주위에 세워 놓을 거야. 거울을 똑바로 서 있게 하는 건 그 보초병들이 알아서 할 일이고, 됐지?」

「됐어. 됐어. 거울은 자네 거야.」 라비 솔로몬은 타협적으로 말했다.

압둘은 허공을 바라보며 미소를 머금은 채 그 이야기를 듣고 있었다. 그래서 바우돌리노는 압둘이 그 거울 속에서 멀리 있는 자신의 공주를, 그 그림자만이라도 보고 싶어한다는 것을 알 수 있었다.

「그 다음 며칠 동안 우리는 일을 서둘렀습니다. 시인이 다시 떠나야만 했기 때문이지요. 그리고 그가 이야기의 나머지 부분을 놓치고 싶어하지 않았기 때문이었답니다.」 바우돌리노가 니케타스에게 말했다. 「하지만 우리의 출발은 훌륭했습니다.」

「훌륭하다고요. 하지만 내 생각에 이 사제는 추기경 옷을 입은 동방 박사보다 천사들의 정원에 들어간 카롤루스 대제보다 더 신빙성이 없어 보이는군요…….」

「사제가 직접 프리드리히에게 편지를 써서 자신을 드러낸다면 신뢰할 만한 게 되겠지요.」

12
바우돌리노 요한 사제의 편지를 쓰다

요한 사제의 편지를 쓰기로 한 결정은 라비 솔로몬이 스페인에 사는 아랍 인들에게서 들었다는 어느 이야기에 착안해서 이루어진 것이었다. 칼리프 하룬 알 라시드 시대에 살았던 뱃사람 신드바드는, 어느 날 조난을 당해 한 섬으로 가게 되었다. 하늘의 적도 바로 밑에 있는 섬이었다. 그래서 밤과 낮이 정확히 열두 시간씩 지속되었다. 신드바드는 그 섬에서 인도인들을 많이 보았다고 말했다. 그러니까 그 섬은 인도 근처에 있는 섬이었다. 인도인들은 그들의 왕 사란디브 앞으로 신드바드를 데려갔다. 이 왕은 키가 팔 척인 코끼리 위에 놓인 왕좌에 앉아서 거동을 했다. 그 옆으로는 영주들과 대신들이 두 줄로 서서 행진을 했다. 황금 투창을 든 전령이 앞서 걸었고 그 전령 뒤로는 꼭대기에 에메랄드가 박힌 황금 지팡이를 든 두 번째 전령이 따라갔다. 왕이 말을 타려고 왕좌에서 내릴 때면, 수놓은 비단 옷을 입은 수많은 기사들이 그 뒤를 따랐다. 그러면 또 다른 전령이 솔로몬조차 가져 보지 못한 왕관을 쓴 왕이 도착하고 있다고 소리쳤다. 왕은 신드바드를 접견했고 신드바드가 사는 왕국에 대한 많은 것들을 물어보았다. 마침내 그는 신드바드를 통해 하룬 알 라시드에게 편지를 보내기로 결심했다. 군청색 잉크로 양피지 위에 쓴 편지로 내용은 이랬다. 「폐하께 평화의 인사를 보냅니다. 나는 사란디브 왕이오. 내 앞에는 수천 마리의 코끼리가 있고 궁전에는 보석으로 만든 지빠귀들이 있습니다. 우리는 폐하를 형제로 생각하려 하오. 청컨대 우리에게 답장을 해주시오. 그리고 이 보잘것없는 선물을 받아 주시오.」 보잘것없는 선물은 루비로 만든 큰 컵으로 움푹 파인 곳은 진주로 장식되어 있었다. 이 선물과 편지로 인해 위대한 하룬 알 라시드의 이름이 사라센 세계에서 더욱더 존경을 받게 되었다.

「자네가 말한 그 뱃사람은 요한 사제의 왕국에 갔던 게 분명하네.」 바우돌리노가 말했다. 「아랍 어로 그를 다르게 불렀을 뿐이지. 하지만 요한이 칼리프에게 편지와 선물을 보냈다는 것은 거짓말이야. 요한은 비록 네스토리우스 파이기는 해도 기독교도이거든. 그가 만약 편지를 보냈다면 프리드리히 황제에게 보냈을 거야.」

「그러면 우리가 그 편지를 쓰자.」 시인이 말했다.

요한 사제의 왕국을 건설하는 데 영양분을 줄 수 있는 정보들이라면 무엇이든 쫓아다니던 우리의 친구들은 키오트를 만났다. 그는 샹파뉴 출신의 젊은이로 브르타뉴 여행에서 막 돌아온 상태였다. 그는 브르타뉴 지방 사람들이 불 가에 둘러앉아 밤을 새워 가며 그에게 들려준 떠돌이 기사, 마술 부리는 요정, 악령들의 이야기들에 아직도 흥분해 있었다. 바우돌리노가 그에게 경이로운 요한 사제 왕궁에 대해 넌지시 암시하자 그가 큰 소리로 외쳤다. 「그런데 브르타뉴에서 벌써 그런 성에 대해, 아니 거의 비슷한 성에 대해 이야기하는 것을 들었네! *Gradale*, 곧 성배(聖杯)가 보관되어 있는 성이지!」

「자넨 성배에 대해 뭐 좀 알고 있나?」 보롱은 마치 키오트가 자기 물건에 손을 대기라도 한 것처럼 금방 의혹을 드러내며 그 즉시 물었다.

「자네는 뭐 좀 알고 있나?」 키오트 역시 똑같이 의구심을 드러내며 대답했다.

「간단히 말하자면,」 바우돌리노가 말했다. 「내가 보니까 이 성배라는 것이 두 사람 모두의 마음속에 들어 있는 것이군. 그게 뭔데 그러지? 내가 아는 바로는 그저 사발 같은 것 같던데.」

「맞아, 사발이야.」 보롱이 너그럽게 미소 지었다. 「아니 술잔이라고 하는 게 더 낫겠다.」 그러더니 자기 비밀을 밝히기로 결심이라도 한 듯 이렇게 말했다. 「자네들이 그 이야기를 들어 보지 못했다니 정말 놀랍군. 그건 전 기독교 세계를 통틀어서 가장 귀중한 성물이야. 예수님께서 최후의 만찬 때 포도주를 따르셨고 그 후 아리마태아의 요셉[51])께서 십자가에 못 박히신 예수님의 가슴에서 떨어지는 피를 그 잔에 받았다네. 어떤 사람은 그 잔을 *Saint Graal*, 곧 성배라고 하고 어떤 사람은 *Sangreal*, 즉 성스러운 피라고 한다네. 그 잔을

---

51) 최후의 만찬 때 사용한 성배를 위임받았다고 한다.

가진 사람은 선택받은 기사단과 같은 피를 나눌 수 있게 되기 때문이지. 바로 다윗과 우리 주 예수님과 같은 혈통이 되는 거지.」

「*Gradale*인가 *Graal*인가?」 시인은 권력을 손에 넣을 수 있게 해줄지도 모를 어떤 것에 대한 이야기를 듣자 곧 관심을 보이며 물었다.

「모르지.」 키오트가 말했다. 「어떤 사람은 *Grasal*이라고도 하고, *Graalz*라고 하는 사람도 있어. 그리고 잔이 아니라고 말하기도 한다네. 그것을 보았던 사람도 그 형태를 기억하지 못하거든. 비범한 힘을 부여받은 물건이라는 것만 알 뿐이지.」

「그걸 본 사람이 누구지?」 시인이 물었다.

「물론 브로셀리앙드 숲에서 그것을 지키고 있는 기사들이지. 하지만 그들에 대한 자취도 모두 사라져 버렸어. 난 그저 그들에 대해 이야기하는 사람들을 알게 되었던 것뿐이야.」

「그 잔에 대해 이러쿵저러쿵 이야기하는 것보다는 더 많은 것들을 알아내는 데 힘쓰는 게 나을 것 같아.」 보롱이 말했다. 「이 청년은 얼마 전 브르타뉴에 갔었어. 그리고 겨우 그 잔에 대해서 이야기하는 것을 들었을 뿐이야. 그런데 벌써 이 사람은 자기가 갖고 있지도 않은 것을 내가 훔치기라도 할 것처럼 나를 쳐다보고 있어. 모두가 다 이럴 수 있어. 사람들은 성배에 대한 이야기를 들으면 그것을 찾을 수 있는 사람은 자기밖에 없다고 생각을 하게 돼. 브르타뉴에서, 그리고 바다 건너에 있는 섬들에서, 나는 아무 이야기도 하지 않은 채, 오로지 그것을 찾는 데에만 5년을 보냈어.」

「그래서 그걸 찾았나?」 키오트가 물었다.

「문제는 성배를 찾는 게 아니라 그게 어디 있는지 아는 기사를 찾는 거야. 난 여기저기 돌아다니고 물어보았지만 그들을 만나지 못했어. 어쩌면 난 선택받은 사람이 아닌지도 몰라. 그래서 여기 와 있는 것이지. 여기서 양피지들을 뒤지고 있는 건 그 숲을 헤매 다니면서도 찾지 못한 흔적들을 발견할 수 있으리란 희망 때문이야······.」

「그런데 우리가 왜 성배 이야기를 하고 있는 거지?」 바우돌리노가 말했다. 「그 잔은 요한 사제와는 아무런 관련도 없으니까, 그 잔이 브르타뉴에 있든, 섬에 있든 우리와는 상관 없는 일이야.」 키오트가 그 말이 틀렸다고 말했다. 성이 어디 있는지, 그 성에 보관되어 있는 물건이 무엇인지 분명하게 밝혀지지는 않았지만 그가 들은 수많은 이야기들 가운데 한 이야기에 따르면 그 기사들 중의 한 사람인 파이레피츠라는 기사가 그것을 되찾아 자기 아들에게 주었는데 그 아들은 사제로서 나중에 인도의 왕이 되었다고 했기 때문이었다.

「미치겠군.」 보롱이 말했다. 「그러면 내가 몇 년 동안 엉뚱한 곳에서 그 성배를 찾았단 말이야? 대체 자네에게 그 파이레피츠라는 기사 이야기를 해준 사람이 누구지?」

「모든 이야기는 다 유익할 수 있어.」 시인이 말했다. 「키오트의 이야기를 따라가다 보면 어쩌면 자네의 성배를 찾을 수 있을지도 몰라. 하지만 지금은 성배를 발견하는 것보다 성배와 요한 사제를 연결시킬 만한 가치가 있는지를 결정하는 게 더 중요한 일이야. 이보게 보롱, 우리는 물건이 아니라 그 물건에 대해 말해 줄 사람을 찾아야 해.」 그러더니 바우돌리노에게 말했다. 「어떻게 생각하나? 요한 사제는 성배를 가지고 있었어. 그것에서 그의 고귀한 권위가 나오는 것이지. 그리고 아마 이 성배를 프리드리히에게 선물하면서 그 권위를 프리드리히에게 전할 수 있을 거야.」

「아마 사란디브 왕이 하룬 알 라시드에게 보낸 루비 컵이 바로 이걸 거야.」 솔로몬이 조그맣게 말했다. 그는 흥분을 해서 이가 하나도 없는 쪽으로 바람 빠지는 소리를 내기 시작했다. 「사라센 인들은 예수를 위대한 선지자로 존경하고 있어. 그들이 아마 잔을 발견했을지 몰라. 그리고 하룬이 그것을 직접 사제에게 선물하고⋯⋯.」

「굉장해.」 시인이 말했다. 「부당하게 잔을 가지고 있는 무어 인들에게서 잔을 되찾아 오라는 예언 같은 것이지. 예루살렘은 물론이고 말이야!」

그들은 시도를 해보기로 결정했다. 압둘은 한밤중에 생 빅토르 수도원의 *scriptorium*(필사실)에서 전혀 흠집이 없는 최고급 양피지를 훔쳐 냈다. 왕의 인장만 있다면 왕이 보낸 편지처럼 보일 것 같았다. 두 사람이 사는 바우돌리노의 방 안에 지금은 여섯 명의 남자들이 뒤뚱거리는 테이블 주위에 모두 모여 앉아 있었다. 바우돌리노는 마치 영감을 받은 듯 눈을 감고 편지 내용을 불렀다. 압둘이 받아 적었다. 압둘은 바다 건너 기독교 왕국에서 글씨 쓰기를 배웠기 때문에 그의 필체는, 동방 사람이 라틴 문자로 편지를 쓴 것같이 보였다. 압둘은 시작하기 전에 항아리에 남아 있는 마지막 초록 꿀을 모두 마셔 버리자고 제안했다. 모두들 어느 정도까지는 창조적이고 예리해져야 한다는 것이었다. 하지만 바우돌리노는 그날 밤만은 모두 맑은 정신으로 있어야 한다고 말했다.

그들은 사제가 아담의 언어로 편지를 써야 하는 것인지, 아니면 최소한 그리스 어로라도 편지를 써야 하는 것인지를 상의했다. 하지만 요한 같은 왕은 아마, 모든 언어를 다 아는 비서들을 신하로 데리고 있을 것이고, 프리드리히를 존중하는 의미에서 라틴 어로 편지를 썼을 것이라는 결론에 도달했다. 또한 그 편지가 교황과 다른 기독교 국왕들을 놀라게 하고 납득시켜야만 하기 때문에 무엇보다도 그 사람들이 편지를 읽을 수 있어야 한다고 덧붙였다. 그들은 편지를 쓰기 시작했다.

하느님과 우리 주 예수 그리스도의 덕성과 힘으로, 요한 사제께서, 모든 주인의 주인께서, 신성 로마 제국의 황제 프리드리히께 건강과 하느님의 은총을 영원히 누리시기를 기원드립니다.

우리의 장엄하신 요한 사제께서는 황제께서 우리의 뛰어나신 사제를 높게 우러러보고 계시다는 것과, 우리의 위대하신 사제에 대한 소식이 황제에게까지 닿았다는 것을 알고 계십니다. 그리고 우리는 황제께서 만족스럽고 기분 좋은 무엇인가를 우리에게 보내어 우리의 관대하신 사제를 기쁘게 하고 싶어하신다는 것을 우리 사절들을 통해 알게 되었습니다. 우리는 그 선물을 기꺼이 받을 것이고, 우리측에서도 사절을 통해 징표 하나를 당신께 보내드리려고 합니다. 이렇게 해서 우리는 당신께서 우리와 함께 정직한 신앙을 따르고 계시는지, 그리고 철두철미하게 우리 주 예수를 따르고 계시는지 알고 싶습니다. 아량이 크신 우리 사제의 넓으신 마음으로 우리가 부탁드리오니, 뭐든 당신을 기쁘게 해줄 만한 게 필요하시면 알려 주십시오. 우리의 사절에게 눈짓으로 알려 주셔도 좋고 당신의 마음을 담은 증서를 써주셔도 좋습니다. 이에 대한 답례로……

「잠깐만 멈춰 봐.」 압둘이 말했다. 「지금이 사제가 프리드리히에게 성배를 보낸 순간일 거야.」

「맞아.」 바우돌리노가 말했다. 「하지만 이 바보 같은 보롱과 키오트가 아직도 성배가 어떤 것이지 정확히 말하지 못하고 있잖아.」

「저 두 사람은 많은 이야기를 들었고 많은 것들을 보았어. 아마 그것들을 모두 기억할 수는 없을 거야. 내가 꿀을 먹자고 제안한 건 바로 이 때문이었어. 저들의 생각을 자유롭게 풀어놓을 필요가 있어.」

아마 그럴지도 모른다. 편지를 받아 적게 하는 바우돌리노와 편지를 쓰는 압둘은 포도주를 마시는 정도로 자제해도 되었지만, 증인들 혹은 계시의 원천이 될 자들은 초록의 꿀로 자극을 받아야만 했다. 이 때문에 잠시 후 보롱과 키오트(자신이 맛보고 있는 너무나 새로운 감각에 놀라는)와 이미 꿀에 맛을 들인 시인은 얼굴에 바보 같은 미소를 지으며 땅바닥에 앉았다. 그리고 알로아딘에게 잡혀 온 수많은 젊은이들처럼 헛소리를 했다.

「오, 그래.」 키오트가 말을 하고 있었다. 「큰 응접실이 있어. 그리고 상상할 수도 없을 정도로 밝은 횃불들이 응접실을 밝혀 주고 있지. 그런데 시종이 나타나고 있어. 그는 창을 하나 들고 있는데 그 창은 너무나 하얘서, 난로의 불에 번득여. 창 끝에서 피가 방울방울 시종의 손 위로 떨어지고 있어…… 그러자 다른 시종 두 명이 더 나타나고 있는데 그들은 흑금(黑金) 상감된 촛대를 들고 있어. 촛대 하나에서 적어도 열 개 정도의 촛불이 번쩍이고 있는 것 같아. 시종들은 너무나 잘생겼어……. 자, 이제 성배를 든 시녀가 들어오고 있어. 그녀는 방 안에 환한 빛을 퍼뜨리고 있어……. 촛불들은 해가 떠오를 때 달이나 별이 희미해지듯이 힘을 잃고 있어. 성배는 순금으로 되어 있고 기묘한 보석들이 박혀 있지. 바다와 땅에 있는 것 중 가장 값진 것이야. 지금 또 다른 처녀가 은쟁반을 가지고 들어오고 있어……」

「대체 그 염병할 성배가 어떻게 생겼다는 거야?」

「나도 몰라. 내게 보이는 건 빛밖에 없어.」

「자네에게 보이는 게 빛밖에 없다고?」 그때 보롱이 말했다. 「내게는 그 이상의 것이 보여. 방 안을 환하게 밝히는 햇불들이 있어. 맞아. 하지만 지금 천둥소리가 들려. 왕궁을 무너뜨릴 정도의 무시무시한 진동이 있어. 짙은 어둠이 깔리고……. 이제 햇빛이 이전보다 일곱 배는 밝게 왕궁을 비춰 주고 있어. 지금 하얀 벨벳 천에 덮인 성배가 들어오고 있어. 성배가 들어오자 왕궁에 전세계의 모든 향신료 향기들이 스며들고 있어. 성배가 식탁 주변으로 서서히 지나갈 때 기사들은 자신들의 접시에 그들이 먹고 싶어하던 음식들이 가득 담기는 것을 보게 돼……」

「그런데 도대체 그 빌어먹을 성배가 어떻게 생겼다는 거야?」 시인이 그의 말을 잘랐다.

「욕 좀 하지 마. 그건 잔이야.」

「벨벳 천으로 덮여 있는데 자네가 그걸 어떻게 알지?」

「아니까 아는 거야.」 보롱이 우겼다. 「사람들이 내게 그렇게 말했어.」

「평생 저주받고 악령들에게 시달려라! 처음에 넌 뭔가 환영 같은 것을 보듯이 이야기했어. 그러더니 그게 사람들이 네게 해준 이야기라고 했어, 그렇지? 그러니까 넌 자기가 본

게 뭔지도 모르는 바보 멍텅구리 같은 에제키엘보다 더 나쁜 놈이야. 유대 인들은 세밀화를 보지 않고 목소리만을 듣기 때문이라고!」

「제발 그만해, 욕쟁이야.」 솔로몬이 끼어들었다. 「내가 유대 인이기 때문이 아니야.『성서』는 거지 같은 너희 이교도들에게도 성스러운 책이야.」

「진정해, 진정하라고.」 바우돌리노가 말했다. 「하지만 좀 들어 봐, 보롱. 우리가 성배를 예수님께서 포도주를 따르셨던 잔이라고 가정해 보자. 그런데 만약 예수님을 십자가에서 내렸을 때 이미 돌아가셨다면, 어떻게 아리마태아의 요셉이 십자가에 매달리셨던 예수님의 피를 받을 수 있었지? 자넨 죽은 사람들의 몸에서 피가 흐를 거라고 생각하는 거야?」

「예수님은 돌아가셨어도 기적을 행하실 수 있어.」

「그건 잔이 아니야.」 키오트가 말을 가로막았다. 「내게 파이레피츠의 이야기를 들려준 사람이 밝히기를 그건 하늘에서 떨어진 돌, *lapis ex coelis*라고도 밝혔거든. 그러니까 만약 그게 컵이라면 하늘에서 떨어진 이 돌로 조각된 것이었을 거야.」

「그러면 예수님께서 창 끝에 가슴을 찔린 게 아니었어?」 시인이 물었다. 「자넨 조금 전에 응접실에서 피가 떨어지는 창을 들고 있는 시종이 들어오는 것을 보았다고 말하지 않나? 자 봐. 내 눈에 보이는 건 한 명이 아니라 세 명의 시종들이야. 그들이 들고 있는 창에서는 피가 시냇물처럼 흐르지……. 잠시 후 주교복을 차려입고 십자가를 손에 든 남자가 의자에 앉은 채 들어오고 있어. 네 명의 천사들이 그 의자를 들고 있어. 천사들이 의자를 은으로 만든 테이블 앞에 내려놓고 있어. 테이블 위에는 검이 놓여 있지……. 그러자 두 명의 처녀들이 쟁반을 들고 오는데 그 위에는 잘려진 남자 머리가 피 속에 잠겨 있어. 그런데 잠시 후 주교는 창 위로 의식을 거행하고 성체를 들어 올리는 거야. 성체 속에 어린아이의 모습이 나타나는데! 창은 기적적인 물건이야. 힘의 상징이기 때문에 권력의 상징이 되기도 하지!」

「아니야. 창에서는 피가 뚝뚝 떨어지고 있어. 하지만 핏방울들은 잔 속으로 떨어지는 거야. 내가 말한 기적을 보여 주는 것이지.」 보롱이 말했다. 「그렇게 간단하게…….」 그가 미소를 짓기 시작했다.

「다 집어치워.」 바우돌리노가 절망적으로 말했다. 「성배 이야기는 그만두고 편지나 계속 쓰자.」

「친구들.」 그때 라비 솔로몬이 태연스레 말했다. 그는 유대인이기 때문에, 성스러운 유물에 그다지 신경을 쓰지 않는 것 같아 보였다. 「그런 물건을 그렇게 금방 사제가 선물하게 만든다는 게 내가 보기에는 너무 과장된 것 같아. 그리고 나중에 그 편지를 읽은 사람이 프리드리히 황제에게 그 경이로운 물건을 보여 달라고 청할 수도 있어. 어쨌든 우리는 키오트와 보롱이 들은 이야기들이 이미 여러 곳에 퍼져 있다는 사실을 배제할 수 없어. 그러니까 성배에 대해 암시하는 것만으로 충분할 것 같아. 그러면 그에 대해 알고 싶은 사람은 알게 되겠지. 성배라는 말을 쓰지 마. 잔이라는 말도 쓰지 말고 아주 모호한 단어를 사용하도록 해. 토라의 말씀은 가장 고귀한 것들에 대해서 문자적인 의미로 이야기하는 게 아니라 비밀스러운 의미를 담아 이야기하지. 그러면 ― 성인께서 항상 축복을 내려 주시길! ― 하느님께서는 세상의 종

말에 이르러서야 당신의 뜻이 이해되길 원하신다는 것을 신앙심이 깊은 독자라면 조금씩 짐작하게 될 뿐이야.」

바우돌리노가 이렇게 제안했다. 「그러면 보석 상자나 금고나 관을 프리드리히에게 보낸다고 하자. *accipe istam veram arcam*, 이 진짜 보석 상자를 받아 주시오, 라고 말이야.」

「나쁘지 않군.」 라비 솔로몬이 말했다. 「감추면서 동시에 드러내는 거야. 그러면 해석의 회오리바람 속으로 길을 열어 놓는 게 되겠지.」

그들은 계속 편지를 썼다.

황제께서 우리 영토에 오고 싶어하신다면 우리는 당신께 가장 높은 지위를 드리고 우리 궁정에서 가장 존경받는 분으로 만들어 드릴 것이오. 그러면 황제께서는 우리의 부(富)를 누릴 겁니다. 당신의 제국으로 돌아갈 때 우리 지역에 넘쳐 흐르는 이 풍요로움을 가득 담아 가시게 될 겁니다. 네 가지 대사(大事)[52] 기억하십시오. 그러면 결코 죄를 지을 수 없을 겁니다.

이렇게 신앙심 깊은 간청을 하고 난 뒤에 사제는 자신의 권력을 묘사하는 일로 넘어가게 된다.

「겸손할 필요는 없어.」 압둘이 권했다. 「사제는 거만하게 행동을 해도 될 만큼 높은 위치에 있어.」

지당한 말이었다. 바우돌리노는 조금도 지체하지 않았다. 편지를 받아쓰게 했다. 그 *dominus dominatium*(주인 중의

---

52) 죽음, 심판, 천국, 지옥.

주인)은 권력에서는 지상의 모든 국왕들의 권력 위에 있고 그가 소유한 부는 끝이 없었다. 72명의 왕이 그에게 공물을 바쳤고 72개의 지방이, 그 중에는 기독교 지방이 아닌 곳도 있었는데, 그에게 복종을 했다 — 라비 솔로몬은 이 점을 아주 만족스럽게 생각했다. 사라진 이스라엘의 지파들도 사제의 왕국 안에 자리를 잡고 있었기 때문이었다. 사제의 통치권은 세 개의 인도에까지 뻗어 있었다. 그의 영토는 머나먼 사막에까지, 바벨탑에까지 이르렀다. 매달 7명의 왕과 72명의 공작과 365명의 백작이 사제의 식탁에서 시중을 들었고, 매일 그 식탁에 12명의 대주교와 10명의 주교와 성 도마의 총대주교와 사마르칸트의 대주교, 수사의 사제장이 앉았다.

「너무 많지 않아?」 솔로몬이 물었다.

「아니야, 아니야.」 시인이 말했다. 「교황과 비잔틴의 바실레우스가 너무 화가 나서 급사하게 해야 한다니까. 그리고 사제가 그리스도의 적들을 물리치기 위해 대군을 이끌고 그리스도의 성묘를 방문하기로 맹세했다고도 덧붙여. 이것은 오토 주교가 했던 말을 확인하기 위한 것이고, 만약 교황이, 요한 사제가 갠지스 강을 건너지 못했다고 반박할 경우 그의 입을 막으려는 거야. 요한 사제는 다시 시도할 거야. 이 때문에 사제를 찾아가서 그와 동맹을 맺을 만한 가치가 있는 것이지.」

「이제 그 왕국에 어떤 동물들이 사는지 이야기 좀 해봐.」 바우돌리노가 말했다. 「코끼리, 쌍봉낙타, 단봉낙타, 하마, 표범, 당나귀, 흰 사자, 붉은 사자, 울지 않는 매미, 그리폰,[53]

---

53) 독수리의 머리와 날개, 사자 몸뚱이를 한 괴물.

호랑이, 라미아,[54] 하이에나, 그리고 우리 지역에서는 절대 볼 수 없는 동물들과, 그 가죽을 얻기 위해 사람들이 그곳으로 사냥을 가기로 마음먹을 정도로 값비싼 가죽의 동물들이 모두 다 거기 살아야만 해. 그리고 거기 사는 사람들은 우리가 한 번도 본 적은 없지만, 사물과 우주의 성질을 이야기하는 책에 등장하는 사람들이어야 하지…….」

「궁수들, 뿔 달린 남자들, 반인반양, 사티로스, 피그미, 박쥐 원숭이, 키가 40척인 거인, 애꾸눈 남자들.」키오트가 말했다.

「좋아, 좋아, 쓰게 압둘, 써.」바우돌리노가 말했다.

나머지 부분은 몇 년 전부터 생각해 왔고 이야기했던 것을 되살려 내기만 하면 되었다. 사제의 땅에는 꿀이 흐르고 우유가 넘쳤다 ─ 라비 솔로몬은 「출애굽기」, 「레위기」 혹은 「신명기」에서 언급한 사실들이 영향을 미치게 되자 아주 즐거워했다 ─ 그 땅에는 뱀도 전갈도 받아들여지지 않는다. 그 땅에는 지상 낙원에서 직접 흘러나오는 이도누스 강이 흐르고 있다. 그리고 그 강에 있는 것들은……. 자갈들과 모래지, 키오트가 힌트를 주었다. 아니야, 라비 솔로몬이 대답했다. 자갈과 모래가 흐르는 강은 삼바티온이야. 그러면 삼바티온을 사제의 땅에 속하게 해서는 안 된단 말이야? 그래, 그리고 이도누스 강은 지상 낙원에서 흘러나와서…… 에메랄드, 토파즈, 흑단, 사파이어, 감람석, 녹주석, 자수정들이 그 강물 속에 담겨 있어. 키오트가 힘을 보탰다. 그는 이 모임에 온 지 얼마 되지 않았기 때문에 친구들이 왜 이렇게 신물을 내는지

---

54) 머리와 가슴은 여자, 하반신은 뱀인 괴물.

이해하지 못했다(만약 자네들이 한 번만 더 토파즈 이야기를 하면 그것을 삼켜 버린 다음 창에서 똥을 누어 버리겠어, 바우돌리노가 소리쳤다). 하지만 그들이 행운의 섬들과 낙원들을 모두 탐색하고 다녔어도 보석들에 대해서는 달리 어떻게 할 수가 없었다.

그래서 압둘은, 왕국이 동쪽에 있으니 진기한 향신료를 언급하는 것이 어떻겠냐고 제안했다. 그는 고추를 선택했다. 고추에 대해서 보롱이 이야기했는데 고추는 뱀들이 우글거리는 나무에서 자라는데 다 익게 되면 나무가 불처럼 뜨거워진다고 했다. 그러면 뱀들이 달아나서 자기들 동굴로 들어가고 사람들이 나무에 다가와서 나무를 흔들어 가지에서 고추를 떨어뜨리고 아무도 알지 못하는 비법을 이용해 요리를 한다는 것이다.

「이제 삼바티온을 넣어도 되지 않을까?」솔로몬이 물었다. 「그러면 넣도록 하자.」시인이 말했다. 「그렇게 하면 사라진 열 지파가 강 너머에 살고 있다는 게 분명해지지. 차라리 우리가 그 지파들을 분명히 언급하자. 프리드리히가 사라진 지파들도 다시 찾아낼 수 있다면 그의 명예에 훌륭한 전리품이 될 거야.」압둘은 삼바티온이 필요한 것은 그 강이 인간의 의지를 꺾고 욕망을, 좀 더 정확히 말하면, 질투를 자극하기 때문이라고 했다. 누군가가 지하로 흐르는 시냇물 속에 보석이 가득하다고 언급하자고 제안했다. 바우돌리노는 압둘이 그렇게 쓸 것이라고 말했다. 하지만 그는 또 토파즈를 언급할까 봐 겁이 나서 더 이상 그 부분에 관여하고 싶어하지 않았다. 그 대신 플리니우스와 이시도루스를 참조해서 그들은 그 땅에 샐러맨더, 곧 불길 속에서만 사는 다리가 넷 달린 뱀을 넣기로 결정했다.

「사실만으로 족해. 그게 사실이면 우린 그걸 집어넣는 거야.」 바우돌리노가 말했다. 「중요한 것은 이야기를 꾸며 내지 않는 거야.」

편지는 다시 잠시 동안 그 왕국에 널리 퍼진 미덕을 강조했다. 그 왕국에서는 모든 순례자를 따뜻하게 맞아 주며 가난한 사람이 아무도 없고 도둑, 약탈자, 욕심쟁이, 아첨꾼이 없었다. 사제는 조금 뒤, 지상에서 자기처럼 부자이고 많은 신하를 거느린 수도사는 단 한 사람도 없다고 생각한다는 것을 분명히 밝혔다. 바로 이 부분에서 그 부를 증명하기 위해, 신드바드가 사란디브를 방문했을 때처럼, 굉장한 장면이 등장하게 된다. 사제는 자신이 적들과의 전투에 참가했을 때를 묘사한다. 그는 보석을 박아 넣은 세 개의 십자가를 이끌고 전투에 참가했는데 십자가는 각각 마차 위에 놓여 있었고 1만 명의 기사들과 10만 명의 보병들이 그 마차를 따랐다. 하지만 평화시에 사제는 말을 탔다. 그는 예수님의 수난을 기억하기 위해 나무로 만든 십자가와, 인간은 흙이고 흙으로 돌아간다는 것을 모든 사람들과 자기 자신에게 상기시키기 위해 흙이 가득 담긴 금 쟁반을 가지고 다녔다. 하지만 지금 지나가고 있는 사람이 어찌 되었든 왕 중의 왕이라는 사실을 잊지 않게 하기 위해 황금이 가득 담긴 은쟁반을 들고 오게도 했다. 「만약 여기에 토파즈를 넣으면 주전자로 네 머리를 박살 내 버리겠어.」 바우돌리노가 경고했다. 그래서 압둘은 이번만은 그것을 넣지 않았다.

「그 왕국에는 아첨꾼이 없고 아무도 거짓말을 할 수 없으며 거짓말을 한 사람은 즉시 죽게 된다는 것, 다시 말해 추방을 당해 아무도 그를 돌보지 않기 때문에 죽은 것이나 마찬가지라는 사실을 다시 적어 넣도록 해.」

「벌써 그 왕국에 나쁜 사람들도, 도둑들도 없다고 적었는걸……」

「그건 상관없어. 계속 강조를 해. 요한 사제의 왕국은 기독교도들이 하느님의 계율을 준수할 수 있는 그런 곳이어야 해. 반면 교황은 자신의 신도들에게서 그와 같은 것을 전혀 기대할 수 없어. 아니 교황도 거짓말을 하니까. 다른 사람보다 더 많이 하지. 그러니까 그 왕국에서 아무도 거짓말을 하지 않는다는 사실을 강조하면 요한이 말한 게 모두 사실이라는 게 분명해지는 거야.」

요한은 계속해서, 매년 대군을 이끌고 멀리 바빌로니아에 있는 선지자 다니엘 묘지를 방문한다고 말한다. 그 지역에서는 물고기를 잡을 수 있는데 그 물고기에서는 적자색 피를 뽑을 수 있었다. 사제는 아마존들과 브라만들을 통치한다고 말한다. 브라만들을 다스린다는 것은 보통이 보기에 아주 유용한 것 같았다. 알렉산드로스 대왕이 사람들이 상상할 수 있는 가장 멀리 있는 동쪽 지방에 발을 디뎠을 때, 브라만들을 방문했기 때문이었다. 그래서 그들의 존재는 사제의 왕국이 알렉산드로스의 제국까지도 아우른다는 것을 증명했다.

이쯤 해서 사제의 왕궁과 마술 거울에 대해 이야기를 해야만 했다. 이에 대해서는 이미 시인이 이전에 다 이야기를 했다. 그것을 떠올려 압둘의 귀에 대고 속삭이기만 하면 되었다. 바우돌리노의 귀에 다시 토파즈와 녹주석이라는 말이 들리지 않게 말이다. 그렇게 해서라도 이번에는 토파즈와 녹주석이 등장해야 했다.

「내 생각에는 이 편지를 읽게 될 사람은,」 라비 솔로몬이 말했다. 「이렇게 강력한 왕이 왜 사제로만 불리게 되었는지 궁금해 할 것 같아.」

「맞아. 그러니까 결론에 도달한 거지.」 바우돌리노가 말했다. 「이렇게 써, 압둘…….」

친애하는 프리드리히, 대체 무엇 때문에 우리의 숭고하신 분을 사제라는 호칭 대신 좀 더 존경할 만한 호칭으로 부르지 않는가 하는 의문을 갖는 건 지혜로운 당신에게는 당연한 일입니다. 물론 우리 궁정에는 아주 존경할 만한 이름과 기능을 수행하시는 대신들이 있습니다. 특히 성직자들의 경우가 그렇습니다……. 우리의 식사 담당관은 수석 대주교이자 왕이며, 우리의 음료 담당관은 왕이자 대주교이며, 우리의 시종장은 주교이자 왕이며, 우리의 집사는 왕이자 수도원장이며, 우리의 주방장은 왕이자 신부입니다. 그러니까 이렇게 우리의 지존께서는 이와 같은 호칭으로 불리거나 우리 궁정에서 넘쳐 나는 이런 계급과 똑같은 지위가 주어지는 것을 견딜 수 없어 하시기 때문에, 겸손하게 그다지 중요하지도 않고 낮은 계급도 아닌 계급의 명칭으로 결정하셨습니다. 지금으로서는 우리의 영토의 한쪽은 걸어서 네 달 걸리는 지역까지 뻗어 있다는 것을 아시는 것으로 족합니다. 다른 쪽은 그 끝이 어디인지 아무도 모릅니다. 당신이 하늘의 별과 바닷가의 모래를 헤아릴 수 있다면 우리의 영토와 권력을 측정할 수 있을 겁니다.

우리의 친구들이 편지를 다 썼을 때는 거의 새벽녘이었다. 꿀을 먹은 친구는 아직도 경탄을 하며 미소 짓는 상태에 빠져 있었고, 포도주만을 마신 친구는 술에 취해 있었다. 둘을 섞어 마신 시인은 제대로 서 있기도 힘들었다. 그들은 노래를 부르며 골목길을 지났고 조심스럽게 양피지를 만지며 광장을 지났다. 이미 그들은 그 양피지가 지금 막 요한 사제의 왕국에서 도착한 것이라고 믿고 있었다.

「그 편지를 바로 라이날트에게 보냈나요?」 니케타스가 물었다.

「아니요. 시인이 떠난 뒤 몇 달 동안 우리는 다시 읽고 문장을 다듬었습니다. 양피지를 몇 번이나 긁어내고 다시 썼어요. 가끔 누군가가 조금 더 다른 것을 첨가하자고 제안을 했지요.」

「내 생각으로는, 라이날트가 편지를 기다렸을 것 같군요…….」

「사실은 그사이 프리드리히가 라이날트를 제국 재상의 임무에서 자유롭게 해주고 그 자리를 크리스티안 폰 부흐에게 주었습니다. 물론 라이날트는 쾰른의 대주교로서 이탈리아의 대재상이었으니까 그의 권력은 여전히 굉장한 것이었어요. 그리고 사실 라이날트가 카롤루스 대제의 시성식(諡聖式)을 준비했어요. 하지만 프리드리히가 그렇게 자리를 교체한 것은, 적어도 내가 보기에는 라이날트가 너무 권력을 침범해 온다고 황제가 느끼기 시작했다는 것을 의미하는 거였어요. 그러니까 근본적으로는 라이날트가 원했던 편지를 우리가 어떻게 황제에게 보여 줄 수 있겠어요? 잊고 있었는데, 시성식을 한 바로 그해에 베아트릭스가 둘째 아들을 낳았습니다. 그러니까 황제는 딴 데 신경을 쓰고 있었지요. 맏아들이 계속 아프다는 소문이 들리기도 했어요. 그래서 그럭저럭 하다가 1년이 더 흘렀지요.」

「라이날트가 계속 편지를 요구하지는 않았나요?」

「우선 그의 머릿속에는 처리해야 할 다른 일들이 있었지요. 그러고 나자 죽었습니다. 프리드리히는 알렉산데르 3세를 내쫓고 대립 교황을 교황 자리에 앉히기 위해 로마에 가 있었어요. 그때 페스트가 퍼졌지요. 페스트는 부자와 가난한 사람들을 모두 덮쳤습니다. 라이날트도 죽었습니다. 나는 그를 한 번도 진심으로 사랑해 본 적은 없었지만 그 소식에 너무나 충격을 받았어요. 그는 거만하고 원한에 사무쳐 있었지만 용기 있는 남자였고 주군을 위해 끝까지 몸을 바쳤습니다. 그의 영혼에 평화가 있기를. 이제 그가 없는데 편지가 무슨 의미가 있겠습니까? 전 기독교 세계의 공문서 담당관들에게 돌릴 정도로 그 편지를 이용할 줄 아는 영악한 사람은 라이날트 한 사람밖에 없었어요.」

바우돌리노가 잠시 말을 멈추었다. 「게다가 내 고향 도시에 일이 생겼습니다.」

「도시라니, 당신은 늪지에서 태어나지 않았습니까?」

「사실이에요. 내가 너무 서둘러 이야기를 하고 있네요. 우린 앞으로 도시 하나를 건설해야 한답니다.」

「드디어 파괴되지 않은 도시에 대해 말하게 되는군요!」

「그렇습니다.」 바우돌리노가 말했다. 「내 인생에서, 한 도시가 생겨나서 사라지지 않는 것을 본 건 그게 처음이자 마지막이었습니다.」

13
바우돌리노 새로운 도시의 탄생을
지켜보다

 바우돌리노가 파리에 머문 지 벌써 10년이라는 세월이 흘렀다. 그는 읽을 수 있는 책은 모두 다 읽었고 비잔틴 출신의 창녀에게서 그리스 어도 배웠다. 연애시와 편지들을 썼는데, 그것들은 바우돌리노가 아닌 다른 사람의 작품이 되어 버렸다. 그는 사실상 왕국을 하나 세웠는데, 이제 그 왕국을 그와 그의 친구들보다 더 잘 아는 사람은 아무도 없었다. 그는 자신이 암소들 틈에서 태어났다는 것을 생각해 볼 때 파리에서 공부하는 것만 해도 이미 대단한 일이라며 위안을 했다. 그리고 공부를 하기에는 귀족의 아들들보다 자기와 같은 무일푼이 훨씬 더 좋으리라고 생각했다. 귀족의 아들들은 읽기와 쓰기가 아니라 전쟁하는 법을 배워야만 하니까……. 어쨌든, 그가 완전히 만족을 한 것은 아니었다.
 어느 날 바우돌리노는 한 달을 전후로 해서 자기 나이가 스물여섯이 된다는 것을 깨달았다. 열세 살에 집을 떠났으니, 집을 떠난 게 정확히 13년째였다. 그는 고향에 대해 어떤 감정을 느꼈다. 우리가 향수라고 부르는 그런 감정일 테지만 그런 감정을 한 번도 느껴 보지 못한 바우돌리노는 그게 무엇인지 알 수 없었다. 그래서 자신이 양아버지를 그리워한다는 것을 알게 된 그는 양아버지에게 가기로 결심했다. 프리드리히는 그때 다시 한번 더 이탈리아로 내려갔다가 돌아오면서 바젤에 머물고 있었다. 바우돌리노는 황제의 큰아들이 태어난 뒤로는 황제를 한 번도 만난 적이 없었다. 바우돌리노가 사제의 편지를 쓰고 고치고 하는 동안에 황제는 뱀장어처럼 북에서 남으로 움직이고 그의 야만인 조상들처럼 말 위에서 먹고 자면서 모든 일을 완벽하게 해냈다. 그래서 그가 있는 곳이 곧 그의 왕궁이었다. 그 무렵 프리드리히는 두 번 더 이탈리아로 갔다. 두 번째 돌아오는 길에 그는 수사[55]에서 모욕을 당했다. 수사의 시민들이 그에게 반항을 해서 그는 어쩔 수 없이 변장을 하고 남의 눈을 피해 달아날 수밖에 없었고, 베아트릭스는 인질로 잡히게 되었다. 나중에 수사 사람들이 베아트릭스를 손끝 하나 대지 않고 보내 주기는 했지만, 그는 꼴이 말이 아니었고, 수사에 복수를 하기로 맹세했다. 알프스 너머로 돌아와서도 그는 휴식을 취할 수 없었다. 독일 제후들을 달래야 했기 때문이다.

마침내 황제를 만났을 때 바우돌리노는 황제의 얼굴이 몹시 어두운 것을 발견했다. 바우돌리노는 황제가 큰아들의 건강을 한없이 염려하면서 ─ 큰아들 이름 역시 프리드리히였

---

[55] 이탈리아 피에몬테 지역의 수사 계곡에 자리 잡은 도시.

다 — 또 한편으로는 롬바르디아의 일들을 걱정하고 있다는 것을 알 수 있었다.

「맞다.」프리드리히가 인정했다. 「너에게만 말하마. 내 포데스타와 사절들, 세금 징수원들, 행정관들은 내게 속한 것만을 요구하는 것이 아니라 그 일곱 배를 더 원하고 있다. 각 가구마다 매년 구화(舊貨)로 3솔도를 내게 하고, 배가 다닐 수 있는 물 위에서 돌아가는 모든 물레방아에 대해서는 24 옛날 데나로를 지불하게 하고, 어부들에게서는 잡은 생선의 3분의 1을 빼앗아 오고, 자식이 죽은 사람들의 유산을 압수해 왔다. 나는 내게 들리는 불평의 소리에 귀를 기울여야 한다는 걸 알고 있어. 하지만 난 또 다른 것을 생각해야 해서……. 그런데 지금 롬바르디아의 코무네들이 동맹을 조직한 것 같다. 황제에 대항하는 동맹으로 말이다. 알겠느냐? 그런데 저자들이 제일 먼저 뭘 논의했는지 아니? 밀라노 성벽을 다시 세우는 문제였다!」

이탈리아의 도시들이 싸움을 좋아하고 신의가 없다는 것은 그런 대로 참아 줄만 했다. 동맹을 조직했다는 것은 또 다른 *res publica*(공화국)를 건설한 것이나 마찬가지였기 때문에 문제였다. 물론, 이탈리아의 도시들이 서로 증오하고 있기 때문에 그 동맹이 지속될 수 있으리라고는 생각할 수 없었다. 그렇기는 해도 그 동맹은 여전히 제국의 명예에 *vulnus*(상처)로 남았다.

어떤 사람들이 동맹에 가담했을까? 밀라노에서 그다지 멀지 않은 한 수도원에 크레모나, 트레비소, 페라라, 베르가모의 대표들이 모였었다는 소문이 떠돌았다. 어쩌면 피아첸차와 파르마 대표들도 모였는지도 모르지만 불확실했다. 그러나 소문은 거기서 멈추지 않았다. 베네치아, 베로나, 파도바, 비첸차, 트레비소, 만토바, 페라라 그리고 볼로냐의 대표들도 참가했다는 소문이 떠돌았다. 「볼로냐라고, 너 알겠니?!」 프리드리히가 바우돌리노 앞에서 안절부절못하며 이리저리 왔다 갔다 하면서 소리쳤다. 「너 기억하고 있겠지, 맞지? 그 염병할 선생이란 작자들은 나 때문에 빌어먹을 학생 놈들에게서 그들이 원하는 돈을 받아먹을 수 있었지. 나한테도, 교황에게도 그 문제에 대해서는 일언반구도 없었어. 그런데 지금은 그 동맹에 가담을 한단 말이냐? 어떻게 그렇게 파렴치할 수가 있지? 파비아만 빠졌어!」

「로디도 빠졌습니다.」 바우돌리노가 중요한 얘기를 하기 위해 끼어들었다. 「로디?! 로디라고?!」 바르바로사가 얼굴이 시뻘개져서 고함을 쳤다. 그는 마치 바우돌리노를 한 대 때리기라도 할 것 같았다. 「지금 당도하고 있는 소식들을 믿어 본다면 로디는 벌써 그 모임에 참가했다! 난 그자들을 지켜 주기 위해 내 혈관에서 피를 뽑았어. 아마 내가 없었다면 밀라노 인들이 계절이 바뀔 때마다 그 겁쟁이 녀석들을 뿌리채 파멸시켜 버렸을 거야. 그런데 지금 그 멍텅구리들은 자기들을 죽이려던 사람들과 한 패거리가 되어서 은혜를 원수로 갚을 음모를 꾀하고 있다고!」

「그렇지만 아버님,」 바우돌리노가 물었다. 「아버님이 말씀하시는 〈뭐뭐인 것 같다〉, 〈믿어도 된다면〉 하는 것들이 다 무슨 뜻입니까? 보다 확실한 소식들이 도착하지 않은 거지요?」

「파리에서 공부하는 네 녀석들은 이제 이 세상일이 어떻게 돌아가는지에 대한 감각도 잃어버린 게냐? 동맹이 있었다면 음모가 있는 것이고, 음모가 있다는 것은 처음에는 네 편이던 사람들이 이제는 너를 배신하고서, 저 아래 지역에서 벌어지고 있는 일과는 정반대로 네게 보고한다는 뜻이다. 그러니까 저들이 무슨 일을 하고 있는지를 가장 마지막에 알게 되는 건 바로 황제라는 거지. 마치 자기 아내의 부정을 자기만 빼고는 사람들이 모두 다 알고 있는 남편의 처지와 같은 거야!」

프리드리히가 그보다 더 최악의 예를 들 수는 없었을 것이다. 바로 그 순간, 사랑하는 바우돌리노가 도착했다는 소식을 들은 베아트릭스가 들어왔기 때문이다. 바우돌리노는 무릎을 꿇었고 그녀의 얼굴은 보지도 않은 채 그녀의 손에 입을 맞추었다. 베아트릭스는 잠시 동안 머뭇거렸다. 아마 그녀의 눈에는 바우돌리노가 친밀감과 애정을 드러내지 않기 위해 어쩔 줄 몰라 하는 것처럼 보였던 것 같았다. 그래서인지 어머니처럼 그의 머리에 한 손을 올려놓으면서 그의 머리카락을 조금 헝클어 놓았다 — 이제 겨우 서른 살이 갓 넘은 여자가 자기보다 조금밖에 어리지 않은, 다 자란 남자를 그런 식으로 다룰 수 없다는 것을 잊어버린 채 말이다. 프리드리히의 눈에는 그런 일들이 자연스러워 보였다. 비록 양부모이긴 했지만 그는 아버지이고 그녀는 어머니였으니까. 어색한 기분이 든 건 바우돌리노였다. 베아트릭스와 두 번 접촉을 한 데다가, 옷에서 나는 살내음 같은 향기를 맡을 수 있을 정도로, 목소리를 들을 수 있을 정도로 그녀와 가까이 있었기 때문에 — 그녀의 눈을 볼 수 없는 위치에 서 있는 것이 천만다행이었다. 그녀의 눈을 보았더라면 하얗게 질려서 정신을 잃고 땅에 쓰러져 버리고 말았을 테니까 — 바우돌리노는 참을 수 없을 정도로 기뻤지만 그런 단순한 경의의 표시조차 아버지를 다시 한번 배신하는 행위가 될 수도 있다는 생각을 하자 그 기쁨은 곧 사라져 버렸다.

황제가 그에게 부탁을 하지 않았더라면, 이러나저러나 다 똑같은 것이지만, 명령을 하지 않았더라면, 바우돌리노는 그 자리를 어떻게 물러나야 할지 몰랐을 것이다. 황제는, 이탈리아의 사태를 보다 명확히 살펴보기 위해서 그 나라를 잘 아는 믿을 만한 사람 몇 명을 그곳으로 밀파하기로 결정했다. 공식적인 사절들도, 파견 관리들도 신뢰할 수 없기 때문이었다. 밀파된 사람들이 이탈리아의 분위기를 알아내고 배신으로 얼룩지지 않은 증거들을 모아 오기 위해서는 황제파라는 게 곧 밝혀져서는 안 되었다.

바우돌리노는 이렇게 어색한 궁정을 피할 수 있다는 게 마음에 들었다. 그러나 잠시 후 다른 감정도 느꼈다. 고향에 돌아가게 되었다고 생각하자 이상하게도 가슴이 뭉클해졌다. 그는 마침내 자신이 여행을 떠났던 것은 바로 이 때문이었음을 알게 되었다.

여러 도시들을 돌아다니고 나서, 어느 날 말을 계속 타고 달리다가, 보다 정확히 말하자면 노새를 타고 터덜터덜 계속 가다가, 바우돌리노는 야트막한 언덕에 도착했다. 그렇게 말을 타고 간 것은 평화롭게 이 마을 저 마을로 돌아다니는 상인으로 행세하기 위해서였다. 자갈밭과 늪지 사이에 있는 고향 프라스케타에 가기 위해서는, 언덕 너머의 평야를 한참 지나 타나로 강을 걸어서 건너야 할 것 같았다.

집을 떠날 때는 다시 돌아오겠다는 생각을 전혀 하지 않기는 했지만, 이런 상황에 처하자 핏줄이 당겨 몸이 근질근질해지는 것을 느꼈다. 갑자기 노부모들이 아직도 살아 있는지 너무나 알고 싶어졌기 때문이었다.

그뿐만 아니라 고향 친구들의 얼굴이 다시 떠올랐다. 산토끼를 잡기 위해 덫을 함께 놓으러 다녔던 마술루 데이 파니차, 사람들을 보기만 하면 돌을 던졌던 기노라고 불리던 포르첼리(포레첼리라고 불리던 기노였나?), 보르미다에서 함께 고기를 잡았던, 출라라고 불리던 알레라모 스카카바로치, 쿠티카 디 쾨르넨토의 얼굴이었다. 「하느님,」 그가 혼잣말을 했다. 「설마 제가 지금 죽는 것은 아니겠지요. 죽음을 눈앞에 둔 사람들에게는 어린 시절의 일들이 선명하게 떠오른다고 하는데 말입니다⋯⋯.」

그날은 크리스마스 전날이었다. 그러나 바우돌리노는 여행 중에 날짜를 세는 것을 그만두었기 때문에 그 사실을 알지 못했다. 바우돌리노는 자신과 마찬가지로 추위로 꽁꽁 언 노새 위에서 덜덜 떨었다. 하지만 석양 속의 하늘은 맑았고 사방에서 눈 냄새를 맡을 수 있을 때처럼 깨끗했다. 그는 언젠가 이 언덕에 올라와 봤던 것처럼 주위 장소들이 낯익었다. 아버지와 함께 세 마리의 노새들을 언덕 위로 끌고 가기 위해 비틀거리며 올라가던 기억이 났기 때문이었다. 어린 소년에게는 걸어 올라가는 것만으로도 지치는 그 언덕길을, 올라가지 않으려고 발버둥치는 노새들을 몰아대며 올라갔으니, 얼마나 힘이 들었을지 가히 짐작이 갔다. 하지만 내려오는 길은 언덕에서 평야를 내려다보며 자유롭게 비탈길을 내려올 수 있어서 즐거웠다. 바우돌리노는 강에서 멀리 떨어지지 않은 곳에, 평야의 일부분이 꼽추 등처럼 불쑥 솟아오른 지점이 있다는 것을 생각해 냈다. 고향에 살 때에는 그 등성이 위에서 강을 따라 모여 있는 근방의 몇몇 마을들, 그러니까 베르골리오, 로보레토, 그리고 강에서 조금 더 떨어진 가몬디오, 마렝고, 팔레아 같은 마을들이 커튼처럼 드리워진 우윳빛 안개 사이로 나타나는 것을 보았다는 생각도 났다. 곧 가장자리 어딘가에 친아버지 갈리아우도의 오두막이 여전히 서 있을 게 틀림없을, 습지와 자갈밭과 숲으로 이루어진 지역에 온 것이었다.

하지만 그 등성이에 올랐을 때 바우돌리노는 전혀 다른 광경을 보았다. 마치 사방의, 언덕 위와 다른 계곡들 사이의 공기가 깨끗해진 것 같았다. 그리고 그의 눈앞에 있는 평야만이 희뿌옇게 보이는 것 같았다. 수증기 같은 안개와, 길을 갈 때 가끔 소리 없이 생겨나서 우리를 감쌌다가, 생길 때와 마찬가지로 소리 없이 사라지는 회색 덩어리 때문이었다 ─ 그래서 바우돌리노는 이렇게 혼자 말했다. 한번 보라고, 주위가 완전히 8월 달이라고 해도 되겠어. 알프스 산 정상에 쌓인 만년설처럼 만년 안개가 프라스케타를 지배하지 ─ 그는 안개가 싫지 않았다. 안개 속에서 태어난 사람은 안개 속에 있으면 마치 집에 있는 것 같은 기분을 느끼기 때문이었다. 강 쪽으로 차츰차츰 내려가면서 그는 그 수증기와 안개가 아니라 연기 구름 같은 것임을 알게 되었다. 연기 구름 사이로 그 구름을 만들어 내는 불길들이 언뜻 보였다. 바우돌리노는 이제 연기와 불 사이로, 강 너머의 평야에, 예전에 로보레토 마을이 있던 곳을 중심으로 큰 마을들이 들판으로 뻗어 나가고 있는 것을 보게 되었다. 도처에 새로운 집이 세워져 있었다. 어떤 집들은 벽을 쌓고 있는 중이었고 어떤 집들을 나무로 만들고 있었으며 반 정도밖에 짓지 않은 집들이 많았다.

서쪽 부근에서는 성벽을 쌓기 시작하는 것이 보였다. 지금까지 이 지방에 그런 성벽은 단 한 번도 세워졌던 적이 없었다. 불 위에 놓인 둥근 구리 냄비 속에는 뭔가가 끓고 있었다. 아마도 물을 끓이는 것 같았다. 집을 짓고 있는 사람들이 석회나 모르타르 같은 것이 가득 든 구멍에 물을 부을 때 그 물을 얼지 않게 하려고 그렇게 물을 끓이는 것 같았다. 간단히 말하면, 바우돌리노는 파리에서 강 한가운데의 섬 위에 새로운 성당을 건축하는 것을 본 적이 있었다. 그래서 그는 능숙한 벽돌공들이 어떤 도구들을 사용하고 어떤 비계에서 일하는지 잘 알고 있었다. 도시에 대해 잘 알고 있는 사람이 보기에 언덕 아래에서는 지금 무(無)로부터 새로운 도시를 만들어 내는 일을 마무리하고 있는 것 같았다. 그것은 — 잘되었을 경우 — 인생에서 한 번 볼 수 있는 장관이었고 그것만으로도 충분했다.

「미치겠군.」 바우돌리노가 혼자 말했다. 「잠시 고개를 돌린 사이에 뭔가 또 새로운 걸 세웠군.」 그는 가능한 한 빨리 계곡에 도착하기 위해 노새를 재촉했다. 크기가 다른 온갖 종류의 돌들을 운반하는 큰 거룻배를 타고 강을 건넌 바우돌리노는 일꾼 몇 명이 일을 하고 있는 곳에서 걸음을 멈추었다. 일꾼들은 흔들거리는 비계 위에 서서 벽을 쌓아 올리고 있는 중이었다. 다른 일꾼들은 땅에서 권양기(捲揚機)를 이용해서 잘게 부순 돌 바구니를 위쪽으로 들어 올리고 있었다. 하지만 권양기는 말이 권양기이지 너무나 조잡해서 그게 권양기일 거라고는 생각조차 할 수가 없는 것이었다. 그 기계는 튼튼한 기둥들을 세워 만든 게 아니라 장대로 만들었기 때문에 쉴 새 없이 흔들거렸다. 일꾼 두 명이 땅에서 그것을 돌리고 있었는데 밧줄을 풀어놓는 일보다도 위협적으로 흔들리는 장대를 받치고 있느라 바쁜 것 같았다. 바우돌리노는 이렇게 혼자 말했다. 「변한 게 없군. 이 지역 사람들은 무슨 일을 하든 제대로 못하거나 더 안 좋게 만들어. 저 사람들 일하는 꼴을 보라지. 만약 내가 이곳의 주인이라면 저 일꾼들의 바짓가랑이를 붙잡아서 타나로 강에 집어던져 버렸을 거야.」

잠시 후 그곳에서 조금 더 가서는, 조그마한 로지아[56]를 짓고 있다고 뽐내는 다른 일꾼 무리들을 만났다. 그들은 제대로 자르지도 않은 돌들과 엉성하게 만든 대들보와 동물의 모양을 본 뜬 것 같은 주두(柱頭)를 이용해서 로지아를 짓고 있었다. 건축 재료들을 들어 올리기 위해 그들 역시 도르래 같이 생긴 것을 만들었다. 바우돌리노는 이 사람들과 비교를 해보자 조금 전에 본, 벽을 쌓던 장인들은 코모 지방의 사람들이라는 것을 알게 되었다. 조금 더 앞으로 나가서 반죽한 흙으로 장난을 하는 어린아이들처럼 건축을 하고 있는 다른 일꾼들을 보았을 때 바우돌리노는 이런 비교를 그만두었다. 그 사람들은 건축물에 마지막 손질, 정확히 말하자면, 발질을 하고 있었다. 그 건축물은 진흙과 울퉁불퉁한 돌덩이로 만들어지고 아무렇게나 누른 짚으로 지붕을 얹은, 옆에 있는 다른 세 개의 건축물과 똑같았다. 그렇게 해서 지금, 마치 일꾼들이 건축의 원칙 같은 것에는 전혀 신경을 쓰지 않고 오로지 축제를 위해 누가 먼저 집짓기를 끝내는지에 대해 겨루기라도 한 것처럼, 정말 엉망으로 만들어진 오두막집들이 늘어선 거리가 탄생하고 있는 중이었다.

---

[56] 한 면이 벽이 없이 트인 방 혹은 홀.

하지만 바우돌리노는 엉성한 작업으로 만들어진 그 불완전한 길로 들어가면서 가끔, 정사각형 돌로 잘 쌓아올린 벽들, 견고하게 짜여진 건물의 외면, 비록 완성이 되지는 않았지만 튼튼하고 방어력을 갖추고 있는 것 같은 성벽을 발견하기도 했다. 이런 모든 것을 통해 그는 출신이 다르고 능력이 다른 사람들이 모여들어 하나의 도시를 건설했다는 것을 이해할 수 있었다. 많은 사람들이 이런 일에 초보자로서 평생 동안 가축들에게 우리를 지어 주었던 식으로 집을 짓고 있는 농부들이었다면, 또 다른 사람들은 예술의 경지를 갖춘 사람들일 게 분명했다.

바우돌리노는 눈에 보이는 그런 수많은 사실들 속에서 상황을 파악하려고 애를 쓰는 동안 수많은 방언들을 듣게 되었다 — 그걸 들으니 그 초라하고 보잘것없는 집을 모두 지어 놓은 게 솔레로의 촌놈들라는 것을, 비뚤비뚤하게 쌓은 탑이 몬페라토 사람들의 작품이라는 것을, 역한 냄새가 나는 모르타르를 휘젓고 있는 게 파비아 인이라는 것을, 지금 나무판들을 자르고 있는 사람들은 지금까지 팔레아에서 나무를 베던 사람들이라는 것을 알게 되었다. 그러나 명령을 내리고 있는 사람의 말소리를 들어 보거나 일을 썩 훌륭하게 해내고 있는 사람들 무리를 보면 그 사람들은 제노바 말을 하고 있었다.

「내가 지금 바벨탑을 건설하고 있는 그 현장 한가운데에 와 있는 것일까?」 바우돌리노는 스스로에게 물어보았다. 「72명의 현인들이 물과 점토와 피치와 역청을 뒤섞듯 모든 언어들을 뒤섞어 아담의 언어를 재구성해 냈다는 압둘의 히베르니아에 와 있는 것일까? 하지만 이곳의 사람들은 아직 아담의 언어를 말하고 있는 건 아니야. 모두 합쳐 72개나 되는 이렇게 서로 다른 언어들을 사용하고 있음에도 불구하고 대개는 서로 다투었을 사람들이 사랑과 화합으로 뒤섞이고 있어!」

바우돌리노는 커다란 도르래를 이용해서 마치 수도원 건물의 지붕을 얹듯 능숙하게 들보를 얹고 있는 한 무리의 사람들에게로 다가갔다. 그들은 그 도르래를 자기들 팔로 움직이는 게 아니라 말을 이용하고 있었다 — 말은, 어떤 시골에서는 아직도 사용하고 있는, 목을 조이는 목줄이 아니라, 등에 달린 편안한 마구 덕택에 아주 힘 있게 기계를 움직일 수 있었다. 일꾼들은 확실하게 제노바 말을 하고 있었다. 바우돌리노는 곧바로 제노바 방언을 쓰며 그들에게 접근했다 — 제노바 인이 아니라는 사실을 감출 수 있을 정도로 그렇게 완벽한 방언은 아니었지만 말이다.

「무슨 좋은 걸 만들고 계십니까?」 바우돌리노가 대화를 시작하기 위해 물었다. 그러자 그 일꾼 중의 한 사람이 바우돌리노를 곱지 않게 보면서 자기들은 지금 〈좆을 긁는 기계〉를 만드는 중이라고 말했다. 그 말이 떨어지기가 무섭게 모두들 웃어 대기 시작했으므로 바우돌리노(노새 위에 탄 무장하지 않은 상인이 되어야만 하는 그의 마음은 이미 끓어오르고 있었다. 한편 그의 여행 가방 속에는 궁정 남자들이 가지고 다니는 검이 두루마리 천에 조심스럽게 싸여 있었다)는 그에게 프라스케타 방언으로 대답했다. 오랜 시간이 흘렀지만 프라스케타 방언은 자연스럽게 그의 입에 흘러나왔다. 바우돌리노는 착한 사람들이 성기라고 부르는, 그 남자 사타구니에 있는 물건을 대개는 갈보 같은 제 어미가 긁어 줄 테니 *machinae*,[57] 곧 기계는 필요치 않을 것이라고 분명하게 말했다. 제노바 인들은 바우돌리노가 한 말의 뜻을 이해하지 못했지만 그가 말하려는 의도는 직감을 했다. 그들은 자신들이 하던 일을 내팽개치고 어떤 사람은 돌멩이를, 어떤 사람은 곡괭이를 집어 들고 노새 주위에 반원으로 둘러섰다. 다행이 바로 그때 다른 사람들이 다가오고 있었다. 그 사람들 중 기사 같아 보이는 한 남자가 라틴 어와 프로방스 어, 그리고 뭔지 알 수 없는 언어가 뒤섞인 *lingua franca*, 곧 공통어로 제노바 인들에게 이 여행자는 이 지방의 방언 중의 하나로 말하고 있으니 이곳을 지나갈 권리가 없는 사람 다루듯 하지 말라고 말했다. 제노바 인들은 이 여행자가 자기들에게 꼭 첩자처럼 물어보았다고 변명을 했다. 그러자 기사는 만약 황제가 첩자들을 보냈다면 그게 훨씬 더 좋을 수도 있다고 말했다. 이제 황제가, 바로 그를 괴롭힐 목적으로 여기에 도시가 세워지고 있다는 것을 알아야 할 때가 되었기 때문이었다. 그러고 나자 바우돌리노에게 말했다. 「자네는 처음 보는 사람인데. 어디에서 돌아오는 것 같은 분위기이군. 우리와 합류하기 위해서 오는 길인가?」

「나리,」 바우돌리노가 정중하게 대답했다 「저는 프라스케타에서 태어났습니다. 하지만 오래전에 프라스케타를 떠났지요. 그래서 저는 이쪽에서 어떤 일이 벌어지고 있는지 몰랐습니다. 저는 갈리아우도 아울라리의 아들인 바우돌리노이고……」

바우돌리노가 말을 다 마치기도 전에 새로 온 사람들 무리 속에서 머리와 수염이 허연 한 노인이 지팡이를 높이 쳐들고

---

57) 프라스케타 방언. 이탈리아 표준어로는 macchina.

고함을 치기 시작했다. 「생판 거짓말을 잘도 하는구나. 네 머리에 화살을 맞을 게다. 불쌍한 내 아들, 내가 바로 갈리아우도이고 덧붙여 아울라리이기도 한데, 나의 아들 이름을 댈 용기가 대체 어디선 난 게냐? 내 아들은 오래전 페도카[58] 여왕처럼 보이는 게르만 귀족과 함께 집을 떠났다. 그리고 정말 귀신이 곡할 노릇이 생겼어. 그 이후로 내 불쌍한 아들에 대한 소식을 전혀 듣지 못했으니까. 오랜 세월이 흘렀으니 내 아들은 틀림없이 죽었겠지. 바로 이 때문에 나와 내 아내는 30년 전부터 기운을 잃게 되었다고. 이미 불행으로 가득 차 있던 우리 인생에서 이건 그 어느 것에도 비교할 수 없을 정도로 고통스러운 일이었지. 아들을 잃는다는 게 얼마나 가슴을 찢어 놓는 것인지 당해 보지 않은 사람은 모르지!」

바우돌리노가 그 노인에게 소리쳤다. 「아버지, 정말 제 아버지시군요!」 그는 목이 메어 말을 잇지 못했고 눈에는 눈물이 고였다. 하지만 눈물도 이렇게 큰 기쁨을 감출 수가 없었다. 바우돌리노가 이렇게 말했다. 「그런데 고통의 세월이 30년은 아닙니다. 저는 겨우 13년 전에 떠난 걸요. 저는 그 기간을 잘 보냈고 이제는 굉장한 인물이 되었답니다.」 노인이 노새 아래쪽까지 왔다. 그는 바우돌리노의 얼굴을 자세히 살펴보더니 말했다. 「정말 너구나, 너야! 30년이라는 세월이 흘렀는데도 흐리멍덩한 눈은 변하지 않았구나. 그런데 내가 뭐라고 말할 것 같으냐? 네가 굉장한 사람이 되었을 수도 있겠지. 그렇지만 그런 말을 네 아비에게 한 건 잘못이야. 내가 30년이라고 말한 것은, 그 세월이 내게는 30년처럼 여겨졌기

---

58) 알레산드리아의 전설에 등장하는 잔혹한 독일 여자.

때문이다. 그 30년 동안 넌 소식 한 자 없었지. 너 오늘 운수 사나운 날인 줄 알거라. 넌 우리 집안을 망가뜨린 장본인이야. 빨리 그 노새에서 내리지 못할까. 그 노새도 훔쳐 탄 게 틀림없겠지. 이 지팡이로 네 머리통을 박살 내버리겠다!」 그러더니 어느새 바우돌리노의 구두를 붙잡고 바우돌리노를 노새에서 끌어내리려고 했다. 그때 그 무리의 우두머리처럼 보이는 사람이 그 가운데로 끼어들었다. 「가세나, 갈리아우도. 30년 만에 아들을 다시 만났으니…….」

「13년입니다.」 바우돌리노가 말했다.

「넌 닥치고 있어라. 조금 있다가 우리 둘이 이야기하자고 ─ 30년 만에 아들을 찾았으니 이럴 때 서로 부둥켜안고 하느님께 감사를 드려야지, 빌어먹을!」 그래서 바우돌리노가 노새에서 내려, 이제는 눈물을 흘리고 있는 아버지 갈리아우도의 품안으로 안기려는 순간 우두머리처럼 보이는 그 귀족이 다시 두 사람 사이로 끼어들더니 바우돌리노의 목덜미를 붙잡았다. 「그렇기는 하지만 너와 계산해야 할 일이 있는 사람은 바로 나다.」

「그런데 나리는 누구십니까?」 바우돌리노가 물었다. 「난 오베르토 델 포로이다. 넌 모르겠지. 그리고 어쩌면 전혀 기억을 하지 못할 수도 있다. 내가 10살쯤 되었을 때 우리 아버님께서는 몸소 너희들의 마을에 들르셨지. 아버님이 사시려는 암소를 보기 위해서 말이다. 난 기사의 아들답게 차려입고 있었어. 아버님은 내 옷이 더러워질까 봐 자신과 함께 마구간에 들어가는 것을 막으셨다. 난 집 주위를 이리저리 돌아다녔다. 그런데 바로 뒤에 네가 있었어. 퇴비 더미에서 막 나온 것같이 더럽고 흉측한 네가 말이다. 네가 내 앞으로 오더니 나를 이리저리 살펴보았지. 그리고 같이 놀고 싶냐고 물어보았다. 어리석은 나는 좋다고 대답을 했지. 그런데 너는 나를 밀어서 돼지우리 속에 빠뜨려 버렸어. 그 꼴이 된 나를 보신 우리 아버님은 내게 몽둥이질을 하셨지. 새 옷을 못 입게 만들어 놓았으니까.」

「그럴 수도 있었겠지요.」 바우돌리노가 말했다. 「하지만 벌써 30년 전 이야기인데요…….」

「13년 전이야. 그때부터 나는 매일 그 일을 생각했다. 내 인생에서 그때처럼 굴욕스런 일은 없었으니까. 그리고 언젠가 그 갈리아우도의 아들을 만나게 되면 그놈을 죽여 버리겠다고 다짐하면서 자랐지.」

「그래서 지금 저를 죽이실 작정입니까?」

「지금은 아니다. 아니, 이제 앞으로 그럴 일은 없어. 황제가 다시 이곳에 발을 디밀었을 때 황제와 싸우기 위해 우리는 여기서 모두 함께 도시를 세웠고 이제 그 일이 거의 다 끝났으니까. 그리고 한번 생각을 해봐. 널 죽이기 위해서 세월을 허비할 수는 없잖아? 30년이란 세월을…….」

「13년입니다.」

「13년 동안 난 마음속에 이렇게 분노를 품어 왔다. 그런데 바로 지금 이 순간, 보다시피 분노는 다 사라졌어.」

「사람들의 말에 따르면, 때로는…….」

「이제 잔꾀는 쓰지 마라. 가라. 아버지 품에 안기도록 해라. 지금 막 건물 완공을 축하하기 위해 이 근처에서 잔치를 하고 있는데, 네가 지난 일을 사과한다면 그곳으로 함께 가도 좋다. 이런 경우에는 술통에서 포도주를 따라야지. 그리고 우리 노인들이 말하듯이, 자, 회포를 푸세!」

바우돌리노는 넓은 선술집으로 들어갔다. 도시는 아직 완성되지 않았으나 최초의 술집은 이미 자리를 잡고 있었다. 마당에 멋진 페르골라[59]가 있는 술집이었다. 페르골라가 있기는 했지만 겨울이었기 때문에 술집 안에서, 커다란 술통이나 다름없는 굴 속 같은 곳에서 술을 마시는 게 더 좋았다. 멋진 주전자들과 당나귀 고기로 만든 살라미 소시지가 가득 놓여 있는 기다란 나무 탁자에서 말이다. 그런데 그 소시지는 (바우돌리노가 놀란 얼굴을 하고 있는 니케타스에게 설명을 했다) 부풀린 가죽 부대처럼 보이지만, 그것을 한 칼에 베어서 기름과 마늘 속에 텀벙텀벙 던지면 아주 맛있는 음식이 된다. 바로 이 때문에 거기 모인 사람들은 모두 즐거웠고 거나하게 취해 술 냄새를 풍기고 있었다. 오베르토 델 포로가 갈리아우도 아울라리의 아들이 돌아왔다고 알렸다. 그러자 곧 거기 있던 사람들 중 몇 사람이 달려들어 바우돌리노의 어깨를 주먹으로 쳤다. 그는 처음에 너무나 놀라 눈을 둥그렇게 떴지만 이내 알아보고는 똑같이 응수했다. 신원 확인은 계속되었고 끝날 줄을 몰랐다. 「오 세상에, 그런데 넌 스카카바로치구나. 넌 쿠티카 디 쾨르넨토고 — 그런데 넌 누구였더라? 잠깐만, 가만히 있어 봐. 내가 알아맞히고 싶어. 그런데 넌 스쾨르차피키구나! 넌 기니였나, 포르첼리였나?」

「아니야, 포르첼리는 쟤야. 너희들이 매일 돌을 던졌잖아! 난 기노 기니였어. 사실대로 말하자면 아직도 기노 기니야. 우리 둘은 겨울이면 썰매 타러 얼음 위로 가곤 했었잖아.」

「세상에. 맞아. 넌 기니구나. 넌 뭐든 다 팔 수 있는 아이였

---

[59] 정자의 일종.

지. 예전에 어떤 순례자에게 너희 집 염소 똥을 바우돌리노 성인의 유해라고 속여 팔지 않았니?」

「왜 아니겠어. 사실은 지금 장사를 하고 있어. 이것이야말로 운명이 아니고 뭐겠어? 그런데 저기 저 사람, 저 사람이 누구인지 좀 맞춰 봐……」

「메를로잖아! 메를로, 내가 자네에게 항상 뭐라고 했었지?」

「자네는 내게 항상 이렇게 말했지. 넌 멍청해서 열을 받지 않으니 좋겠다. 그런데 봐. 받지 않은 대신에 잃었어.」[60] 그는 그러더니 오른팔을 보여 주었는데 손이 잘려 나가고 없었다. 「10년 전 밀라노 공격 때 잃어버렸어.」

「바로 그거야. 내가 지금 말하려는 게 바로 그거야. 내가 아는 대로라면 가몬디오, 베르골리오와 마렝고 사람들은 항상 황제 편에 섰어. 자네들도 처음에는 황제 편에 섰었는데 왜 황제에게 대항할 도시를 세우고 있는 거지?」

그러자 모두들 설명을 하려고 애를 썼다. 바우돌리노가 정확히 알게 된 것은, 가몬디오, 베르골리오, 마렝고 같은 마을의 사람들이 옛 성과 로보레토의 산타 마리아 성당 근방에 새로운 도시를 하나 세웠다는 것뿐이었다. 또 자기들이 살 집을 짓기 위해 사방에서, 그러니까 리발타 보르미다, 바시냐나 혹은 피오베라 같은 곳에서 온 가족이 옮겨 와서 함께 일을 하는 사람들도 있었다. 그래서 5월부터 그들 중의 세 사람, 로돌포 네비아, 알레라모 디 마렝고와 오베르토 델 포로

---

60) 비슷한 발음을 이용한 말장난. 〈화를 내다〉는 *prendersela.* 〈잃어버리다〉는 *perdersela.*

가, 로디와 거기에 모여 있던 코무네들에게 지지를 표명했다. 그 무렵에는 도시가 타나로 강을 따라 서 있는 게 아니라 계획 속에 있을 뿐이긴 했지만 말이다. 사람들은 여름과 가을 내내 짐승처럼 일했다. 그래서 도시는 이제 거의 다 완성이 되어 갔다. 황제가 그의 그 나쁜 습관대로 또다시 이탈리아로 내려오는 날 그의 발걸음을 가로막을 준비가 다 되었다.

대체 무엇을 가로막는다는 건가, 다소 회의적인 면이 있는 바우돌리노가 물었다. 황제는 우리 주위를 돌아서 가면 그뿐일 텐데. 아 아닐세, 사람들이 바우돌리노에게 대답했다. 자네는 황제를 몰라. 그의 동의 없이 세워진 도시는 그의 명예를 손상시킨 것이기 때문에 피로 씻어 버려야 하지. 황제는 부득이하게 도시를 포위하게 될 거야(그런데 이건 그들의 말이 맞았다. 그들은 프리드리히의 성격을 너무나 잘 알고 있었다). 바로 이런 이유 때문에 견고한 성벽이 필요하고 길들도 전투에 맞게 고안해야 하는 것이지. 우리가 뱃사람들인 제노바 인들을 필요로 한 것도 바로 이 때문이야. 그렇지. 그들은 아주 먼 고장에 가서 수많은 새 도시들을 건설했어. 그래서 어떻게 해야 하는 것인지를 알고 있지.

하지만 제노바 인들은 돈을 받지 않고는 절대 일하지 않는 사람들이야, 바우돌리노가 말했다. 그들에게 누가 돈을 지불했지? 돈을 지불한 건 바로 그들이야. 그들이 벌써 우리에게 제노바 금화로 천 냥을 우리에게 빌려 주었어. 또 다른 사람들이 천 냥을 내년에 빌려주기로 약속했지. 그런데 전쟁에 맞게 고안된 길이란 게 무슨 뜻인가? 에마누엘레 트로티가 자네에게 설명해 줄 거야. 트로티가 바로 이런 생각을 해냈거든. 폴리오르케테스[61]인 자네가 말을 해보지!

「폴리오르 머시기가 뭐야?」

「가만 있어, 보이디, 트로티가 말하게 내버려 두게.」

그러자 트로티가 말했다(트로트 역시 오베르토처럼 *miles*, 다시 말해 기사나 지위가 높은 어떤 귀족의 가신 같은 분위기였다). 「도시는 적들이 성벽을 오를 수 없게 해서 적에게 대항을 해야만 하지. 하지만 불행히도 적들이 성벽을 올랐을 경우라도 도시는 다시 적에게 저항을 하고 적의 등을 꺾어 부러뜨릴 수 있어야 하네. 만일 적들이 성 안에 들어와서 자기들이 가야 할 길이 거미줄처럼 뒤엉켜 있는 것을 보게 되면, 그 다음부터는 그 적들을 잡을 수가 없게 돼. 어떤 놈은 이리 가고 어떤 놈은 저리 가게 되어 얼마 안 있어 방어자들은 독 안에 든 쥐 꼴이 되는 거지. 그러니까 적들이 성 안에 들어왔을 때는 성벽 밑에 공터가 있는 것을 보아야 해. 그러면 적들이 공터에서 노출된 채로 서 있는 바로 그 틈을 이용해서 화살과 돌을 던지는 거야. 그 공터를 지나기 전에 이미 적의 수가 반으로 줄어들게 말이지.」

(바로 그거군요, 니케타스가 슬픈 듯이 말했다. 콘스탄티노플 사람들이 어떻게 했어야 했는지 이제 알겠군요. 콘스탄티노플 사람들은 성벽 밑에 바로 그렇게 거미줄 같은 길들을 만들어 놓았으니……. 그렇습니다, 바우돌리노는 그에게 이렇게 대답을 하고 싶었다. 하지만 그것만이 아니라 당신네 황제 근위대원들처럼 힘이 다 빠져 바지에 똥 쌀 겁쟁이들이 아니라, 우리 고향 사람들처럼 과감하고 물러서지 않는 사람

---

61) 〈포위자〉라는 뜻. 플루타르코스의 『영웅전』에 나오는 마케도니아의 왕 디미트리오스 1세. 뛰어난 전략가로서 포위 공격을 잘한다 하여 이러한 별명을 얻었다.

들이 필요합니다 — 하지만 바우돌리노는 상대방에게 상처를 주고 싶지 않아서 입을 다물었다. 대신 이렇게 말했다. 가만히 있어 봐요. 트로티의 말을 자르지 마세요. 마저 말을 할 수 있게 해줘요.)

트로티가 말을 계속했다. 「만약 적이 노출된 공간을 지나 거리로 들어선다면, 이 거리들은 곧게 뻗어서도, 연추(鉛錘)로 잰 듯이 수평이어서도 안 되네. 자네가 도시를 격자 석쇠처럼 계획했던 고대 로마 인들을 따르려고 해서도 안 된다네. 왜냐하면 길이 곧게 뻗어 있으면 적들은 항상 그 길에서 무엇이 자기를 기다리고 있을지를 너무나 잘 알기 때문이야. 그러니까 길들은, 말하자면 각진 곳이나 구부러진 곳으로 가득 차 있어야 한다네. 방어자는 모퉁이 뒤에서, 땅바닥에서, 지붕 위에서 기다리는 거야. 그러면 방어자는 적이 무엇을 하는지 항상 알 수 있게 돼. 왜냐하면 옆 지붕에 — 첫번째 방어자와 각을 이루는 — 또 다른 방어자가 있어서 적을 알아보고는 아직 적을 발견하지 못한 사람들에게 신호를 할 수 있으니까. 하지만 적은 자기 앞에 무엇이 있는지를 전혀 모르겠지. 그래서 방어에 좋은 도시의 집이란 노파의 이빨처럼 엉성하게 만들어져 있어야 해. 보기 싫기는 하지만 거기에는 장점이 있지. 그리고 마지막으로 가짜 터널이 필요해!」

「그런 이야기는 아직 우리에게 하지 않았잖아.」 보이디가 끼어들었다.

「맞아, 나도 어제서야 어떤 제노바 인에게 들은 이야기야. 그 제노바 인은 그리스 인에게 그 이야기를 들었다네. 이건 유스티니아누스 황제의 장군이었던 벨리사리우스의 생각이었다는군. 포위 공격자의 계획은 어떤 것일까? 도시의 심장

부로 갈 수 있는 지하 터널들을 파는 거야. 그렇다면 그의 꿈은? 이미 멋있게 만들어져 있는, 포위당하고 있는 자들이 모르는 터널을 발견하는 것이지. 그래서 우리는 그 공격자를 위해 곧 성벽 밖에서 안으로 이어지는 터널을 하나 준비해 놓으려고 한다네. 바깥쪽의 입구를 돌들과 관목으로 가려 놓는 거지. 하지만 너무나 완벽하게 가려서 적이 아무리 해도 찾을 수 없게 만드는 건 아니야. 터널의 다른 쪽, 그러니까 도시 쪽의 입구는 아주 좁아야 해. 한번에 한 사람, 아무리 많아야 두 사람 정도 지나갈 수 있을 정도로 말이야. 그리고 철책으로 막혀 있어야 하지. 첫번째 발견자가 철책에 도착했을 때 광장이 보인다고, 그러니까 내 말은, 작은 교회의 모퉁이가 보인다고 말할 수 있게 말이지. 그건 바로 터널이 바로 도시로 이어진다는 표시니까. 물론 철책 앞에 보초를 세워 둬야지. 적이 한 번에 한 명씩 밖으로 나올 수밖에 없는 상황에 이르게 되는 것이고 적이 한 명 나올 때마다 보초가 그 적을 때려눕히는 거야……」

「적은 멍청해야 하겠지. 그래야 앞에 나간 자기 편이 무화과 열매처럼 바닥에 굴러 떨어진 것도 모르고 계속 밖으로 나오겠지.」 보이디가 비웃었다.

「적이 멍청하지 않다고 누가 자네에게 말하기라도 했나? 조용히 하라고. 이 일은 더 연구하는 게 좋을 거야. 집어던져 버릴 생각은 아니라고.」

바우돌리노는 기니의 편을 들었다. 기니는 장사꾼이므로 분별력이 있을 게 틀림없었다. 그리고 군인으로서 명성은 얻었을지 몰라도 승산 없는 일에 몸을 던지는 기사들, 그러니까 봉신들 중에서도 봉신인 자들과는 달리 현실적일 게 분명했다. 「이보게, 기니, 그 포도주 좀 더 주게. 그런데 이야기를 좀 해주겠나. 내가 보기에는 이곳에 도시를 세워서, 바르바로사가 체면을 잃지 않기 위해 어쩔 수 없이 도시를 공격하게 만들고, 그렇게 해서 포위 공격으로 황제가 지친 뒤에, 동맹군들에게 황제를 등 뒤에서 공격할 수 있는 시간을 준다는 게 내가 보기에는 좋은 생각인 것 같군. 하지만 이 전투에 참가할 사람은 도시 사람들이야. 그런데 자네는 우리 고장 사람들이 잘살든 못 살든 그럭저럭 살아가던 터전을 버리고 여기 와서 파비아 사람들을 도와주기 위해 사람을 죽일 것이라는 것을 내가 믿을 거라고 생각하나? 그리고 자기 어머니가 사라센 해적들에게 붙잡혔다고 해도 어머니를 구하기 위해 한 푼도 내지 않을 제노바 인들이 자네들에게 돈을 주고 기껏해야 밀라노를 편하게 해줄 도시를 건설하는 데 노동을 제공하고 있다는 사실을 내가 믿었으면 좋겠나?」

「바우돌리노,」 기니가 말했다. 「이야기는 그것보다 훨씬 더 복잡하다네. 지금 우리가 있는 곳이 어떤 곳인지 주의해서 보게나.」 기니는 손가락에 포도주를 적셔 테이블 위에 그림을 그리기 시작했다. 「여기는 제노바야. 맞지? 그리고 여기 테르도나와 파비아, 그리고 밀라노가 있네. 이 도시들은 부자야. 그리고 제노바는 항구지. 그러니까 제노바는 롬바르디아 도시들과 교역할 수 있는 자유로운 길을 가지고 있어야만 하네. 알겠나? 그런데 오솔길들은 렘메 계곡, 오르바 계곡, 보르미다 계곡과 스크리비아 계곡으로 지나가지. 지금 네 개의 강에 대해서 이야기하고 있는데 — 아닌가? — 이 강들은 모두 조금씩은 여기 타나로 강으로 모이게 되지. 그러니까 만약 타나로 강 위에 다리가 하나 있다면 몬페라토 후작의 영토와 그 뒤에 있는 누군가의 영토와 교역할 수 있는 길이 열리게 되는 거야. 알겠나? 이제, 제노바와 파비아가 서로 타협을 할 때까지는 이 계곡에 주인에 없는 게 나아. 아니면 차례차례 동맹을 맺어야 해. 예를 들면 가비라든가 마렝고와 말일세. 그러면 일은 순조로워질 거야……. 하지만 황제가 이곳에 도착하면 한편에서는 파비아가, 또 다른 편에서는 몬페라토가 제국과 관계를 맺을 걸세. 제노바는 왼쪽, 오른쪽으로 모두 차단을 당하게 될 거고. 만약 프리드리히의 편으로 간다면 밀라노와의 사업은 작별을 고하게 되는 거지. 그러면 밀라노는 토르토나와 노비와 좋은 관계를 맺어야 할 거야. 둘 중 한 도시가 스크리비아 계곡과 보르미다의 다른 계곡을 지배할 수 있게 해줄 테니까. 그런데 자네 무슨 일이 일어났는지 아나? 황제는 토르토나의 지역을 완전히 파멸시켜 버렸다네. 파비아는 아펜니노 산맥까지 토르토나의 땅을 지배하게 되었다네. 우리 마을들은 제국의 편이 되기 위해 떠났지. 그런데 난 우리같이 힘없는 사람들이 남에게 위압적인 존재가 될 수 있는지 정말 보고 싶었다네. 제노바 인들이 우리를 자기들 편으로 끌어들이기 위해 우리에게 줄 수 있는 게 뭐가 있겠나? 우리가 꿈도 꿔보지 못한 어떤 것, 그러니까 바로 도시였다네. 집정관과 군인들과 주교와 성벽이 있는 도시 말일세. 사람들과 물건들의 세금을 거둘 수 있는 도시 말이야. 바우돌리노, 타나로 다리를 손에 넣고 있을 때에만 엄청난 돈을 벌 수 있다는 것을 알겠지. 자네는 그 다리에 앉아 어떤 사람에게는 동전 한 닢을 요구할 수 있고 또 어떤 사람에게는 병아리 두 마리를 요구할 수 있고, 다시 또 다른 사람에게는 황소 한 마리를 몽땅 내놓으라고 요구할 수도 있어.

그 사람들은 지불을 할 걸세. 도시는 천국이야. 우리처럼 팔레아에 사는 사람들에 비해서 토르토나 사람들이 얼마나 부자인지 한번 보라고. 그러니까 이 도시는 우리를 편하게 해주고 동맹을 편하게 해주고 자네에게 말했듯이 제노바를 편하게 해준다네. 이 도시는 약하기는 하지만 바로 여기 있다는 이 사실 하나 때문에 다른 사람들의 계획들을 모두 망쳐놓게 되고, 파비아도 황제도 몬페라토 후작도 이 지역을 절대 지배를 할 수 없게 해준다네…….」

「맞아, 하지만 그러다가 바르바로사가 오면 자네들을 두꺼비를 밟듯이 납작하게 밟아 버릴 거야.」

「진정해, 어떻게 될지 누가 알겠어? 문제는 황제가 왔을 때 도시가 거기에 서 있는 거야. 그러고 나면 자네는 일이 어떻게 되는지 알게 될 걸세. 포위 공격에는 시간과 돈이 들지. 우리는 그에게 완전히 복종을 하게 될 거야. 그는 만족을 하겠지(명예를 무엇보다 존중하는 그런 사람이니까). 그러고 나면 황제는 다른 곳으로 떠나게 될 거야.」

「그렇지만 도시 동맹 사람들과 제노바 인들은 이 도시를 세우기 위해 돈들을 갖다 쏟아 부었어. 그런데 자네들은 그렇게 그들의 엉덩이를 차서 쫓아내 버려도 괜찮은 건가?」

「그건 바르바로사가 언제 오느냐에 달린 문제야. 석 달 동안 롬바르디아 동맹들은 마치 아무 일도 아닌 것처럼 동맹 상대를 바꿀 테니 두고 보라고. 우리는 도시에서 기다리면 되는 거야. 아마 그 순간 거기서, 동맹은 황제의 동맹군이 될 걸세.」 (니케타스 씨, 바우돌리노가 덧붙였다. 6년 뒤 내가 프리드리히의 편에 서서 그 도시를 포위 공격했을 때 너무 놀라서 눈이 빠져 버릴 뻔했습니다. 돌던지기의 귀재인 제노바 인들이 황제 편에 있었으니까요, 알겠습니까, 도시를 건설하는 데 공헌을 한 그 제노바 인들 말입니다!)

「그리고 만약 그렇지 않다면」, 기니가 계속 말을 했다. 「우리는 포위 공격을 견디어 내거나, 아니면 젠장할 이 세상에 공짜가 없는 게 될 테지. 그런데 더 이야기를 하기 전에 이리 와서 좀 보게……」

그가 바우돌리노의 손을 잡았다. 그러더니 바우돌리노를 데리고 선술집 밖으로 나갔다. 이미 밤이 되어 있었다. 날씨는 아까보다 더 추웠다. 그들은 작은 광장으로 나갔다. 바우돌리노는 그 광장에서 적어도 세 개 정도의 길이 시작되고 있다는 것을 간파할 수 있었다. 하지만 완성된 골목은 두 개밖에 되지 않았는데, 단층에 짚으로 지붕을 얹은 집들이 늘어서 있었다. 주변의 몇몇 창문에서 흘러나오는 불빛과 아직까지 물건을 파는 장사꾼들이 살려 놓은 화로 불빛이 광장을 밝혀 주고 있었다. 장사꾼들은 이렇게 외치고 있었다. 아주머니들, 이제 평화로운 밤이 찾아오고 있어요. 남편들께 맛있는 식탁을 차려 드리고 싶지 않으세요? 세 번째 골목이 있어야만 하는 장소 쪽에 칼갈이가 있었다. 손으로 숫돌에 물을 뿌리면서 칼을 갈아 금속성소리들이 들려왔다. 거기서 조금 더 걸어간 노점에서 한 여인이 파리나타,[62] 말린 무화과 열매와 캐럽을 팔고 있었다. 또 양가죽 옷을 입은 양치기가 바구니를 들고, 이보세요, 아주머니들, 여기 좋은 마스카르포네 치즈가 있어요라고 외쳤다. 두 집 사이에 있는 빈터에

---

62) 제노바의 전통 요리. 병아리콩 가루를 반죽해 오븐에 구운 것. 황색의 팬케이크.

서는 두 남자가 돼지를 놓고 값을 흥정하고 있었다. 그 끝에서는 두 처녀가 힘없이 문에 기대 서 있었다. 그녀들은 가슴팍이 다 드러나게 숄을 두른 채 이를 덜덜 떨고 있었다. 그 중 한 여자가 바우돌리노에게 말했다.「잘생긴 아저씨, 나와 함께 크리스마스를 보내는 게 어때요? 다리가 여덟 개 달린 동물을 만드는 법을 가르쳐 줄 테니까요.」

그들은 모퉁이를 돌아섰다. 그러자 양털을 깎는 사람이 나타났다. 그는 이불과 밀짚 요를 사서 아기 예수처럼 꽁꽁 얼지 않고 따뜻하게 잠을 잘 수 있는 마지막 기회가 찾아왔다고 소리쳤다. 그 옆에서는 물장수가 크게 외쳤다. 아직 제대로 완성도 되지 않은 길을 따라가다 보니 벌써 집의 현관들이 보였다. 현관 이쪽에서는 목수가 아직도 대패질을 하고 있었고 저쪽에서는 대장장이가 불꽃을 번득이며 아직도 모루를 두들기고 있었다. 그 아래쪽에서는 또 다른 사람이 지옥의 입구처럼 불길이 일렁이는 오븐에서 빵을 꺼내고 있었다. 그리고 이 새로운 경계지에서 장사를 하기 위해 멀리서 오는 상인들이 있었다. 또 대개는 숲에서 사는 사람들인 석탄 장수, 꿀을 찾아다니는 사람, 비누를 만들 때 쓰는 재를 만드는 사람, 밧줄을 만들거나 가죽을 무두질하는 데 쓰이는 나무껍질을 모으러 다니는 사람, 토끼 가죽 장수들이 모여들었고, 흉악한 철면피들도 새로운 거주지에서 어떠한 이익이라도 취할 수 있을 것이라고 생각하고서 이곳으로 찾아 들었으며, 팔이 없는 사람, 눈먼 사람, 절름발이와 연주창 걸린 사람들도 모여들었다. 그러니까 이런 사람들은 마을의 길에서 구걸을 하다가, 이런 축제 기간 동안에는, 한적한 시골길보다 훨씬 동냥을 많이 받을 게 분명한 이곳을 찾아온 것이었다.

처음에는 한두 송이씩 흩날리던 눈이 곧 펑펑 쏟아져 내리기 시작했다. 어느 정도의 무게를 지탱해 낼 수 있는지 아직 아무도 알 수 없는, 새 지붕들이 제일 먼저 새하얗게 변했다. 프리드리히가 정복한 밀라노에서 자기가 꾸며 낸 일을 잊지 않고 있던 바우돌리노는 그 순간 헛것을 보았다. 세 마리의 당나귀에 올라타고 반원을 그리며 성 안으로 들어오고 있는 세 명의 상인들이 그의 눈에는 동방 박사들 같았다. 동방 박사들이 값비싼 항아리와 옷감들을 지닌 가족들을 이끌고 오는 것 같았다. 그들 뒤로, 타나로 강 너머로 이미 은빛으로 빛나는 언덕의 기슭을 따라 내려오는 양 떼들이 보이는 것 같았다. 그 양 떼들과 더불어 피리와 백파이프를 부는 목동들이 보이는 것 같았고 색색깔의 줄무늬가 들어간 커다란 터번을 쓴 무어 인들과 동방의 낙타 대상들이 보이는 것 같았다. 언덕 위에서 드문드문 타고 있던 모닥불들이 점점 더 거세게 흩날리는 눈발 아래서 꺼져 가고 있었다. 그러나 바우돌리노가 보기에 그런 모닥불은 하늘에서 이제 막 태어난 도시를 향해 움직이는 커다란 별똥별 같았다.

「도시가 어떤 것인지 보았나?」 기니가 바우돌리노에게 말했다. 「아직 다 완성이 되지도 않았는데 벌써 이 정도라면 나중에는 어떨지 상상해 볼 수 있겠지. 삶 자체가 완전히 바뀌게 되는 거야. 매일 자네는 새로운 사람들을 보게 될 거야 — 상인들은, 물론, 천상의 예루살렘을 갖게 되는 것이나 마찬가지이지. 기사들로 말하자면, 황제가 그들에게 봉토를 나누지 못하도록 땅을 파는 일을 금했지. 그래서 기사들은 시골에서 굶어 죽어 갔어. 반면 이제 그들은 궁사들을 거느리고 성장을 한 채 말을 타고 외출해서 여기저기에 명령을 할 수 있을 거야. 그렇다고 귀족들이나 상인들에게만 좋은 건 아니야. 자네 아버지처럼 땅 한 평 없지만 그래도 가축은 몇 마리 가지고 있는 사람에게도 도시는 축복의 장소지. 짐승이 필요해서 돈을 주고 짐승을 사려는 사람들이 도시에 오게 돼. 다른 물건과 짐승을 교환하는 게 아니라 소리 나는 금속으로 짐승을 파는 일이 시작되는 것이지. 무슨 말인지 자네가 이해했는지 잘 모르겠군. 만약 자네가 토끼 세 마리와 닭 두 마리를 바꾸었다면 자네는 조만간, 그 닭들이 늙기 전에는 잡아먹어야 할 거야. 하지만 동전 두 닢과 바꾸었다면 자네는 그것을 침대 속에 숨겨 둘 수 있지. 그 동전은 10년 후에도 그대로 있는 거지. 자네만 괜찮다면 심지어 적들이 자네의 집을 습격했을 때도 동전은 여전히 그곳에 있을 걸세. 그리고, 로디와 파비아와 같은 일이 밀라노에서도 벌어졌지. 그러니까 여기 우리 도시에서도 그런 일이 일어날 걸세. 분명 기니나 아울라리 같은 사람들은 입 다물고 조용히 있어야 하고 구아스코나 트로티 같은 사람들만 발언권을 갖게 되는 것은 아니야. 우리 모두가 결정을 내리는 사람이 되는 거야. 자네가 귀족은 아니지만 여기서 중요한 일을 할 수 있을 거야. 이게 도시의 좋은 점이지. 특히 귀족이 아닌 사람에게 좋은 거야. 그리고 만약 어쩔 수 없을 경우에는(그렇지 않으면 더 좋겠지만) 서로를 잔인하게 죽일 수 있는 곳이기도 하지. 그 자식들이 이리저리 돌아다니면서 이렇게 말할 수 있기 때문이야. 내 이름은 기니다. 네 이름이 트로티라고 하더라도 넌 마찬가지로 개새끼야.」

그쯤에서 니케타스가 바우돌리노에게 그 축복받은 도시의

이름이 무엇이냐고 물어볼 게 분명했다. 이야기꾼으로서 대단한 재능을 지닌 바우돌리노는 그 순간까지 도시의 이름을 밝히는 것을 미뤄 왔다. 도시는 아직 정식 이름 없이 그저 대충 *Civitas Nova*(신도시)로 불렸다. *individuum*(개별)적인 이름이 아니라 *genus*(포괄)적인 이름이었다. 이름을 선택하는 것은 또 다른 문제였다. 그리고 적지 않게 합법성과 관련된 문제였다. 이 새 도시가 역사와 귀족 계급이 없이 어떻게 존재의 정당성을 획득할 수 있을까? 적어도 황제의 승인을 받아야 할 것이다. 그러면 황제는 기사와 남작을 임명하게 될 것이다. 그러나 이곳에서는 황제의 뜻에 반대하기 위해 도시를 탄생시켰다고 말하고 있다. 그러면? 바우돌리노와 기니가 선술집에 돌아왔을 때 모두들 바로 그 문제를 의논하고 있었다.

「만약 이 도시가 황제의 법률과는 상관없이 탄생하는 것이라면 다른 법률에 따라 도시에 합법성을 부여할 수 있을 걸세. 황제의 법률처럼 강력하고 오래된 법률에 따라서 말일세.」

「그런 법률을 어디서 찾을 수 있나?」

「*Constitutum Constantini*, 곧 콘스탄티누스 황제가 교회에 영토를 증여했을 때 교회에 그 땅을 다스릴 권리를 준 사실에서 찾을 수 있지. 우리가 이 도시를 교황에게 증여하는 것일세. 지금으로서는 교황이 두 사람이니까 동맹 편에 선 교황에게, 그러니까 알렉산데르 3세에게 주어야지. 몇 달 전 이미 우리가 로디에서 말했던 것처럼 말일세. 도시 이름은 알레산드리아가 될 것이고 교황의 봉토가 될 걸세.」

「그런데 자네는 로디에서 아무 말도 하지 않았잖아. 우리가 그때 아무것도 결정을 내린 게 없었으니까.」 보이디가 말했다. 「하지만 문제는 이게 아니야. 이름으로 보자면 멋진 이름이야. 어쨌든 다른 많은 도시들보다 보기 흉한 것 같지는 않아. 그렇지만 내 마음에 걸리는 것은 우리가 도시를 하나 만들기 위해 이렇게 고생한 뒤에 교황에게 이 도시를 선물해 버린다는 사실일세. 교황은 이미 수많은 도시를 가지고 있는데 말이야. 그리고 그렇게 함으로써 우리는 교황에게 세금을 지불해야만 하고 이리 가든 저리 가든 문제는 항상 돈일 거야. 그 돈들은 집에서 나오는 것이고. 그러니까 황제에게 세금을 바치는 것이나 마찬가지가 되는 것이지.」

「보이디, 늘 똑같은 말 좀 하지 말게.」 쿠티카가 말했다. 「첫째, 황제는 도시를 그에게 선물한다 해도 그것을 원하지 않아. 그리고 혹시 그것을 받을 준비가 되었다 해도 그렇게 할 만한 가치가 없어. 둘째, 황제에게 세금을 내지 않는 거야. 그러면 황제는 자네에게 달려들어 밀라노에서 했던 것처럼 자네를 박살 낼 걸세. 그렇다고 교황에게 세금을 내는 것도 아니지. 교황은 지금 1천여 마일 떨어진 곳에 있고 아무리 화가 나도 단지 돈 몇 푼을 뜯어내기 위해 군대를 보내지는 않을 거야.」

「셋째로,」 그때 바우돌리노가 끼어들었다. 「내가 끼어드는 것을 자네들이 허락할지 모르겠네만, 난 파리에서 공부를 했다네. 그래서 서신과 공문서들을 만드는 일에 경험이 있어. 좋건 싫건 선물을 하는 거야. 예를 들어 교황 알렉산데르에게 경의를 표하고 베드로 성인에게 바치기 위해 알레산드리아라는 도시를 세웠다고 자네들이 문서를 작성하는 거야. 그 증거로서, 봉건적인 의무로부터 자유로운 사유지에 베드로 성당을 짓는 거지. 도시에 사는 사람들 모두가 낸 돈으로 그 성당을 짓는 거야. 그런 후에 자네들의 공증인들이 가장 필요하고 중요하다고 생각하는 형식을 모두 다 갖추어서 그 성당을 교황에게 바치는 것이지. 자식으로서 교황을 모시겠다고 제안하고 애정을 표시하고 가능한 한 모든 것을 다 곁들이는 거지. 그리고 교황에게 양피지를 보내는 거야. 그러면 자네들은 그의 축복을 받게 될 걸세. 그 후에 누구든 그 양피지에 대해 세밀히 관찰하게 되는 사람은 결국 자네들이 교황에게 성당만을 선물한 것이지 그 밖의 도시의 다른 것들은 선물하지 않았다는 것을 알게 될 거야. 그렇지만 나는 교황이 자기 성당을 가져가려고 이곳으로 와서 성당을 로마로 옮겨 가는 것을 보고 싶군.」

「내가 보기에 근사한 것 같군.」 오베르토가 말했고 모두들 동의했다. 「바우돌리노가 말한 대로 하세나. 아주 빈틈없는 생각인 것 같아. 내 생각엔 바우돌리노가 여기 남아서 다른 좋은 충고들을 우리에게 해주었으면 좋겠어. 아주 훌륭한 파리의 박사인 것 같으니까 말일세.」

이제 바우돌리노는 그 멋진 하루 중 가장 당황스러운 부분을 해결해야만 했다. 그들 역시 조금 전까지만 해도 황제파였으므로 누구도 자신을 비난하지 못하게 하면서, 자신이 프리드리히의 신하이며 프리드리히와는 양아들의 관계로도 연결되어 있다는 사실을 밝히는 것이었다 ─ 그리고 갈리아우도에게 그 놀라웠던 13년 동안의 이야기를 들려주어야 했다. 지금 갈리아우도는 이런 말만 중얼거리고 있을 뿐이었다. 「누군가가 그 말을 해주었어도 난 그걸 믿지 않았을 거야.」 그리고, 「네 꼴을 좀 봐라. 내 눈에는 네가 다른 사람보다 더 못된 건달 같아 보인다. 그런데도 대단한 놈이 되었다고 말해?」

「나쁜 일이 모두 해를 끼치려고 찾아오는 것은 아니지요.」 그때 보이디가 말했다. 「알레산드리아는 아직 완성이 되지 않았네. 그런데 벌써 우리들 중에 황제의 궁정에 있는 사람이 있는 거야. 내 친구 바우돌리노, 자네가 황제를 그렇게 사랑하고 황제 역시 자네를 사랑하는 것 같으니 자네는 황제를 배신해서는 안 되네. 그래도 자네는 황제의 곁에 가까이 있으면서 필요할 때마다 우리들의 편이 되어 주어야 할 거야. 이곳은 자네가 태어난 땅이니 자네가 배신을 하지 않는 범위 내에서 이 땅을 지키려고 애썼다고 해서 자네를 비난할 사람은 아무도 없을 걸세, 분명해.」

「그런데 오늘 밤은 프라스케타로 착하신 자네 어머니를 찾아뵈러 가서 거기서 자는 게 좋을 거야.」 오베르토가 부드럽게 말했다. 「그리고 내일은 여기 남아 있지 말고 떠나게. 강물이 어느 쪽으로 흐르는지 성벽이 어떤 재료로 만들어졌는지 보지 말고 말이야. 우리는 자네가 친아버지에 대한 사랑 때문에, 어느 날엔가 우리에게 커다란 위험이 닥치게 되면 그것을 미리 우리에게 알려 주리라고 확신하네. 그러나 자네가 그렇게 할 마음을 가지고 있다고 해도 바로 똑같은 이유로 자네가 언젠가 우리의 음모를 양아버지에게 알리지 않으리라고 누가 장담할 수 있겠는가. 우리 음모가 자네 양아버지에게 엄청난 고통을 줄 수도 있으니 말이야. 그러니까 자네는 될 수 있으면 모르는 게 더 나아.」

「그렇다. 아들아.」 그때 갈리아우도가 말했다. 「네가 지금까지 그렇게 나를 괴롭혔으니 이제 그 정도의 착한 일은 해줄 수 있을 게다. 난 여기 남아 있겠다. 보다시피 우리는 심각한 이야기들을 나누고 있으니까. 그런데 크리스마스 날 밤

네 어머니를 혼자 지내게 해서는 안 된다. 네 어머니는 너를 보면 너무나 기쁜 나머지 다른 것엔 전혀 신경을 쓰지 않을 게다. 내가 그 자리에 없다는 것도 모를 거야. 가거라. 그리고 내가 너에게 한 말을 명심해라. 네게 나의 축복을 전하고 싶구나. 우리가 언제 다시 만나게 될지 누가 알겠니.」

「좋습니다.」 바우돌리노가 말했다. 「불과 하루 사이에 한 도시를 발견했다가 그것을 잃어버리는군요. 오 염병할, 그런데 자네들 아나? 내가 아버지를 다시 보고 싶으면 아버지를 포위 공격하러 와야 한다네.」

대략 그런 일이 벌어졌지요, 바우돌리노가 니케타스에게 설명했다. 다른 방식으로는 거기서 벗어날 수가 없었어요. 그건 그때가 그렇게 힘든 시기였다는 것을 나타내 주는 것입니다.

「그러고 나서는요?」 니케타스가 물었다.

「난 우리 집을 찾기 시작했습니다. 땅에 쌓인 눈은 벌써 다리가 반이나 빠질 정도로 쌓여 있었고, 하늘에서 내리는 눈은 이미 어지러운 눈보라가 되어 눈을 뜰 수 없게 만들었고 얼굴을 에이는 것 같았습니다. 신도시의 불빛들은 사라져 버렸어요. 발이 푹푹 빠지는 눈과 하늘에서 쏟아지는 눈 속에서 난 대체 내가 어디로 가야 할지 알 수가 없었습니다. 나는 예전에 다니던 오솔길이 생각날 거라고 믿었지만 오솔길이 있는 지점에 이르렀을 때는 더 이상 어디가 단단한 땅인지, 어디가 늪지인지도 구별이 되지 않았어요. 집을 만들기 위해 숲의 나무들을 모두 베어 가버린 걸 볼 수 있었어요. 내가 머릿속에 기억하고 있던 그 나무들은 그림자조차 찾아볼 수 없었지요. 프리드리히를 처음 만났던 그날, 프리드리히가 그랬던 것처럼 나는 길을 잃었습니다. 다만 프리드리히가 길을 잃었던 그날은 안개가 끼여 있었지만 이제는 눈이 내리고 있다는 게 다를 뿐이었지요. 안개였다면 나는 다시 무사히 벗어날 수 있었을 겁니다. 미치겠군, 바우돌리노, 나는 속으로 혼자 말했습니다, 고향에서 길을 잃다니 말이야. 글을 읽고 쓸 줄 아는 사람이 그렇지 못한 사람들보다 훨씬 더 어리석다던 어머니 말씀이 정말 맞아. 그런데 이제 어떻게 해야 하지, 여기 그냥 있으면서 노새를 잡아먹어? 내일 아침에 사람들이 눈 속을 파보면 꽁꽁 얼어붙는 겨울밤 밖에 내놓은 토끼 가죽처럼 뻣뻣하게 굳은 나를 발견하게 되겠지?」

  바우돌리노가 지금 그때의 일을 이야기하고 있으니까, 그날 밤 그 눈 속에서 벗어난 것은 분명했다. 거의 기적과 같은 어떤 사건 때문이었다. 어디로 가야 하는지도 모르는 채 걸어가다가 다시 한번 하늘에서 아주 흐릿하지만 그래도 눈으로 볼 수는 있는 별 하나를 발견했다. 그래서 그는 자신이 계곡에 들어와 있으며 그가 낮은 곳에 있기 때문에 별빛은 바로 위에 있는 것처럼 보인다는 것도 깨닫지 못한 채 그 별을 쫓아갔다. 하지만 그가 경사면으로 다시 올라갔을 때 그 별빛은 점점 더 그의 앞으로 다가와서 그가 어떤 회랑에 와 있다는 것을 알아차릴 수가 있을 정도가 되었다. 그 회랑은 집 안에 가축들을 둘 충분한 자리가 없을 때 가축들을 가두어 두는 곳이었다. 회랑 밑에는 암소 한 마리와 너무나 놀라 울부짖는 나귀 한 마리, 그리고 양의 다리 사이로 두 손을 들이민 여자와 새끼를 낳으며 있는 힘껏 울고 있는 양 한 마리가 있었다.

바우돌리노는 새끼 양이 어미 양의 배에서 완전히 나오기를 기다리면서 문 앞에 서 있었다. 그는 발길로 나귀를 차서 한쪽으로 밀어붙이고 달려들어 여인의 배에 머리를 기대며 소리쳤다.「사랑하는 어머니.」여인은 잠시 동안 대체 무슨 일이 일어났는지 이해하지 못했다. 그녀는 바우돌리노의 머리를 끌어당겨 불빛에 얼굴을 비춰 보았다. 그러다가 눈물을 흘리기 시작했다. 머리를 쓰다듬으며 흐느껴 울다가 이렇게 중얼거렸다.「오 하느님, 오 하느님, 하룻밤 만에 두 생명을 얻게 되었군요. 하나는 태어났고, 하나는 악마의 집에서 돌아왔습니다. 크리스마스와 부활절을 함께 맞은 것 같습니다. 제 보잘것없는 가슴에는 너무 벅찬 일입니다. 정신을 잃을 것 같으니 저를 잡아 주세요. 이제 그만 하거라, 바우돌리노. 내가 금방 이 숫양을 씻기려고 냄비에 물을 데워 놓았단다. 넌 모르겠지만 네 몸에도 피가 묻었단다. 그런데 너 귀족 나리처럼 보이는 이런 옷을 어디서 구해 입은 거냐? 설마 훔쳐 입은 것은 아니겠지. 네가 완전히 다른 사람이 되었으니 이게 웬일이냐?」

바우돌리노는 천사들의 노랫소리를 듣는 것 같았다.

14
바우돌리노 아버지의 암소로
알레산드리아를 구하다

「그렇게 해서 당신은 아버지를 다시 만나기 위해 아버지를 포위 공격해야만 했군요.」 니케타스가 저녁 무렵에 이렇게 말했다. 그러면서 그는 자신의 손님에게 밀가루를 부풀려 꽃이나 식물, 물건 모양으로 만든 과자들을 맛보게 했다.

「꼭 그런 것은 아니지요. 포위 공격은 6년 후의 일이니까요. 도시의 탄생을 목격하고 난 뒤 프리드리히에게로 돌아가서 내가 본 것들을 이야기했습니다. 나는 말을 끝까지 다 마칠 수가 없었어요. 이미 프리드리히가 불같이 성을 내며 고함을 쳤기 때문입니다. 그는 황제의 허락이 있을 때에만 도시는 생겨날 수 있는 것이라고 소리를 쳤어요. 그리고 만약 자신의 허락 없이 도시가 생긴다면 그 도시를 완성하기 전에 이 땅에서 완전히 사라지게 만들어 버려야 한다고 말입니다. 그렇지 않으면 누구든지 황제의 칙령 없이 자기 스스로 판단을 내릴 수 있을 테고, 그렇게 되면 *nomen imperii*(제국의 이름)가 뭐가 되느냐는 겁니다. 그러다가 황제는 진정이 되었습니다. 하지만 나는 황제를 잘 알고 있었지요. 그는 결코 용서를 하지 않을 겁니다. 다행히도 거의 6년 동안 황제는 다른 사건들에 매달려 있어야만 했어요. 황제는 내게 여러 가지 임무들을 맡겼지요. 그 임무들 중에는 알레산드리아 사람들의 의중을 파악하는 일도 있었어요. 그래서 나는 내 고향 사람들이 무엇인가를 양보할 의사가 있는지를 알아보기 위해 두 번 알레산드리아에 갔습니다. 사실 그들은 아주 많은 것들을 양보할 준비가 되어 있었지만 프리드리히가 바라는 건 오로지 한 가지뿐이었어요. 바로 무(無)에서 태어난 도시가 다시 무로 돌아가는 것뿐이었지요. 알레산드리아 사람들이 어떤 반응을 보였는지는 상상에 맡기겠습니다. 난 그들이 황제에게 전해 달라고 했던 말을 당신에게도 다시 말할 수가 없어요······. 나는 그 여행들을 구실 삼아 궁정에 조금이라도 덜 머물 수 있다는 것을 알게 되었습니다. 궁정에서 황후를 계속 만난다는 건 내게 참을 수 없는 고통이었어요. 그리고 내 맹세에 충실한다는 것도······.」

「당신이 지켜 왔던 맹세지요.」 니케타스가 거의 단언을 하듯 말했다.

「내가 지켜 왔던 것이지요. 그리고 영원히 지킬 것이었습니다. 니케타스 씨, 나는 양피지 위조자이기는 하지만 명예가 무엇인지는 아는 사람이었어요. 황후는 나를 도와주었습니다. 모성애가 그녀를 변하게 만들었지요. 아니 적어도 그렇게 믿게 만들었습니다. 그래서 나는 이제 그녀가 내게 어떤 감정을 느끼는지 알 수가 없었어요. 나는 고통스러웠지요. 그렇지만 점잖게 처신할 수 있도록 나를 도와준 그녀에게 감사했습니다.」

바우돌리노는 이제 서른을 넘기고 있었다. 그는 요한 사제의 편지를 젊은 날의 기행(奇行)으로, 서간체 수사학 연습으로, *jocus*(장난), *ludibrium*(농담)으로 간주해 보려고 했다. 그런데 바우돌리노는 라이날트가 죽은 뒤 후원자 없이 지내는 시인을 다시 만나게 되었다. 후원자가 없을 경우 궁정에서 어떤 일을 겪게 되는지는 잘 알려져 있다. 그는 더 이상 아무런 가치가 없는 사람이 되는 것이다. 네 시는 별로 대단하지 않다고 말을 하는 사람이 생기기까지 했다. 시인은 굴욕감과 분노를 삼키며 파비아에서 정말 무분별하게 몇 년을 보냈다. 그러면서 그는 자신이 가장 잘할 수 있는 단 한 가지의 일, 즉 술 마시고 바우돌리노의 시(특히 *quis Papie demorans castus habeatur*, 파비아에 살면서 순결할 수 있는 이 누구인가? 라는 예언조의 시)를 낭송하는 일을 다시 시작했다. 바우돌리노는 그를 다시 궁정으로 데려왔다. 바우돌리노와 함께 돌아오자 시인은 프리드리히의 사람처럼 보였다. 게다가 그 무렵 시인은 아버지의 사망으로 유산을 상속받게 되었다. 죽은 라이날트의 적들도 이제는 시인을 기생충으로서가 아니가 수많은 *miles*(기사)의 한 사람으로 보았다. 그는 이제 다른 사람들보다 더 술을 마시지 않았다.

두 사람은 함께 편지를 쓰던 시절을 회상하면서 그 멋진 모험을 위해 다시 서로를 치켜세웠다. 놀이를 놀이로 생각한다는 것은 그 놀이를 포기하지 않았다는 것을 의미했다. 바우돌리노에게는 한 번도 본 적이 없는 그 왕국에 대한 향수가 남아 있었다. 그래서 가끔 혼자 큰 소리로 편지를 읽어 보면서 문체를 계속 다듬어 나갔다.

「난 프리드리히를 설득해서 파리에 있는 내 친구들을 모두 궁정으로 불러왔습니다. 이건 바로 내가 편지를 잊어버릴 수 없다는 증거이기도 했지요. 나는 프리드리히에게 황제의 공문서 보관국에는 다른 나라와 그 나라의 언어와 관습을 잘 아는 사람들이 있는 게 좋다고 말했지요. 사실 프리드리히가 점점 더 나를 믿을 만한 전령으로 생각하고 여러 가지 용무를 맡겼기 때문에 나는 시인, 압둘, 보롱, 키오트와 라비 솔로몬으로 이루어진 내 작은 개인 궁정을 만들고 싶었습니다.」

「설마 황제가 유대 인을 궁정에 불러들였다는 말은 아니겠지요?」

「왜 아니겠습니까? 그 유대 인이 큰 행사에 모습을 나타내야 하거나 황제와 그의 대주교들과 함께 미사를 드리러 가야 하는 것은 아니었습니다. 전 유럽의 제후들이, 그리고 심지어 교황까지도 유대 인 의사들을 곁에 두고 있는데, 왜 프리드리히 황제는 스페인에 사는 무어 인들의 생활과 동쪽 지역의 다른 많은 것들에 대해 너무나 잘 알고 있는 유대 인을 가까이에 두어서는 안 되는 겁니까? 그리고 게르만의 제후들은 항상 기독교의 다른 모든 왕들보다 유대 인들에 대해 아주 너그러웠습니다. 오토 주교가 들려준 이야기에 따르면, 이교도들이 에데사를 다시 정복하자 많은 기독교 제후들이 클레르보의 베르나르의 설교를 듣고 다시 십자군에 참가했는데 (프리드리히도 그때 십자군에 참가했어요) 라돌포라는 이름의 수사가 도시를 지나가는 모든 유대 인들을 죽여야 한다고 순례자들을 부추겼다고 합니다. 그래서 정말 대학살이 벌어졌지요. 그때 많은 유대 인들이 황제에게 보호를 요청했고 황제는 그들을 구해 주고 뉘른베르크 시에서 살게 허락을 해

주었다고 합니다.」

요컨대, 바우돌리노는 그의 친구들을 다시 만난 것이다. 궁정에서 이들이 할 일이 많았던 것은 아니었다. 솔로몬은 프리드리히가 지나가는 모든 도시에서 자신과 같은 종교를 믿는 사람들과 접촉했다. 그는 온갖 곳에서 그들을 만났다 (「쓸모없는 잡초야」, 시인이 비꼬았다). 압둘은 프로방스 어로 된 자신의 노래들을, 파리 사람들보다 이탈리아 사람들이 훨씬 더 잘 이해한다는 것을 알게 되었다. 보롱과 키오트는 논리 싸움으로 녹초가 되었다. 보롱은 진공의 부재는 성배의 유일성을 증명하는 데 결정적으로 중요하다는 것을 키오트에게 납득시키려고 애를 썼다. 성배는 하늘에서 떨어진 돌, 즉 *lapis ex coelis*라는 생각이 키오트의 머리에 박혀 있었다. 그렇게 생각해 보면 성배는 텅 빈 공간을 가로질러 다른 우주에서 온 것일 수도 있었다.

이런 결점들이 있기는 했지만, 모두 함께 사제의 편지에 대해 자주 이야기를 나누곤 했다. 종종 친구들은 바우돌리노에게 무엇 때문에 자신들이 그렇게 공들여 준비한 그 여행을 떠나도록 프리드리히에게 말하지 않는지 물어보았다. 바우돌리노가 최근 몇 년 동안, 그리고 아직도 프리드리히가 롬바르디아와 독일에서 해결해 나가야 할 문제들이 너무나 많다고 설명해 보려고 애쓰던 어느 날, 시인은 황제에게 좋은 기회가 찾아오기를 기다릴 것 없이 그들이 직접 왕국을 찾아 떠나는 게 더 바람직할 수도 있다고 말했다. 「황제가 이 모험에서 얻어 낼 이익은 분명치 않아. 요한의 땅에 도착했는데 황제가 그 사제와 의견이 일치하지 않는다고 가정을 해봐.

황제가 패해서 돌아왔을 경우 우리가 황제의 기분만 상하게 만드는 꼴이 될 거야. 하지만 우리가 우리 스스로 왕국을 찾아 갈 경우 일이 어떻게 되든 그렇게 풍요롭고 경이로운 땅에서 뭔가 특별한 것을 가지고 돌아올 수 있을 거야.」

「맞아.」 압둘이 말했다. 「우리 의심을 버리고 떠나자, 멀리 가자……」

「니케타스 씨, 나는 모두들 시인의 제안에 솔깃해 하는 것을 보고 크게 실망을 했습니다. 그런데 난 그 이유를 알고 있었습니다. 보롱과 키오트는 둘 다 성배를 손에 넣기 위해 사제의 땅을 찾아가길 바라고 있었습니다. 아직도 성배를 찾고 있는 북쪽 나라들에서 그 성배가 그들에게 어떤 영광과 권력을 줄지는 아무도 알 수 없었습니다. 라비 솔로몬은 사라진 열 지파를 찾고 싶었을 겁니다. 그렇게 되면 그는 스페인의 라비들만이 아니라 이스라엘의 모든 자손들 중에서 가장 위대하고 존경받을 사람이 될 겁니다. 압둘에 대해서는 할 말이 없습니다. 그는 이미 요한 사제의 왕국과 자신의 공주의 왕국을 동일시하고 있었습니다. 하지만 그는 — 나이가 들고 학식이 깊어짐에 따라서 — 멀리 떨어져 있다는 사실에 점점 더 불만을 느껴 갔지요. 사랑의 신이 허락을 해준다면 공주를 손으로 만지고 싶어하기는 했지만 말입니다. 시인의 경우는, 파비아에서 대체 무슨 생각을 하며 지냈는지 누가 알겠습니까. 이제 그는 자기에게 찾아온 그 작은 행운을 이용해서 요한의 왕국을 찾고 싶어했습니다. 황제를 위해서가 아니라 자기 자신을 위해서지요. 내가 왜 그 몇 년 동안 프리드리히에게 요한의 왕국에 대해 아무 말도 하지 않았는지 그 이유를 설명드리는 겁니다. 나는 실망을 했었지요. 만약 이게 놀이라면 그 왕국을 있는 그대로 내버려 둠으로써 그 신비한 위대성을 이해하지 못하는 사람들의 욕심으로부터 왕국을 보존해야 했습니다. 그렇게 해서 편지는 마치 내 개인적인 꿈과 같은 것이 되었기 때문에 나는 그 누구도 거기에 관여하는 것을 더 이상 원하지 않았습니다. 그 편지는 내 불행한 사랑의 고뇌를 이겨 내는 데 사용이 되었습니다. 어느 날엔가, 나는 혼자 말했지요, 난 이 모든 것을 잊을 거야, 요한 사제의 땅으로 가고 있을 테니까……. 어쨌든 이제 롬바르디아 사건으로 돌아와 보지요.」

알레산드리아가 탄생할 무렵, 프리드리히는 이제 파비아도 적들 편으로 돌아서는 일만 남았다고 말했다. 그리고 2년 후에 파비아 역시 도시 동맹 측에 가담을 했다. 황제에게 이건 가혹한 일격이었다. 황제가 곧 반응을 보인 것은 아니었다. 그 후 몇 년 동안 이탈리아의 상황이 앞을 내다볼 수 없을 정도로 어두웠기 때문에 프리드리히는 다시 이탈리아로 돌아가기로 결심하기에 이르렀다. 황제의 목표가 바로 알레산드리아라는 것은 모두들 분명히 알고 있었다.

「미안합니다.」 니케타스가 물었다. 「그러니까 황제가 이탈리아에 세 번째로 돌아가는 것인가요?」
「아닙니다, 네 번째입니다. 아니, 아닌 것 같습니다. 생각을 좀 해보겠습니다……. 다섯 번째일 수도 있을 것 같습니다. 어떤 때는, 크레마의 경우와 밀라노를 파괴할 때처럼 4년씩 이탈리아에 머물기도 했습니다. 혹시 그사이에 돌아갔던 것은 아닐까요? 잘 모르겠군요. 황제는 자기 집보다 이탈리아에 더 많이 있었습니다. 그런데 어떤 게 황제의 집이었을까요? 황제는 여행하는 게 습관이 되어 있어서 강 옆에서도 편안함을 느낀다는 것을 알게 되었습니다. 그는 훌륭한 수영 선수였습니다. 얼음물이나 깊은 물, 소용돌이치는 물을 겁내지 않았습니다. 그는 물에 뛰어들어 헤엄을 치곤 했습니다. 물 만난 물고기 같았습니다. 어쨌든 내가 지금 이야기하려고 하는 그 당시의 프리드리히는 아주 분개해서 격전을 준비하고 다시 이탈리아로 내려갔습니다. 몬페라토의 후작, 알바, 아퀴, 파비아와 코모가 황제 편에 섰습니다……」

「방금 파비아가 도시 동맹 편으로 갔다고 말했던 것 같은데…….」

「정말입니까? 아, 처음에는 그랬습니다. 하지만 그사이 다시 황제 편으로 돌아왔지요.」

「오 하느님, 우리의 황제들은 서로 눈알을 뽑기는 해도 적어도 두 눈을 뜨고 있는 동안에는 아군과 함께 있는지 적군과 함께 있는지 정도는 알 수 있는데…….」

「당신들은 상상력이 없지요. 어쨌든 그해 9월에 프리드리히는 수사 위에 있는 몽스니 고개를 통해 이탈리아로 내려갔습니다. 프리드리히는 곧 7년 전 당했던 모욕을 떠올렸습니다. 그래서 수사를 파괴해 버렸습니다. 아스티는 즉시 황제에게 굴복해서 그가 자유롭게 갈 수 있도록 길을 열어 주었습니다. 그렇게 해서 황제는 바로 보르미다 강가의 프라스케타에서 야영을 했습니다. 하지만 사방에 병사들을 배치시켜 놓았습니다. 타나로 강 너머에도 말입니다. 알레산드리아와 최종 대결을 할 때가 된 겁니다. 나는 황제군을 쫓아간 시인에게서 몇 통의 편지를 받았습니다. 프리드리히는 불을 뿜어 낼 듯한 태도였답니다. 그는 자신이 바로 신을 대신해서 심판을 하는 것이라고 생각했습니다.」

「당신은 왜 황제와 함께 가지 않았습니까?」

「황제가 정말 좋은 사람이었기 때문입니다. 황제는 내 고향 사람들을 처벌하기 위해 자신이 가하려는 그 준엄한 형벌의 광경을 내가 목격하면 몹시 고통스러우리라는 것을 알았습니다. 황제는 로보레토가 잿더미로 변하는 날까지 그곳에서 멀리 떨어져 있도록 몇 가지 구실을 만들어 주었습니다. 아시겠습니까, 그는 그 도시를 〈신도시〉라고도 알레산드리아라고도 부르지 않았습니다. 그의 허락 없이 세워진 신도시란 존재조차 할 수 없기 때문입니다. 그는 여전히 로보레토라는 옛 마을 이름으로 이야기를 한 겁니다. 마치 로보레토가 조금 더 확장됐을 뿐이라는 듯이 말입니다.」

이게 11월 초의 이야기였다. 그런데 11월에 그 평야에 홍수가 났다. 비가 끊임없이 내렸다. 씨를 뿌려 놓은 밭도 이제 늪지가 되었다. 몬페라토의 후작은 그 성벽은 흙벽이고 그 뒤에 있는 사람들은 황제의 이름만 들어도 벌벌 떨 패잔병들이라고 프리드리히에게 자신 있게 말했다. 하지만 그 패잔병들은 훌륭한 방어자들이라는 게 밝혀졌으며 그 성벽 역시 황제의 공격탑이나 파성추의 끝이 부러질 정도로 튼튼하다는 게 드러났다. 말과 병사들은 진흙탕 속에서 미끄러졌다. 그런데 포위를 당한 사람들이 갑자기 보르미다 강의 흐름을 바꾸어 놓았다. 그렇게 되어 게르만 기사들이 할 수 있는 최선의 일이라고는 목까지 차 오른 강물 속에 빠져 있는 것뿐이었다.

마지막으로 알레산드리아 사람들은 장치를 하나 선보였다. 그들이 꼭 크레마에서 그런 장치를 보기라도 한 것 같았다. 그것은 나무로 만든 비계로 성벽에 단단히 묶여 있었다. 그 비계에서 아주 긴 다리가 뻗어 나왔다. 그 다리는 약간 경사가 진 것으로 성 밖에 있는 적들을 제압할 만했다. 마른 장작, 기름, 돼지 기름, 타르가 가득 든 통들이 그 다리 위로 굴러 나왔다. 그 통들에는 불이 붙어 있었다. 통들은 굉장히 빠른 속도로 굴러 나오기 시작해서 황제의 전투 기계에 부딪히거나 땅으로 굴러 떨어졌다. 땅에 떨어진 통들은 다시 불붙은 공처럼 굴러서, 구르고 또 구르다가 다른 기계에 불을 붙이고는 멈추었다.

그때 공격자들이 가장 시급하게 해야 할 일은 물통에 물을 날라다가 불을 끄는 것이었다. 강에 있는 물, 늪지와 그때 하늘에서 내리기 시작한 빗물까지 있어 물이 부족하지는 않았다. 그렇지만 보병들이 모두 물 나르기에 정신이 없다면 적군은 누가 죽인단 말인가?

황제는 겨우내 군대를 재정비하기로 마음먹었다. 얼음판에서 미끄러지거나 눈 속에 빠지면서 성벽을 공격한다는 것이 힘든 일이기 때문이기도 했다. 불행히도 그해 2월에도 몹시 힘이 들었다. 군대의 사기가 떨어졌다. 황제는 그 군대보다 더했다. 테르도나, 크레마, 그리고 심지어 밀라노까지, 역사가 깊고 호전적인 도시들을 굴복시킨 그 프리드리히가 이제 막 기적처럼 세워진 그 오두막 도시, 대체 어디서 온 사람들인지도 모르며, 왜 그렇게 성채에 애착을 가지고 있는지도 알 수 없는 사람들이 살고 있는 그 도시를 무너뜨리지 못하고 있는 것이다 — 그리고 성채가 세워지기 전에는 그 사람들도 그곳에 없었다.
 고향 사람들이 전멸하는 것을 보지 않으려고 고향에서 멀리 떨어져 있던 바우돌리노는 이제 고향 사람들이 황제를 자극할까 봐 겁이 나서 고향으로 가기로 결정을 했다.

 그렇게 해서 바우돌리노는 이제 고향의 평야를 마주하고 서 있게 되었다. 아직 요람에 있던 도시는 그 평야에 우뚝 서 있었다. 빈 들판에 커다란 붉은 십자가가 그려진 깃발들이 빽빽이 꽂혀 있었다. 마치 주민들이, 갓 태어난 도시들이 그렇듯이, 일부러 유서 깊은 지역임을 과시함으로써 스스로 용기를 북돋우고 싶어하는 것 같았다. 성벽 앞에는 공격탑, 투석기, 투사기(投射機)가 모여 있었다. 앞에서는 말이 끌고 뒤에서는 병사들이 밀어 대는 세 개의 목조탑이 그 기계들 사이로 전진하고 있었다. 목조탑 속에는 병사들이 가득 타고 있었는데, 그들은 요란스럽게 떠들어 댔다. 마치 「이제 우리가 나가신다!」라고 외치듯이 성벽 쪽을 향해 무기들을 흔들었다.
 목조탑을 따라가다가 바우돌리노는 시인을 발견했다. 시인은 모든 일이 제대로 진행되고 있는지를 감독하는 사람처럼 좌우로 왔다 갔다 하고 있었다. 「탑에 탄 저 미치광이들은 누구지?」 바우돌리노가 물었다. 「제노바 출신의 궁사들이야.」 시인이 대답했다. 「하느님께서 지휘하시기라도 하듯, 포위 공격 때 그 어느 부대들보다 무시무시하게 공격하는 부대라는군.」
 「제노바 인들이라고?」 바우돌리노는 놀라지 않을 수 없었다. 「그들은 도시를 세우는 데 도움을 준 사람들이야!」 시인이 웃기 시작했다. 그러더니 불과 서너 달 사이에 편을 바꾸고 깃발을 바꾸는 도시들을 여럿 보았다고 말했다. 테르도나는 10월까지는 코무네들 편을 들었다. 그러다가 알레산드리아가 너무 지나치게 황제에게 저항하는 것을 보게 되었다. 그리고 테르도나 인들은 알레산드리아가 지나치게 강해질 수 있다는 의심을 품게 되었다. 그래서 대부분의 테르도나 인들은 황제 편으로 옮겨 가도록 도시에 압력을 가하게 되었다. 크레모나는 밀라노가 항복했을 때는 제국의 편이었다. 최근 몇 년 동안에는 동맹에 가입했지만 이제는 몇 가지 이해할 수 없는 이유 때문에 황제 편과 협상을 하는 중이었다.

「대체 이 공격은 어떻게 되어 가는 건가?」

「뜻대로 안 되고 있다네. 저 성벽 뒤에 있는 사람들이 너무나 방어를 잘하고 있어. 달리 말하면 우리가 공격을 제대로 할 줄 모르는 거지. 내가 보기엔 이번에 프리드리히 폐하께서 지친 용병들을 끌고 오신 것 같네. 어려움을 만나기만 하면 달아나는 믿을 수 없는 자들이야. 이번 겨울에 많은 병사들이 달아났네. 춥다는 이유 한 가지로 말일세. 그자들은 *hic sunt leones*[63])에서 온 게 아니라 플랑드르 인들이었어. 결국 전쟁터에서 별의별 병에 다 걸려 파리처럼 죽어 갔어. 내 생각에는 저기 저 성벽 안의 사람들도 상태가 그렇게 좋지는 않을 거야. 식량이 다 떨어진 게 분명해.」

바우돌리노는 마침내 황제를 만나러 갔다. 「제가 왔습니다, 아버님.」 바우돌리노가 황제에게 말했다. 「제가 이 지역을 잘 알고 있기 때문에 아버님께 도움이 될 수 있을 것 같습니다.」

---

63) 〈여기 사자가 있다〉는 뜻. 중세의 지도에 표시된 말로서, 미탐사 지역, 험하고 거친 땅을 가리킨다.

「그렇다.」 바르바로사가 대답했다. 「하지만 넌 이 지역 사람들도 알고 있어서 그들이 다치는 것을 원치 않을 게야.」

「그리고 아버님은 저를 알고 계십니다. 제 마음은 믿지 못하신다 해도 제 말을 믿을 수 있다는 것을 아실 겁니다. 저는 제 고향 사람들을 다치게 하지 않을 것이지만 아버님을 속이지도 않을 겁니다.」

「아니, 그 반대일 게다. 너는 나를 속일 거야. 그렇지만 내게 상처를 주지도 않겠지. 넌 거짓말을 할 게다. 나는 네 말을 믿는 척하겠지. 넌 항상 선의의 거짓말을 했으니까.」

프리드리히는 단순한 사람이었지만 대단히 예리한 사람이었다고 바우돌리노가 니케타스에게 설명했다. 「그때 내 심정을 이해할 수 있습니까? 난 그 도시를 파괴하고 싶은 생각은 없었습니다. 그러나 또 한편으로는 황제를 사랑했지요. 나는 그의 영광을 원했어요.」

「됐습니다.」 니케타스가 말했다. 「당신은 지금 도시를 그냥 남겨 둔다면 황제의 영광이 더욱더 찬란하게 빛날 것이라고 내게 납득을 시키려고 하고 있어요.」

「세상에, 니케타스 씨, 그때의 내 마음을 고스란히 읽은 것 같군요. 난 그런 생각을 가지고 병영과 성벽 사이를 왔다 갔다 했습니다. 나는 프리드리히에게 내가 황제의 사절로서, 고향 사람들과 접촉을 좀 해야 한다고 분명히 밝혔지요. 그러나 의심을 받지 않고 움직여야 했기 때문에 모두에게 그 사실을 밝힌 것은 아니었어요. 궁정에는 내가 황제와 친한 것을 시기하는 사람들이 있었습니다. 슈파이어의 주교와 디트폴트 백작 같은 이들이 그런 사람들이었지요. 사람들은 모두 백작을 주교 부인이라고 불렀습니다. 아마 금발에 소녀처럼 장밋빛 얼굴을 가지고 있었기 때문일지도 몰라요. 어쩌면 주교에게 몸을 허락한 것은 아닐지도 모릅니다. 오히려 그는 항상 그 위, 북쪽에 두고 온 자기 애인 테클라 이야기를 하곤 했지요. 아무도 알 수 없는 일이지요……. 그는 미남이긴 했는데, 다행히 멍청하기도 했어요. 바로 그들이, 그 병영에서조차 밀정을 시켜 나를 미행하게 했습니다. 그리고 황제에게 가서 전날 밤 내가 말을 타고 성벽 쪽으로 가서 도시의 사람들과 이야기하는 것을 보았다고 말하는 겁니다. 다행히 황제가 그들을 야단쳐서 내쫓아 버렸습니다. 황제는 내가 밤이 아니라 낮에 성벽 쪽으로 갔다는 것을 알고 있었기 때문이지요.」

간단히 말해 바우돌리노는 성벽이 있는 곳으로 갔고 성 안으로도 들어갔다. 처음에는 그 일이 쉽지 않았다. 그것은 도시에서 화살을 아끼기 위해 쓰지 않기 시작했다는 신호였다. 그들은 다윗 시절부터, 돈은 안 들지만 효과적인 무기로 알려진 돌을 사용했다. 바우돌리노는 무기를 들지 않은 빈손으로 크게 손을 흔들며 완전히 프라스케타 방언으로 크게 소리를 쳐야만 했다. 다행히 트로티가 그를 알아보았다.

「오 바우돌리노,」 트로티가 성벽 위에서 바우돌리노에게 소리를 외쳤다. 「우리와 합류하려고 온 건가?」

「능청 떨지 말게, 트로티, 자네는 내가 황제 편이라는 것을 이미 잘 알고 있어. 그러나 내가 나쁜 의도를 가지고 이곳에 온 것은 분명 아닐세. 나를 좀 들여보내 주게, 아버지에게 인사를 하고 싶다네. 내가 성 안에서 무엇을 보든 단 한 마디도 하지 않겠다고 성모 마리아님을 걸고 맹세하겠네.」

「자네를 믿네. 문을 열어 줘. 이봐, 자네들 알아들은 거야 아니면 귀가 먹은 거야? 이 사람은 내 친구야. 아니 거의 친구라고 할 수 있지. 말하자면 적군이긴 하지만 우리 편이란 말이지. 다시 말해 저들과 함께 있지만 우리 편의 한 사람이란 말이야. 이 문을 열어 줘. 안 그러면 이빨을 발로 차버릴 테니까!」

「알았어, 알았다고.」 전사들이 눈이 휘둥그레져서 말했다. 「여기서는 누가 아군인지 적군인지 알 수가 없어서 말이야. 어제는 파비아 사람처럼 옷을 입은 사람이 나갔잖아…….」

「입 닥쳐, 멍텅구리 같으니라고.」 트로티가 외쳤다. 「하하!」 바우돌리노가 성 안으로 들어가면서 웃었다. 「자네들이 우리 병영으로 첩자들을 보냈군……. 안심해. 난 아무것도 보지 않고 아무 말도 듣지 않는다고 말했잖나…….」

그리하여 바우돌리노는 성 안의 작은 광장의 우물 앞에서 갈리아우도를 부둥켜안게 된다 — 갈리아우도는 여전히 마른 체구에 건강한데 마치 단식을 통해 활력을 찾은 사람 같다. 그리하여 바우돌리노는 교회 앞에서 기니와 스카카바로치를 다시 만나게 되고 바우돌리노는 선술집에서 스콰르차피키가 어디에 있는지 묻게 된다. 그러자 다른 사람들이 눈물을 흘리며 그에게 이야기를 해준다. 스콰르차피키는 바로 최근의 공격에서 제노바 인들이 쏜 화살을 목에 맞았다. 바우돌리노도 눈물을 흘린다. 그는 결코 전쟁을 좋아하지 않았으며 지금은 그 어느 때보다 더 그렇다. 그는 늙은 아버지 때문에 걱정이 된다. 그리하여 바우돌리노는 3월의 햇살이 환하게 비치는, 넓고 아름다운 중앙 광장에서 수비를 강화하기 위해 돌들이 담긴 큰 바구니들과 물 항아리들을 보초병에게 날라다 주고 있는 아이들을 보게 된다. 그는 모든 시민들에게 넘쳐흐르는 강인한 정신력 때문에 기쁘다. 그리하여 바우돌리노는 마치 결혼식 때처럼 알레산드리아를 가득 메우고 있는 저 사람들이 모두 다 누구인지 묻게 된다. 그러자 친구들은 저 모습이 바로 불행이라고 대답한다. 그들은 인근 마을에서 황제의 군대가 무서워 이곳으로 도망 와서 합류했다고 한다. 그렇게 해서 도시에는 많은 협력자들이 생겼다. 그와 동시에 먹여 살려야 할 입이 너무나 많아졌다. 그리고 바우돌리노는 새 성당을 보고 감탄을 한다. 성당은 크다고는 할 수 없지만 아주 잘 만들어졌다. 그가 말한다. 세상에, 팀파눔[64] 그곳 왕좌에 난쟁이가 앉아 있네. 그러자 주위에 있던 사람들이 모두 말한다. 하하, 말하자면 자네는 우리가 무슨 일이든 할 수 있다는 것을 보았겠지. 이상하겠지만 저건 난쟁이가 아니야, 우리 주 예수님일세. 제대로 만들어지지는 않았지만 말이야. 만약 프리드리히가 한 달만 늦게 왔다면 「요한의 묵시록」의 노인들이 등장하는 최후의 심판을 모두 다 보게 되었을 걸세. 그리하여 바우돌리노는 맛 좋은 포도주를 한 잔 정도만 마실 수 있겠느냐고 묻게 된다. 그러자 모두들 그가 적군이라도 되는 것처럼 그를 쳐다본다. 포도주라고 통용되는 것은 좋은 것이든 나쁜 것이든 단 한 방울도 없기 때문이다. 무엇보다 부상병들의 기운을 차리게 하려고 그들에게 포도주를 주었고 전사자들의 부모들에게는 너무 애통해 하지 않도록 포도주를 주었다. 그리하여 바우돌리노는 자기 주변에서 지친 얼굴들을 보게 된다. 그래서 그는 얼마 동안이나 저항을 할 수 있겠느냐고 물어본다. 그러자 그들은 그 일은 하느님의 손에 달린 것이라는 듯 눈을 들어 하늘을

---

64) 성당 현관문 위의 아치형 장식 벽면.

본다. 그리하여 마지막으로 바우돌리노는 안셀모 메디코를 만나게 된다. 그는 〈신도시〉를 도와주기 위해 달려온 피아첸차 보병 1백50명을 지휘한다. 바우돌리노는 연대감을 보여 주는 이런 멋진 행동 때문에 기쁘다. 바우돌리노의 친구들인 구아스코, 트로티, 일 보이디 그리고 오베르토 델 포로가 말한다. 안셀모는 전쟁을 할 줄 아는 사람이야. 하지만 피아첸차 인들밖에 없어. 동맹 측은 우리에게 도시를 세우라고 부추겨 놓고는 이제는 나 몰라라 하거든. 자네에게 이탈리아 코무네들을 부탁하네. 우리가 이 공격에서 살아남을 수 있다면 그 뒤로는 그 누구에게든 아무 짓도 하지 않을 걸세. 그들이 황제 편에 있다고 해도 말이지, 아멘.

「그런데 제노바 인들은 자네들에게 현금을 대주며 도시를 세우도록 도와줘 놓고 지금은 대체 무엇 때문에 자네들과 적이 된 건가?」

「제노바 인들은 사업을 할 줄 아는 사람들이야. 진정하게. 지금은 그들에게 이롭기 때문에 황제의 편에 서 있는 거야. 그들은 도시가 존재하는 한은 도시를 완전히 뒤엎는다 해도 그 도시가 절대 사라질 수 없다는 것을 잘 알고 있다네. 로디나 밀라노를 보게. 제노바 인들은 그 다음을 기다리는 거지. 도시가 파괴된 후에도 남아 있는 도시는 여전히 교역로를 통제하는 데 필요한 거야. 어쩌면 그들은 자기들이 무너뜨리라고 도와주었던 바로 그 도시를 다시 일으켜 세우라고 돈을 지불할지도 모른다네. 어떻든 간에 모든 것은 유통되는 돈에 달려 있어. 그런데 제노바 인들에겐 돈이 언제나 넘쳐 나니까.」

「바우돌리노,」 기니가 바우돌리노에게 말했다. 「자네는 방금 도착했네. 자네는 10월의 공격과 최근 2주 동안의 공격을 보지 못했지. 저들은 제노바의 궁사들만이 아니야. 수염이 거의 새하얀 보헤미아 인들도 공격을 했다네. 만약 사다리를 놓으러 온 것이라면 그것을 부수는 것도 큰일이지……. 내가 보기에는 우리의 전사자보다 저쪽의 전사자 수가 많은 게 분명해. 저들이 귀갑 방패와 공격 탑들을 가지고 있다고는 해도 머리에 짱돌을 너무 많이 맞았기 때문이라네. 어쨌든 이러니저러니 해도 힘들어. 허리띠를 졸라매야 하지.」

「우리는 연락을 받았다네.」 트로티가 말했다. 「동맹군들이 지금 움직이고 있어. 그들은 황제를 배후에서 공격하고 싶어해. 그 사실에 대해서는 아무것도 모르지?」

「우리도 그 소식을 들었다네. 프리드리히가 자네들을 빨리 굴복시키려고 하는 것도 그것 때문이야. 자네들이……」 그러더니 엄지손가락과 집게손가락을 돌리면서 손짓을 했다. 「자네들, 이제 그만 하게, 이런 생각은 해보지도 않았겠지, 안 그래?」

「이보게, 생각 좀 해봐. 우리 머리는 사타구니 작대기보다 더 굳어 있어 잘 돌아가지 않는 게 사실이잖아.」

그렇게 해서 몇 주일 동안 소규모 전투가 끝날 때마다 바우돌리노는 집으로 돌아갔다. 무엇보다 사망자의 수를 알아보기 위해서였다(파니차까지? 파니차, 그도 역시 훌륭한 젊은이였다). 그런 다음 프리드리히에게 가서 저들이 결코 항복하지 않을 것이라는 말을 했다. 프리드리히는 더 이상 욕을 해대지 않았다. 그저 이렇게 말할 뿐이었다. 「내가 어쩌겠느냐?」 그는 이미 이런 곤란한 입장에 빠지게 된 것을 후회하고 있는 게 분명했다. 군대는 분열되었고, 농부들은 밀과 짐승들을 숲에 숨겨 놓았다. 늪지에 숨겨 버리는 최악의 경우도 있었다. 동맹군의 전위 부대와 부딪힐 수 있었기 때문에 북쪽으로도 동쪽으로도 전진할 수가 없었다 — 그러니까 이 알레산드리아 촌뜨기들이 크레모나 인들보다 뛰어난 건 하나도 없었지만 운이 없는 것이었다. 그렇다고 떠날 수는 없었다. 영원히 체면을 잃을 수도 있었기 때문이었다.

바우돌리노가 체면을 잃지 않는 문제에 대해서 한 가지 힌트를 얻은 것은, 오래전 황제가 테르도나를 항복시키기로 결심했을 때 바우돌리노가 아이로서 했던 예언에 대해 잠깐 언급했던 말에서였다. 그 말은 이러했다. 하늘의 계시를 이용할 수만 있다면, 곧 집으로 돌아가라는 암시를 내린 게 하늘이었다고 *urbi et orbi*(온 세상)에 대고 말할 수 있는 그런 계시만 있다면 기회를 잡을 수 있을 텐데…….

어느 날 바우돌리노가 포위당한 사람들과 이야기를 하고 있을 때 갈리아우도가 그에게 말했다. 「그렇게 똑똑하고 모든 게 다 적혀 있는 책을 많이 읽었다고 하는 네가 우리 모두를 집으로 돌아갈 수 있게 해줄 만한 생각 하나 못해 내다니, 우린 암소 한 마리만 남겨 두고 다른 암소들을 모두 죽여야만 했어. 그리고 네 어머니가 이런 도시에 갇혀 있다가 숨이 막혀 죽어야겠냐?」

바우돌리노에게 좋은 생각이 떠오른 것은 바로 그때였다. 그는 곧 몇 년 전 트로티가 말했던 그 가짜 굴, 그러니까 침략자가 그 굴에 들어오면 도시로 직진한다고 믿게 되지만 사실은 그 침략자를 함정으로 유인하게 될 그 굴이 만들어졌는지 물었다. 「물론이지.」 트로티가 말했다. 「이리 와 보게. 보라고. 저 밑에, 성벽에서 2백여 발자국 정도 떨어진 가시덤불

속에 굴을 파놓았네. 바로 비석 밑이야. 저 비석은 천 년 전부터 거기 있던 것 같지만 사실은 우리가 오베르토 델 포로의 저택에서 옮겨 온 것이라네. 굴로 들어온 사람은 여기, 저 창살 뒤에 도착을 하게 돼. 그 굴에서는 이 선술집 이외에 다른 것은 아무것도 볼 수 없지……」

「한 사람이 굴에서 나오면 그 한 사람을 죽일 건가?」

「문제는 보통, 굴이 너무나 좁아서 모든 공격자들이 다 지나가려면 며칠이 걸릴지 모르기 때문에, 한 소대 정도의 적병들만 먼저 들어가서 성문을 열려고 할 것이라는 점일세. 지금은, 그런 굴이 있다는 것을 적들에게 알릴 방도가 없다는 것은 차치하고라도, 겨우 스무 명이나 서른 명 정도의 가엾은 병사들을 죽였다고 해서 힘들게 그 굴을 만든 대가가 치러진 것이라고 할 수 있을까? 그건 나쁜 짓일 뿐이야. 그뿐이라고.」

「적병의 머리에 한 방씩 먹이는 게 목적이라면 그렇겠지. 이제 내 눈앞에 보이는 것 같은 어떤 장면을 이야기할 테니 들어 보게. 굴에 들어온 병사들은 굴에 들어오자마자 트럼펫 소리를 듣는 거야. 그리고 저 선술집 모퉁이에서 열 개의 횃불 사이로 한 남자가 나타나는 거야. 흰 수염을 길게 기르고, 흰 망토를 두르고 손에는 커다란 하얀 십자가를 든 채 흰 말을 타고 소리치는 것이지. 시민들이여, 시민들이여, 적군이 들어왔다, 일어나라. 그러자 바로 그때 — 침입자들이 행동을 하기로 결정하기 전에 — 자네가 말한 것처럼 창문과 지붕에서 우리 편이 밖으로 나오는 거야. 그리고 나서 우리가 적병을 붙잡은 뒤, 우리 모두 무릎을 꿇고 소리치는 거야. 바로 아까 소리친 남자가 도시를 보호해 주러 온 베드로 성인이라고 말이야. 그리고 황제의 병사들을 다시 굴속으로 밀어 넣으면서 말하는 거지. 우리가 너희들 목숨을 살려 주는 것은 하느님 때문이니 하느님께 감사하고 너희들의 바르바로사 병영에 가서 교황 알렉산데르의 〈신도시〉는 베드로 성인께서 직접 보호해 주신다고 말하라고 말이지…….」

「그런데 바르바로사가 그런 황당한 얘기를 믿을까?」

「물론, 그는 멍청이가 아니니까, 바로 멍청이가 아니기 때문에 그 사실을 믿는 척할 거야. 자네들 못잖게 황제도 전쟁을 끝내고 싶어하거든.」

「그렇게 한다고 하세나. 그런데 굴은 누가 발견하지?」

「내가.」

「그러면 걸려들 멍청이는 어디서 찾으려고 하지?」

「내가 벌써 찾았다네. 그 녀석은 너무 멍청해서 틀림없이 걸려들 거고, 우리가 아무도 죽이지 않기로 했으니까 그런 만큼 더 공을 세우려고 안달을 할 거야.」

바우돌리노는 디트폴트 백작의 그 허영심을 생각했다. 디트폴트를 유인해서 무슨 일인가 하게 만들려면, 그가 알게 되면 바우돌리노에게 피해가 돌아가는 일을 그냥 알게 내버려두기만 하면 되었다. 굴이 존재하는데, 바우돌리노는 그 굴이 있다는 게 알려지길 원하지 않는다는 것을 디트폴트에게 알리기만 하면 되었다. 어떻게? 디트폴트가 첩자를 시켜 바우돌리노를 미행하게 했기 때문에 그건 아주 쉬운 일이었다.

한밤중에 바우돌리노는 병영으로 돌아가다가 먼저 숲 사이에 있는 자그마한 풀밭으로 접어들었다. 그런 다음 숲속으로 들어갔다. 그러나 나무들 사이로 들어서자마자 걸음을 멈추고 뒤로 돌아섰다. 바로 그때 탁 트인 곳에서 거의 네 발로 기다시피 해서 살금살금 걷고 있는 희미한 그림자를, 밝은 달빛에 비친 그 그림자를 보기 위해서였다. 그를 미행하는 자는 디트폴트의 첩자였다. 바우돌리노는 그 첩자가 거의 자기에게 걸려 넘어질 때까지 나무들 틈에서 기다렸다. 바우돌리노는 첩자의 가슴에 검을 겨누었다. 첩자가 너무나 놀라 말을 더듬거리고 있는 동안 바우돌리노가 플랑드르 어로 말했다. 「난 네가 누군지 안다. 넌 브라반트에서 온 자들 중의 하나지? 병영 밖에서 뭘 하고 있었던 거냐? 말하라. 난 황제 폐하의 대신이다!」

그 첩자는 여자 문제 때문인 체했고, 그 이야기는 아주 그럴싸하게까지 들렸다. 「좋다.」 바우돌리노가 그에게 말했다. 「어쨌든 네가 여기 있어서 다행이다. 나를 따라오라. 내가 일을 하는 동안 망을 봐줄 사람이 필요하다.」

첩자에게는 하늘이 은총을 내린 것 같았다. 자신의 정체가 드러나지 않았을 뿐만 아니라 정탐을 해야 하는 사람과 손을 맞잡고 정탐을 계속할 수 있었으니 말이다. 바우돌리노는 트로티가 말해 준 가시덤불에 도착했다. 비석을 찾기 위해 정말 여기저기 살펴봐야 했으므로 뭘 찾는 척할 필요는 없었다. 그러는 동안 방금 자기 첩자들에게 받은 비밀 정보를 혼자 웅얼거렸다. 그는 비석을 찾아냈다. 비석은 정말 거기서 관목들과 함께 자라고 있는 것 같았다. 바우돌리노는 비석 주변에서 숨을 조금 헐떡거리며 땅에서 나뭇잎들을 치웠다. 쇠창살이 나올 때까지 계속 그렇게 했다. 바우돌리노는 그 브라반트 인에게 쇠창살을 들어 올리게 도와 달라고 했다. 쇠창살을 들어 올리자 계단 세 개가 나왔다. 「이제 내 말을 잘 들어라.」 바우돌리노가 브라반트 인에게 말했다. 「이 밑으로 내려가서 앞으로 계속 가도록 하라. 이 밑으로 굴이 파여져 있을 테니 굴이 끝나는 곳까지 가도록 해라. 굴의 끝부분쯤에서 불빛이 보일 게야. 가서 뭐가 보이는지 보고 와라. 단 한 가지도 잊어버려서는 안 된다. 그리고 돌아와서 보고를 하도록. 나는 여기서 네 보초를 서겠다.」

이런 일은 첩자에게는 고통스러웠지만 당연한 일로 여겨졌다. 귀족이 처음에는 첩자에게 보초를 서라고 하더니 이제는 자기가 그 첩자의 보초를 서주겠다고 하면서 첩자를 위험에 빠뜨리는 일이 말이다. 물론 바우돌리노는 그를 엄호해 주기 위해 칼을 쥐고 있었지만 귀족들이 어떤 행동을 할지는 아무도 몰랐다. 첩자는 십자가를 긋고 떠났다. 20여 분 뒤에 돌아온 첩자는 숨을 헐떡거리며 바우돌리노가 이미 다 알고 있는 이야기를 했다. 그러니까 굴의 끝부분에 창살이 있는데 그것을 쓰러뜨리기는 별로 어렵지 않을 것 같다, 그 창살 너머로 조그만 광장이 보였는데 사람들은 별로 없다, 게다가 이 굴은 바로 도시 한복판으로 이어져 있다, 이런 내용의 이야기였다.

바우돌리노가 물었다. 「방향을 바꾸었나, 아니면 직진했나?」 「직진했습니다.」 첩자가 말했다. 그러자 바우돌리노가 마치 혼잣말하듯 중얼거렸다. 「그러면 출입구는 성문으로부터 불과 10여 미터 정도의 거리에 있다는 말이군. 그러면 내가 매수한 녀석의 말이 맞다는 이야기인데……」 그러더니 브라반트 인에게 말했다. 「우리가 뭘 알아냈는지 아나. 맨 처음 성벽을 공격하게 될 때 용감한 병사 한 소대가 도시에 들어갈 수 있고 성벽 쪽으로 진격해서 성문들을 열 수 있을 게다. 다른 부대들은 밖에서 성 안으로 들어갈 때를 기다리기만 하면 되는 거다. 내가 행운을 잡은 거야. 그런데 오늘 밤 네가 본 것을 그 누구에게도 말을 해서는 안 된다. 누군가가 내가 알아낸 것을 이용하게 할 수는 없으니까.」 바우돌리노는 인심 후하게 그에게 동전 한 닢을 건네주었다. 침묵의 대가치고는 너무나 보잘것없어서 그 첩자는 디트폴트에 대한 충성심 때문이 아니라 바우돌리노에 대한 복수심 때문에 디트폴트에게 달려가서 모든 것을 고해 바치고 싶은 심정이었다.

무슨 일이 벌어졌는지는 쉽게 상상할 수가 있었다. 디트폴트는 바우돌리노가 공격을 당한 자기 친구들을 난관에 빠뜨리지 않기 위해, 굴을 발견한 사실을 숨기고 싶어한다고 생각하고 황제에게 달려갔다. 그는 황제가 사랑하는 양아들이 도시로 들어갈 수 있는 입구를 발견했지만 그 사실을 황제에게 말하기를 꺼리고 있다고 알렸다. 황제는 눈을 들어 하늘을 보았는데 마치 이렇게 말하는 것 같았다. 망할 녀석, 그놈까지도. 그러더니 디트폴트에게 이렇게 말했다. 좋아, 자네에게 영광을 주겠다. 해가 질 무렵에 바로 성문 앞에 자네를 위해 훌륭한 공격대를 정렬시켜 놓겠네. 가시덤불 근처에 투석기 몇 대와 귀갑 방패 몇 개를 준비해 놓지. 자네가 부하들과 굴에 들어갔을 때는 거의 어두워져 아무도 자네를 눈여겨보지 않을 테니, 자네가 도시로 들어가서 안에서 성문을 열게, 그러면 조만간 자네는 영웅이 될 걸세.

슈파이어의 주교는 곧 성문 앞의 부대에 대한 지휘권을 요구했다. 주교는 디트폴트가 자기 아들이나 마찬가지이기 때문이라고 했다. 가히 상상할 수 있는 일이었다.

그렇게 해서, 성 금요일 오후에 이미 어둑어둑해져 가고 있을 때 황제의 병사들이 성문 앞에 전열을 갖추고 있는 것을 본 트로티는 그게 성 안에 포위되어 있는 사람들의 주의를 다른 곳으로 돌리기 위한 열병식이라는 것을 알게 되었고, 뒤에서 일을 그렇게 만든 게 바우돌리노라는 것을 알아차렸다. 그래서 트로티는 구아스코, 보이디와 오베르토 델 포로 이렇게 세 사람과 그 문제에 대해 상의를 하고서, 등장해야 할 베드로 성인을 밖으로 데리고 나갈 준비를 했다. 로돌포 네비아가 자원을 했다. 그는 옛 집정관의 한 사람으로 적당한 체격을 가지고 있었다. 그들은 다만 베드로 성인의 환영이 십자가를 들고 있어야 하는 것인지, 그 유명한 열쇠를 들고 있어야 하는지를 토론하느라 30여 분 가량 허비했을 뿐이었다. 그러다가 결론은 어둠 속에서도 잘 보일 십자가 쪽으로 기울어졌다.

바우돌리노는 성문에서 조금 떨어진 곳에 있었다. 그는 전투는 벌어지지 않을 것이라고 확신했다. 전투가 벌어지기 전에 누군가가 굴에서 나와 하늘의 도움에 관한 새로운 소식을 전할 것이기 때문이었다. 실제로 주님의 기도, 성모송, 영광송을 세 번 정도 할 시간이 지나자 성 안쪽에서 굉장히 소란스러운 소리들이 들려왔다. 그때 어떤 목소리가 외쳤다. 그 소리는 모두에게 인간의 목소리가 아닌 것처럼 들렸다. 「조심하라, 조심하라, 신심 깊은 내 알레산드리아 인들이여.」 그러자 지상의 목소리들이 모두 함께 소리쳤다. 「베드로이시다, 오 기적이야, 기적이야!」

무엇인가가 꼬인 것은 바로 그 시점에서였다. 나중에 바우돌리노가 알게 되었지만, 디트폴트와 그의 병사들은 곧 붙잡혔다. 성 안의 사람들은 모두 디트폴트와 그 병사들에게 달려들어 베드로 성인이 나타났다는 것을 그들에게 확인시키려고 했다. 아마 모두들 속아 넘어갔을 것이다. 하지만 디트폴트는 아니었다. 그는 굴을 발견한 사람이 누구인지를 너무나 잘 알고 있었다. 그리고 — 그는 멍청했지만 완전히 그런 것만은 아니었다 — 바우돌리노에게 조롱을 당했다는 생각이 들었다. 그래서 그는 자신을 붙잡은 자들의 손아귀를 뿌리쳤다. 그는 좁은 길로 들어가 큰 소리로 외쳤다. 그 소리가 어찌나 크던지, 사람들은 대체 그가 어떤 언어로 이야기하는지조차 알 수 없었다. 그리고 해가 져서 어둑어둑했기 때문에 디트폴트가 자기들 편이라고 생각했다. 하지만 그가 성벽에 올라섰을 때 그가 공격자들을 향해 이야기하고 있다는 게 분명해졌다. 병사들에게 함정이라는 것을 알리려는 게 분명했다 — 무엇으로부터 병사들을 보호하려는 것인지 잘 알 수가 없었다. 밖에 있는 병사들은 성문이 열리지 않는 한, 안으로 들어올 수 없으므로 별로 위험할 것도 없었으니까 말이다. 그 디트폴트는 멍청한 것만큼이나 용감하기도 했기 때문에 그런 사실은 중요하지 않았다. 그는 성벽의 제일 높은 곳에서 검을 휘두르며 전 알레산드리아 인들에게 도전을 하고 있었다. 알레산드리아 인들은 — 공격의 규칙대로 — 적군이 성벽에 올라가 있는 것을 용인할 수 없었다. 그 적이 성 안에서 성벽 위로 올라갔다 해도 사정은 마찬가지였다. 그리고 무엇보다도 함정에 대해 알고 있는 사람은 불과 몇 명밖에 되지 않았기 때문에 대개의 사람들은 독일인이 갑자기 아무것도 아닌 것처럼 성 안에 들어와 있는 것을 보게 될 것이다. 그래서 누군가가 디트폴트의 등에 창을 꽂아 성벽 밖으로 떨어뜨려 버릴 생각을 하게 되었다.

너무나 사랑하는 친구가 병사의 발 밑으로 힘없이 떨어지는 것을 본 슈파이어의 주교는 더 이상 생각할 것도 없이 공격을 명했다. 일반적인 상황에서라면 알레산드리아 인들은 관례대로 높은 요새에서 공격자들을 집중적으로 쏘았을 것이다. 그런데 적들이 성문으로 다가오고 있는 동안, 함정으로부터 도시를 구하기 위해 베드로 성인이 나타났고, 돌격을 승리로 이끌 준비를 한다는 소문이 퍼졌다. 트로티는 그런 오해로부터 문제를 해결해야겠다고 생각했다. 그는 가짜 성 베드로를 제일 먼저 내보냈다. 그리고 다른 사람들에게 그 뒤를 따르게 했다.

간단히 말하면, 공격자들의 정신을 몽롱하게 만들었어야 할 바우돌리노의 거짓말이 오히려 공격당한 사람들의 정신을 몽롱하게 만들고 만 것이다. 신비한 흥분의 상태에 사로잡힌 데다가 너무나 호전적이 되어 버린 알레산드리아 인들은 사나운 야수처럼 황제군에게 달려들었다 — 그리고 전쟁의 규칙과는 상반되게 무질서하게 공격을 했기 때문에 슈파이어의 주교와 그의 기사들은 너무나 당황한 나머지 후퇴를 하고 말았다. 제노바의 궁사들이 탄 탑을 밀던 병사들도 위험한 가시덤불 가장자리에 탑을 버려 둔 채 후퇴를 했다. 알레산드리아 인들에게는 좋은 먹이였다. 안셀모 메디코는 곧 자신의 수하에 있는 피아첸차 인들과 함께 이제 정말 다시 쓸모 있게 된 굴로 들어갔다. 그리고 대담한 한 무리의 사람들을 이끌고 제노바 궁사들의 등 뒤에서 갑자기 나타났다. 안셀모와 함께 온 사람들은 장대를 들고 있었는데 그 장대 끝에 둥그스름하게 달린 역청이 붉게 타오르고 있었다. 바로 그때 제노바 인들의 탑들이 벽난로의 장작처럼 불타올랐다. 궁사들은 아래로 뛰어내리려고 안간힘을 썼다. 그러나 밑에서는 알레산드리아 인들이 버티고 서서 그들이 내려오는 즉시 그들의 머리를 곤봉으로 내려쳤다. 탑은 처음에는 한쪽으로 기울다가 전복이 되어 버렸는데, 그때 주교의 기병대 사이로 불꽃들이 튀었다. 말들은 미친 듯이 날뛰었다. 그 말들 때문에 황제군의 전열은 더욱더 혼란에 빠졌다. 말을 타지 않은 사람도 그 혼란에 일조를 했다. 말 탄 기사들이 열을 지어 서 있는 사람들 사이를 가로지르면서 베드로 성인이 진짜 오고 있다고 소리를 질러 댔기 때문이었다. 어쩌면 바울로 성인이 오고 있는지도 몰랐다. 어떤 병사는 세바스티아누스 성인과 타르시키우스 성인도 보았다고 소리쳤다 — 간단히 말하면 기독교의 성인들이 모두 그 가증스러운 도시에 정렬을 한 것이었다.

밤이 되자 누군가가 슈파이어 주교의 시체를 황제의 병영으로 실어 왔다. 황제의 병영은 이미 초상집 분위기였다. 주교는 도망을 가다가 등 뒤에서 공격을 당한 것이었다. 프리드리히는 바우돌리노를 불러오게 했다. 황제는 그에게 이 사건과 그가 무슨 관련이 있는지, 그리고 뭔가 알고 있는 게 있는지를 물어보았다. 바우돌리노는 땅속으로 꺼져 버리고 싶었다. 그날 밤 피아첸차에서 온 안셀모 메디코를 비롯해서 그의 훌륭한 *milites*(기사들) 그리고 용감한 하사관들과 가엾은 보병 등 수많은 사람들이 목숨을 잃었기 때문이었다. 모두 그의 그 잘난 계획 때문이었다 — 그 계획에 따르면 그 누구의 머리카락 하나 다치지 않고 문제가 해결되었어야만 했다. 그는 프리드리히의 발 밑에 몸을 던져 진실을 모두 밝혔다. 그는 프리드리히에게 포위 공격을 중단할 만한 그럴듯한 구실을 만들어 줄 수 있을 것이라고 생각했는데 생각과는 달리 일이 이렇게 되어 버린 것이라고 말이다.

「아버님, 저는 가엾은 인간입니다.」 그가 말했다. 「저는 피를 싫어합니다. 저는 손에 피를 묻히고 싶지 않았습니다. 목숨을 잃은 그 많은 사람들을 살리고 싶었습니다. 그런데 제가 저질러 놓은 대참극을 한번 보십시오. 전사자들은 모두 저 때문에 죽은 것입니다!」

「넌 저주를 받아 마땅하다. 아니 네 계획을 수포로 돌아가게 만든 사람이 저주를 받아야 하겠지.」 프리드리히가 대답했다. 그는 화가 난 게 아니라 굉장히 슬퍼 보였다. 「왜냐하면 — 아무에게도 이 말을 해서는 안 된다 — 베드로 성인 핑계를 댔더라면 내가 편안해졌을 테니까. 방금 도착한 소식이 하나 있다. 동맹군이 움직이고 있다. 아마 내일쯤 되면 벌써 두 개의 전선에서 싸움을 하고 있을지도 몰라. 너의 성 베드로는 병사들에게 확신을 주었다. 그렇지만 지금 너무 많은 사람들이 죽었어. 나의 제후들은 복수를 요구하고 있다. 제후들은 도시 사람들에게 본때를 보여 줄 순간이 왔다고 말하고 있다. 저들이 성 밖으로 나왔을 때 자신들이 우리들보다 얼마나 보잘것없는지를 알기만 하면 돼. 그들은 바로 마지막까지 있는 힘을 다 짜냈던 거야.」

토요일이었다. 대기는 온화했고 꽃들이 들판을 아름답게 장식했다. 나무들은 유쾌한 듯 살랑거렸다. 주위 사람들은 모두들 장례식을 치르기라도 하듯이 비탄에 잠겨 있었다. 황제군들은 모두 공격할 때가 되었다고 말을 했는데 공격을 원하는 사람은 아무도 없었기 때문에 슬펐다. 특히 알레산드리아 인들은 있는 힘을 다해 마지막 돌격을 하고 난 뒤에, 마음은 하늘로 날아갈 것 같았지만 뱃가죽은 다리 사이로 축 늘어졌다. 그랬기 때문에 바우돌리노의 명석한 머리는 다시 작업을 시작하지 않을 수 없었다.

바우돌리노는 말을 타고 다시 성벽 쪽으로 향했다. 그는 트로티, 구아스코, 그리고 눈살을 심하게 찌푸린 다른 대장들을 만났다. 그들 역시 동맹군이 오고 있다는 것을 알고 있었다. 하지만 확실한 정보를 통해, 여러 코무네들 간에 행동하는 문제에 대해서 의견이 분분하며, 정말 동맹 측이 프리드리히를 공격할지는 굉장히 불확실하다는 것을 알고 있었다.

「잘 들어 보십시오, 니케타스 씨, 계산이란 것은, 이것은 아주 미묘한 문제인데, 어쩌면 비잔틴 사람들은 이런 미묘한 문제를 잘 이해할 수 있을지도 모르겠습니다. 계산이란 것은 황제가 당신을 공격했을 때 자신을 방어하는 것입니다. 다른 계산은 당신의 의지대로 전투를 벌이는 겁니다. 즉, 만약 당신의 아버지가 혁대로 당신을 때린다면 당신도 아버지의 손에서 혁대를 뺏을 권리가 있는 겁니다 — 그건 방어가 되는 거지요 — 하지만 만약 아버지를 향해 손을 든 사람이 바로 당신이라면 그것은 존속 상해가 되는 겁니다. 그런데, 당신이 결정적으로 신성 로마 제국의 황제의 기분을 상하게 했는데, 이탈리아 코무네들 편을 든다면 당신에겐 뭐가 남겠습니까? 아시겠습니까, 니케타스 씨? 프리드리히 부대는 바로 알레산드리아에서 대패를 했어요. 하지만 프리드리히의 병사들은 계속해서 프리드리히를 단 하나뿐인 그들의 왕으로 인정을 했습니다. 다시 말하자면 그를 좋아하지는 않지만 만약 그가 없다면 큰일이 나는 거지요. 사람들은 자신들이 선한 일을 하는지 악한 일을 하는지조차 알지 못하면서 서로를 죽였을 겁니다. 선과 악의 기준은 결국 황제였기 때문이지요.」

「그러니까,」 구아스코가 말했다.「제일 좋은 방법은 프리드리히가 빨리 알레산드리아 포위 공격을 포기하는 거로군. 분명히 말하지만 코무네들은 황제를 그냥 지나가게 내버려둘 거야. 파비아에 도착할 수 있게 말이지.」그런데 어떻게 황제의 체면을 살린다지? 하늘의 계시를 이용하는 방법은 이미 사용을 해보았다. 알레산드리아 인들은 대만족이었지만 상황은 처음으로 돌아와 있었다. 어쩌면 베드로 성인에 대한 생각이 너무 야심만만한 것이었는지도 모르겠네. 그때 바우돌리노가 말했다. 게다가 그건 존재하기도 하고 존재하지 않기도 한 환영이나 환시 같은 것이어서 다음날이면 쉽게 부정을 할 수가 있어. 그리고 무엇보다, 성인들을 불편하게 만들면 안 되지 않겠어? 황제군에 있는 용병들은 하느님도 믿지 않는 사람들이야. 그들이 유일하게 믿는 것이라고는 부른 배하고 불끈 선 성기뿐이라네…….

　「생각을 한번 해보거라.」그때 갈리아우도가 말했다. 그에게는 ─ 모두 다 알고 있듯이 ─ 하느님께서 일반 백성에게만 쏟아 부어 준 지혜가 있었다.「황제군들이 우리들의 암소 한 마리를 붙잡았는데 그놈의 배에 거의 터질 정도로 밀이 가득 차 있는 것을 발견하는 거다. 그러면 바르바로사와 그 병사들은 우리에게 아직도 먹을 게 많이 남아 있어서 한없이 저항을 할 수 있을 정도라고 생각을 하는 것이지. 바로 이때 귀족과 병사들이 떠나자고 말을 하게 되는 거야. 그렇지 않았다가는 다음 부활절을 여기서 맞이하게 될 테니…….」

　「난 그렇게 바보 같은 이야기는 한 번도 들어 본 적이 없어요.」구아스코가 말했다. 그러자 트로티가 구아스코 편을 들었다. 노인이 이제 정신이 약간 나간 것이라고 말하기라도 하듯, 한 손가락으로 이마를 치면서 말이다. 「아직 살아 있는 황소가 있다면 우리가 벌써 그 암소를 날고기 채로 먹어 버렸을 겁니다.」 보이디가 덧붙였다.

「이분이 내 아버지라서 하는 말이 아니라, 내가 듣기에는 무시해 버릴 만한 생각은 아닌 것 같네.」 바우돌리노가 말했다. 「자네들이 잊고 있는 것 같은데 암소가 아직 한 마리 있다네. 바로 내 아버지 갈리아우도의 로지나야. 문제는 도시 구석구석을 뒤져서 암소의 배가 터질 만큼 먹일 많은 곡식을 찾아낼 수 있느냐는 것뿐일세.」

「문제는 내가 내 암소를 네게 주느냐는 것이다. 이 짐승 같은 놈아.」 그때 갈리아우도가 펄쩍 뛰었다. 「황제군이 암소를 찾아내서 암소의 뱃속에 밀이 가득 들어 있는지를 보려면 분명 암소의 배를 갈라야 할 게다. 내 암소 로지나를 그렇게 죽일 수는 없다. 로지나는 나와 네 어미에게는, 하느님께서 우리에게 주시지 않은 딸과 같은 암소야. 그러니까 그 암소에는 아무도 손을 댈 수 없어. 차라리 널 도살장으로 보내겠다. 네가 30년 동안이나 집을 떠나 있는 동안 로지나는 변덕 하나 부리지 않고 항상 제자리에 있었다.」

방금 전까지만 해도 미친 생각이라고 생각했던 구아스코와 다른 사람들은 갈리아우도가 반대를 하자마자 곧 그 생각이 다른 그 어떤 생각보다 훌륭한 생각이라는 확신을 하게 되었다. 그들은 도시의 운명 앞에서는 가엾은 암소도 희생이 되어야 한다는 사실을 노인에게 납득시키기 위해 전력을 다했다. 심지어는 이런 말을 하기도 했다. 바우돌리노의 배를 가른다고 해도 아무도 믿지 않겠지만 암소의 배를 가르면 바르바로사가 정말 완전히 단념을 할지도 모른다고. 그리고 밀 문제라면, 마구 쓸 수 있을 정도로 충분하지는 않지만 여기서 긁고 저기서 긁으면 로지나를 살찌게 만들 수 있을 정도는 긁어모을 수 있을 것이다. 그리고 너무 세세한 것까지 신경을 쓸 필요가 없었다. 왜냐하면 밀이 한번 뱃속에 들어간 후에는 그 누구라도 암소가 먹은 게 밀인지 밀기울인지를 말하기가 어렵기 때문이다. 그리고 밀가루 벌레나 바퀴벌레를 골라낼 필요도 없었다. 전시에는 빵도 그렇게 만들기 때문이다.

「말씀을 좀 해보시지요, 바우돌리노.」 니케타스가 말했다. 「설마 모두들 그런 농담을 진심으로 받아들였다고 말하려는 것은 아니겠지요.」

「우리만 그것을 진심으로 받아들인 게 아니라 뒤에 알게 되겠지만 황제 역시 그것을 진짜로 받아들였습니다.」

이야기는 정말 그렇게 되었다. 토요일 3시경에 알레산드리아의 모든 집정관들과 중요 인사들이 암소가 누워 있는 주랑 밑에 모였다. 암소는 상상을 할 수 없을 정도로 마른 데다가 거의 죽어 가고 있었다. 털이 다 빠진 데다가 다리는 가느다란 막대기 같았고 젖은 귀 같았으며 귀는 젖꼭지처럼 보였다. 눈은 휘둥그레 뜨고 있었는데 뿔은 힘없이 축 늘어져 있었으며 나머지 부분은 몸통이라고 하기보다는 뼈들만 앙상히 붙어 있다고 해야 옳았다. 황소가 아니라 황소 귀신에 가까웠다. 죽음의 무도(舞蹈)에 쓸 암소였다. 하지만 바우돌리노의 어머니가 애정을 쏟아 부어, 밤잠을 설치며 돌본 가축이었다. 바우돌리노의 어머니는 암소의 머리를 쓰다듬으며 이게 더 나을지도 모른다고 말했다. 이제 더 이상 고통을 받지 않을 테고 배부르게 먹을 테니 어쩌면 주인들보다 더 나을지도 모른다고 말이다.

그 옆으로는 있는 대로 모아 온 밀과 종자로 쓸 것들까지 모은 씨앗들이 계속 도착했다. 갈리아우도는 불쌍한 짐승 곁에 앉아서 먹이를 먹게 자극했다. 하지만 이미 암소는 비통함이 담긴 초연한 태도로 세상을 바라보았다. 암소는 여물을 새김질한다는 게 무엇을 뜻하는지조차 잊어버리고 있었다. 그래서 결국 몇몇 자원자들이 암소의 다리를 꽉 붙들고 다른 사람들은 머리를 붙들었으며 또 다른 사람들이 강제로 입을 벌리게 했다. 그리고 암소가 힘없이 거부의 뜻으로 울어 대자, 거위에게 하듯이 목에 밀을 밀어 넣었다. 그러자 생존 본능 때문인지 혹은 좋았던 시절의 추억 때문에 힘이 나서 그랬는지는 모르겠으나 암소가 혀로, 하느님이 주신 그 귀한 식량을 모두 뒤섞기 시작했다. 그러더니 자의 반, 그 자리에 있던 사람들의 도움 반으로 그것을 삼키기 시작했다.

즐거운 식사는 아니었다. 로지나가 마치 새끼를 낳을 때처럼 구슬프게 울면서 먹이를 먹었기 때문에 모두들, 로지나가 짐승인 자신의 영혼을 하느님께 바치고 있는 중이라는 생각을 한 게 한두 번이 아니었다. 하지만 잠시 후 생명력이 모든 것을 압도했다. 암소는 네 다리로 일어서서 자기에게 주어지고 있는 곡식 자루에 곧장 주둥이를 집어넣고 계속 혼자 밀을 먹어 댔다. 모두들 지켜보고 있는 그 암소, 너무나 여윈 데다가 슬퍼 보이기까지 하는 그 암소는 정말 이상한 암소였다. 등뼈는 툭 튀어나와서, 마치 자신을 가두고 있는 가죽 밖으로 나오고 싶다고 말하는 것 같은 반면, 배는 풍만한 데다가 둥그스름하고, 수종에 걸린 것 같아서, 마치 송아지를 열 마리쯤 밴 배처럼 팽팽했다.

「안 될 것 같아, 안 될 것 같아.」 보이디가 이 슬픈 기적 앞에서 고개를 저었다. 「아무리 멍청한 사람이라도 이 소가 살찐 게 아니라 가죽만 남은 암소인데 사람들이 일부러 뱃속에 먹이를 잔뜩 집어넣었다는 것을 알아차릴 거야…….」

「살찐 암소라고 믿는다고 해도,」 구아스코가 말했다. 「이 소의 주인이 생명과 재산을 잃어버릴 위험을 감수하고까지 들판으로 암소를 끌고 나왔다는 사실을 어떻게 받아들일까?」

「친구들,」 바우돌리노가 말했다. 「이 점을 잊어서는 안 되네. 저 사람들, 그러니까 누구인지는 모르지만 암소를 발견하게 될 사람이라면 누구나 너무나 배가 고픈 상태야. 그래서 암소의 여기가 여위었는지 저기가 여위었는지를 살펴보고 있을 여유가 없을 걸세.」

바우돌리노의 말이 맞았다. 아홉 시경 갈리아우도가 성 밖으로 나가 성벽에서 겨우 반 마일 정도 떨어져 있는 풀밭으로 갔을 때였다. 숲에서 한 떼의 보헤미안 인들이 나타났다. 새를 잡으러 가는 사람들이 분명했다. 그 주위에 아직 살아 있는 새들이 있는지는 알 수 없지만. 그들은 암소를 보자 굶주린 자신들의 눈을 믿지 못하겠다는 듯 갈리아우도에게 달려들었다. 갈리아우도는 곧 두 손을 들었다. 보헤미안 인들은 갈리아우도를 암소와 함께 병영으로 끌고 갔다. 곧 갈리아우도와 암소 주위로, 볼이 움푹 들어가고 눈이 툭 튀어나온 전사들이 떼를 지어 몰려들었다. 소 잡는 일에 능숙한 코모 사람이 불쌍한 로지나의 목을 잘랐다. 단 칼에 목을 내리쳤기 때문에 아멘이라고 말을 시작했을 때, 로지나는 살아 있었지만 그 말을 다 마치기도 전에 죽어 버렸다. 갈리아우도는 정말로 눈물을 흘렸다. 그래서 그 광경은 모두에게 거의 진짜처럼 보였다.

짐승의 배를 갈랐을 때 예상했던 일이 벌어졌다. 그렇게 급하게 안으로 밀어 넣었던 그 모든 음식물이 아직도 원상태 그대로 땅에 넘쳐흘렀다. 그게 정말 밀알인지 모두들 의심을 하는 것 같았다. 놀라움이 배고픔을 눌러 버렸다. 그리고 어찌 되었든 배고픔 때문에 전사들의 기본적인 이성이 모두 사라져 버린 것은 아니었다. 포위당한 도시에서 암소들도 그 정도로 포식을 할 수 있다는 것은 인간과 신의 모든 법칙을 거스르는 것이었다. 그 자리에 모여 있던 그 게걸스러운 병사들 가운데 본능을 누를 줄 아는 상사가 한 사람 있었다. 그는 이 놀라운 사실을 자신들의 지휘관에게 알리기로 결정했다. 삽시간에 소문은 황제의 귀에 들어갔다. 황제의 곁에 있던 바우돌리노는 겉으로는 태연했다. 그러나 몹시 긴장한 채 몸을 떨면서 사건이 일어나길 기다리고 있었다.

로지나의 몸체와 흩어졌던 밀알을 모아 담은 천과 포박을 당한 갈리아우도가 프리드리히의 앞으로 끌려왔다. 몸뚱이가 둘로 갈라진 채 숨을 거둔 암소는 살이 찐 것 같지도, 마른 것 같지도 않았다. 눈에 보이는 것이라고는 오로지 암소의 뱃속과 바깥쪽에 있는 그 곡식들뿐이었다. 그것은 프리드리히가 그냥 무시하고 넘어갈 수 없는 상황이었다. 그래서 프리드리히는 곧 농부에게 물었다. 「너는 누구냐, 어디서 온 거냐, 저 암소는 누구 것이냐?」 그러자 갈리아우도는 프리드리히의 말을 한 마디도 알아듣지 못했으면서도 아주 심한 팔레아 방언으로 대답을 했다. 난 모릅니다. 나는 아닙니다. 나완 상관이 없습니다. 나는 그저 우연히 그곳을 지나가고 있었어요. 이 암소는 생전 처음 보는 암소입니다. 아니 당신이 말해 주지 않았으면 암소라는 것도 몰랐을 겁니다. 두말할 나위도 없이 프리드리히는 그 말을 전혀 이해하지 못했다. 그래서 바우돌리노에게 말했다.「넌 저 짐승의 말 같은 언어를 알고 있지. 저자가 뭐라고 하는지 말해 보거라.」

바우돌리노와 갈리아우도 사이의 장면, 통역:「이 사람 말로는 자기는 암소에 대해서는 아무것도 모른다고 합니다. 도시에 사는 부유한 농부가 이 사람에게 들판으로 암소를 데려가 달라고 맡겼답니다. 할 말은 이것뿐이랍니다.」

「알았다, 염병할, 저 암소의 배에는 밀알이 가득 들어 있었어. 이게 대체 어떻게 된 일인지 물어보거라.」

「이 사람 말로는 암소들이 곡식을 먹고 난 뒤에 그것을 소화시키기 전에는 먹은 게 배에 가득 남아 있답니다.」

「저 나무에 목이 매달리고 싶지 않으면 바보 같은 말 하지 말라고 전하라! 저 마을에서는 그러니까 악당들의 도시라고 할 수 있는 저곳에서는 항상 암소들에게 밀알을 먹이로 준다는 말이냐?」

갈리아우도:「*Per mancansa d'fen e per mancansa d'paja, a mantunuma er bestii con dra granaja... E d'iarbion.*」

바우돌리노:「아니랍니다. 지금 포위 공격으로 건초가 부족하기 때문이랍니다. 그리고 밀알만 있는 게 아니라 마른 아르비오니도 있다고 합니다.」

「아르비오니?」

「완두콩 말입니다.」

「젠장할. 내가 저자를 내 매한테 던져 줘서 다 쪼아 먹어 버리게 할 테다. 내 개들에게 주어서 사지를 갈기갈기 찢어

놓을 테다. 밀이나 완두콩이 아니라 건초가 부족하다니 대체 그게 무슨 말이냐?」

「저 사람 말에 따르면 도시 주변에 있던 암소들을 도시에 모두 모아 놓았다고 합니다. 도시에는 세상이 끝날 때까지 먹고도 남을 만한 스테이크가 있답니다. 하지만 암소들은 건초들을 모두 먹어 버렸고, 사람들은 고기를 먹으면 빵은 먹지 않는답니다. 그러니 마른 완두콩은 어떨지 상상이 가지요. 그래서 저들은 쌓아 놓은 밀을 암소들에게 줍니다. 저 사람 말은 모든 것을 다 가지고 있는 여기 우리들과는 달리 자기들은 불쌍하게 포위당한 사람들이기 때문에, 저 성 안에서는 할 수 있는 대로 타협을 해서 일을 해야만 한답니다. 바로 이 때문에 사람들이 이 암소를 그에게 맡겨서 밖으로 데리고 나오게 했다는군요. 풀이라도 조금 뜯어먹을 수 있게 말입니다. 알곡만 먹으면 병이 들고 불갯지렁이가 달라붙게 되니까 말입니다.」

「바우돌리노, 넌 이 불한당 같은 놈이 하는 말을 믿느냐?」

「저는 저 사람이 하는 말을 통역했습니다. 제 어린 시절의 기억을 돌이켜 봐도 암소들이 밀을 먹는 것을 좋아했는지 아닌지 확실하게는 잘 모르겠습니다. 그러나 분명한 것은 저기 도시에 밀이 넘쳐 난다는 겁니다. 확신에 찬 눈빛이 그 사실을 부인할 수 없게 합니다.」

프리드리히가 수염을 매만졌다. 그는 눈을 가느다랗게 뜨더니 갈리아우도를 자세히 살펴보았다. 「바우돌리노,」 잠시 후 프리드리히가 말했다. 「이 남자를 본 적이 있는 것 같구나. 아주 오래전에, 단 한 번뿐이기는 하지만. 넌 이 사람을 모르느냐?」

「아버님, 저는 이 지역 사람들을 조금씩 다 알고 있습니다. 하지만 지금 문제는 이 사람이 누구인지를 자문하시는 게 아니라 정말 이 도시에 그렇게 많은 암소와 밀이 있느냐 하는 겁니다. 만약 아버님께서 제 솔직한 의견을 원하신다면, 저는 저들이 아버님을 속이기 위해 마지막 남아 있는 밀로 마지막 남아 있는 암소를 배불리 먹인 것일 수도 있을 것이라고 생각합니다.」

「훌륭한 생각이다, 바우돌리노. 난 그 생각은 하지 못했다.」

「폐하.」 몬페라토의 후작이 끼어들었다. 「우리는 저 마을 사람들이 얼마나 지혜로운지 알 수가 없습니다. 제가 보기에는 우리 앞에 너무나 분명한 사실이 놓여 있는 것 같습니다. 저 도시는 우리가 상상하는 것보다 훨씬 더 많은 보급품을 가지고 있는 겁니다.」

「아, 그렇습니다, 그렇습니다.」 다른 귀족들은 모두 입을 모아 대답했다. 바우돌리노는 이렇게 음흉한 사람들을 생전 처음 봤다는 결론을 내렸다. 그들은 각자가 다른 사람들이 음흉하다는 것을 너무나 잘 알고 있었지만 전체적으로 보면 모두 다 음흉했다. 그러나 이것은 이제 모두가 그 포위 공격을 더 이상 견딜 수 없다는 증거이기도 했다.

「그렇게 생각해야만 하기 때문에 그렇게 생각한 것이다.」 프리드리히가 외교적으로 말했다. 「적군이 우리 배후를 압박하고 있다. 이 로보레토를 점령한다고 해도 다른 군대와의 충돌은 피할 수가 없다. 우리는 도시를 함락시키고 저 성벽 안으로 들어갈 수 없다. 그러므로 우리의 위신을 손상시킨다는 것은 좋지 않은 일이야. 그러니까, 대신들, 이렇게 결정하도록 합시다. 이 보잘것없는 마을을 보잘것없는 그들의 목동들에게 맡겨 두고 우리는 다른 전투를 준비하도록 합시다. 적절한 명령을 내리도록 하시오.」프리드리히가 황제의 천막에서 나가면서 바우돌리노에게 말했다.「저 늙은이를 집으로 돌려보내라. 저자는 거짓말쟁이가 분명하다. 그렇지만 거짓말쟁이를 모두 교수형에 처했다면 넌 아마 아주 오래전에 이 세상 사람이 아니었을 것이다.」

「집으로 빨리 돌아가세요. 아버지. 일이 잘 되었어요.」바우돌리노가 갈리아우도의 포박을 풀어 주면서 입 속으로 중얼거렸다.「그리고 트로티에게 오늘 밤 그가 알고 있는 그 장소에서 제가 기다리겠다고 전해 주세요.」

프리드리히는 모든 것을 신속하게 처리했다. 공격자들의 병영은 이미 쓰레기 더미로 변해 버렸기 때문에 거두어야 할 천막도 없었다. 병사들은 열을 지어 늘어섰고 모든 것을 태워 버리라는 명령이 내려졌다. 자정이 되었을 때 전위 부대는 이미 마렝고 전장을 향해 행군을 시작했다. 멀리 테르도나 언덕 발치에서 불빛이 반짝였다. 그 아래에서 동맹군들이 기다리고 있었다.

황제에게 허락을 받은 바우돌리노는 말을 타고 살레 쪽으로 멀어져 갔다. 그는 교차로에서 그를 기다리고 있는 트로티와 두 명의 크레모나 영사를 만났다. 그들은 모두 함께 1마일 정도를 더 가서 동맹군의 전초 부대가 있는 곳에 도착했다. 그곳에서 트로티는 코무네 부대의 두 사령관인 에첼리노 다 로마노와 안셀모 다 도바라에게 바우돌리노를 소개했다. 잠깐 동안 회의가 진행되었고 굳은 악수로 조약을 체결했다. 트로티를 얼싸안은 뒤(일이 잘됐어, 고맙네. 아니야, 내가 고

마워해야 할 일이야) 바우돌리노는 될 수 있는 대로 빨리 프리드리히에게로 돌아왔다. 프리드리히는 빈 터의 가장자리에서 바우돌리노를 기다리고 있었다. 「조약이 체결되었습니다, 아버님. 저들은 공격하지 않을 겁니다. 저들은 공격을 하고 싶어하지도 않고 공격을 감행할 생각도 없습니다. 우리는 통과할 수 있을 겁니다. 그들은 아버님께 자신들의 국왕에게 바치는 인사를 할 겁니다.」

「다음 전투가 벌어질 때까지는 그렇겠지.」 프리드리히가 중얼거렸다. 「어쨌든 군대는 지쳤어. 먼저 파비아에서 야영을 해야 할 게다. 그게 더 나아. 가자.」

부활절 새벽이었다. 프리드리히가 만약 뒤를 돌아보았다면 멀리, 알레산드리아의 성벽들이 높은 불길 때문에 환히 빛나는 것을 볼 수 있었을 것이다. 뒤돌아서 그것들을 본 사람은 바우돌리노였다. 그는 전쟁용 무기와 황제군의 야영지를 불태우느라 불길이 그렇게 타오르고 있는 것임을 잘 알고 있었다. 그렇기는 해도 바우돌리노는 승리와 평화를 축하하기 위해 춤을 추고 노래를 부르는 알레산드리아 인들의 모습을 상상하고 싶었다.

1마일 정도 지난 후에 동맹군의 전위 부대를 만났다. 동맹군의 기병대가 길을 열고 양 날개처럼 양쪽으로 늘어섰다. 황제군들은 그 가운데로 지나갈 수 있었다. 인사를 하려는 것인지 충돌을 피하려는 것인지 분명치가 않았다. 그건 아무도 알 수 없는 일이었다. 동맹군 중의 누군가가 무기를 들었다. 그래서 그렇게 두 줄로 늘어선 게 인사의 표시라는 것을 알 수 있었다. 아니 어쩌면 무력감을 나타내는 행동이거나 위협의 표시일 수 있었다. 화가 난 황제는 그들을 못 본 척했다.

「난 모르겠다.」황제가 말했다.「내가 도망을 가는 것 같구나. 그런데 저들은 내게 경례를 하고 있구나. 바우돌리노, 내가 잘하고 있는 거냐?」

「잘하셨습니다, 아버님. 아버님께서는 항복하고 있는 저들보다 더 많이 항복하신 것은 아닙니다. 저들은 존경심 때문에 탁 트인 지역에서 아버님을 공격하지 않으려는 겁니다. 그러니까 아버님은 이 존경심에 감사를 하셔야만 합니다.」

「그래야만 하겠지.」바르바로사가 퉁명스레 말했다.

「그게 당연하다고 생각하신다면 아버님께 사람들이 그런 말을 해도 기분좋게 생각하세요. 불만이십니까?」

「천만에, 천만에, 언제나 그랬지만, 네 말이 옳다.」

새벽녘에 멀찌감치 떨어진 평원에서, 그리고 근처의 언덕에서 대부대의 적군들이 나타났다. 엷은 안개가 끼어서 부대는 하나의 물체로 보였다. 그 군대가 황제의 부대에서 조심스럽게 멀어지고 있는 것인지, 황제군을 둥글게 포위한 것인지, 근처에서 위협적으로 황제군을 조여 오고 있는 것인지를 여전히 분명하게 알 수 없었다. 코무네의 병사들은 작은 그룹으로 모여 움직이고 있었다. 이따금 황제군과 함께 일정 거리를 행군하기도 했고, 언덕에 잠복을 해서 황제군이 열을 지어 지나가는 모습을 지켜보기도 했으며 또 어떤 때는 황제군을 피하기도 하는 것 같았다. 침묵이 깊게 깔렸다. 그 침묵을 깨뜨리는 것은 말발굽소리와 병사들의 발소리뿐이었다. 가끔 아주 희미한 새벽이면 이쪽저쪽의 언덕에서 가느다란 연기가 몇 줄기씩 올라오는 게 보였다. 한 그룹이 높은 언덕 위, 푸른 나무들 속에 숨어 있는, 어떤 탑 위에서 다른 그룹에게 신호를 보내는 것 같았다.

프리드리히는 이번에는 그 위험한 행군을 자신에게 유리한 쪽으로 해석하기로 결정했다. 그는 군기들과 왕가의 깃발들을 높이 들게 했다. 그리고 마치 야만인들을 굴복시킨 카이사르 아우구스투스처럼 그곳을 지나갔다. 어찌 되었든 그는, 자신을 파멸시킬 수도 있을 그 호전적인 도시들의 주인처럼 통과를 했다.

파비아 쪽으로 접어들었을 때 프리드리히는 바우돌리노를 자기 옆으로 불렀다. 「넌 언제나 악당이었지.」 그가 바우돌리노에게 말했다. 「그렇기는 해도 난 저 진흙창에서 벗어날 수 있는 구실을 찾아내야만 했다. 너를 용서한다.」

「무얼 말씀이십니까, 아버지?」

「난 알고 있다. 하지만 내가 저 이름 없는 도시를 용서했다고 생각해서는 안 된다.」

「이름이 있습니다.」

「내가 이름을 지어 주지 않았으니 이름이 없는 게다. 조만간 저 도시를 파괴해 버리고 말 테다.」

「금방은 안 될 겁니다.」

「물론, 금방은 아니다. 내가 보기엔 내가 도시를 파멸시키기 전에 네가 또 다른 거짓말을 꾸며 댈 것 같구나. 거짓말쟁이를 우리 집에 데려왔던 그날 밤 이런 사실을 알았어야 했는데. 그런데 암소를 데리고 왔던 그 남자를 어디서 봤는지 생각이 났다!」

바우돌리노의 말이 흥분을 한 것 같았다. 그래서 바우돌리노가 고삐를 잡아당기느라 프리드리히의 뒤로 처지게 되었다. 그렇게 해서 프리드리히는 그 남자가 누구였는지를 바우돌리노에게 말할 수 없었다.

15
바우돌리노 레냐노 전투에

 포위 공격이 끝났을 때 프리드리히는 기분이 가벼운 상태로 파비아로 후퇴를 했다. 그러나 곧 그는 불쾌감을 느꼈다. 그 뒤로 그는 끔찍한 한 해를 보내야 했다. 독일에서는 사촌인 사자왕 하인리히가 그를 괴롭혔다. 이탈리아의 도시들은 여전히 싸움하기를 좋아했고 프리드리히가 알레산드리아를 파괴시켜 버리겠다고 주장할 때마다 그것을 대수롭지 않게 생각했다. 이제 프리드리히의 병사는 얼마 되지 않았다. 처음에는 지원군들이 도착하지 않아서 그랬고, 지원군이 도착을 했을 때는 그 수가 너무 적었다.
 바우돌리노는 암소의 계책을 짜낸 것에 대해 별다른 죄책감을 느끼지 않았다. 물론 그가 황제를 속인 것은 아니었다. 황제는 그저 놀이를 함께 했을 뿐이었다. 하지만 이제 두 사람은 서로 얼굴을 보면 난처해 했다. 꼭 부끄러운 장난을 함께 궁리한 어린아이들 같았다. 바우돌리노는 이제 늙어 가기 시작하는 프리드리히가 그렇게 어린아이처럼 당황스러워 하는 것을 보고 감동을 받았다. 사자 같은 그의 모습을 제일 먼저 변하게 한 것은 바로 멋진 구릿빛 수염이었다.

바우돌리노는 황제로서의 꿈을 계속해서 쫓고 있는 그 아버지를 점점 더 사랑하게 되었다. 황제는, 하나가 되기를 원치 않아 사방으로 빠져나가고 있는 그 이탈리아의 도시들을 단 하나의 이탈리아로 지배하기 위해서, 알프스 너머에 있는 자신의 영토들을 점점 더 잃어 가는 위험을 감수하고 있었다. 어느 날 바우돌리노는 프리드리히가 처한 상황에서 요한 사제의 편지가 그 롬바르디아의 늪지에서 황제를 끌어내 주면서도, 뭔가를 포기하는 것 같은 분위기를 주지 않을 수 있을지도 모른다는 생각을 하게 되었다. 간단히 말해 사제의 편지가 갈리아우도의 암소 역할을 할 수 있을 것이라고 생각한 것이다. 그래서 황제에게 그에 대한 이야기를 해보려고 했다. 하지만 황제는 기분이 몹시 좋지 않았다. 그는 바우돌리노에게 자신은 신경 써서 해야 할 일이 너무나 많기 때문에 고인이 된 오토 삼촌의 노쇠한 환상에 빠질 수 없다고 말했다. 그러더니 바우돌리노에게 다른 몇 가지 외교적인 임무를 맡겼다. 바우돌리노는 열두 달 내내 알프스를 가로질러 이탈리아와 독일을 드나들었다.

서기 1176년의 5월 말경에 바우돌리노는 프리드리히가 코모에 있다는 것을 알게 되었다. 그는 코모에 가고 싶었다. 여행을 하는 도중 만난 사람들이 이제 황제군이 파비아를 향해 움직이고 있다고 말해 주었다. 그래서 그는 길 중간쯤에서 황제를 만날 생각으로 남쪽으로 방향을 바꾸었다.

레냐노 성채에서 멀리 떨어지지 않은 올로나를 따라가다가 황제군을 만날 수 있었다. 몇 시간 전 황제군과 동맹군의 군대는 실수로 레냐노에서 충돌했다. 두 군대 모두 전투를 원하지 않았지만 명예에 손상을 입지 않기 위해 어쩔 수 없이 싸워야만 했다.

바우돌리노가 병영의 끝 쪽에 도착하자마자 보병 하나가 긴 창을 들고 그를 향해 달려오고 있는 게 보였다. 그는 보병을 놀라게 하여 쓰러뜨리기 위해 말에 박차를 가해 달렸다. 그 보병은 너무나 놀라서 벌러덩 넘어지면서 창을 놓치고 말았다. 바우돌리노는 말에서 내렸다. 그리고 창을 움켜쥐었다. 그 보병은 바우돌리노가 금방이라도 자기를 죽일 것처럼 비명을 지르기 시작했다. 그러더니 일어서서 허리에서 단검을 꺼냈다. 그러면서도 그는 로디 방언으로 소리 질렀다. 바우돌리노는 로디 인들은 황제 편이라는 생각에 익숙해져 있었다. 그는 보병이 악마처럼 보였기 때문에 창을 이용해 보병의 접근을 막으면서 소리쳤다. 「대체 무슨 짓이냐, 멍텅구리 같으니, 나도 황제 편이다!」 그러자 보병. 「그렇다, 바로 그래서 너를 죽이려고 했던 것이다.」 그제서야 바우돌리노는 로디가 이미 동맹군의 편이 되었다는 것을 알아차렸다. 그래서 속으로 생각했다. 「이제 어떻게 해야 한다? 저자의 칼보다 창이 기니까 저자를 죽여야 할까? 그래도 난 지금까지 아무도 죽여 본 적이 없는데!」

그래서 바우돌리노는 보병의 두 다리 사이에 창을 내리찍어 그를 땅에 쓰러뜨렸다. 그리고 창으로 그의 목을 겨누었다. 「제발 저를 살려 주십시오, *dominus*(나리). 저는 자식이 일곱이나 됩니다. 제가 없으면 당장 내일 굶어 죽고 말 겁니다.」로디 인이 부르짖었다. 「당신네 병사들을 해칠 수 없을 테니 저를 보내 주십시오. 제가 멍청이처럼 속아 넘어가는 것을 보지 않으셨습니까!」

「네가 멍청이라는 것은 멀리서 봐도 알 수 있어. 그런데 네가 뭔가 손에 들고 이대로 가게 하면 넌 나쁜 짓을 할 수 있다. 바지를 벗어라!」

「바지를요?」

「그렇다. 네 목숨은 살려주겠지만 맨살에 바람을 맞으며 돌아다니게 해야겠다. 그리고 네가 전쟁터로 돌아갈 수 있을 정도의 용기가 있는지, 아니면 당장 굶어 죽을 네 자식들에게 달려갈지 봐야겠다!」

적병은 바지를 벗었다. 그는 관목들을 뛰어넘어 들판으로 달려갔다. 그가 그렇게 달려간 것은 적군의 기사가 자기를 지켜보고 있는 게 부끄러워서가 아니라 겁이 났기 때문이었다. 그는 적군에게 엉덩이를 내보이면 적군이 그것을 모욕으로 받아들여 투르크 인들이 하는 식으로 엉덩이에 말뚝을 박아 죽일지도 모른다고 생각했던 것이다.

바우돌리노는 아무도 죽이지 않았다는 사실이 만족스러웠다. 바로 그때 말을 탄 남자가 그가 있는 쪽으로 오고 있었다. 남자는 프랑스 사람처럼 옷을 입고 있었다. 그러니까 롬바르디아 인은 아니었던 것이다. 그래서 바우돌리노는 싸우다가 항복을 하더라도 한번 싸워 보기로 결심했다. 그래서 검을 꺼냈다. 말을 탄 남자가 바우돌리노의 곁으로 지나가면서 외쳤다. 「대체 바보같이 여기서 뭐하고 있는 거야. 우리가 오늘 너희 황제군에게 본때를 보여 준 것도 모르나? 집으로 가는 게 더 나을 거야!」 그러더니 아무 문제도 일으키지 않고 지나가 버렸다.

바우돌리노는 다시 말에 올라탔다. 그러나 어디로 가야 할지 갈피를 못 잡았다. 그때까지 그가 보아 온 것이라고는, 이쪽에 누가 있고 저쪽에 누가 있는지 너무나 잘 알려진 포위 공격밖에 없었기 때문에 전투에 대해서는 아무런 경험이 없었다.

그는 숲 주위를 돌아다녔다. 그러다가 평야 한가운데에서 지금까지 한 번도 본 적이 없는 물건을 보았다. 그것은 붉은색과 흰색으로 칠해진 커다란 무개 마차였다. 한가운데에는 깃발이 달린 깃대가 꽂혀 있었다. 병사들이 제단 주위에 서서 천사들의 나팔처럼 길게 생긴 나팔을 불었다. 아마도 그 나팔들은 병사들의 사기를 진작시키는 데 이용되는 것 같았다. 그러니까 ― 그의 지역에서 자주 사용되듯이 ― 〈*Oh basta là!*(오, 거기는 이제 그만 됐어!)〉라고 말하는 것 같았다. 바우돌리노는 잠깐 동안 요한 사제의 왕국에 와 있는 것 같은 기분이 들었다. 그게 아니면 코끼리가 끄는 전차(戰車)를 타고 전투에 나간다고 하는 사란디브의 왕국에라도 와 있는 듯한 착각이 들기도 했다. 그런데 사람들이 모두 귀족들처럼 성장(盛裝)을 하고 있기는 해도, 그의 눈앞에 있는 마차들을 끄는 것은 황소들이었다. 마차 주위에는 싸우는 사람이 아무도 없었다. 나팔들은 가끔 날카로운 소리를 냈다. 그러다가 어떻게 해야 될지를 모르는 듯 멈추었다. 그들 중의 누군가가 강가에 뒤엉켜 있는 사람들을 가리켰다. 강가에 있는 사람들은 죽은 사람들이라도 깨울 정도로 고함을 질러 대며 서로에게 달려들고 있었다. 어떤 사람은 황소들을 움직여 보려고 애를 썼다. 하지만 보통때도 마지못해 움직이는 황소들이 그렇게 소란스러운 곳으로 가서 뒤엉키려고 하지 않을 것은 뻔한 일이었다.

「어떻게 해야 하지?」 바우돌리노가 속으로 생각했다. 「말을 하기 전에는 누가 적군인지도 아군인지도 모르는데, 저 아래의 흥분한 사람들 속으로 뛰어들어야 하나? 저들이 말하기를 기다리는 동안 혹시 나를 죽이는 것은 아닐까?」

바우돌리노가 어떻게 해야 할지 고민하고 있는 동안에 또 다른 기사 한 사람이 그가 있는 곳으로 왔다. 그는 바우돌리노가 잘 알고 있는 궁정 대신이었다. 그 대신 역시 바우돌리노를 잘 알았다. 대신이 바우돌리노에게 소리쳤다. 「바우돌리노, 황제 폐하를 잃어버렸다네!」

「황제 폐하를 잃어버리다니 대체 그게 무슨 말입니까? 제기랄!」

「폐하께서 무장한 적의 보병들에게 에워싸여 사자처럼 싸우시는 모습을 본 사람이 있네. 보병들이 폐하가 탄 말을 저기 끝 쪽의 작은 숲으로 밀어붙였다는군. 그러고 나서 모두들 나무 사이로 사라져 버렸다네. 우리가 그곳으로 가보았지만 이미 그곳엔 아무도 없었다네. 폐하께서는 틀림없이 어느 쪽으로든 도주를 하려고 하셨을 거야. 그러다가 우리 기사단이 있는 쪽으로 다시 돌아오시지 못한 게 틀림없어……」

「우리 기사단은 어디 있습니까?」

「여기 있다네. 폐하께서 우리 기사단에 다시 합류하시지 못한 것도 큰일이지만 우리 기사단이 하나도 남아 있지 않는 것도 큰일이라네. 기사들은 몰살당했어, 저주받은 날이야. 처음에 프리드리히 폐하께서는 기사들을 이끌고 적군을 향해 돌진을 하셨네. 적군들은 영구 마차를 에워싸고 걸어가고 있는 것 같았어. 하지만 그 보병들은 아주 잘 버텨 냈다네. 그러다가 갑자기 롬바르디아 기병대들이 나타났고, 그렇게 해서 우리 병사들은 양쪽으로 포위를 당하게 된 것이네.」

「결론만 말해서, 당신들이 신성 로마 제국의 황제 폐하를 잃어버린 것이군요! 그러고서 내게 그런 말을 하는 겁니까? 우라질!」

「자네는 지금 막 도착한 것 같군. 그러니까 우리가 어떤 일을 겪었는지 모르겠지! 심지어 황제 폐하께서 말에서 떨어지는 것을 보았다고 말하는 사람도 있다네. 황제 폐하의 한쪽 다리가 등자에 얽혀서 말에 끌려갔다고 한다네.」

「대체 우리 병사들은 뭘 하는 겁니까?」

「달아나고 있어. 저 아래를 좀 보게. 나무 사이로 뿔뿔이 흩어지기도 하고 강물에 뛰어들기도 한다네. 벌써 황제 폐하께서 돌아가셨다는 소문이 돌고 있어. 그래서 병사들은 각자 재주껏 파비아로 가보려고 하고 있는 걸세.」

「이런 비겁한 놈들! 그래 아무도 우리 폐하를 찾는 사람이 없다는 겁니까?」

「이제 어두워지고 있네. 지금까지 싸우던 병사들도 싸움을 멈추고 있네. 이런 상황 속에서 어떻게 황제 폐하를 찾을 수가 있다고 생각하는가? 대체 어디 계시는지 어떻게 알겠나?」

「비겁한 놈들!」 다시 바우돌리노가 말했다. 바우돌리노는 군인은 아니었지만 용기 있는 사람이었다. 그는 말을 재촉해 달렸다. 검을 꽉 쥐고 시체들이 널브러져 있는 곳으로 달려가면서 사랑하는 양아버지를 큰 소리로 불렀다. 바우돌리노는 셀 수도 없이 많은 시체들이 쌓인 그 평야에서 필사적으로 한 사람의 시체를 찾았고 자기 말에 대답을 하라고 크게 소리쳤다. 그런 행동 때문에 그와 마주친 롬바르디아의 마지막 부대들은 바우돌리노가 자기들을 도와주러 온 힘 있는 인물이라고 생각하고는 그에게 기분좋게 인사를 하며, 그를 그냥 지나가게 해줄 정도였다.

전투가 그다지 격렬하지 않았던 지점에 이르자 바우돌리노는, 땅바닥에 얼굴을 대고 누워 있는 시체들을 하나씩 뒤집어 보기 시작했다. 그는 해질 무렵의 희미한 빛 속에서 사랑하는 황제의 얼굴을 발견하기를 바랐지만 그와 동시에 발견하게 될까 봐 두렵기도 했다. 그는 눈물을 흘렸다. 그는 그렇게 되는 대로 걸어서 작은 숲에서 나가다가 황소가 끄는 큰 우차(牛車)와 부딪치게 되었다. 우차는 천천히 전투장에서 나오고 있는 중이었다. 「혹시 황제 폐하 보셨소?」 바우돌리노가 눈물을 흘리면서, 미친 듯이 그리고 주저하지도 않고 소리쳤다. 그러자 우차에 탄 자들은 웃어 대며 말했다. 「봤지, 저기 저 관목 숲에서 네 여동생에게 그 짓을 하고 있던 걸.」 그러자 한 사람이 짓궂게, 음탕한 소리가 나도록 나팔을 불었다.

그 남자들은 되는 대로 말한 것이었지만 바우돌리노는 그 관목 숲도 살펴보러 갔다. 그곳에는 시체들이 쌓여 있었다. 한 구의 시체가 똑바로 누워 있고 그 위에 세 구의 시체가 엎드리고 있는 모습이 보였다. 바우돌리노는 자신에게 등을 보이고 있는 시체 세 구를 들어 올렸다. 그는 그 밑에서 피에 물들어 있는 붉은색 수염을 보았다. 프리드리히였다. 바우돌리노는 황제가 살아 있다는 것을 금방 알아차렸다. 반쯤 벌어진 입에서 가볍게 숨을 헐떡이는 소리 같은 게 새어 나왔기 때문이었다. 황제의 윗입술 위에 상처가 나 있었다. 그 입술에서는 아직도 피가 흐르고 있었다. 이마 위에도 왼쪽 귀까지 이어지는 큰 상처가 나 있었다. 황제는 이미 정신을 잃어 가고 있는 상황에서도 자신을 죽이려고 달려드는 가엾은 적병 세 명 정도는 너끈히 죽일 수 있는 사람처럼 아직도 양손에 단검을 하나씩 들고 있었다.

바우돌리노는 황제의 고개를 들었다. 황제의 얼굴을 깨끗이 닦아 주었고 그의 이름을 불렀다. 그러자 프리드리히가 눈을 뜨고 자기가 있는 곳이 어디냐고 물었다. 바우돌리노는 황제가 혹시 다른 곳에 부상을 당하지나 않았는지를 알아보기 위해 몸을 만져 보았다. 다리를 건드리자 황제는 비명을 질렀다. 아마도 상당한 거리를 말에 끌려 다녀서 발목을 삔게 틀림없었다. 황제가 자기가 있는 곳이 어디냐고 계속 묻는 동안 바우돌리노는 황제에게 계속 말을 하면서 다시 그를 일으켜 세웠다. 프리드리히가 바우돌리노를 알아보고 그를 부둥켜안았다.

「폐하, 아버님!」바우돌리노가 말했다. 「아버님께서 제 말에 타십시오. 무리하시면 안 되니까요. 이제 밤이 되기는 했지만 조심해서 가야 합니다. 이 주위에는 동맹군의 부대들이 있으니까요. 동맹군들이 모두 인근 마을로 잔치를 벌이러 갔기를 바라는 수밖에 없습니다. 제가 보기에는 저들은 승리를 거두었으니 공격은 하지 않을 것 같습니다. 그렇기는 해도 몇몇이 남아 자기 편 전사자들을 찾을 수도 있습니다. 우리는 도로가 아니라 숲과 계곡을 통해 파비아까지 가야 합니다. 아버님의 병사들이 지금쯤 그곳에 후퇴를 해 있을 겁니다. 아버님은 말 위에서 주무셔도 됩니다. 아버님이 떨어지시지 않게 제가 지키겠습니다.」

「네가 걸어가면서 잠을 자면 누가 너를 지켜 주지?」 프리드리히가 힘들게 미소를 지으며 물었다. 그러더니 말했다. 「웃으니 아프구나.」

「이제 좋아지신 것 같습니다.」 바우돌리노가 말했다.

그들은 어둠 속에서 나무뿌리와 키 작은 관목들을 헤치며 밤새도록 길을 갔다. 말발굽에도 나무뿌리와 관목들이 걸리곤 했다. 딱 한번 멀리서 불빛이 비치는 것을 보고 그 불을 피하기 위해 멀찌감치 돌아서 갔을 뿐이었다. 바우돌리노는 길을 가면서 졸지 않기 위해 이야기를 했고 프리드리히는 바우돌리노가 잠들지 않도록 자신도 잠을 자지 않았다.

「이제 완전히 끝장이다.」 프리드리히가 말했다. 「나는 이런 치욕스러운 패배를 참을 수가 없을 것 같구나.」

「작은 전투였을 뿐입니다. 뿐만 아니라 모두들 아버님께서 돌아가셨다고 생각하고 있습니다. 아버님께서는 부활한 라자로처럼 다시 나타나실 겁니다. 그러면 모두들 패배로 생각했던 일을 *Te Deum*(하느님, 우리는 당신을 찬양합니다)이라고 노래할 만한 기적으로 생각하게 될 겁니다.」

사실 바우돌리노는 오로지 상처 입고 모욕당한 노인을 위로하려고만 애를 썼을 뿐이다. 그날은 *rex et sacerdos*(왕이자 사제)는커녕 황제의 위신이 위태롭게 되어 있었다. 프리드리히가 새로운 영광의 후광을 받으며 무대로 돌아갈 수 없다면 말이다. 그 시점에서 바우돌리노는 오토의 예언과 요한 사제의 편지를 다시 생각하지 않을 수가 없었다.

「사실은 아버님,」 바우돌리노가 말했다. 「이번 사태에서 아버님께서 얻으실 교훈이 꼭 하나 있습니다.」

「제게 뭘 가르치시려는 겁니까, 선생?」

「저를 통해서 배우시는 게 아니라 — 하느님 저희를 보호해 주소서 — 하늘에게서 배우셔야 합니다. 오토 주교께서 하신 말씀을 소중하게 생각하셔야 합니다. 이탈리아에서는, 아버님께서 앞으로 나가시면 갈수록 진흙탕 속에 빠지게 되십니다. 교황이 있는 곳에 황제가 있을 수는 없습니다. 이 도시들 때문에 아버님께서는 늘 무엇인가를 잃으실 겁니다. 아버님께서는 그 도시들을 질서 있게 만들고 싶어하시니까요. 질서란 것은 인공적인 것입니다. 그러나 저들은 아버님과는 달리 무질서 속에서 살고 싶어합니다. 무질서라는 것은 자연에 따른 것입니다 — 혹은 파리의 철학자들이 말하는 대로라면 *hyle*(질료), 즉 원초적인 카오스의 상태입니다. 아버님께서는 비잔틴 너머의 동쪽을 목표로 하셔야 합니다. 이교도들의 왕국 너머까지 뻗어 있는 기독교도들의 땅에 아버님 제국의 깃발들을 꽂아, 동방 박사의 시절부터 극동을 지배하고 있는 진정하고 유일한 *rex et sarcedos*(왕이자 사제)와 하나가 되셔야 합니다. 아버님께서 그와 동맹을 맺으셨을 때에만, 또는 그가 아버님께 복종을 맹세했을 경우에만, 아버님께서는 로마로 돌아가실 수 있고 교황을 아버님의 하인으로 다룰 수가 있습니다. 그렇게 되었을 때에만 오늘 아버님께 승리를 거둔 자들이 다시 아버님을 두려워하게 될 겁니다.」
프리드리히는 오토의 예언을 거의 다 잊어버리고 있었다. 그래서 바우돌리노가 그 이야기를 상기시켜 주었다. 「다시 또 그 사제 이야기란 말이냐?」 황제가 말했다. 「대체 그 사제는 존재하기는 하는 거냐? 어디에 있다는 거냐? 그리고 내가 어떻게 군대를 움직여 그 사제를 찾아간단 말이냐? 난 미치광이 프리드리히가 될 것이다. 사람들은 수세기 동안 나를 그렇게 기억하게 되겠지.」

「아닙니다. 만약 비잔틴을 포함해서 전 기독교 왕국의 공문서 보관국에 요한 사제가 아버님께, 오로지 아버님께만 보내는, 아버님만을 자신의 동료로 인정하여, 아버님의 왕국과의 결합을 권유하는 편지가 알려지게 된다면 그렇지 않을 겁니다.」

거의 그 편지를 암기하고 있던 바우돌리노는 한밤중에 요한 사제의 편지를 외우기 시작했다. 그리고 사제가 상자에 넣어 황제에게 보낼, 이 세상에서 가장 귀중한 성물이 무엇인지를 설명했다.「그 편지가 어디에 있단 말이냐? 그 필사본을 가지고 있느냐? 혹시 네가 그 편지를 쓴 것 아니냐?」

「제가 훌륭한 라틴 어로 그 편지를 다시 고쳤습니다. 현자들이 이미 알고 있었고, 그에 대해 말했지만 아무도 귀를 기울이지 않았던 것들의 흩어진 뼈대들을 다시 모았습니다. 그렇지만 그 편지에서 말하고 있는 것은 모두 복음서처럼 진실합니다. 굳이 따져 보자면, 제가 한 일이라고는 그 편지에 주소를 적어 넣은 것밖에 없다고 말할 수 있을 겁니다. 편지가 아버님께 보내진 것처럼 말입니다.」

「그러니까 그 사제가 내게, 네가 칭한 대로라면, 그 성배를, 우리 주님의 피가 담겨 있던 그 성배를 내게 줄 수 있다는 거냐? 분명 그렇게 되면 그게 완벽한 최후의 도유식이 되겠지…….」프리드리히가 중얼거렸다.

그렇게 해서 그날 밤 바우돌리노의 운명뿐 아니라 황제의 운명도 결정이 되었다. 두 사람 다 아직 그들 앞에 어떤 일이 준비되어 있는지 모르고 있긴 했지만 말이다.

새벽녘에, 시냇물 근처에서 여전히 멀리 있는 왕국에 대한 환상에 젖어 있던 두 사람은 말 한 필을 발견했다. 싸움터에서 도망쳐 나와 돌아갈 길을 찾지 못한 말이었다. 수없이 많은 좁은 길로 가긴 했지만 말이 두 필이었기 때문에 파비아로 가는 길은 훨씬 더 빨라졌다. 길을 가다가 그들은 소부대를 이루어 후퇴하고 있는 황제군을 만났다. 병사들은 황제를 알아보고는 기쁨의 함성을 질렀다. 그들은 마을을 지나오면서 약탈을 했기 때문에 황제와 바우돌리노의 원기를 회복시켜 줄 만한 것들을 가지고 있었다. 그들은 앞서 가고 있던 다른 병사들에게 달려가 그 사실을 알렸다. 이틀 뒤 프리드리히는 기쁜 소식을 앞세우고 파비아의 항구에 도착해서 도시의 중요 인물들과 동료 귀족들을 만났다. 동료들은 여전히 자신들의 눈을 믿을 수 없다는 눈치였지만 성대하게 왕을 맞았다.

베아트릭스도 있었는데 그녀는 벌써 상복을 입고 있었다. 사람들이 그녀의 남편이 이미 이 세상 사람이 아니라고 말했기 때문이었다. 그녀는 두 아들, 프리드리히와 하인리히의 손을 잡고 있었다. 프리드리히는 벌써 열두 살이 되었지만 여섯 살 정도밖에 안 되어 보였다. 그는 태어났을 때부터 건강이 안 좋았다. 하인리히는 형과는 달리 아버지의 모든 힘을 물려받은 것같이 보였지만, 그날은 당황해서 계속 눈물을 흘리면서 무슨 일이 일어났냐고 물었다. 베아트릭스는 멀리서 프리드리히를 알아보았다. 그녀는 흐느껴 울면서 프리드리히가 있는 곳으로 달려가 뜨겁게 그를 포옹했다. 사람들이 바우돌리노 덕택에 황제가 살았다고 그녀에게 말해 주었을 때에서야 겨우 바우돌리노도 그곳에 있다는 것을 알게 되었다. 그녀는 얼굴이 빨개졌다가 잠시 후 창백해졌다. 그러다가 눈물을 흘렸고 마침내 한 손을 뻗어 그의 가슴에 갖다 댔다. 베아트릭스는 그를 아들이라고, 친구라고, 형제라고 부르면서 하늘에 대해 그가 한 일에 대해 상을 내려 주십사고 기도했다.

「바로 그 순간에, 니케타스 씨,」 바우돌리노가 말했다. 「나는 알게 되었습니다. 내 군주의 목숨을 구함으로써 내 빚을 다 갚았다는 것을 말입니다. 그렇기는 하나 이 일로 해서 베아트릭스에 대한 내 사랑에서 더 자유로워진 것은 아닙니다. 이제 그녀를 사랑하고 있지 않다는 것을 알게 되었습니다. 그것은 치유된 상처와 같았습니다. 그녀의 시선은 내게 기분 좋은 추억을 불러일으켰지만 떨림은 없었습니다. 나는 고통 없이 그녀의 곁에 있을 수 있고 아픔을 맛보지 않고도 그녀에게서 멀어질 수 있다고 생각했습니다. 아마 내가 완전히 어른이 되었던 것인지도 모릅니다. 청년기의 모든 열정이 잠재워졌습니다. 그 사실이 유감스럽다거나 하지는 않았어요. 다만 조금 우울했을 뿐입니다. 나는 서슴지 않고 우는 비둘기 같은 기분이 들곤 했었습니다. 그러나 이미 사랑을 나누는 계절은 끝이 난 것이지요. 이제 몸을 움직여 바다 너머로 가야 했습니다.」

「당신은 이제 비둘기가 아니었군요. 제비가 되었군요.」

「아니, 학이었습니다.」

16
바우돌리노 조시모스에게 속다

 토요일 아침에는 페베레와 그릴로가 와서 콘스탄티노플이 조금씩 질서를 되찾아 가고 있다고 알려 주었다.
 순례자들에게서 약탈물에 대한 욕심이 가라앉았기 때문이 아니라, 그들이 경배해야 할 유물들에까지 손을 대고 있다는 것을 우두머리들이 알아차렸기 때문이었다. 성작(聖爵)이나 다마스쿠스 천으로 만든 옷은 양보할 수 있었지만 성유물(聖遺物)들은 흩어지게 내버려 둘 수 없었다. 그래서 베네치아의 통령인 단돌로[65]는 그때까지 훔쳐 온 귀중한 물건들을 모두 소피아 성당에 가져다 놓으라고 명령했다. 정확하게 분배를 하기 위해서였다. 그것은 바로 순례자들과 베네치아 인들

---

 65) Enrico Dandolo(1107?~1205). 베네치아의 통령. 제4차 십자군 원정을 부추겨 비잔틴 제국의 전복을 앞당긴 인물.

끼리 성유물을 분배한다는 것을 뜻했다. 베네치아 인들은 먼저 자기들의 배로 유물들을 옮겨 준 대가를 청산해 주기를 기다리고 있었다. 그렇게 해야만 각 품목의 값어치를 은화로 평가하는 일로 넘어갈 수 있었을 것이다. 기사들은 네 몫을, 말을 탄 상사는 두 몫을, 보병 상사는 한 몫을 가졌을 것이다. 아무것도 손에 쥘 수 없는 일반 병사들이 어떤 반응을 보였을지는 상상이 가리라.

단돌로의 사절단이 경마장의 도금한 청동 말 네 필을 골라 베네치아로 보내려고 했다는 수군거림이 일었다. 모두들 기분이 별로 좋지 않았다. 이에 대해 단돌로는 단호한 반응을 보였는데 어떤 계급을 막론하고 전 부대원들의 물건을 모두 검사하라는 명령을 내린 것이다. 그리고 페라에서 사람이 살고 있는 곳을 모두 수색하라고 명령했다. 그들은 생-폴 백작 휘하의 한 기사에게서 작은 유리병을 찾아냈다. 그 기사는 그게 이미 말라붙어 버린 약이라고 말했지만 따뜻한 손이 그 병에 닿자 안에 들어 있던 붉은 액체가 흐르는 게 보였다. 그것은 분명 주님의 가슴에서 흘러나온 피였다. 기사는 약탈이 벌어지기 전에 한 수도사에게서 그 유물을 샀다고 정직하게 소리쳤다. 하지만 그는 본보기로 방패와 문장을 목에 건 채 그 자리에서 교수형에 처해졌다.

「말도 마십쇼, 물고기처럼 어찌나 퍼덕거리든지.」 그릴로가 말했다.

니케타스는 그런 소식들을 들으며 슬퍼했지만 바우돌리노는 그런 이야기를 듣는 순간 그 일이 자기 탓이라도 되는 듯이 어쩔 줄을 몰라 했다. 바우돌리노가 화제를 바꾸었다. 그리고 곧 도시를 떠날 수 있을지 물었다.

「아직도 굉장히 혼란스럽습니다.」페베레가 말했다.「아직은 주의를 해야만 합니다. 그런데 니케타스 씨는 어디로 가실 생각이십니까?」

「셀림브리아요. 그곳에는 우리를 맞아 줄 믿을 만한 친구들이 있소.」

「셀림브리아는 서쪽에 있습니다. 아나스타시우스 황제가 쌓은 긴 성벽 바로 가까이 있지요. 노새를 타고 간다고 해도 사흘 거리는 됩니다. 임산부를 데리고 가니 어쩌면 시간이 더 걸릴지도 모르지요. 그리고 상상을 좀 해보십시오. 노새 떼를 거느리고 도시를 가로질러 가면 당신이 굉장한 인물처럼 보일 겁니다. 그러면 순례자들이 모기 떼처럼 당신에게 달려들 거요.」그러므로 노새는 도시 밖에서 이들을 기다리고 있어야 하고 걸어서 도시를 통과해야 했다. 콘스탄티노플의 성벽을 지난 다음, 사람들이 많을 게 분명한 해안을 피해 성 모키오스 교회를 돌아 페게 성문을 통해 테오도시오스 성벽을 벗어나야 했다.

「일이 그렇게 생각대로 되기는 어려울 거요. 틀림없이 그 전에 누군가가 당신들의 길을 가로막을 겁니다.」페베레가 말했다.

「아.」그릴로가 자기 의견을 말했다.「그러면 순식간에 그 뒤꽁무니를 따를 자들이 넘치겠죠. 순례자들에게 이 여인들은 입 안에 군침을 돌게 할 거요.」

젊은 여자들의 치장을 준비해야 했기 때문에 꼭 하루가 더 필요했다. 다시 나환자들의 모습을 연출할 수는 없었다. 이제 순례자들도 도시에 나환자들이 돌아다니지 않는다는 것을 알게 되었다. 옴에 걸린 것처럼 보이게 해서 모든 욕망이 사라지게 하려고 얼굴에 얼룩을 그리고 딱지를 붙였다. 게다가 이 사람들이 여행하는 그 사흘 동안 빈 배로 서 있을 수는 없었기 때문에 음식도 준비를 해야 했다. 제노바 인들은 파리 나타 한 프라이팬, 이집트콩 가루로 만든 바삭바삭하고 부드러운 스티아치아타 팬케이크를 가득 넣은 바구니들을 준비했다. 스티아치아타는 여러 조각으로 잘려져 넓은 종이에 싸여 있었다. 나중에 그 위에 후추를 조금만 치면 절묘한 맛이 날 것 같았다. 사자에게 먹이면 피 흐르는 스테이크보다 더 좋을 것 같았다. 그리고 기름, 사루비아, 치즈 그리고 양파를 넣어 만든 둥글 납작한 빵을 크게 썬 조각들이 있었다.

니케타스는 이런 야만적인 음식들이 입에 맞지 않았지만 이곳을 떠나려면 아직도 하루를 더 기다려야 했기 때문에 테오필로스가 다시 만들어 놓은 맛 좋은 음식을 마지막으로 맛보고 바우돌리노의 나머지 사건들에 대한 이야기를 들어보기로 했다. 이야기가 절정에 달했는데 그 결말도 모르는 채 떠나고 싶지는 않았기 때문이었다.

「내 이야기는 아주 깁니다.」 바우돌리노가 말했다. 「어쨌든 난 당신들과 함께 가겠습니다. 여기 콘스탄티노플에서는 이제 할 일이 아무것도 없으니까요. 그리고 도시 구석구석이 끔찍한 기억들만 상기시키고 있어요. 당신은 나의 양피지가 되어 주었습니다. 니케타스 씨. 난 그 위에 지금까지 잊고 있던 수많은 것들을 적어 넣었어요. 마치 손이 저절로 움직인 것 같습니다. 나는 이야기를 하는 사람은 항상 이야기를 들려줄 누군가가 있어야 한다고 생각합니다. 그럴 때에만 자기 자신에게도 이야기를 들려줄 수 있는 거지요. 내가 황후에게 편지를 쓰던 때를 기억하십니까? 그때 황후는 편지를 읽을 수가 없었어요. 내가 바보같이 내 친구들에게 그 편지를 읽힌 것은 바로, 내 편지들이 아무런 의미도 없었기 때문이지요. 그러나 그 후 황후와 입을 맞춘 그 순간, 그리고 그 입맞춤에 대해서는 아무에게도 이야기할 수 없었어요. 몇 십 년 동안의 추억으로 가슴에 간직하고 있었어요. 때로는 꿀을 섞은 당신의 포도주라도 되는 양 음미를 하기도 하고 때로는 입 안의 독처럼 느끼기도 하면서 말입니다. 당신에게 이야기를 하고 나서야 비로소 내가 자유로워졌다는 것을 느낄 수 있었습니다.」

「왜 그 이야기를 내게 할 수 있었던 겁니까?」

「당신에게 이야기하는 지금은 내 이야기와 관련된 사람들이 아무도 살아 있지 않기 때문입니다. 나는 혼자만 살아남았어요. 이제 당신은 숨을 쉴 때 필요한 공기처럼 내게는 없어서는 안 될 존재가 되었습니다. 난 당신을 따라 셀림브리아로 갈 겁니다.」

프리드리히는 레냐노 전투에서 입은 상처에서 회복이 되자마자 제국의 재상인 크리스티안 폰 부흐와 바우돌리노를 함께 불렀다. 요한 사제의 편지를 진심으로 받아들여야 한다면 즉시 일을 시작하는 것이 좋았다. 크리스티안은 바우돌리노가 보여 준 양피지를 읽었다. 그리고 신중한 재상답게 몇 가지 이의를 제기했다. 무엇보다도 필체가 공문서국에 어울리지 않는 것 같다는 것이었다. 그 편지는 교황의 궁정에, 프랑스와 영국 궁정에 회람되어야 했고 비잔틴 바실레우스의 손에 들어가야 했다. 그러므로 기독교 세계에서 중요한 서류들을 작성할 때처럼 쓰어져야 했다. 그래서 정말 인장다운 인장들을 준비할 시간이 필요하다고 말했다. 만약 신중하게 일을 하고 싶다면 모든 일들을 침착하게 해야 했다.

다른 공문서국에 어떻게 편지로 알려야 할까? 만약 황제의 재상이 편지를 보낸다면 그 편지는 신빙성이 없는 것이 될 것이다. 요한 사제가 아무에게도 알려지지 않은 땅에서 누군가를 만나고 싶어서 그에게 개인적으로 편지를 썼고 편지를 받은 사람이 그 편지를 *lippis et tonsoribus*(동네방네) 소문을 내서 누군가가 그 사람보다 그곳에 먼저 가게 된다고 하면? 편지에 대한 소문이 확실히 퍼지게 해야만 했다. 미래의 원정을 합법적인 것으로 만들기 위해서만이 아니라 무엇보다도 기독교 세계 전체를 경악시키기 위해서였다 — 그러나 이 모든 일은 서서히 진행되어야만 했다. 정말 은밀한 비밀이 조금씩 누설되듯이 말이다.

바우돌리노는 자기 친구들을 이용하자고 제안했다. 친구들은 파리 *studium*(대학)의 학자들로 프리드리히의 사람들이 아니므로 밀사로 파견된다 해도 의심을 받지 않을 것이다. 압둘은 성지 예루살렘의 왕국에 편지를 몰래 가져갈 수 있고, 보롱은 영국에, 키오트는 프랑스에 가져갈 수 있었다. 그리고 라비 솔로몬은 비잔틴 제국에 살고 있는 유대 인들의 손에 편지를 들어가게 할 수 있었다.

그렇게 여러 가지 필요한 일들을 준비하느라 몇 달이 소요되었다. 바우돌리노는 옛 친구들이 함께 일하고 있는 *scriptorium*(필사실)을 지휘하게 되었다. 프리드리히는 가끔 소식을 알고 싶어했다. 그는 사제가 성배를 헌정한다는 것을 좀 더 확실하게 밝혔으면 좋겠다고 제안했다. 바우돌리노는 프리드리히에게 모호하게 놓아두는 게 더 좋은 이유들을 설명했다. 그렇기는 해도 바우돌리노는 군주와 성직자의 권력을 나타내는 그 상징적인 물건에 황제가 매료당했다는 사실을 깨닫게 되었다.

이런 일들을 의논을 하고 있는 동안 프리드리히에게 새로운 걱정거리가 생겼다. 이제 그는 체념을 하고 교황 알렉산데르 3세와 화해를 하려고 애를 써야만 했다. 나머지 나라들이 황제 편인 대립 교황들을 진지하게 받아들이지 않았기 때문에 황제는 알렉산데르 3세에게 경의를 표하고 그를 유일한 로마의 교황으로 인정해야 할 판이었다 — 이건 좀 무리가 가는 일이었다 — 대가로 교황은 롬바르디아 코무네에 대한 모든 지원을 중단해야만 했다 — 이건 훨씬 더 무리한 일이었다. 너무나 조심스럽게 음모를 짜고 있는 동안에 *sacerdotium et imperium*(사제 권력과 황제 권력)의 결합이라는 새로운 미끼로 교황을 자극할 만한 가치가 있는 것일까? 그때 프리드리히와 크리스티안은 둘 다 이렇게 자문해 보았다. 바우돌리노는 일이 그렇게 연기되는 것이 내키지 않았지만 이의를 제기할 수는 없었다.

뿐만 아니라 프리드리히는 바우돌리노에게 아주 미묘한 임무를 맡긴 다음 1177년 4월에 베네치아로 보냄으로써 바우돌리노가 그 계획에서 손을 떼게 했다. 바우돌리노가 맡은 임무는 교황과 황제 사이에 있게 될 7월 회견의 여러 가지 세부 사항들을 신중하게 계획하는 것이었다. 화해의 의식은 모든 면들이 세세히 배려되어야만 했다. 아무리 사소하다 해도 그 회견을 방해할 만한 사건이 발생해서는 절대 안 되었다.

「특히 크리스티안은 당신들의 바실레우스가 그 회견을 실패로 돌아가게 하기 위해 어떤 폭동을 일으킬까 봐 걱정을 했지요. 오래전부터 마누엘 콤네노스가 교황과 음모를 꾸미고 있었다는 것을 아시게 될 겁니다. 그러니까 알렉산데르와 프리드리히 사이의 그 협정이 바실레우스의 계획들을 위태롭게 할 게 분명했지요.」

「영원히 실패로 돌아가게 했었지요. 마누엘은 10년 전부터 교황에게 두 교회의 화해를 제안해 왔습니다. 그가, 교황이 가톨릭의 최고 권력을 지니고 있다는 것을 인정해 주고 교황은 바실레우스를 동, 서를 통틀어 유일한 신성 로마 제국의 황제로 인정하게 하는 게 그 계획이었습니다. 그러나 알렉산데르와 프리드리히 사이의 협정으로 인해 알렉산데르는 콘스탄티노플에서는 큰 힘을 얻지 못하고 이탈리아에서는 프리드리히를 제거하지 못했지요. 어쩌면 그 협정이 유럽의 다른 왕들에게 경각심을 불러일으켰는지도 모릅니다. 그래서 마누엘은 자신에게 더 유리한 동맹을 고르는 중이었습니다.」

「당신네 바실레우스는 첩자들을 베네치아에 보냈습니다. 그들은 수도사를 가장했는데······.」

「아마 수도사들이었을 겁니다. 우리 제국에서는 성직자들이 바실레우스를 위해 일합니다. 바실레우스의 뜻을 거역하지 못하는 거지요. 하지만 내가 알고 있는 바대로라면 — 그런데 그 무렵에 내가 궁정에 있지 않았다는 것을 잊지 말아야 합니다 — 그들은 어떤 폭동을 일으키려고 파견된 게 아니었어요. 마누엘은 어찌할 수 없는 일이었기 때문에 체념을 했습니다. 다만 그때 무슨 일이 벌어지고 있는지 그 정보를 얻고 싶었던 것이었을 겁니다.」

「니케타스 씨, 당신이 세크레톤이라는, 그러니까 말 그대로 얼마나 많은지는 모르지만 많은 기밀을 다루는 행정 부서의 우두머리인 로고테트였다면, 확실히 알겠군요. 서로 적대 관계에 있는 두 첩자들이 똑같은 음모의 장에서 만나게 되었을 때, 진실한 친구가 되어 상대방에게 자신의 비밀을 털어 놓는 게 아주 자연스러운 일이라는 것을 말입니다. 그렇게 하면 서로의 비밀을 빼내기 위해 위험을 무릅쓸 필요가 없게 되니까요. 그리고 그들을 보낸 사람의 눈에 그들은 유능한 첩자로 보이게 됩니다. 우리와 수도사들 사이에 바로 그런 일이 벌어졌습니다. 우리는 곧 우리가 왜 그곳에 와 있는지 이야기를 나누었어요. 우리는 그들을 염탐하기 위해 그들은 우리를 염탐하기 위해 그곳에 와 있었던 것이지요. 그런 다음 우리는 함께 아주 근사하게 시간을 보냈지요.」

「정부의 일을 맡아 보는 사람이라면 예측할 수 있는 일들이지요. 그렇지만 그가 달리 뭘 할 수 있을 것 같습니까? 이 방의 첩자들에게 직접 질문을 하면 그 첩자들은 그에게 아무 말도 하지 않을 겁니다. 그래서 그는 자기 첩자들에게 알려져도 별로 손해날 것이 없는 비밀들만을 알려 주어 파견하는 거지요. 그렇게 해서 그는 자신이 알고자 하는 것 — 대개는 그를 제외하고는 이미 모두 다 알고 있는 것 — 을 알게 되는 겁니다.」 니케타스가 말했다.

「그 수도사들 중에는 칼케돈 사람인 조시모스라는 수도사가 있었습니다. 난 그의 얼굴이 너무나 말라서 깜짝 놀랐어요. 루비 같은 두 눈은 쉴 새 없이 움직였고 숱이 많은 검은 수염과 긴 머리카락들이 빛나고 있었습니다. 그가 말을 할 때면 그는 마치 피 흘리는 십자고상(十字苦像) 곁에서 이야기를 하는 것 같았습니다.」

「그런 유형의 사람을 알고 있어요. 우리 수도원들에는 그런 사람들이 가득하답니다. 그들은 요절을 하지요. 폐결핵에 걸려서 말입니다……」

「조시모스는 그런 사람이 아닙니다. 난 그렇게 많이 먹는 사람은 생전 처음 보았습니다. 어느 날 밤 나는 그를 데리고 베네치아의 두 창녀가 사는 집에도 갔습니다. 아마 아실지 모르겠는데, 이 세상만큼이나 오래된 이런 일의 애호가들 사이에서는 아주 유명한 여자들이었어요. 새벽 세 시에 나는 정신을 못 차릴 정도로 취해서 그 집을 나왔지요. 조시모스는 그냥 그곳에 남아 있었어요. 얼마 후 두 아가씨 중의 한 사람이 내게 말해 주었는데 그들은 그렇게 힘을 들여 그런 악마를 억제시켜 본 적은 이제까지 한 번도 없었다고 하더군요.」

「그런 유형의 사람을 알고 있어요. 우리 수도원들에는 그런 사람들이 가득하답니다. 그들은 요절을 하지요. 체력 소모로 말입니다……」

바우돌리노와 조시모스는 친구까지는 아니지만 함께 술을 마시고 노는 동료가 되었다. 그들의 이런 습관은 처음으로 함께 엄청나게 술을 마신 뒤 조시모스가 끔찍한 욕설을 내뱉고 나서 시작되었다. 그날 밤 베들레헴의 유아 학살의 피해자들은 모두 도덕 관념이 느슨한 한 아가씨 때문에 희생되었을 거라고 말했던 것이다. 이런 것을 비잔틴의 수도원에서 습득했냐고 바우돌리노가 묻자 조시모스는 이렇게 대답했다. 「바실리우스 성인의 가르침처럼 지성을 혼란시키는 악령이 둘이 있다네. 하나는 간음의 악령이고 하나는 욕설의 악령이지. 두 번째 악령의 영향은 오래가지 않아. 그리고 첫번째 악령은 욕정 때문에 생각이 흔들리지만 않는다면 하느님에 대한 명상에 장애가 되지는 않아.」 그들은 곧바로 욕정 없이 간음의 악령에 복종을 하러 갔다. 바우돌리노는 조시모스가 인생의 그 어느 경우에도 신학자나 은자의 고견을 적용할 수 있고 그것이 조시모스 자신을 평화롭게 만든다는 것을 알게 되었다.

다시 한번 두 사람이 함께 술을 마시고 있었다. 조시모스는 콘스탄티노플의 경이로움들을 자랑했다. 바우돌리노는 부끄러웠다. 그는 겨우, 창문에서 던진 배설물들로 발 디딜 틈이 없는 파리의 골목들이나, 프로폰티스 바다의 황금빛 물과는 비교할 수조차 없는 타나로의 탁한 물에 대한 이야기밖에 할 수 없기 때문이었다. 프리드리히가 *mirabilia urbis Mediolani*(밀라노 시의 경이로움들)를 모두 파괴해 버렸기 때문에 그 이야기도 할 수가 없었다. 그는 어떻게 조시모스의 입을 막아야 할지 알 수가 없었다. 그래서 그를 놀라게 해주려고 요한 사제의 편지를 그에게 보여 주었다. 마치 조시모스의 제국을 황무지처럼 보이게 만들 제국이 어느 곳엔가 있다고 그에게 말하기라도 하듯.

조시모스는 겨우 첫 줄을 읽고 나더니 의심스럽다는 듯이 물었다. 「프레스비테르 요하네스? 이 사람이 누구지?」

「그를 모른단 말인가?」

「뛰어넘어 앞으로 나아갈 수 없을 정도의 무지에 도달한 사람은 행복하다네.」

「자네는 더 나갈 수 있네, 읽어 보게나. 읽어 보라고.」

그는 점점 더 눈에 불을 켜고 편지를 읽어 나갔다. 그러다가 양피지를 내려놓고 심드렁하게 말했다.

「아, 요한 사제. 물론 알지. 우리 수도원에서 그의 왕국을 방문했던 사람들이 기록한 보고서들을 수없이 읽었다네.」

「그렇지만 편지를 읽기 전에는 사제가 누구인지도 몰랐지 않나?」

「날아가는 학은 글 쓰는 법을 모르지만 날아가면서 글자들을 만들어 낸다네. 이 편지는 요한 사제에 대해 말하고 있지만 가짜야. 그래도 이 편지에서 말하는 왕국은 진짜군 그래. 내가 읽은 보고서에서는 그 왕국이 세 인도를 소유한 주인님의 왕국이었네.」

바우돌리노는 이 도적 같은 수도사가 어림짐작으로 이야기를 하고 있다는 데 내기를 걸 준비를 했다. 하지만 조시모스는 충분히 의혹을 품어 볼 시간을 바우돌리노에게 주지 않았다.

「하느님은 세례를 받은 인간에게 세 가지 것을 요구하시지. 영혼에는 정직한 신앙을, 혀에는 진실성을, 육체에는 절제를 요구하신다네. 자네의 이 편지는 세 인도를 소유한 주인이 쓰지는 않았을 거야. 너무 모호한 게 많아. 예를 들면 그곳에 있는 수많은 특이한 생물들을 언급할 수 있는데 그에 대해서는 입을 다물고 있어……. 생각을 좀 해봐야겠네……. 그래, 예를 들면, 메타갈리나리우스, 틴시레타와 카메테테르누스를 언급하지 않고 있어.」

「그것들이 뭔가?」

「그것들이 뭐냐고?! 요한 사제의 왕국에 도착한 사람은 제일 먼저 틴시레타를 만나게 된다네. 만약 그놈과 대적할 준비를 하지 않았다가는…… 휙…… 단 한 입에 잡아먹히고 말걸세. 자네가 예루살렘에 가듯이 그렇게 갈 수 있는 곳이 아니라네. 예루살렘에서야 기껏 낙타 몇 마리나 악어, 코끼리

한두 마리 정도밖에 더 만나겠나. 뿐만 아니라 이 편지에는 약간 수상쩍은 면이 있어. 요한 사제의 왕국은 라틴 인들의 왕국보다는 비잔틴 왕국과 훨씬 더 가까운데 이 편지를 우리 바실레우스가 아니라 자네의 황제에게 보냈다는 게 아주 이상하거든.」

「그곳이 어디 있는지를 자네가 어떻게 알게 되었는지 이야기 해보게나.」

「난 어느 곳인지 정확히 모른다네. 하지만 어떻게 가야 하는지는 알 것 같아. 목적을 아는 사람은 그것을 이룰 방법도 아는 법이거든.」

「그런데 왜 자네들 동로마 인 중에는 그곳에 가본 사람이 아무도 없는 건가?」

「거기 가보려고 한 사람이 아무도 없다고 누가 그러던가? 자네에게 분명히 말하는데, 우리 바실레우스이신 마누엘께서 이코니온[66]의 술탄 땅까지 전진했다면 그것은 바로 세 인도 주인님의 왕국으로 가는 길을 열기 위해서였을 걸세.」

「자네는 그렇게 이야기할 수 있겠지만 나한테는 그런 얘기 말게.」

「2년 전 자랑스러운 우리 군대가 바로 그 땅, 미리오케팔론[67]에서 전멸했기 때문이라네. 그러니까 우리 바실레우스께서 새로운 원정을 시도하려면 시간이 필요한 것일세. 그렇지만 만약 내게 돈이 많고, 그 어떤 위험과도 맞설 수 있는, 무장이 잘된 병사들이 한 부대만 있다면 난 떠났을 걸세. 내

---

66) 지금의 터키의 코니아.
67) 지금의 터키 앙카라 남동쪽.

가 가야 할 길을 알고 있으니까 말이야. 그리고 길을 가다가 길을 물어볼 수 있을 거고 원주민들이 가르쳐 준 길을 따라가게 될 거야……. 많은 표시들이 있을 걸세. 내가 옳은 길에 들어섰다면 그 땅에서만 자라는 나무들이 눈에 띄기 시작하거나, 바로 메타갈리나리우스처럼 그 지방에서만 사는 동물들을 만나게 될 걸세.」

「메타갈리나리우스 만세!」 바우돌리노가 이렇게 말하면서 잔을 들었다. 조시모스는 요한 사제의 왕국을 위해서도 건배를 하라고 그에게 권했다. 그러더니 마누엘의 건강을 빌며 건배하자고 바우돌리노에게 대담하게 말했다. 바우돌리노는 그가 프리드리히의 건강을 위해서 건배를 한다면 자신도 그렇게 하겠다고 대답했다. 그런 다음 두 사람은 교황을 위해, 베네치아를 위해, 며칠 전 밤에 알게 된 창녀 둘을 위해 건배했다. 그러다가 마침내 바우돌리노는 머리를 수직으로 테이블에 박으며 먼저 잠에 곯아떨어지고 말았다. 그러는 동안에도 여전히 조시모스가 겨우겨우 중얼거리는 소리가 들렸다.「수도사의 삶은 이래야 해. 호기심을 가지고 행동해서는 안 되고 부당하게 걸어서도 안 되고 손으로 움켜잡아서도 안 되고…….」

다음날 아침 바우돌리노는 아직도 술 백태가 낀 입으로 말했다.「조시모스, 자네는 악당이야. 자네는 세 인도의 주인님이 어디에 계신지 조금도 아는 바가 없어. 자네는 직감으로 떠나고 싶어하는 거야. 어떤 사람이 저 동쪽에서 메타갈리나리우스를 보았다고 말하면 그 길로 접어들어 그쪽으로 갈 거야. 그리고 순식간에 보석으로 뒤덮인 저택 앞에 도착하게 되겠지. 자네는 어떤 사람을 보게 될 거고 그에게 안녕하시오, 요한 사제는 어떻게 지내시오? 하고 말하겠지. 이런 이야기들은 내가 아니라 자네 바실레우스에게나 가서 할 말이야.」

「그렇지만 내가 훌륭한 지도를 갖고 있다면?」 조시모스가 눈을 뜨면서 말했다.

바우돌리노는 훌륭한 지도를 갖고 있다고 해도 아직 모든 게 너무 불확실하며 결정하기가 어려운 상황이라고 반박했다. 모두 알다시피 지도라는 게 정확하지 않기 때문이었다. 특히 기껏해야 알렉산드로스 대왕이 한 번 가봤을 뿐, 그 후에 아무도 가본 사람이 없는 그런 장소의 지도라면 더욱더 그랬다. 바우돌리노는 조시모스에게 압둘이 만든 지도를 적당히 그려 주었다.

조시모스가 웃기 시작했다. 물론 바우돌리노가 지구가 둥글다는 사악하고 이단적인 생각을 따른다면 여행은 시작조차 할 수 없을 것이다.

「자네는 『성서』를 믿는 사람이거나, 아직도 알렉산드로스 대왕 이전 사람들처럼 사고하는 이교도야 — 더욱이 알렉산드로스는 우리에게 지도 한 장도 남겨 놓지 않았네. 『성서』에서는 지구뿐만이 아니라 전 우주가 감실 형태라고 말하고 있네. 다시 말하자면 모세는 땅에서 하늘에 이르기까지, 우주를 정확히 본떠서 자신의 감실을 만들었다고 말하고 있네.」

「하지만 고대의 철학자들은……」

「아직 하느님의 말씀을 듣고 깨우치지 못한 고대 철학자들은 대척지(對蹠地)를 생각해 냈지만, 〈사도행전〉에는 하느님께서 단 한 사람에게 우리 인류가 시작되게 하시어 존재하지 않는 다른 어떤 곳이 아니라 바로 지구의 표면에서 살게 하셨다고 말하고 있네. 또 〈루가의 복음서〉는 주님께서 사도들에게 뱀과 전갈 위를 걸을 수 있는 능력을 주셨다고 말하고 있지. 걷는다는 것은 무엇인가의 밑이 아니라 위에서 걷는다는 것을 뜻하는 걸세. 그런데 만약 지구가 둥글고 공중에 떠 있다면 위도 아래도 없는 것이라고 할 수 있다네. 그러므로 걷는다는 의미는 그 어떤 것이든 있을 수 없으며, 그 어떤 의미로도 걸을 수는 없는 거야. 하늘이 구형일 거라고 생각한 사람은 누구일까? 바벨탑 위에 있던 칼데아의 죄인들은 바로 꼭대기가 하늘에 닿는 그 탑을 세웠기 때문에 하늘이 금방이라도 무너져 내릴 것 같은 공포감에 속아 넘어간 것이었다네! 죽은 자들의 부활을 알릴 수 있었던 게 피타고라스였나, 아리스토텔레스였나? 그런데 그런 어리석은 자들이 지구의 형태를 이해할 수 있었던 것일까? 구형으로 만들어진 지구는 아마 해가 뜨고 지는 것을 예측하거나, 부활절이 언제 시작하는지를 알아맞히는 데 쓸모가 있을 걸세. 그런데 철학도 천문학도 공부하지 않은 비천한 사람들이, 계절에 따라 언제 해가 뜨고 해가 지는지를 너무나 잘 안다면, 그리고 서로 다른 지방에서 틀림없이, 정확한 방법으로 부활절을 계산할 줄 안다면? 또 훌륭한 목공이 알고 있는 것과는 또 다른 기하학이 필요한가? 언제 씨를 뿌리고 언제 수확을 하는지를 알고 있는 농부가 아는 천문학과는 다른 천문학이 필요하단 말인가? 그리고 자네가 말하는 고대 철학자는 누구를 가리키는 것인가? 콜로폰의 크세노파네스가 지구가 무한하다고 주장하기는 했지만 그게 구형일 거라는 생각은 부인했다는 사실을 자네 라틴 인들은 알고 있나? 무지한 자들은 우주를 감실로 간주하다 보면 일식과 월식, 주야 평분점을 설명할 수 없을 거라고 말할 수도 있네. 그런데 우리 동로마 인들의 제국에는 수세기 전에 코스마스 인디코플레우스테스[68)]라는 위대한 현자가 살았다네. 그는 세상의 경계에까지 여행을 했다네. 그래서 그의 『기독교 지지학』에서 지구가 정말 감실 형태로 되어 있다는 것을 완벽하게 보여 주고 있네. 그리고 그와 같이 되었을 때에만 아주 불명료한 현상들이 설명될 수 있다는 것을 보여 주고 있다네. 자네는 왕들 중에서 가장 기독교적인 왕이, 다시 말해 요한이 지형학 중에서 가장 기독교적인 지형학을 따를 거라고 생각하지 않나? 코스마스의 것만이 아니라 『성서』의 것까지 모두 포함해서 가장 기독교적인 지형학을 따를 것 같지 않나?」

「분명히 말하지만 우리의 요한 사제께서는 자네의 코스마스 지형학에 대해서는 아무것도 모른다네.」

「자네 입으로 사제는 네스토리우스 파라고 말했네. 네스토리우스 파들은 다른 이단 파들과 단성론자들과 극적인 토론을 벌였네. 단성론자들은 지구는 공처럼 만들어졌다고 생각하고, 네스토리우스 파들은 감실처럼 만들어졌다고 생각하네. 코스마스도 네스토리우스 파라는 건 모두 다 알고 있는 사실이야. 그리고 어찌 되었든 그는 네스토리우스의 스승인 몹수에스티아 사람 테오도로스[69]의 추종자였네. 그리고 그는 한평생을 알렉산드리아의 요하네스 필로포노스[70]의 이단적인 단성론과 싸웠다네. 네스토리우스 파인 코스마스와, 역

---

68) Kosmas Indikopleustes(6세기경). 알렉산드리아에서 활동한 상인, 여행가, 신학자, 지리학자. 인디코플레우스테스는 〈인도의 항해가〉라는 뜻.

69) Theodoros von Mopsuestia(350~428/429). 시리아의 신학자. 당대 최고의 『성서』 해석가로서 안티오쿠스 학파를 이끌었다. 인성과 신성(神性)이 그리스도의 두 본질이라고 보았으며 『성서』의 문자적 의미의 중요성을 역설하였다. 네스토리우스 파에 큰 영향을 준 탓으로 한때 이단으로 여겨지기도 했으나 뒷날 복권되었다.

시 네스토리우스 파인 요한 사제는 둘 다 지구가 감실처럼 생겼다는 사실을 확실하게 믿을 수밖에 없었다네.」

「잠깐만, 자네의 코스마스와 나의 사제 두 사람 모두 네스토리우스 파였네. 난 이 점에 대해서 논쟁을 벌일 생각은 없네. 하지만 네스토리우스 파들이 예수님과 그 어머니 성모 마리아에 대해 그릇된 생각을 가지고 있으니까 우주의 형태에 대해서도 그릇된 생각을 가지고 있을 수 있지. 그렇지 않은가?」

「이 부분이 내 논증에서 가장 예민한 부분이야! 난 자네에게 보여 주고 싶었네 — 자네가 요한 사제를 만나고 싶다면 — 어찌 되었든 이교도의 지형학을 따르지 말고 코스마스를 따르는 게 좋다는 것을 말일세. 코스마스가 잘못된 사실들을 적어 놓았다고 잠시 가정을 해볼 수 있네. 그렇다 하더라도 코스마스가 방문했던 동쪽 땅에 사는 사람들, 그러니까 요한 사제의 왕국 못미처에 사는 사람들 모두가 그렇게 생각하고 믿고 있네. 그렇지 않았다면 그가 그런 사실들을 저절로 알게 되었을 리가 없지 않나. 분명 그 왕국의 주민들은 우주가 감실 형태로 되어 있다고 생각할 거야. 그래서 감탄할 만한 그 감실 모양에 따라 거리, 경계, 강의 흐름, 바다의 넓이, 산은 말할 것도 없고 해안과 만의 크기를 측정할 수 있다고 말일세.」

「다시 한번 말하지만 내가 보기엔 그다지 훌륭한 논증 같지는 않군.」 바우돌리노가 말했다. 「그들이 감실 속에 산다고 믿는다고 해서 그게 정말 그들이 그 안에 살고 있다는 뜻

---

70) Johannes Philoponos(6세기). 그리스의 신학자. 아리스토텔레스의 저작을 기독교적인 입장에서 해석하였다.

은 아닐세.」

「논증을 끝낼 수 있게 해주게나. 자네가 내 고향 칼케돈에 어떻게 가야 하냐고 물어볼 경우, 나는 자네에게 그 길을 너무나 잘 설명해 줄 수가 있다네. 난 자네와는 다르게 여행 일수를 계산하거나 자네가 오른쪽이라고 부르는 걸 왼쪽이라고 부를 수 있다네 — 게다가 사람들이 말하기를 사라센 인들은 남쪽이 위에 있고 북쪽이 밑에 있는 지도들을 그린다고 하더군. 그러니까 그들이 그린 땅의 왼쪽에서 해가 뜨는 거지. 하지만 만약 자네가, 내가 제시하는 해의 움직임과 지구의 형태를 받아들여 내가 지시하는 길을 따라가면, 분명, 내가 자네를 보내려던 곳에 도착해 있을 걸세. 반면 자네의 지도에서 그 길을 언급했다 해도 자네는 그걸 이해할 수 없을 걸세. 그러니까,」조시모스가 의기양양하게 결론을 지었다. 「자네가 요한 사제의 왕국에 가고 싶다면, 자네의 지도가 아니라 요한 사제가 사용했을 만한 세계 지도를 이용해야 하네. 비록 자네의 지도가 그 지도보다 훨씬 정확하다고 해도 주의해야 하네.」

바우돌리노는 명쾌한 논증에 압도당했다. 그래서 코스마스가 우주를 어떻게 보았는지, 그리고 계속해서 요한 사제가 우주를 어떻게 보았는지를 설명해 달라고 조시모스에게 부탁했다. 「아, 안 되지.」 조시모스가 말했다. 「지도를 찾을 수 있는 곳을 내가 잘 알고 있네. 그렇지만 내가 무엇 때문에 자네와 자네 황제에게 그 지도를 줘야 한단 말인가?」

「혹시 황제가 자네에게 무장이 잘된 병사들과 떠날 수 있을 정도로 많은 황금을 준다면야.」

「바로 그거야.」

그 순간부터 조시모스는 코스마스의 지도에 대해 한 마디도 흘리지 않았다. 아니, 정확히 말하면 술이 머리끝까지 취했을 때 가끔 그에 대해 암시를 하기도 했다. 하지만 한 손가락으로 공중에서 이상한 곡선들을 모호하게 그리다가 너무 많은 것을 이야기했다는 듯 멈추곤 했다. 바우돌리노는 다시 포도주를 따라 주었다. 그리고 겉으로 보기에는 엉뚱한 질문들을 그에게 던졌다. 「우린 대체 언제쯤 인도 근방에라도 한 번 가보게 될까. 우리가 탄 말이 녹초가 되면 코끼리를 타야 할까?」 「아마 그렇겠지.」 조시모스가 말했다. 「인도에는 자네 편지에서 언급된 동물들만이 아니라 다른 동물들도 많이 살고 있지. 말만 빼고 말일세. 그렇기는 해도 말이 있기는 있다네. 치니스탄(중국)에서 데려오니까.」

「그곳은 어디인가?」

「여행자들이 비단을 만드는 벌레들을 찾으러 가는 곳이라네.」

「비단을 만드는 벌레라고? 그게 무슨 말이지?」

「이런, 말이야. 치니스탄에는 작은 알들이 있다네. 여인들은 이 알을 가슴에 품는다네. 그러면 온기가 전해져 그 알에서 작은 벌레들이 생기는 거야. 그러면 벌레를 뽕잎 위에 내려놓게 되는데 벌레들은 그 잎을 먹고 산다네. 벌레가 성장하면 그 몸에서 비단실을 만들어 내서 자기 온몸을 그 실로 휘감아, 마치 무덤 속에 갇힌 것처럼 된다네. 그러고 나면 형형색색의 멋진 나비가 된다네. 그리고 고치를 뚫고 나오지. 날아가기 전에 수컷이 암컷의 뒤쪽에게 교미를 시작한다네. 그리고 먹이도 없이 죽을 때까지 교미를 하며 그 온기 속에서 산다네. 암컷은 죽으면서 알들을 낳지.」

「비단이 벌레로 만들어진다고 주장하는 남자는 정말 신뢰할 가치가 없는 사람입니다.」 바우돌리노가 니케타스에게 말했다. 「그는 자신의 바실레우스를 위해 첩자 노릇을 했지만 프리드리히의 돈으로 세 인도의 주인을 찾으러 갈 수도 있었습니다. 그런데 돈이 도착했을 때 우리는 그를 더 이상 볼 수 없었습니다. 하지만 코스마스의 지도에 대한 그의 암시는 나를 흥분시켰습니다. 그 지도는 정반대 방향을 응시하고 있다는 것을 제외하면 베들레헴의 별과 같았습니다. 동방 박사의 여정을 거꾸로 지나가는 것과 같다고 말하는 것 같았지요. 나는 그렇게 내가 조시모스보다 훨씬 더 영리하다고 생각하고서 그를 지나칠 정도로 무절제한 생활에 빠지게 하려고 서둘렀지요. 그가 더 멍청해지고 더 허풍선이가 되게 말입니다.」

「그런데?」

「그런데 그가 나보다 훨씬 더 영리했어요. 다음날 나는 그를 만날 수 없었습니다. 그의 동료 중 몇 사람이 그가 콘스탄티노플로 돌아갔다고 말해 주었어요. 그는 내게 작별의 편지를 남겼습니다. 이렇게 적혀 있더군요. 〈물고기가 물을 떠나면 죽듯이, 수도원의 독방을 떠나 밖에서 우물거리는 수도사들은 하느님과의 결속력이 약해진다네. 요 근래에 나는 죄악 속에서 내 자신이 고갈되어 가는 것을 느꼈네. 시원한 샘물을 되찾게 해주게나.〉」

「아마 사실이었을 겁니다.」

「전혀 그렇지 않았습니다. 그는 자신의 바실레우스로부터 황금을 얻어 낼 방법을 찾은 거지요. 내게 피해를 주면서 말입니다.」

17
바우돌리노 요한 사제가 너무 많은 사람들에게 편지를 썼다는 것을 발견하다

다음 해 7월에 프리드리히가 베네치아 통령 아들의 수행을 받아 베네치아에 도착했다. 라벤나에서 키오자 바다를 통해서였다. 베네치아에 온 프리드리히는 리도에 있는 산 니콜로 성당으로 갔다. 그리고 24일 일요일에는 산 마르코 광장에서 교황 알렉산데르의 발 밑에 부복했다. 교황은 프리드리히를 일으켜 세우고 애정을 과시하듯이 그를 껴안았다. 주위에 있던 모든 사람이 *Te Deum*(하느님, 우리는 당신을 찬양합니다)을 불렀다. 그건 정말 승리의 광경이었다. 두 사람 중 누구의 승리인지는 분명하지 않았지만 말이다. 어쨌든 18년 동안이나 지속되던 전쟁은 끝이 났다. 그런 일들이 벌어진 바로 그날 교황은 롬바르디아 동맹과 6년의 휴전 협정에 서명을 했다. 프리드리히는 너무나 기분이 좋아서 한 달을 더 베네치아 머물기로 결정을 했다.

8월이었다. 어느 날 아침 크리스티안 폰 부흐가 바우돌리노와 그의 친구들을 불렀다. 그리고 자기와 함께 황제에게 가자고 부탁했다. 프리드리히 앞에 도착한 크리스티안은 아주 과장된 동작으로 서명들이 가득 담긴 양피지들을 프리드리히에게 내밀었다. 「여기 요한 사제의 편지가 있습니다.」 크리스티안이 말했다. 「이 편지는 비잔틴 궁정에서 은밀한 경로를 통해 제게 도착한 겁니다.」

「편지라니?」 프리드리히가 소리쳤다. 「우리는 아직 편지를 보내지 않았어!」

「사실 이 편지는 우리 게 아니라 다른 편지입니다. 폐하께 보내는 게 아니라 바실레우스 마누엘에게 보내는 편지입니다. 게다가 우리 편지와 비슷합니다.」

「그러니까 이 요한 사제라는 자가 처음에는 내게 동맹을 제안했다가 또 동로마 인들에게 동맹을 제안했단 말이냐?」 프리드리히가 화를 냈다.

바우돌리노는 아연해졌다. 사제의 편지는 그가 너무나 잘 알고 있기 때문이었다. 그 편지는 단 하나뿐이고 게다가 그 편지는 바로 바우돌리노, 자신이 쓴 것이었다. 만약 사제가 정말 존재한다면 또 다른 편지를 썼을 수도 있겠지만 이 편지는 아니었다. 그는 편지를 좀 살펴보게 해달라고 청했다. 재빠르게 편지를 훑어본 뒤 그가 말했다. 「완전히 똑같은 것은 아닙니다. 약간 변형된 것이 있습니다. 아버님, 허락해 주시면 편지를 좀 더 자세히 검토해 보겠습니다.」

그는 친구들과 함께 그 자리에서 물러났다. 바우돌리노는 친구들과 함께 편지를 읽고 또 읽었다. 먼저 그 편지는 계속 라틴 어로 이야기하고 있었다. 이상하군, 라비 솔로몬이 말했다. 사제가 편지를 보낸 바실레우스는 그리스 인이기 때문이었다. 사실 처음은 이렇게 시작되었다.

> 프레스비테르 요하네스께서 동로마 인들의 통치자이신 마누엘께 건강과 하느님의 은총을 영원히 누리시기를, 하느님과, 모든 주인의 주인이신 예수 그리스도의 덕성과 힘으로 기원드립니다.

「두 번째로 이상한 점은,」 바우돌리노가 말했다. 「마누엘을 바실레우스라고 부르지 않고 동로마 인들의 통치자라고 부르는 점이야. 그러니까 이 편지는 분명 제국 내의 그리스 인이 쓴 게 아니라는 것이지. 이 편지는 분명 마누엘의 권리를 인정하지 않는 누군가가 쓴 거야.」

「그러니까,」 시인이 결론을 지었다. 「진짜 요한 사제가 쓴 거야. 사제는 *dominus dominatium*(주인 중의 주인)으로 간주되잖아.」

「계속 읽어 보세나.」 바우돌리노가 말했다. 「자네들에게 우리 편지에는 없는 단어들과 문장들을 보여 주겠네.」

> 우리의 장엄하신 요한 사제께서는 당신께서 우리의 뛰어나신 사제를 높게 우러러보고 계시다는 것과, 우리의 위대하신 사제에 대한 소식이 당신에게까지 닿았다는 것을 알고 계십니다. 그리고 우리는 당신께서 만족스럽고 기분 좋은 무엇인가를 우리에게 보내어 우리의 관대하신 사제를 기쁘게 하고 싶어하신다는 것을 우리 아포크리사리오[71]을 통해 알게 되었습니다. 우리는 인간인 이상 그 선물을 기

꺼이 받을 것이고, 우리 측에서도 아포크리사리움을 통해 징표 하나를 당신께 보내드리려고 합니다. 이렇게 해서 우리는 당신께서 우리와 함께 정직한 신앙을 따르고 계시는지, 그리고 철두철미하게 우리 주 예수를 따르고 계시는지 알고 싶습니다. 사제께서는 자신이 인간이라는 것을 너무나 잘 알고 계시는 반면에 당신네 동로마 인들은 당신을 하느님으로 여기고 있습니다. 그렇지만 당신이 인간이고 쉽게 타락할 수 있다는 것을 우린 잘 알고 있습니다. 아량이 크신 우리 사제의 넓으신 마음으로 우리가 부탁드리오니, 뭐든 당신을 기쁘게 해줄 만한 게 필요하시면 알려 주십시오. 우리의 아포크리사리움에게 눈짓으로 알려 주셔도 좋고 당신의 마음을 담은 증서를 써주셔도 좋습니다.

「이 편지에는 이상한 점이 너무 많아.」 라비 솔로몬이 말했다. 「한편에서는 바실레우스와 그 동로마 놈들을 공손하면서도 냉소적으로 다루고 있어. 모욕적일 정도로 말이야. 그런데 또 다른 한편으로는 아포크리사리움 같은 용어들을 사용하고 있어. 내 생각에는 그리스 어 같은데.」

「정확하게 말하자면 대사(大使)를 의미하는 것이지.」 바우돌리노가 말했다. 「내 말 좀 들어 보게나. 우리가 편지에서 사마르칸트의 대주교와 수사의 사제장이 사제의 식탁에 앉을 거라고 말했는데, 이 편지에는 *protopapaten Sarmagantinum* (사마르칸트의 프로토파파텐), 그리고 *Archiprotopapaten de Susis* (수사의 아르키프로토파타텐)가 식탁에 앉는다고 적어

---

71) 교황이 콘스탄티노플에 보내는 대사.

놓았네. 또 그 왕국의 경이로운 것들 중에서 악령을 쫓는다는 *assidios*라는 풀을 언급하고 있네. 다시 세 개의 그리스 어가 등장하는 거야.」

「그러니까,」 시인이 말했다. 「편지를 쓴 것은 그리스 인이야. 그런데도 그리스 인들을 아주 부정적으로 다루고 있어. 이해를 할 수가 없군.」

그때 압둘이 양피지를 손에 들었다. 「여기 또 다른 점이 있어. 우리가 고추 수확을 언급하고 있는 부분에 다른 세부 사항들이 첨가되어 있네. 여기서는 요한의 왕국에 말이 몇 마리 없다고 덧붙여 놓았어. 일종의 벌레 같은 게 있다고 말하고 있네. 이 벌레들은 비단을 만들어 내는 벌레들로서 일종의 막같이 생긴 것에 휘감겨 있다는 거야. 궁전의 여자들이 그 막을 벗기게 되는데 그것은 왕의 의복을 만들기 위해서라는 거야. 그 막은 센 불에서만 벗겨지게 된다네.」

「뭐라고, 뭐라고 했나?」 바우돌리노가 놀라서 물었다.

「그리고 마지막으로,」 압둘이 계속 말을 했다. 「왕국에 사는 존재들에 대한 목록에서 뿔이 달린 사람들과 반인반양, 사티로스, 피그미, 박쥐 원숭이들이 있는데 그 중에 메타갈리나리우스, 카메테테르누스, 틴시레타도 등장하는군. 모두 우리가 언급하지 않았던 동물들이야.」

「이런 염병할!」 바우돌리노가 소리쳤다. 「벌레 이야기는 바로 조시모스가 했던 이야기잖아! 인도에 말이 없다고 말해 준 사람은 바로 조시모스였어! 메타갈리나리우스와 그 왕국에 사는 다른 동물들 이름을 말해 준 것도 바로 조시모스였어! 똥갈보 새끼, 똥통 같은 놈, 거짓말쟁이, 날도둑놈, 위선자, 위조자, 사기꾼, 배신자, 강간자, 걸신들린 놈, 겁쟁이, 색골, 이단자, 개망나니, 살인자, 약탈자, 욕쟁이, 비역질하는 놈, 노랑이, 성직을 팔아먹는 놈, 요사스런 놈, 불화를 뿌리고 다니는 협잡꾼, 음흉 주머니!」

「대체 그자가 자네에게 어떻게 했기에 이러나?」

「아직도 모르겠나? 내가 그 자식에게 편지를 보여 준 날 밤, 그놈은 날 취해서 잠에 곯아떨어지게 만든 거야. 그러고 나서 편지를 베낀 거지! 베낀 편지를 가지고 그 개똥 같은 바실레우스에게 돌아간 거야. 그리고 프리드리히가 지금 요한 사제의 친구이자 후계자로 증명되어 가고 있다고 일러 준 거지. 그들은 요한 사제가 마누엘에게 보내는 또 다른 편지를 써서 우리 편지보다 먼저 세상에 퍼뜨리는 데 성공을 한 거라고! 바실레우스에 대해 그렇게 거만한 태도를 보이는 이유가 바로 여기 있는 거라네. 자기네 공문서국에서 이 편지를 썼을지도 모른다는 의심을 받지 않기 위해서 그런 척한 거야! 그렇게 많은 그리스 어가 포함되어 있는 것도 바로 이 편지가, 요한 사제가 그리스 어로 쓴 원본을 라틴 어로 번역한 것이라는 것을 보여 주기 위해서였어!」

「우리가 놓친 세부 사항이 또 하나 있네.」 키오트가 말했다. 「자네들 사제가 프리드리히 황제께 보내기로 했던 성배 기억하나? 우리는 그저 *veram arcam*(진짜 보석 상자)……이라고만 하고 더 이상 언급하지 않는 게 좋겠다고 생각했었지……. 자네 조시모스에게 성배에 대해서도 말했나?」

「아니.」 바우돌리노가 말했다. 「그 점에 대해서는 입을 다물었네.」

「바로 그거야. 자네의 조시모스는 *yeracam*이라고 썼네. 사제가 바실레우스에게 *yeracam*을 보낼 거라고 말일세.」

「그게 뭐지?」 시인이 궁금해 했다.

「조시모스도 그게 뭔지 모를걸.」 바우돌리노가 말했다. 「우리 원본을 보게. 바로 이 지점에서 압둘의 글씨는 거의 알아볼 수가 없어. 조시모스는 무슨 이야기가 씌어 있는지 이해를 못했던 거야. 그자는 우리만 알고 있는 이상하고 신비한 선물이라고 생각했겠지. 그래서 바로 이 말을 설명한 것이지. 오, 한심하군! 모든 게 다 내 탓이야. 그자를 믿은 게 잘못이야. 너무나 부끄럽군, 어떻게 황제 폐하를 만난단 말인가?」

그들이 거짓말을 꾸며 댄 건 그게 처음이 아니었다. 그들은 크리스티안과 프리드리히에게 이 편지가 마누엘의 공문서국에서 쓴 게 틀림없는데 왜 그런지 그 이유를 설명했다. 무엇보다 프리드리히가 자기 편지를 유포시키는 것을 막기 위해서였다. 그리고 신성 로마 제국의 공문서국에 배신자가 있었던 것 같다는 말도 덧붙였다. 그 배신자가 그들의 편지를 필사해서 콘스탄티노플에 필사본을 보낸 것 같다고 했다. 프리드리히는 만약 그자를 찾아낸다면 그자의 몸에 돌출해 있는 것을 몽땅 뽑아 버리겠다고 맹세했다.

잠시 후 프리드리히는 마누엘이 몇 가지 선수를 쳤는데 별다른 염려를 하지 않아도 되는지 물었다. 그리고 만약 이 편지가 마누엘의 인도 원정을 정당화시켜 주기 위해 씌인 것이라면? 크리스티안이 아주 지혜롭게도, 마누엘은 바로 2년 전 프리기아에서 이코니온의 셀주크 술탄과 접전을 벌였고 곧 미리오케팔론에서 극적인 패배를 했다는 사실을 황제에게 강조했다. 마누엘이 남은 평생 동안 다시는 인도에 접근하지 않을 정도로 대패를 했고, 뿐만 아니라 잘 생각해 보면, 그 편지는 그가 전투에서 너무나 크게 잃었던 위신을 조금이나마 되찾기 위한 아주 유치한 방법에 불과하다고 크리스티안은 말해 주었다.

어찌 되었든 그 상황에서 요한 사제가 프리드리히 황제에게 보낸 편지를 유포시키는 게 여전히 의미 있는 일일까? 그 편지가 마누엘에게 보낸 편지를 베낀 게 아니라는 것을 모두에게 다 믿게 하려면 다른 편지를 한 장 더 써야 하는 게 아닐까?

「당신은 이 편지 이야기를 알고 계셨습니까, 니케타스 씨?」 바우돌리노가 물었다.

니케타스가 빙그레 웃었다. 「그 무렵은 내가 아직 서른도 안 되었을 때이지요. 그리고 그때 나는 파플라고니아[72]에서 세금 징수를 하고 있었습니다. 내가 만약 바실레우스의 조언자였다면 아마 그에게 그렇게 유치한 술책에 의지하지 말라고 말했을 겁니다. 하지만 마누엘은 너무 많은 궁정인들과 침실 시녀들과 그의 방에서 시중을 드는 환관들, 심지어는 시종들의 이야기까지 귀담아 들었어요. 종종 망상에 사로잡힌 수도사들의 영향을 받기도 했지요.」

「난 그 버러지 같은 놈을 생각하면서 괴로워했습니다. 그런데 교황 알렉산데르는 조시모스보다도, 불도마뱀보다도 더 해로운 버러지였어요. 그런 사실은 9월에 황제의 공문서국에 문서가 한 장 도착했을 때 밝혀졌지요. 아마 그 문서는 이미 다른 기독교 왕들과 그리스 황제에게도 전해졌을 겁니다. 그건 알렉산데르 3세가 요한 사제에게 보내는 편지의 사

---

[72] 흑해에 인접한 고대 아나톨리아 지역.

본이었어요!」

물론 알렉산데르는 마누엘이 받았다는 편지의 사본을 받아 보았다. 아마 교황은 가발라의 주교 우고라는 그 옛날의 사절에 대해서도 알고 있었을 것이다. 어쩌면 프리드리히가 왕이자 사제라는 존재가 있다는 사실을 알게 되어 그로부터 어떤 이득을 얻어 낼까 봐 두려웠는지도 모른다. 바로 이것이 그가 사제의 간청을 받아들이는 게 아니라 직접 사제에게 간청을 하게 된 첫번째 이유였다. 그러니까 그는 편지에서 곧 사제와 협상을 하기 위한 사절단을 파견할 것이라고 말하고 있었다.

편지는 이렇게 시작되었다.

하느님의 종 중의 종인 주교 알렉산데르가, 그리스도 안의 아들이시며 고명하고 존엄하신 세 인도의 왕이신 친애하는 요하네스께 건강을 기원하며 로마 교황의 축복을 전하는 바입니다.

그 뒤 교황은, 교황청이 있는 곳만이(다시 말해 로마만이) 유일하게 모든 신자들의 *caput et magistra*(머리이요 스승)가 되라는 명령을 베드로로부터 받았다는 사실을 상기시켰다. 편지에서 교황은 자신의 주치의인 마기스테르 필립푸스로부터 요한의 신앙심과 자비심에 대한 이야기를 들었다고 말했다. 그리고 요한 사제가 마침내 진정한 로마 가톨릭으로 개종하고 싶어한다는 이야기를 신중하고 사려 깊고 현명한 그 주치의가 믿을 만한 사람들로부터 들었다는 얘기도 썼다.

교황은 지금 당장 사제에게 지위가 높은 고위 성직자를 보낼 수 없는 것이 애석하다고 했다. 그렇게 할 수 없었던 것은 그들이 *linguas barbaras et ignotas*(외국의 낯선 말들)를 모르기 때문이기도 했다는 것이다. 하지만 사제가 진정한 신앙을 공부할 수 있도록 나무랄 데 없고 아주 조심스러운 필립푸스를 보내겠다고 했다. 교황은 요한 사제에게 필립푸스가 도착하자마자 자기에게 확답의 편지를 보내 달라고 부탁했다. 그리고 — 경고의 말로서 — 만약 사제가 성스러운 로마 교회의 겸손한 아들로 받아들여지길 원한다면, 자신의 권력과 부에 대해 자만심을 되도록 덜 가지는 게 훨씬 더 이로울 것이라고 얘기했다.

바우돌리노는 이 세상에 이런 종류의 날조자들이 존재할 수 있다는 생각에 경악을 금치 못했다. 프리드리히는 불같이 화를 냈다. 「악마의 자식이야! 아무도 그자에게 편지 한 장 쓴 적이 없었어. 그런데 그자는 골탕을 먹이려고 제일 먼저 답장을 쓰는군 그래! 자기네들의 요하네스를 프레스비테르라고 부르는 것도 자제함으로써 요한이 가진 사제로서의 권위를 모두 부인하고 있는 거고……」

「교황은 요한이 네스토리우스 파라는 것을 잘 알고 있습니다.」바우돌리노가 덧붙였다. 「그래서 그에게 이단을 포기한 후 자기에게 굴복하라고 교황으로서 제안하는 거고……」

「이건 굉장히 오만한 편지입니다.」재상인 크리스티안이 말했다. 「사제를 아들이라고 부르고 있어요. 그리고 그에게 주교를 보내는 게 아니라 겨우 자기 주치의를 보내려고 하고 있어요. 사제를 고분고분히 만들어야 할 어린아이 취급하는 거지요.」

「이 필립푸스라는 자를 떠나지 못하게 만들어야 해.」그때 프리드리히가 말했다.「크리스티안, 대사를 보내든 자객을 보내든, 자네 마음대로 하게나. 필립푸스가 가는 대로 따라가서 그자를 잡아 목을 졸라 죽이고 혀를 뽑아 버리고 강물에 빠뜨려 버려야 하네! 사제의 왕국에 도착하게 하면 안 된다고! 요한 사제는 내 거야!」

「진정하십시오, 아버님.」바우돌리노가 말했다.「제 생각에 이 필립푸스라는 자는 절대 떠나지 않을 겁니다. 게다가 그런 자가 있는지조차 분명하지 않습니다. 이건 제 생각인데, 첫째, 알렉산데르는 마누엘이 받은 편지가 가짜라는 것을 너무나 잘 알고 있기 때문입니다. 둘째, 알렉산데르는 그의 요한이 어느 곳에 있는지조차 알지 못합니다. 셋째, 알렉산데르가 편지를 쓴 것은 요한이 바로 자기 것이라고 아버님보다 더 먼저 말하기 위해서입니다. 그리고 특히 아버님과 마누엘에게 왕이자 성직자인 요한의 일은 잊어버리라고 권유하는 겁니다. 넷째, 필립푸스가 정말 존재하고 지금 사제의 왕국에 가고 있다고 해도, 그리고 정말 그곳에 도착을 한다 해도, 요한 사제가 결코 개종을 하지 않으려고 할 테니, 그가 낙담을 해서 돌아온다면 어떤 일이 벌어질지 잠시 생각해 보십시오. 알렉산데르에게는 얼굴에 똥칠을 하는 결과가 될 겁니다. 그다지 위험한 일은 아닐 겁니다.」

어쨌든 프리드리히에게 사제가 보내는 편지를 공개하기에는 이미 너무 늦어 버리고 말았다. 그래서 바우돌리노는 재산을 모두 빼앗긴 것 같았다. 그는 오토 주교가 죽었을 때부터 요한의 왕국을 꿈꿔 왔다. 그때부터 거의 20년이 지났다……. 아무것도 아닌 것을 위해 20년을 낭비한 것이다…….

그러다가 그는 다시 일어섰다. 아니야, 사제의 편지는 무(無) 속으로 사라져 버렸어. 좀 더 정확히 말하면 미치광이 같은 다른 편지들 속으로 사라져 버리고 말았어. 이제 누구든지 요한 사제와 다정하게 편지를 주고받는다고 꾸며 내고 싶어하지. 이제 우리는 약삭빠른 거짓말쟁이들의 세계 속에서 살고 있어. 그렇다고 해서 사제의 왕국을 찾는 일을 포기해야 하는 것은 아니야. 결론적으로 말하자면 코스마스의 지도는 여전히 존재하고 있어. 조시모스를 찾기만 하면 돼. 그 자에게서 지도를 빼앗아 미지의 세계로 여행을 떠나는 거지.

그런데 조시모스는 대체 어디에 가 있단 말인가? 또 설사 그가 바실레우스의 황제궁에서 돈방석에 앉아 있다는 것을 안다고 해도 어떻게 그곳에 갈 것이며, 그 비잔틴 군대 전체를 뚫고 그를 궁 밖으로 나오게 한단 말인가? 바우돌리노는 그 사악한 수도사에 대해 어떤 소식이라도 얻어 들으려고 여행자들과 사절들, 상인들에게 물어보기 시작했다. 그러는 동안에도 프리드리히에게 계획을 상기시키는 일을 멈추지 않았다. 「아버님, 이제 그 계획은 처음보다 더 의미 있어졌습니다. 처음에는 아버님께서 그 왕국이 단순히 제 환상 속에서 만들어진 게 아닐지 걱정하셨지만 이제는 아버님도 아시다시피 그리스의 바실레우스도, 로마 인들의 교황도 그 왕국이 있다고 믿고 있습니다. 파리에서 교사들이 제게 말하기를, 우리 정신이 그 어느 것보다 뛰어난 어떤 것을 만들어 내면 그것은 정말 존재하게 된답니다. 저는 어떤 사람의 자취를 추적하고 있습니다. 그 사람이 저희가 가야 할 길에 대한 정보를 줄 겁니다. 제가 돈을 조금 쓸 수 있게 허락해 주십시오.」 바우돌리노는 베네치아를 지나가는 그리스 인들을 모두 매수하고도 남을 만큼 충분한 금을 쓸 수 있게 되었다. 그는 콘스탄티노플에 있는 믿을 만한 사람과 접촉할 수 있게 해놓았다. 그리고 소식을 기다렸다. 정보를 얻게 되면 프리드리히를 설득해서 결심을 하게 만드는 일만 남게 될 것이다.

「다시 몇 년을 더 기다렸습니다, 니케타스 씨. 그사이에 당신네 마누엘도 죽었어요. 난 콘스탄티노플에 와보지는 않았지만 이곳 사정에 정통해 있었기 때문에 바실레우스가 바뀌고 나면 옛 바실레우스의 심복들이 모두 제거될 것이라고 생각했습니다. 나는 제발 조시모스가 살해되지 않게 해달라고 성모 마리아와 모든 성인들께 기도했어요. 장님이 된다 해도 나와는 아무 상관이 없을 것 같았지요. 그가 내게 지도를 주기만 하면 내가 그 지도를 읽을 수 있을 테니까 말입니다. 그사이 나는 피같이 소중한 몇 해를 잃어버린 것 같은 기분이 들었어요.」

니케타스는 바우돌리노에게 절망스러웠던 그 옛날 때문에 지금 낙담할 필요는 없다고 위로했다. 그는 자기 요리사와 하인에게 평소 이상의 능력을 발휘해 달라고 부탁했다. 그는 콘스탄티노플의 태양 아래에서 먹는 마지막 식사가 바우돌리노에게 그 바다와 그 땅의 부드러움을 상기시켜 주길 원했다. 바로 그 이유 때문에 니케타스는 바닷가재와 소라게, 삶은 새우, 튀긴 게, 굴과 대합조개를 넣은 제비콩 요리, 홍합에다, 누에콩 퓌레, 꿀을 넣은 쌀요리를 곁들이고, 생선 알을 왕관처럼 둘러서 식탁에 올리고 싶어했으며 식사 내내 크레타 포도주를 마시고 싶어했다. 그런데 이건 첫번째 요리에 불과했다. 잠시 후에 맛있는 냄새를 풍기는 스튜가 나왔고 깊은 냄비에는 눈처럼 새하얗고 단단하고 예쁜 양배추 속 네 개와 잉어 한 마리와 작은 고등어 스무 마리, 소금에 절인 생선 필레, 달걀 열네 개, 약간의 왈라키아 양젖 치즈에다 올리브 기름을 1파운드는 좋이 되게 붓고 후추를 뿌리고 마늘 열두 개로 맛을 낸 요리가 모락모락 김을 내고 있었다. 바우돌리노는 이 두 번째 요리를 위해서 가노스 포도주를 부탁했다.

18
바우돌리노와 콜란드리나

제노바 인들의 정원에서 니케타스의 딸들의 울음소리가 들려왔다. 언제나 바르는 주홍색 연지에 익숙해져 있던 니케타스의 딸들은 얼굴을 더럽히고 싶지 않았다. 「말 좀 들어요.」 그릴로가 딸들에게 말했다. 「여자는 얼굴만 예쁘다고 되는 게 아닙니다.」 이렇게 얼굴에다가 부스럼을 몇 개 붙이고 천연두 자국을 만든다고 해서 발정 난 그 순례자들에게 혐오감을 줄 수 있을지는 확실하지 않다고 설명을 해주었다 — 순례자들은 젊은 여자나 늙은 여자, 건강한 여자나 병든 여자, 그리고 종교에 별 구애를 받지 않았기 때문에 그리스 인, 사라센 인, 유대 인을 가리지 않고 닥치는 대로 달려들어 욕을 보이는 인간들이었다. 그자들에게 혐오감을 주려면, 그릴로가 덧붙였다, 아가씨들은 감자 가는 강판처럼 우툴두툴하게 부푼 고름집이 온 얼굴에 퍼져 있어야 한다. 니케타스의 아내는 딸들을 흉측하게 만드는 일을 정성스럽게 거들었다. 이마에 주름살을 원하면 주름을 붙이고 얼굴을 썩은 것처럼 만들기 위해 코에 닭살을 붙여야 한다면 그것을 붙였다.

바우돌리노는 그 아름다운 가족을 슬픈 눈으로 물끄러미 쳐다보았다. 갑자기 그가 말했다.

「그랬습니다. 무슨 일을 하는지도 모르고 노를 저어 가는 동안 나도 아내를 얻게 되었어요.」

그는 마치 아픈 추억이라도 이야기하듯, 그다지 즐거워 보이지 않는 분위기로 자기 결혼에 대한 이야기를 들려주었다.

「그 무렵 나는 궁정과 알레산드리아를 오가고 있었습니다. 프리드리히는 그 도시 때문에 계속 더 밑으로 내려가지 못하고 있었어요. 그래서 나는 내 고향 사람들과 황제의 관계를 다시 이어 보려고 애를 썼습니다. 상황은 그 옛날보다 훨씬 나아져 있었습니다. 알렉산데르 3세가 죽었기 때문에 알레산드리아는 보호자를 잃어버렸지요. 황제는 점점 더 이탈리아의 도시들과 타협을 해가고 있었습니다. 그래서 알레산드리아는 더 이상 동맹의 보루로 나설 수가 없었어요. 제노바는 이미 제국의 편으로 넘어왔지요. 그래서 알레산드리아는 제노바의 편에 서 있으면 모든 것을 얻을 수 있었고, 황제를 증오하는 단 하나의 도시로 계속 남아 있게 되면 아무것도 얻을 게 없었습니다. 모두의 체면을 살릴 만한 해결책을 찾아야 할 필요가 있었어요. 그래서 난 내 고향 사람들과 이야기를 나눠 본 뒤 궁정으로 돌아가 황제의 기분을 살펴보는 생활로 하루하루를 보내고 있었습니다. 콜란드리나를 알게 된 것은 바로 그때입니다. 그녀는 구아스코의 딸이었습니다. 내 눈으로 하루하루 커가는 것을 지켜보았던 아이지요. 그런데 나는 그 아이가 여인이 되었다는 것은 알아차리지 못하고 있었어요. 그녀는 아주 사랑스럽고 아름다웠습니다. 좀 어색하기는 했지만 우아한 자태를 지니고 있었어요. 포위 공격이 끝나자 사람들은 나와 아버지를 도시의 구원자로 생각했습니다. 그리고 콜란드리나는 마치 조르조 성인을 바라보듯 나를 바라보았습니다. 나는 구아스코와 이야기를 나누었지요. 그러면 그녀는 내 앞에 웅크리고 앉아서 두 눈을 반짝이며 내 이야기를 열심히 듣곤 했습니다. 나는 그녀의 아버지뻘이 되었어요. 그녀는 겨우 열다섯 살이었고 나는 서른여덟 살이었으니 말입니다. 내가 사랑에 빠졌던 것인지는 잘 모르겠어요. 하지만 나는 내 주위에 있는 그녀를 보면 기분이 좋았어요. 그래서 그녀가 내 이야기를 들을 수 있도록, 다른 사람들에게 믿기 어려운 모험 이야기들을 들려주기 시작했습니다. 그 사실을 구아스코가 알아차렸어요. 사실 그는 *miles*(기사)였습니다. 그러니까 나 같은 가신보다 더 나은 존재였어요 (게다가 나는 원래 농부의 아들이었으니까요). 하지만 아까 말씀드렸다시피 나는 도시에서 인기가 좋은 사람이었어요. 난 옆구리에 칼을 차고 다녔고 궁정에서 살았어요……. 그렇게 나쁜 결혼은 아니었지요. 내게 이렇게 말한 사람은 바로 구아스코였습니다. 〈콜란드리나와 결혼을 하는 게 어떻겠나. 그 앤 요즘 덤벙이가 되어 툭하면 접시를 깨고, 자네가 없을 때는 자네가 오는지 보려고 창문에서 붙어 살고 있네.〉 성대한 결혼식이었습니다. 결혼식은 산 피에트로 성당에서 했습니다. 우리가 고인이 된 교황에게 선물하려고 지은 성당이지요. 새 교황은 그런 교회가 있는지도 몰랐습니다. 이상한 결혼식이었어요. 첫날밤을 치르자마자 나는 프리드리히에게 가기 위해 떠나야 했으니까요. 꼭 1년 동안 그런 식이었습니다. 나는 정말 가뭄에 콩 나듯이 아내를 만났는데 내가 돌아올 때마다 기뻐하는 아내의 모습을 보고 감동을 했어요.」

「그녀를 사랑했나요?」

「그런 것 같습니다. 하지만 아내를 얻은 게 그게 처음이었기 때문에, 그 고장에서 남편들이 밤에 하는 일을 제외하고는 내가 어떻게 해야 하는 것인지를 잘 몰랐어요. 낮이 되면 그녀를 어린아이처럼 쓰다듬어 주어야 하는 건지, 귀부인처럼 대접을 해주어야 하는 건지, 아직도 아버지가 필요한 나이이기 때문에 그녀가 보기 싫은 행동을 할 때 야단을 쳐야 하는 건지, 모든 걸 다 망쳐 놓았을 때 용서해 주어야 하는 건지 알 수가 없었습니다. 결혼하고 첫 해가 지날 무렵 그녀가 임신을 했다고 말할 때까지 그랬어요. 그 소리를 듣고 나는 그녀가 성모 마리아라도 되는 듯이 바라보았어요. 그녀에게로 돌아올 때면 그동안 떠나 있었던 것을 용서해 달라고 했고, 일요일에는 그녀를 데리고 미사에 참석했어요. 바우돌리노의 훌륭한 아내가 지금 그에게 아들을 낳아 주려고 한다는 것을 모두에게 보여 주기 위해서였습니다. 비록 며칠 밤밖에 함께 보낼 수 없었지만 그때 우리는 그녀의 뱃속에 있는 아기 바우돌리노이자 아기 콜란드리나에게 우리가 무엇을 해 줄 수 있을까 이야기했습니다. 그녀는 갑자기 프리드리히가 아기에게 공작 작위를 내려 줄 거라고 생각했지요. 나도 그렇게 믿으려고 했어요. 나는 요한 사제의 왕국 이야기를 그녀에게 해주었습니다. 그러자 그녀는 무슨 일이 있어도 나 혼자는 그곳에 가게 내버려 두지 않겠다고 말했지요. 그 왕국에 아름다운 귀부인들이 얼마나 많을지 아무도 모르기 때문이라고 했어요. 그녀는 알레산드리아와 솔레로를 합친 것보다 더 크고 아름다운 그곳을 보고 싶어했습니다. 성배에 대한 이야기를 해주자 그녀의 눈이 동그래졌소. 생각해 보세요, 바우돌리노, 당신이 그 동쪽으로 갔다가 예수님께서 포도주를 마신 잔을 가지고 돌아오면 당신은 기독교 세계에서 가장 유명한 기사가 되는 거예요. 당신이 몬테카스텔로에 성배를 위한 성소를 세우세요. 그러면 콰르넨토에서도 그 성배를 보러 올 거예요……. 우리는 어린아이처럼 공상을 했습니다. 그래서 나는 혼자 이렇게 말했지요. 불쌍한 압둘, 넌 사랑을 멀리 있는 공주라고 생각하고 있지. 하지만 내 공주는 이렇게 가까이에 있어서 귀 뒤를 쓰다듬어 줄 수 있지. 그러자 그녀가 웃으며 간지럽다고 말했어요……. 하지만 그건 오래 가지 않았지요.」

「무엇 때문인가요?」

「그녀가 임신을 했던 바로 그때 알레산드리아 인들은 제노바 인들과 동맹을 맺었습니다. 제노바 인들은 실바노 도르바와 싸우고 있었지요. 그들의 수는 얼마 되지 않았지만 그러는 동안에 시민들을 납치해 가기 위해 도시 주위를 배회했어요. 콜란드리나는 그날 꽃을 꺾으러 성벽 밖으로 나갔답니다. 내가 곧 도착한다는 것을 알았기 때문이었어요. 그녀는 양 떼들 옆에 서서 목동과 농담을 주고받고 있었습니다. 그 목동은 그녀 아버지의 하인이었지요. 그런데 바로 그때 그 못된 놈들 일당이 양들을 훔쳐 가려고 양에게로 달려든 겁니다. 아마 그들이 콜란드리나를 해치려고 하지는 않았던 것 같습니다. 하지만 그녀를 세게 잡아당겨 땅바닥에 내동댕이쳐 버렸어요. 양들은 달아났고 쓰러져 있는 그녀를 밟고 지나갔어요……. 목동은 도망을 쳤지요. 밤이 되어도 그녀가 집에 돌아오지 않자 가족들은 정신없이 그녀를 찾았습니다. 구아스코는 사람을 보내 나를 찾아오게 했어요. 나는 전속력으로 도시로 돌아왔지요. 하지만 그사이 벌써 이틀이라는 시간이 지나가 버렸습니다. 나는 콜란드리나가 침대에 누워 임종을 맞고 있는 것을 보았어요. 그녀는 나를 보자 내게 용서를 구하려고 애를 썼습니다. 뱃속의 아기가 조산이 되어 이미 죽어 버렸기 때문이었어요. 그녀는 내게 아들 하나 낳아 줄 수 없었기 때문에 괴로워했죠. 그녀는 밀랍으로 만든 성모 마리아 같았습니다. 무슨 말을 하는지 들으려면 귀를 그녀의 입에 갖다 대야 했소. 내 얼굴을 보지 마세요, 바우돌리노, 그녀가 말했지요. 너무 많이 울어서 얼굴이 보기 싫어졌어요. 그리고 저는 나쁜 엄마에다가 나쁜 아내예요……. 그녀는 내게 용서를 구하면서 죽었습니다. 그사이 나는 그녀에게 위급한 순간에 곁에 있어 주지 못한 것에 대해 용서를 구했어요. 그리고 죽은 아이를 보여 달라고 부탁했지요. 그런데 사람들은 아기를 보여 주려고 하지 않았어요. 아기는, 아기는…….」

바우돌리노는 말을 멈추었다. 그는 니케타스가 자기 눈을 보지 못하게 하려는 듯 두 눈을 들어 하늘을 보았다. 「아기는 괴물이었습니다.」 잠시 후 바우돌리노가 말했다. 「우리가 요한 사제의 땅에 살 것이라고 생각한 그런 괴물들 같았어요. 두 눈은 얼굴에서 두 개의 틈같이 가로로 찢어져 있었고 가슴은 뼈 밖에 없었으며 거기 달린 두 팔은 문어발 같았습니다. 두 발이 달린 배는 하얀 배냇털로 뒤덮여 있어서 꼭 양 같았어요. 난 아주 잠시밖에 그 아기를 볼 수 없었어요. 그리고 아기를 묻어 주라고 명령했지요. 하지만 사람들이 신부를 부를 수 있을지조차 난 알 수 없었습니다. 난 도시 밖으로 나와 밤새도록 프라스케타를 헤매고 다녔어요. 그러면서 내 자신에게 이렇게 말했지요. 난 지금까지 내 삶을 다른 세계의 존재들을 상상하는 데 바쳤어. 내 상상 속에서 그들은 경이로운 존재들처럼 보였지. 그들의 다양한 모습으로 하느님의 무한한 권능을 증명하는 존재들로 말이야. 그런데 하느님께서 내게 다른 남자들이 모두 다 하는 일을 하도록 요구하셨을 때 나는 경이로운 존재가 아니라 무시무시한 것을 만들어 내고 말았어. 내 아들은 자연의 거짓말이야. 오토 주교님의 말이 맞았어. 그런데 난 그분이 생각하는 것보다도 훨씬 더 거짓말쟁이였어. 내 정자가 거짓말을 만들어 낼 정도로 난 거짓말쟁이로 살았어. 거짓말이 죽은 거야. 그러니까 난 이제 알게 된 거야……」

「그래서……」 니케타스가 주저하듯 말했다. 「당신은 삶을 바꾸기로 결심했구려……」

「아닙니다. 니케타스 씨. 나는 이게 내 운명이라면 다른 사람들처럼 되려고 애를 써보는 게 소용없는 일이라고 마음을 다졌습니다. 이미 나는 거짓말에 몸을 바친 사람이었어요. 그때 머리를 스치고 지나가던 생각을 설명하기가 어렵군요. 나는 내 자신에게 이렇게 말했지요. 네가 어떤 일을 꾸며 댈 때는 넌 진짜 없는 일들을 꾸며 댔지. 하지만 그것은 진짜가 되었어. 성 바우돌리노 성인을 나타나게 했어. 생 빅토르에 도서관을 만들었어, 동방 박사들이 세상을 돌아다니게 했지, 여윈 암소를 살찌게 해서 네 고향 도시를 구했어. 볼로냐에 박사들이 있다면 그것 또한 네 덕택이야. 너는 로마의 경이로움을 드러나게 했는데, 그것들은 로마 인들 자신은 꿈도 꿔보지 못했던 것들이지. 넌 가발라의 우고 주교의 개나발 같은 소리를 듣고서는 그 어떤 것보다도 아름다운 왕국을 만들어 냈지. 그런 다음에 너는 환상 속의 존재를 사랑하게 되었고 그 존재로 하여금 실제로 쓴 적이 없는 편지들을 쓰게 했어. 그 편지를 읽은 사람들은 모두 쩔쩔맸지. 심지어 실제로 편지를 쓴 적이 없는 그 존재도 말이야. 그러니까 바로 황후 말이야. 단 한 번 그 누구보다도 진실한 여자와 단 한 번 진실한 일을 하고 싶었는데 넌 실패했어. 너는 그 누구도 믿을 수 없고, 원할 수도 없는 무엇인가를 만들어 냈어. 그러니까 넌 네 경이의 세계로 숨는 게 나아. 그 세계에서는 적어도 네가 얼마나 경이로울 수 있는지를 결정할 수 있으니까.」

19
바우돌리노 고향 도시의 이름을 바꾸다

「오, 가엾은 바우돌리노.」 니케타스는 떠날 준비를 계속하면서 말했다. 「아직 한창 나이에 아내와 아들을 잃다니. 나 역시 내일이면 내 살 중의 살이자 사랑하는 아내를 어떤 야만인의 손에 잃을지도 모릅니다. 오, 콘스탄티노플이여, 모든 도시들의 왕이여, 가장 높으신 하느님의 감실이여, 대신들의 칭송과 영광이여, 이방인들의 즐거움이여, 황제 도시들 중의 황제 도시여, 노래 중의 노래여, 눈부심 중의 눈부심이여, 그 어느 곳에서도 찾아보기 힘든 장관이여, 어머니의 뱃속에서 나올 때처럼 알몸으로 너를 떠나고 있는 우리들은 어떻게 될까? 우리가 너를 다시 만날 때는 지금과는 다른 모습이겠지. 짓밟혀 잡초가 무성한 계곡이 되는 건 아닐까?」

「그만 좀 하시지요, 니케타스 씨.」 바우돌리노가 그에게 말했다. 「아피키우스[73]에게나 어울릴 이런 별미 음식을 맛보는 건 이게 마지막이라는 것을 잊지 마십시오. 이 도시의 향신료 시장에서 나는 냄새와 같은 향이 나는 이 고기 덩어리는 뭔가요?」

「케프테데스요. 향은 육계나무에서 나오는 거지요. 그리고 박하에서도 조금 나고요.」 이미 기운을 되찾은 니케타스가 대답했다. 「마지막 날을 위해서 나는 아니스 술을 조금 구해 오게 할 수 있었지요. 술이 구름처럼 물속에 퍼지는 동안에 마셔야 합니다.」

「좋군요, 어지럽지도 않아요. 꿈을 꾸는 것 같군요.」 바우돌리노가 말했다. 「콜란드리나가 죽은 뒤 이걸 마실 수 있었다면 그녀를 잊을 수 있었을 겁니다. 당신이 벌써 당신 도시의 불행을 잊어버리고 내일 벌어질지도 모를 일에 대한 두려움을 잊어버렸듯이 말이지요. 하지만 우리 고향의 포도주를 마시면 기분만 나빠졌어요. 술을 마시고 갑자기 잠이 들었다가 깨고 나면 전날보다 더 상태가 나빠져 있는 겁니다.」

바우돌리노가 그를 사로잡았던 우울한 광기에서 벗어나기까지는 1년이 걸렸다. 그 1년 동안 숲으로, 평야로 거칠게 말을 달리다가 아무 곳에서나 멈춰 서서 길고도 불안한 잠에 곯아떨어질 때까지 술을 마시곤 했지만 달리 기억하는 일은 아무것도 없었다. 그는 꿈속에서 마침내 조시모스를 다시 만나기도 했다. 그는 그에게서 지도를 낚아챘다(수염과 함께 말이다). 모든 신생아들이 틴시레타이고 메타갈리나리우스인 왕국으로 가기 위해서였다. 그는 알레산드리아에는 다시 돌아가지 않았다. 아버지, 어머니 혹은 구아스코와 그의 가

---

73) Apicius. 요리책 10권을 남긴 로마의 미식가.

족들이 콜란드리나와 태어나지 못한 아들에 대해 이야기할까 봐 겁이 나서였다. 그는 아버지다운 인자함을 보여 주고 자기를 이해해 주는 프리드리히에게로 몸을 숨기곤 했다. 프리드리히는 그가 제국을 위해 완수해야 할 근사하고 훌륭한 모험들에 대해 이야기하면서 바우돌리노의 생각을 딴 곳으로 돌려 보려고 애를 썼다. 그러던 어느 날 바우돌리노에게 알레산드리아를 위한 해결책을 찾아보겠다는 결심을 해보라고 말했다. 프리드리히는 바우돌리노를 기쁘게 해주기 위해 도시를 강제로 파괴하지 않은 채 그 *vulnus*(상처)를 치료하고 싶어했다.

이러한 임무가 다시 바우돌리노에게 새로운 생명력을 불어넣어 주었다. 이미 프리드리히는 롬바르디아 코무네들과의 최종적인 평화 조약에 서명을 할 준비를 하고 있었다. 바우돌리노는 결국 문제는 고집이었다고 혼자 말했다. 프리드리히는 자신의 허락 없이 세운 도시가 존재한다는 사실을 참을 수가 없었다. 게다가 그 도시는 자신의 적의 이름을 가지고 있었다. 좋다. 만약 프리드리히가 장소는 달랐지만 이름은 똑같은 도시 로디를 다시 세운 것처럼, 장소는 같지만 이름이 다른 도시를 다시 세운다면 이게 바로 체면을 잃지 않고 궁지에서 벗어나는 길일 것이다. 알레산드리아 사람들이 원하는 것은 뭘까? 도시를 하나 갖고 거기에서 교역을 하는 것이다. 바로 이 단순한 이유 때문에 그들은 죽은 교황 알렉산데르 3세에게 도시를 바쳤던 것이다. 그러니까 도시를 다른 이름으로 부른다고 해도 그렇게 기분 상해 하지는 않을 것이다. 바로 그때 좋은 수가 떠올랐다. 어느 화창한 날 아침 프리드리히가 자신의 기사들과 함께 알레산드리아 성벽 앞으로 가는 것이다. 모든 주민들은 성에서 나오고 많은 주교들이 무리를 지어 도시로 들어간다. 그들이 도시를 속화시켜 버리는 것이다. 도시가 축성을 받았다고 할 수 있을지는 모르지만 말이다. 더 정확히 말하면 그 도시의 이름을 버리게 하는 것이다. 그리고 카이사르, 곧 황제의 도시를 뜻하는, 체자레아라는 이름을 도시에 새로 붙여 그렇게 부르는 것이다. 알레산드리아 인들은 황제 앞으로 지나가면서 황제에게 경의를 표하게 될 것이다. 그들은 황제에 의해 다른 도시가 하나 생겨난 것처럼 너무나 새로워진 도시로 들어가 그 도시를 차지할 수 있게 될 것이다. 그리고 행복하고 만족스럽게 거기서 살 것이다.

물론 바우돌리노는 불처럼 타오르는 새로운 상상력에 크게 고무되어 있었기 때문에 절망감은 곧 치료되었다.

독일의 제후들과 중요한 일들을 처리해야 하는 이 시기에 이탈리아로 다시 내려가야 한다는 점을 제외하면 프리드리히가 보기에도 바우돌리노의 생각이 그렇게 나쁜 것 같지는 않았다. 바우돌리노가 협상의 임무를 맡았다. 그는 도시로 들어가는 것을 망설이고 있었다. 그런데 그의 부모들이 성문 쪽으로 마중을 나와 있었다. 세 사람은 오랫동안 마음껏 눈물을 흘렸다. 옛 동료들은 바우돌리노가 언제 결혼했느냐는 듯한 태도를 보였다. 그리고 바우돌리노가 자신이 외교 사절의 임무를 띠고 왔다는 사실을 채 말하기도 전에 그를 끌고 예전의 그 선술집으로 가서 그를 흠뻑 취하게 만들었다. 하지만 시큼한 맛을 내는 가비 백포도주를 마셨기 때문에 그렇게 취했어도 잠에 곯아떨어질 정도는 아니었지만, 그래도 바우돌리노의 천부적인 재능을 충분히 자극할 만은 했다. 바우돌리노가 자기 생각을 말했다.

제일 먼저 반응을 보인 사람은 갈리아우도였다. 「넌 거기서 그자와 함께 지내더니 그자처럼 소견머리 없는 놈이 되었구나. 이것 봐라, 만약 우리가 처음에 도시에서 나갔다가 다시 들어오는, 내가 나가면 네가 들어오는, 그렇게 오르락내리락, 왔다 갔다 하는 회전 목마 놀이를 해야 한다면 미안하지만, 집어치워라. 성 바우돌리노의 축제를 위해 누가 피리를 불고 우리가 트레스코네 춤을 추기만 하면 되겠군 그래……」

「아닙니다. 생각은 그럴듯합니다.」 보이디가 말했다. 「하지만 그러고 나면 우리는 알레산드리아 인들이 아니라 체자레아 인이라고 우리를 불러야 합니다. 난 창피해요. 아스티 놈들에게 가서 그런 말을 할 수가 없을 거예요.」

「자네가 싱거운 말을 잘한다는 것은 우리가 다 인정하고 있으니 그런 싱거운 말은 좀 집어치우게.」 오베르토 델 포로가 반박했다. 「내 생각에는 황제가 도시 이름을 다시 짓게 내버려 두는 것도 괜찮을 것 같아. 그런데 황제 앞으로 지나가면서 그에게 경의를 표한다는 것은 마음에 들지 않는군. 결국 황제를 굴복시킨 것은 우리야. 황제가 우리를 굴복시킨 게 아니라고. 그러니까 황제가 그렇게 고압적으로 행동하면 안 되지.」

쿠티카 디 콰르녠토는 새 이름을 붙이는 것에 동의한다고 말했다. 그리고 도시를 체자레타나 체자로네[74] 둘 중 어느 것으로 불러야 할지를 중요한 문제로 생각하는 사람이 있을 수도 있지만, 자기는 체지라로 불러도 좋고 올리비아, 소프

---

74) 체사레의 축소형과 확대형.

로니아나 에우트로피아로 불러도 상관없다고 말했다. 하지만 문제는 프리드리히가 그의 포데스타를 도시에 보내려고 하는지 아니면 영사들에게 포데스타들을 선출할 수 있는 합법적인 권한을 부여하려고 하는지라고 했다.

「황제가 어떻게 하고 싶어하는지 돌아가서 물어보도록 하게나.」 구아스코가 바우돌리노에게 말했다. 그래서 바우돌리노. 「아, 물론이지. 자네들이 동의를 할 때까지 나는 알프스를 넘나들 걸세. 아니, 여러분들, 여러분들이 두 사람을 선출해서 그 두 사람에게 전권을 위임하는 겁니다. 그리고 그 두 사람이 나와 함께 황제에게 가서 일이 모두가 만족할 만하게 진행될 수 있게 연구해 봅시다. 프리드리히가 다시 알레산드리아 사람을 둘이나 보게 되면 속이 뒤집어질 테고 그 두 사람에게서 빨리 벗어나야겠다는 생각에서 그냥 합의를 해줄 겁니다.」

그렇게 해서 도시를 대표한 사절 두 사람이 바우돌리노와 함께 떠났다. 사절은 안셀모 코난치와 구아스코 가문의 사람인 테오발도였다. 그들은 뉘른베르크에서 황제를 만났다. 그리고 합의에 도달했다. 영사들의 문제도 곧 해결이 되었다. 형식만 지키기로 한 것이다. 알레산드리아 인들이 지금처럼 영사들을 선출한 후 황제는 그 영사들을 임명하기만 하면 되었다. 바우돌리노는 충성 맹세를 받는 문제에 대해 프리드리히가 관여하지 않게 만들었다. 「아버님, 아버님께서는 그곳에 가시지 않아도 됩니다. 사절을 보내시면 됩니다. 저를 보내시면 됩니다. 결국 저는 대신이니까요. 그리고 아버님께서 넓으신 아량으로 제게 기사의 벨트를 하사해 주셔서 저는 여기 독일 사람들이 말하듯이 *Ritter*(기사)이니까요.」

「그렇다. 그렇기는 해도 너는 언제나 봉사 귀족에 속해 있는 게다. 너는 봉토를 가질 수 있지만 그것을 누구에게 줄 수는 없어. 넌 신하도 가질 수 없고…….」

「제 고향 사람들에게 중요한 것이 무엇이라고 생각하십니까, 말을 타고 명령을 하는 사람 하나로 충분하지 않을까요? 그들은 아버님의 대리인에게, 그러니까 아버님께 경의를 표하게 될 겁니다. 그런데 아버님을 대표하는 사람은 그들과 같은 고향 사람인 저입니다. 그러면 그들은 아버님께 경의를 표한다는 인상을 받지 않을 겁니다. 그리고 아버님께서 원하신다면 황실 재정관을 보내, 그가 제 곁에서 서약이라든가, 거기서 행하게 될 모든 일을 지켜보게 하시면 됩니다. 그 사람들은 저와 그 재정관 둘 중 누가 더 중요한 인물인지도 모를 겁니다. 그 사람들의 생리가 어떤지도 이해하셔야 합니다. 만약 이 일을 이렇게 영원히 매듭 지어 버린다면 모두에게 좋지 않을까요?」

그렇게 해서 1183년 3월 중순에 식이 거행되었다. 바우돌리노는 성장을 했다. 그는 몬페라토 후작보다 더 중요한 사람 같아 보였다. 그래서 부모들은 아들의 모습에서 눈을 떼지 않았고 검을 잡고 있는 그의 손과 한 번도 걸음을 멈추지 않는 백마를 뚫어지게 쳐다보았다. 「귀족의 개처럼 잘 차려입었네요.」 어머니는 황홀한 듯 말했다. 사실 그의 옆에는 황제의 깃발을 든 두 명의 기수와 황제의 재정관인 루돌프가 있었고 제국의 많은 다른 귀족들과 주교들이 있었다. 그 수가 너무나 많아 셀 수도 없을 정도였다. 그때에는 아무도 그런 사실에 신경을 쓰지 않았다. 롬바르디아의 다른 도시에서 온 대표들도 있었다. 말하자면 코모의 란프랑코, 파비아의 시로 살림베네, 카살레의 필리포, 노바라의 제라르도, 오소

나의 파티네리오와 브레시아의 말라비스타였다.

바우돌리노가 도시의 성문 앞에 서자 바로 그때 알레산드리아 인들이 모두 줄을 서서 나왔다. 사람들은, 어린 아기들은 목말을 태우고 노인들은 팔을 부축해 주어 데리고 나왔으며 마차에 실려 나오는 병자들도 있었다. 심지어 바보들이나 절름발이 그리고 포위 공격 때 영웅적으로 싸웠던 사람들까지 다 나왔다. 다리가 하나 없는 사람, 팔이 하나 없는 사람, 완전히 두 다리가 없이 몸통만 남아 바퀴 달린 판자 위에 앉아 두 손으로 바퀴를 미는 사람도 있었다. 밖에서 얼마나 시간을 보내야 할지 몰랐기 때문에 많은 사람들이 요기를 할 만한 것들을 가지고 왔다. 빵과 소시지를 가져온 사람, 구운 통닭을 가져온 사람, 과일을 한 바구니 가져온 사람도 있었다. 이 모든 것들 때문에 그들은 근사한 소풍을 나온 것 같아 보였다.

사실 날씨가 아직 추웠다. 들판에는 서리가 내린 상태라 거기에 앉아 있기는 고역이었다. 방금 권리를 모두 빼앗긴 시민들은 일어서서 발을 구르기도 하고 손을 호호 불기도 했다. 이렇게 말하는 사람도 있었다. 「빨리 이 야단법석을 끝냅시다. 불 위에 냄비를 올려놓고 오지 않았어요?」

황제의 병사들이 도시 안으로 들어갔다. 그들이 성내에서 무슨 일을 하는지 아무도 보지 못했다. 바우돌리노도 행렬이 돌아오길 성 밖에서 기다려야만 했다. 갑자기 주교가 밖으로 나와서 신성 로마 제국 황제 폐하의 은혜로 이 도시가 체자레아 시가 되었다고 공표했다. 바우돌리노 뒤에 서 있던 황제의 병사들이 무기와 깃발들을 들어 올리며 위대한 프리드리히에게 찬사를 보냈다. 바우돌리노는 말을 타고 총총걸음으로 갔다. 그는 도시에서 쫓겨난 시민들이 서 있는 첫번째

대열 근처로 가서 바로 황제의 사절 자격으로, 프리드리히가 방금 가몬디오, 마렝고, 베르골리오, 로보레토, 솔레로, 포로와 오빌리오 등 일곱 마을로 이루어진 훌륭한 도시를 세웠다고 공표했다. 그리고 그 도시에 체자레아라는 이름을 붙였으며 거기 모여 있는 앞에 말한 마을의 주민들에게 도시를 양도했으므로 자유의 선물을 가져도 된다고 알렸다.

황제의 재정관은 합의서의 몇몇 항목을 나열했다. 하지만 모두 너무나 추웠다. 그들은 *regalia*(왕의 권리), 세금, 통행세, 그리고 조약을 유효하게 만들 모든 사항들에 대한 세부적인 것들이 빨리 지나가기만을 바랐다. 「빨리 합시다, 루돌프.」 바우돌리노가 황제의 재정관에게 말했다. 「어차피 모두 가짜니까 빨리 끝내는 게 좋을 것 같아요.」

도시에서 추방당했던 사람들은 도시로 돌아갔다. 황제에게 경의를 표하는 치욕을 받아들이지 않은 오베르토 델 포로만 빼고 모두 다 그 자리에 있었다. 오베르토 델 포로는 바로 프리드리히를 쓰러뜨렸던 인물이었다. 그는 자기 대신 안셀모 코난치와 테오발도 구아스코에게 *nuncii civitatis*(도시 전례관)의 임무를 위임했다.

새로운 도시 체자레아의 *nuncii*(전례관들)는 바우돌리노 앞을 지나면서 공식적인 서약을 했다. 어찌나 끔찍한 라틴어로 말을 하던지 나중에 그들이 서약 내용과 정반대의 말을 했다고 말한다 해도 거짓말이라고 할 수 없을 정도이긴 했지만 말이다. 다른 사람들은 느릿느릿 인사를 하면서 뒤따라왔다. 어떤 사람들은 이렇게 말하기도 했다. 「잘 있었나, 바우돌리노, 어떻게 지냈나, 바우돌리노, 이봐, 바우돌리노, 살아 있으면 언젠가는 다시 만나는 거야, 우리가 이렇게 만나지 않았나, 응?」 갈리아우도는 이건 신중하지 못한 일이라고 투덜거리면서 지나갔다. 하지만 모자를 벗을 마음의 자세가 되어 있었다. 그가 그 염병할 아들 바우돌리노 앞에서 모자를 벗어 들었기 때문에 이건 프리드리히의 발을 핥는 것보다 훨씬 더 공손히 경의를 표한 것이나 다름없었다.

식이 끝나자 롬바르디아 인들도 테르도나 인들도 모두 부끄러운 듯 그 자리를 떠났다. 하지만 바우돌리노는 고향 사람들을 따라 성 안으로 들어갔다. 그는 누군가가 이렇게 말하는 소리를 들었다.

「이것 좀 봐. 너무나 아름다운 도시야!」

「그렇지만 예전에 있던 그 도시와 똑같아 보이는 건 알고 있겠지? 그런데 예전 도시 이름은 뭐였지?」

「독일인들의 기술이 얼마나 좋은지 좀 보라고. 눈 깜짝할 사이에 이렇게 아름다운 도시를 세워 놓았어.」

「저기 저 끝 쪽을 좀 보게나. 저 집은 완전히 우리 집 같은데. 우리 집을 똑같이 다시 만들어 놓았어!」

「이보게들.」 바우돌리노가 소리쳤다. 「대가를 치르지 않고 궁지에서 벗어난 것을 감사하게 생각하게나.」

「그렇다고 자네가 너무 잘난 척할 건 없어. 자네는 그렇게 생각하고 말겠지만 말이야.」

멋진 날이었다. 바우돌리노는 그의 권력을 상징하는 것을 모두 벗어 던졌다. 그리고 즐기러 갔다. 성당의 광장에서는 처녀들이 원을 그리며 춤을 추었다. 보이디는 바우돌리노를 선술집으로 데려갔다. 사람들은 마늘 냄새가 나는 그 선술집 현관으로 가서 모두 직접 술통에서 포도주를 따라 마셨다. 그날은 그곳에 주인도 하인도 특히, 선술집의 여급도 없었다. 누군가가 벌써 여급들을 위로 데려가 버렸기 때문이었다. 다 알다시피 남자들은 사냥꾼이니까.

「예수 그리스도의 피구나.」 소맷부리에 포도주를 따르며 갈리아우도가 말했다. 옷감이 포도주를 흡수하지 않는다는 것을 보여 주기 위해서 그렇게 한 것이었다. 포도주는 루비 빛으로, 완전한 물방울 형태로 남았다. 그것은 좋은 신호로 여겨졌다.「이제 몇 년 동안 우리는 이 도시를 체자레아라고 부를 거야. 적어도 양피지에 서명을 할 때는 말일세.」보이디가 바우돌리노에게 속삭였다.「하지만 그 후에는 다시 처음처럼 부를 거야. 그런 사실에 신경을 쓰는 사람이 있을지 한 번 보고 싶군.」

「그래.」바우돌리노가 말했다.「나중에는 예전처럼 부르도록 하게. 천사 같은 콜란드리나도 그렇게 불렀으니까. 지금 천국에 있는 콜란드리나가 잘못해서 알레산드리아에 축복을 보내면 큰일이니까.」

「니케타스 씨. 나는 거의 내 불행과 화해한 것 같은 기분이 들었습니다. 단 한 번도 함께 있어 본 적이 없는 아들에게, 그리고 너무나 짧은 시간 함께 했던 내 아내에게 적어도, 앞으로는 그 누구에게도 압박을 당하지 않을 도시를 만들어 주었기 때문이었습니다. 아마,」바우돌리노가 아니스 술 때문에 기분이 좋아진 듯 덧붙였다.「어느 날엔가 알레산드리아가 새로운 콘스탄티노플, 제3의 로마가 될 겁니다. 탑과 성당과 전세계의 경이로움이 가득 찬 곳 말입니다.」

「신의 뜻이 그러하시길.」니케타스가 잔을 들면서 기원했다.

20
바우돌리노 조시모스를 찾아내다

4월에 콘스탄츠에서 황제와 롬바르디아 코무네 동맹은 최종 합의서에 서명했다. 6월에 비잔틴에서 혼란스러운 소식이 들려왔다.

마누엘은 3년 전에 죽었다. 그리고 간신히 어린아이의 티를 벗은 그의 아들이 뒤를 이었다. 교육을 제대로 받지 못한 아이였다고 니케타스가 설명했다. 기쁨이나 고통이 뭔지도 모른 채 가벼운 산들바람을 들이마시며 사냥이나 승마를 하며 시간을 보냈지요. 그리고 여자아이들과 어울려 놀면서 하루하루를 허비했어요. 그러는 동안 궁정에서는 여러 구혼자들이 바보들처럼 향수를 뿌리고 여자들처럼 목걸이를 칭칭 두르고 그의 어머니인 황후를 손에 넣을 궁리를 하고 있었습니다. 어떤 구혼자들은 공금을 낭비하기도 했지요. 각자 자신들의 욕망을 추구하면서 서로 다투었습니다. 마치 꼿꼿한

버팀목을 도둑맞은 것 같았고 모든 게 거꾸로 매달려 있는 것 같았습니다.

「마누엘이 죽고 나서 나타난 불길한 조짐이 그 완전한 모습을 드러냈던 것이지요.」 니케타스가 말했다. 「한 여자가 사지가 제대로 붙어 있지 않은 기형의 남자 아기를 낳았습니다. 팔다리는 짧고 머리는 너무 큰 아기였지요. 이게 바로 다두 정치의 전조입니다. 다두 정치는 무정부 상태의 어머니입니다.」

「난 우리 정보원을 통해 마누엘의 사촌인 안드로니코스가 은밀히 음모를 꾸몄다는 것을 알게 되었어요.」 바우돌리노가 말했다.

「그자는 마누엘과 사촌 간이었지요. 그러니까 어린 알렉시오스의 삼촌뻘 된다고 할 수 있습니다. 그때까지는 추방당해 있었습니다. 마누엘이 그를 믿을 수 없는 배신자로 생각했기 때문이지요. 그가 이제 음흉하게도 어린 알렉시오스에게 접근했습니다. 마치 자신의 지난날을 뉘우치고 있으며 이제는 알렉시오스를 보호해 주고 싶다는 듯이 말이지요. 그리고 차츰차츰 점점 더 많은 권력을 손에 쥐어 갔습니다. 음모와 독살 사이에서 그는 왕좌에 이르는 계단을 향해 계속 나아갔습니다. 그러다가 나이가 들 만큼 든 데다가 질투와 증오로 하루하루 살이 내리게 되자 그는 콘스탄티노플의 시민들로 하여금 폭동을 일으키게 하여 스스로 바실레우스가 되었음을 선포했어요. 그는 성체를 받을 때 아직 나이가 어린 조카를 보호하기 위해 권력을 대신 맡는다고 맹세했지요. 하지만 곧 그의 사악한 하수인인 스테파노스 하기오크리스토포리테스가 어린 알렉시오스를 활 끈으로 목 졸라 죽여 버리고 말았습니다. 그 불쌍한 알렉시오스의 시체를 안드로니코스에게 가져가자, 안드로니코스는 시체를 바다 속에 던져 버리라고 명령했습니다. 그런데 바다에 던지기 전에 머리를 잘라 그 머리를 카타바테라는 곳에 숨겨 놓으라고 했지요. 그곳은 바로 콘스탄티누스 성벽 밖에 있는, 오래전에 폐허가 된 낡은 수도원이 있는 곳이었기 때문에 왜 그렇게 했는지 그 이유는 알 수 없었습니다.」

「그 이유는 내가 알고 있습니다. 내 정보원들이 보고해 온 바에 따르면 안드로니코스는 마누엘이 죽은 뒤 자기 곁에 두고 싶어하던 사람으로 하기오크리스토포리테스 말고도, 강령술의 달인인, 악령에 사로잡힌 수도사가 하나 있다고 하더군요. 이 무슨 우연의 일치입니까. 그 수도사의 이름은 조시모스였습니다. 그는 그 폐허가 된 수도원에서 혼령을 불러내는 것으로 유명했습니다. 그는 수도원에 자신의 지하 왕국을 세웠던 겁니다……. 그러니까 난 조시모스를 찾아낸 거지요. 아니 적어도 그를 붙잡으려면 어디로 가야 할지를 알게 된 겁니다. 1184년 11월에 일어난 일입니다. 그때 부르고뉴의 베아트릭스가 갑자기 숨을 거두었습니다.」

다시 침묵. 바우돌리노는 오랫동안 술을 마셨다.

「나는 그 죽음을 형벌이라고 생각했습니다. 내 인생에서 두 번째 여인이 죽은 뒤에 첫번째 여인마저 죽었으니 형벌이 분명했지요. 나는 이미 마흔이 넘어 있었습니다. 테르도나에 어떤 교회가 있다든가 있었다든가, 어쨌든 그 교회에서 세례를 받은 사람은 마흔까지 살 수 있다는 이야기를 들은 적이 있어요. 나는 기적적으로 살아남은 사람보다 더 오래 산 겁니다. 난 조용히 죽을 수 있었어요. 나는 더 이상 프리드리히의 모습을 참고 볼 수가 없었어요. 베아트릭스의 죽음이 그를 약하게 만들어 버렸습니다. 그는 큰아들에게 신경을 쓰고 싶어했지요. 큰아들은 이미 스무 살이 되어 있었지만 갈수록 허약해지기만 했어요. 프리드리히는 둘째 아들인 하인리히에게 왕위를 계승해 줄 준비를 서서히 해나갔습니다. 하인리히에게 이탈리아 왕의 왕관을 씌워 주었지요. 불쌍한 내 아버지, 그는 늙어 가고 있었던 거지요. 이미 바르바비앙카(흰 수염)가 되어 버렸어요. 난 여전히 가끔 알레산드리아로 돌아가곤 했습니다. 그리고 내 친부모들이 하루가 다르게 늙어 가는 것을 발견하게 되었어요. 두 분은 봄이면 들판에서 볼 수 있는, 여기저기 굴러다니는 흰 덩이 뿌리처럼 하얗고 뻣뻣하고 여윈 데다가 바람 부는 날의 관목처럼 등이 휘어지셨어요. 두 분은 불 가에 앉아, 제자리에 놓여 있지 않은 수프 그릇 때문에, 혹은 두 분 중 한 사람이 떨어뜨린 달걀 때문에 서로 다투며 하루하루를 보냈습니다. 그리고 내가 두 분을 찾아뵈러 갈 때마다 찾아오지 않는다고 나를 나무라셨지요. 그래서 나는 내 인생을 걸기로 결정했어요. 그러니까 조시모스를 찾으러 비잔틴으로 가기로 결심한 겁니다. 비록 나중에 눈이 멀어 지하 감옥에서 남은 내 인생을 모두 보내야 할 운명이 된다고 하더라도 말입니다.」

콘스탄티노플에 간다는 것은 위험한 일이 아닐 수 없었다. 몇 년 전, 그러니까 안드로니코스가 아직 권력을 잡기 전, 그의 선동에 따라 도시의 주민들이 콘스탄티노플에 거주하고 있는 라틴 인들에 대항하는 반란을 일으켜서 적지 않은 라틴 인들을 죽이고 그들의 집을 모두 약탈하고 아주 많은 사람들을 키질 군도로 피난하게 만들었기 때문이었다. 지금은 베네치아 인들, 제노바 인들이나 피사 인들이 다시 도시를 활보하는 것 같아 보였다. 그들은 제국의 안녕과는 무관한 사람들이었기 때문이었다. 하지만 시칠리아의 왕 굴리엘모 2세가 비잔틴을 향해 움직이고 있었다. 동로마 인들에게는 프로방스 인이나 독일인, 시칠리아 인이나 로마 인은 모두 라틴 인이었다. 그리고 서로 별 차이도 없었다. 그래서 바우돌리노와 친구들은 베네치아에서 닻을 올린 후 타프로바네[75]에서 오는 상인들로 가장하여(이건 압둘의 생각이었다) 바다를 통해 콘스탄티노플에 들어가기로 결정했다. 타프로바네가 어디인지 아는 사람은 별로 없었다. 어쩌면 아무도 없을지도 모른다. 비잔틴에서도 타프로바네라는 곳에서 어떤 언어를 사용하는지 모를 수 있었다.

그렇게 해서 바우돌리노는 페르시아의 고관처럼 차려입었다. 예루살렘에 내놓아도 유대 인임을 알아 볼 수 있는 라비 솔로몬은 열두 개의 별자리로 완전히 뒤덮인 짙은 색의 멋진 가운을 걸치고 그 일행의 의사 노릇을 하기로 했다. 시인은 하늘색 카프탄[76]을 입고 투르크 상인인 체했으며, 키오트는 옷을 보잘것없이 입었지만 주머니에는 금화를 가지고 있는 레바논 사람 같았으며, 빨간 머리카락이 보이지 않게 머리를 모두 깎은 압둘은 계급이 높은 환관과 너무나 비슷했다. 보롱은 이 환관의 하인이 되었다.

사용할 언어로 말하면 그들은 서로 도둑들이 쓰는 은어를

---

75) 실론 섬(스리랑카).
76) 터키 사람들이 입는 셔츠 모양의 긴 웃옷.

쓰기로 결정했다. 그 은어는 파리에서 배운 것으로 모두 완벽하게 말할 수 있었다 — 이것은 그들이 그 행복한 시절에 서재에서 열심히 공부했다는 것을 말해 준다. 파리 사람들조차 알아들을 수 없는 말이므로 비잔틴 사람들은 그게 타프로바네의 말이라고 생각할 게 분명했다.

여름이 시작될 무렵 베네치아를 떠난 그들은 8월에 기항지에서 시칠리아 인들이 테살로니카[77]를 정복했다는 사실을 알게 되었다. 아마도 어느새 그들이 프로폰티스 해의 북부 해안을 따라 떼 지어 움직이고 있을지도 몰랐다. 그래서 한밤중에 그 해협에 들어가자 선장은 반대편 해안 쪽으로 길게 한 바퀴 돌고 싶어했다. 나중에 마치 칼케돈에서 오는 배처럼 콘스탄티노플로 들어가기 위해서였다. 그렇게 항로를 변경하는 대신에, 선장은 그들을 위로해 주기 위해 황제처럼 하선하게 해주겠다고 약속했다. 왜냐하면 — 선장이 말했다 — 그렇게 아침 햇살이 비치기 시작할 때 도착해야만 콘스탄티노플의 제 모습을 볼 수 있다는 것이다.

새벽 무렵 바우돌리노와 그의 친구들은 선교 위에 올라갔다가 실망을 하고 말았다. 해안이 짙은 안개에 휩싸인 채 모습을 드러냈기 때문이었다. 하지만 선장이 그들을 안심시켰다. 천천히 도시에 다가갈 필요가 있었다. 그러면 이미 여명에 젖은 그 짙은 안개들이 서서히 흩어지게 될 것이다.

다시 한 시간을 더 항해하고 난 뒤 선장이 하얀 지점을 가리켰다. 돔의 가장 윗부분이었다. 그것은 마치 그 안개를 뚫고 나온 것 같았다. 그 하얀 점 사이로 금방 해안선을 따라 늘

---

77) 그리스 북동부의 도시.

어서 있는 몇몇 저택의 기둥들이 나타났다. 그리고 집들의 윤곽과 색깔, 장밋빛으로 물든 종탑들, 그리고 더 아래쪽으로는 탑들이 서 있는 성벽이 나타났다. 그러더니 갑자기 커다란 그림자가 나타났다. 수증기 같은 안개가 아직도 그 그림자를 뒤덮고 있었다. 수증기가 꼭대기에서 위로 올라가 공중으로 흩어져 가서 마침내 이제 막 떠오르기 시작하는 태양의 햇살 아래에서 소피아 성당의 돔이 너무나 조화롭고 눈부시게, 마치 무(無)에서 기적처럼 솟아 나온 것 같았다.

그때부터 계속 경이로운 모습들이 나타났다. 또 다른 탑들과 또 다른 돔들이 차츰 안개가 걷혀 가는 하늘에 우뚝 솟았고 황금빛 기둥들과 장밋빛 대리석들이 푸릇푸릇한 나무들 사이에서 나타났으며, 삼나무가 늘어선 부콜레온 황궁이 그 황홀한 모습을 모두 드러냈다. 황궁의 삼나무들은 각양각색의 미궁 같은 공중 정원에서 자랐다. 그리고 굵은 쇠사슬로 출입을 차단하는 황금뿔 바다의 입구가 나타났고 오른쪽으로는 갈라타의 하얀 탑이 서 있었다.

바우돌리노는 감동에 젖어 이야기를 했다. 그러자 니케타스는 콘스탄티노플이 아름다울 때는 얼마나 아름다웠는지를 다시 말하면서 우울해 했다.

「오, 감동으로 가득한 도시였습니다.」 바우돌리노가 말했다. 「도착하자마자 우리는 곧 거기서 무슨 일인가가 벌어지고 있다는 것을 알아차리게 되었습니다. 우리가 경마장에 이르렀을 때, 거기서는 바실레우스의 적을 고문할 준비가 벌어지고 있더군요······.」

「안드로니코스는 미치광이 같았습니다. 시칠리아의 라틴

인들이 테살로니카를 폐허로 만들어 버렸어요. 안드로니코스는 도시 방어를 강화하는 일 몇 가지를 시켰지요. 그러고 나더니 위험에는 관심이 없는 것 같았지요. 그는 적들을 두려워할 게 전혀 없다고 말하면서 방탕한 생활을 했어요. 그를 도와줄 수도 있는 사람들을 사형시켜 버렸어요. 후궁 무리와 창녀들을 이끌고 도시에서 멀리 떨어진 곳으로 갔어요. 짐승처럼 계곡과 숲에서 사냥을 했습니다. 암탉들을 끌고 다니는 수탉처럼, 바카이[78]들을 데리고 다니는 디오니소스처럼, 그는 애인들을 끌고 다녔어요. 틀린 게 있다면 사슴 가죽으로 옷을 해 입지 않고 사프란색 옷을 입지 않은 것뿐이었어요. 그가 사귀는 사람이라고는 피리 부는 사람들과 가무에 능한 노예들뿐이었어요. 그는 사르다나팔루스[79]처럼 방탕하고 문어 괴물처럼 음탕했지요. 그는 방종의 무게를 더 이상 견딜 수가 없었어요. 그는 나일 강에 사는 악어와 비슷한 더러운 짐승을 먹기도 했는데 정력을 좋게 해준다는 말이 있기 때문이었어요……. 그렇기는 해도 당신이 그를 나쁜 군주로 생각하지 않았으면 좋겠습니다. 그는 훌륭한 일도 많이 했어요. 세금을 제한했고, 난파할 위험에 처한 배들을 약탈하기 위해 항구에서 서둘러 조난시키는 일을 금하는 법령을 제정했고, 지하의 낡은 수도관을 수리했고, 40인 순교 성인 성당을 보수하게도 했어요…….」

「요컨대 그는 아주 훌륭한 사람이었군요…….」

---

[78] 바커스(디오니소스)의 여자들.

[79] 방탕한 생활로 유명한 아시리아의 전설적인 왕. 옷차림이나 목소리, 버릇 등이 여자와 똑같았으며 옷감을 짜고 옷을 만드는 일로 세월을 보냈다고 한다.

「내가 하지 않은 말은 하지 마십시오. 사실 바실레우스는 선을 행하기 위해서 자신의 권력을 사용할 수 있지만 권력을 유지하기 위해서 악한 일을 해야만 하기도 한답니다. 당신도 권력을 지닌 남자 곁에서 살았어요. 당신 역시 그 사람이 품위가 있었지만 화를 잘 내고, 공공의 이익을 위해 잔인하고 기민하게 행동할 수 있다는 것을 인정했어요. 죄를 짓지 않을 수 있는 유일한 방법은 그 옛날의 교부들처럼 기둥 꼭대기 위에 올라가 사는 것이지요. 하지만 이제는 그런 기둥들마저 모두 쓰러져 버리고 말았습니다.」

「난 이 제국을 어떻게 지배해야 하는가에 대해서 당신과 토론하고 싶은 생각은 없습니다. 이건 당신들의 제국이지요. 아니 적어도 그랬었소. 내 이야기를 다시 하겠습니다. 우리는 여기, 이 제노바 인들의 지역으로 와서 살았어요. 당신도 이미 짐작을 했겠지만 나의 믿을 만한 정보원들이 바로 이 제노바 인들이었기 때문입니다. 보이아몬도가 어느 날, 바로 그날 밤 바실레우스가 점술과 마법의 예식을 거행하기 위해 카타바테의 그 오래된 지하 납골당으로 갈 것이라는 것을 알아냈어요. 조시모스를 찾아내고 싶다면 아주 좋은 기회였지요.」

저녁이 되자 그들은 콘스탄티누스 성벽 쪽으로 갔다. 그곳에는 일종의 작은 가설 건축물이 있었는데 사도들의 교회에서 그다지 멀지 않았다. 보이아몬도의 말에 따르면 수도원의 교회를 지나지 않고 그 부근에서 곧장 지하 납골소로 들어갈 수 있었다. 보이아몬도가 문을 열고 바우돌리노 일행들에게 미끄러운 계단을 몇 개 내려가게 했다. 일행은 축축하고 악취가 가득 찬 복도로 들어가게 되었다.

「자.」 보이아몬도가 말했다. 「조금만 더 앞으로 나가면 납골당에 도착할 겁니다.」

「자네는 가지 않나?」

「전 죽은 자들과 수작을 벌이는 곳에는 가지 않습니다. 수작을 벌이려면 차라리 산 사람들이나 여자들과 벌이는 게 좋지요.」

그들은 보이아몬도 없이 걸어 나가다가 천장이 낮은 방으로 들어가게 되었다. 식탁과 어수선하게 흐트러져 있는 침대들이 보였고 땅바닥에 뒹굴고 있는 술잔들과 진탕 먹고 난 음식 찌꺼기가 그대로 남아 있는 접시들도 눈에 띄었다. 분명 그 먹보 조시모스가 그 지하에서 고인들과 의식을 치르는 것만이 아니라 보이아몬도도 별로 싫어하지 않았을 무슨 일인가를 하고 있는 게 분명했다. 하지만 술 마시고 흥청망청 노는 데 쓰이는 물건들은 모두 몹시 급하게 치워 놓은 것처럼 어두운 구석에 되는 대로 쌓여 있었다. 그날 밤 조시모스가 혼령들과 대화를 하게 해줄 사람은 창녀들이 아니라 바실레우스였기 때문이었다. 잘 알다시피 — 바우돌리노가 말했다 — 사람들은 죽은 사람들에 대해서 말해 주면 무슨 말이든 다 믿지요.

방 저편에서 벌써 불빛들이 보였다. 사실 그들은 이미 불을 붙여 놓은 두 개의 삼각대에서 흘러나오는 빛으로 환하게 밝혀진 납골당으로 들어갔다. 납골당은 주랑으로 에워싸여 있었다. 기둥들 뒤쪽으로, 어디로 이어지는지 알 수 없는 복도나 지하도로 향하는 출입구들이 보였다.

지하 납골당 한가운데에는 물이 가득 담긴 대야가 놓여 있었다. 홈통처럼 생긴 대야의 가장자리가 물 표면 주위를 둥글게 감싸 안았는데 그 안에는 기름이 가득 담겨 있었다. 대야 옆 작은 기둥 위에는 붉은 천으로 덮인, 뭔지 분명히 알 수 없는 것이 놓여 있었다. 주위들은 여러 소문을 통해 바우돌리노가 알게 된 것이 있었다. 안드로니코스가 복화술사와 점성술사들을 믿어 보기도 하고, 고대 그리스 인들처럼 날아가는 새들을 통해 미래를 점칠 수 있는 사람을 비잔틴에서 찾다가 허탕을 치기도 하고, 꿈을 해석할 수 있다고 자만하는 몇몇 불쌍한 사람들의 말을 듣기도 했지만, 다 믿을 수가 없었기 때문에 이제는 물점 치는 사람, 그러니까 조시모스처럼 어떤 것이든 과거와 관련된 것을 물속에 집어넣어서 미래를 점칠 줄 아는 사람들을 믿게 되었다는 것이다.

그들은 제단 뒤쪽으로 지나갔다. 그리고 몸을 돌리다가 전능하신 그리스도의 성상이 군림하고 있는 성상 칸막이를 보게 되었다. 그리스도는 근엄하게 두 눈을 크게 뜨고 그들을 노려보고 있었다.

바우돌리노는 만약 보이아몬도의 정보가 맞다면 분명 잠시 후 누군가가 이곳에 도착을 할 테니 몸을 숨겨야 한다고 말했다. 그들은 삼각대에서 흘러나오는 불빛이 전혀 비치지 않는 주랑의 한편을 골랐다……. 그들이 제때에 자리를 잡은 것이었다. 어느새 그쪽으로 오고 있는 누군가의 발소리가 들렸기 때문이었다.

성상 칸막이의 왼쪽 면으로 조시모스가 들어오는 것이 보였다. 그는 라비 솔로몬이 입은 것 같은 가운으로 몸을 감싸고 있었다. 바우돌리노는 본능적으로 분노를 느꼈다. 그는 그 배신자를 덮치기 위해 밖으로 뛰어나가고 싶었다. 그 수도사는 한 남자의 앞으로 공손하게 걸어 나왔는데, 화려하게 차려입은 그 남자는 자기 뒤에 다시 두 사람을 거느리고 있었다. 뒤에 따르는 두 사람의 공손한 태도로 보아 앞서 가는 남자가 바실레우스 안드로니코스라는 것을 알 수 있었다.

왕은 그 무대 연출에 강한 인상을 받은 듯 갑자기 걸음을 멈추었다. 그는 성상 칸막이 앞에서 경건하게 성호를 그은 뒤 조시모스에게 물었다. 「나를 왜 이리로 데리고 온 거냐?」

「폐하.」 조시모스가 대답했다. 「제가 폐하를 이곳으로 모시고 온 것은 이렇게 신성한 장소에서만 죽은 자들의 왕국과 제대로 접촉해서 진짜 물점을 칠 수 있기 때문입니다.」

「나는 겁쟁이가 아니다.」 바실레우스가 다시 한번 성호를 그으면서 말했다. 「하지만 자네, 죽은 자들을 불러내는 게 겁나지 않나?」

조시모스가 대담하게 웃었다. 「폐하, 제가 이 손을 들면 콘스탄티노플의 묘지에서 잠들어 있는 1만 명의 사자(死者)들이 유순하게 제 발 밑에 엎드릴 겁니다. 하지만 저는 그 죽은 몸들을 살려 낼 필요가 없습니다. 제가 경탄할 만한 물건을 하나 준비했습니다. 어둠의 세계와 보다 신속하게 접속하기 위해 이 물건을 사용할 겁니다.」

조시모스가 불붙은 나무를 삼각대에 갖다 댔다. 그리고 삼각대를 대야 가장자리의 홈통에 가까이 가져갔다. 기름이 타기 시작했다. 그러자 왕관같이 둥근 불꽃들이 물 표면을 따라 둥글게 퍼지면서 물을 무지갯빛으로 환히 밝혀 주었다.

「아직 아무것도 보이지 않는군.」 바실레우스가 대야에 몸을 숙이며 말했다. 「내 자리를 차지하려고 노리는 자가 누구인지 자네의 물에게 물어보라. 난 도시에서 동요의 기미를 감지하고 있다. 내가 누구를 없애 버려야 두려움을 말끔히 씻을 수 있을지 알고 싶다.」

조시모스는 작은 기둥 위에 놓여 있는, 그 붉은 천에 뒤덮인 물건에 다가갔다. 그는 과장된 동작으로 베일을 벗겼다. 그러더니 자기가 들고 있던 둥그스름하게 생긴 것을 바실레우스에게 내밀었다. 우리의 친구들은 그게 뭔지 볼 수가 없었다. 하지만 바실레우스가 몸을 부들부들 떨면서, 마치 참을 수 없는 광경으로부터 멀어지려는 듯, 뒤로 물러서는 것은 볼 수 있었다. 「아니야, 아니야.」 바실레우스가 말했다. 「이건 아니야! 넌 네 의식에 필요하다고 이걸 달라고 했지. 난 네가 이것을 다시 내 앞에 들이밀 줄은 몰랐다!」

조시모스는 그 전리품을 들어 올렸다. 그리고 그것을 성체현시대(顯示臺)라도 되는 듯 가상의 모임에 그것을 보여 주면서 그 굴속 같은 지하의 구석구석을 돌았다. 그것은 죽은 아이의 머리였다. 마치 금방 몸통에서 잘라 낸 것처럼 윤곽이 아직도 고스란히 살아 있었다. 눈은 감겨져 있었고 날씬한 코의 콧구멍은 벌어져 있었으며 막 벌린 것 같은 두 입술 사이로 가지런한 작은 이들이 드러났다. 당혹스럽게도 살아 있는 것 같은 확고부동한 그 얼굴은 고른 황금빛으로 나타나고 있어서 더욱 성스러워 보였다. 그리고 조시모스가 그 얼굴에 가까이 가져가고 있는 불빛을 받아 눈부시게 빛났다.

「폐하의 조카이신 알렉시오스를 이용해야 합니다.」 조시모스가 바실레우스에게 이야기를 하고 있는 중이었다. 「의식을 완성하기 위해서 말입니다. 알렉시오스는 폐하와 혈연 관계로 연결되어 있습니다. 그의 중재를 통해서 폐하께서는 더이상 존재하지 않는 왕국과 연결되실 수 있는 겁니다.」 그러고는 그 끔찍한 작은 머리를 천천히 물속에 내려놓더니 그것을 대야의 바닥에 떨어뜨렸다. 안드로니코스는 그 대야에 생긴 왕관 모양의 불꽃들이 닿을락 말락 할 정도까지 가까이 몸을 숙였다. 「물이 지금 흐려지고 있군.」 그가 단숨에 말을 했다. 「물이 기다리던 지상의 원소를 알렉시오스에게서 찾아낸 겁니다. 그래서 그에게 물어보고 있는 것이지요.」 조시모스가 소곤거렸다. 「흐려진 물이 맑아질 때까지 기다려야 합니다.」

우리의 친구들은 물속에서 무슨 일이 벌어지고 있는지를 볼 수가 없었다. 하지만 갑자기 물이 맑아져서 바닥에 어린 바실레우스의 얼굴이 나타났다는 것은 알 수 있었다. 「젠장맞을, 옛날 색깔을 되찾아가고 있어.」 안드로니코스가 더듬더듬 말했다. 「이제 이마 위에 나타난 문자를 읽을 수가 있어……오, 기적이야…… 요타, 시그마…….」

무슨 일이 일어났는지는 물 점쟁이가 아니더라도 알아낼 수 있었다. 조시모스는 어린 황제의 머리를 받아서 그 이마에 두 개의 글자를 새겨 넣었던 것이다. 그런 다음 황금빛이 나며 물에 녹기 쉬운 물질로 그 글자를 새긴 틈에 채워 넣은 것이다. 이제 그 인공으로 덧칠해 놓은 것이 녹자 불행한 희생자는 자신을 죽인 살인범에게 메시지를 전하는 것이다. 물론 그 메시지는 조시모스가, 혹은 조시모스에게 암시를 준 자가 살인자에게 전하고자 했던 것이다.

실제로 안드로니코스는 계속 두 문자를 하나씩 발음했다. 「요타(I), 시그마(Σ), 이스(IΣ)……이스(IΣ)…….」 그는 기력을 되찾았다. 손가락으로 여러 번 수염을 꼬았다. 눈에서는 불꽃이 튀는 것 같았다. 그는 마치 생각을 하기 위해서인 듯 고개를 숙였다가 겨우 제지된 사나운 말처럼 고개를 쳐들었다. 「이사키오스야!」 그가 소리쳤다. 「나의 적은 이사키오스 콤네노스야! 저 아래 키프로스에서 무슨 음모를 꾸미고 있는 거지? 함대를 보내서 그자가 움직이기 전에 그 비열한 놈을 타도해 버려야 해!」

안드로니코스를 따라왔던 두 사람 중의 한 사람이 어둠 속에서 나왔다. 바우돌리노는 그자의 얼굴이 식탁에 고기가 부족하면 자기 어머니라도 구워 먹을 준비가 되어 있는 사람 같아 보이는 것에 주목했다. 「폐하.」 그 사람이 말했다. 「키프로스는 너무나 멀리 있습니다. 폐하의 함대는, 이미 시칠리아 왕의 군대가 진을 치고 있는 곳을 지나서 프로폰티스 바다로 나가야만 합니다. 그렇지만 폐하께서 이사키오스에게 가실 수 없는 것과 마찬가지로 그자도 폐하가 있는 곳으로 올 수가 없습니다. 제 생각에는 콤네노스가 아니라 여기 이 도시에 사는 이사키오스 앙겔로스인 것 같습니다. 폐하께서도 그자가 폐하를 얼마나 싫어하는지 아시지 않습니까.」

「스테파노스.」 안드로니코스가 무시하듯이 웃었다. 「그러니까 너는 내가 이사키오스 앙겔로스 때문에 불안해 하길 바라는 거냐? 대체 그렇게 머저리 같은 놈이, 그렇게 무기력하고 무능력하고 괜찮은 구석이라고는 단 한 군데도 없는 놈이 어떻게 날 위협할 생각만 하고 있을 수 있다는 거냐? 조시모스, 조시모스……」 안드로니코스가 화가 나서 강령술사에게 말했다. 「이 물과 이 머리는 내게서 너무 멀리 떨어져 있는 놈과 너무 멍텅구리 같은 놈에 대해서만 말을 하고 있다. 오줌이 가득 든 이 대야에 나타난 징후를 읽을 줄 모른다면 네 눈은 뭐하러 달고 다니는 거냐?」 조시모스는 이제 곧 자기의 두 눈을 잃어버릴 수도 있다는 것을 알게 되었다. 하지만 천만다행으로 조금 전에 말했던 그 스테파노스라는 자가 끼어들었다. 눈에 띨 정도로 즐겁게 새로운 범죄들을 약속하고 있는 것으로 보아 그자가 어린 알렉시오스를 목 졸라 죽이고 머리를 자른 그 못된 스테파노스 하기오크리스토포리테스라는 것을 알 수 있었다.

「폐하, 기적을 무시하시면 안 됩니다. 폐하께서는 살아 있을 때는 분명히 없었던 흔적들이 아이의 얼굴에 나타난 것을 보셨습니다. 이사키오스 앙겔로스는 보잘것없는 겁쟁이일지 모르나 폐하를 증오하고 있습니다. 그자보다 더 작고 더 겁이 많은 자들도 폐하처럼 크고 용감하신 분들의 목숨을 빼앗으려는 시도를 하곤 했었습니다. 비록 그들은…… 제게 허락을 해주십시오. 바로 오늘 밤 제가 앙겔로스를 체포하러 가겠습니다. 그리고 제 손으로 그자의 두 눈을 뽑아 왕궁의 기둥에 걸어 놓겠습니다. 백성들에게는 폐하께서 하늘로부터 메시지를 받았다고 전해지게 될 겁니다. 아직은 폐하를 위협하지는 않지만 살려 두면 어느 날엔가는 위협하게 될 자는 누구든지 즉시 제거하는 것이 좋습니다. 우리가 선제공격을 하는 겁니다.」

「넌 네 원한을 풀기 위해 나를 이용하려고 애를 쓰는구나.」 바실레우스가 말했다. 「그렇기는 하지만 아마 너는 악을 행하면서 선을 위해서도 움직일 수 있을 게다. 이사키오스를 없애도록 해라. 다만 유감스러운 것은……」 바실레우스가 조시모스를 보았다. 그 눈길에 조시모스는 바람에 흔들리는 나뭇잎처럼 떨었다. 「이사키오스가 죽고 나면 정말 그자가 나를 죽이려고 했었는지, 그러니까 이 수도사가 내게 진실을 말했는지를 절대 알 수 없게 된다는 점이다. 어쨌든 이자는 내게 적절히 의심을 해보도록 암시를 해주었어. 나쁘게 생각해 보면 사람들이 하는 일은 거의 언제나 이유가 있는 거야. 스테파노스, 우린 이자에게 감사의 표시를 해야만 하겠지. 이자가 요구하는 것을 자네가 알아서 해주도록 하라.」 그리고 그들은 공포에 질려 대야 곁에 돌처럼 굳어 서 있다가 차츰 정신을 차려 가고 있는 조시모스를 혼자 놓아둔 채 밖으로 나갔다.

「하기오크리스토포리테스는 실제로 이사키오스 앙겔로스를 증오했습니다. 그러니까 분명 조시모스와 짜고서 그를 불행에 빠뜨렸을 겁니다.」 니케타스가 말했다. 「하지만 그는 군주를 자신의 원한을 푸는 데는 이용했지만 그의 도움이 되지는 못했습니다. 이제 곧 아시겠지만 스테파노스가 안드로니코스의 파멸을 재촉했으니까요.」

「압니다.」 바우돌리노가 말했다. 「하지만 그날 밤 벌어진 일은 내게 전혀 중요하지 않았습니다. 이제 조시모스가 내 손안에 있다는 것을 아는 것만으로 나는 충분했습니다.」

왕과 그 신하들의 발자국 소리가 사라지자마자 조시모스는 깊은 한숨을 내쉬었다. 드디어 실험을 무사히 잘 끝낸 것이다. 그는 만족스러운 듯 미소를 지으며 물속에서 아이의 머리를 꺼내 처음 있던 자리에 올려놓았다. 그런 다음 몸을 돌려 납골당 전체를 훑어보았다. 그러더니 두 팔을 위로 들고 히스테릭하게 웃기 시작했다. 그리고 이렇게 소리쳤다. 「바실레우스가 내 손안에 있다! 이제 난 귀신도 무섭지 않다!」

그가 이 말을 마치자마자 우리의 친구들은 천천히 밝은 쪽으로 나갔다. 일을 마술하듯 처리하는 자는, 그 자신이 악마를 믿지 않을지라도 악마가 그를 믿고 따른다는 사실을 결국에 가서 깨닫게 될 일을 겪게 된다. 심판의 날이 온 것처럼 유령들이 떼를 지어 나타나는 것을 보자 조시모스는 그 순간 자신이 건달인 만큼 너무나 자연스러운 행동을 했다. 자기 감정을 숨겨 보려고 노력도 하지 않은 채 정신을 놓고 기절을 해버렸다.

시인이 성수를 끼얹자 조시모스가 다시 정신을 차렸다. 그는 눈을 떴다. 그리고 바로 자기 코앞에 나타난 바우돌리노를 보았다. 바우돌리노는 그냥 보기에도 꼭 저 세상에서 살아 돌아온 사람같이 무시무시했다. 그 순간 조시모스는 자기를 기다리는 게 불확실한 지옥의 불길이 아니라 과거에 자기에게 희생된 사람의 확실한 복수라는 것을 분명히 알게 되었다.

「우리 군주를 도와주기 위한 것이었네.」 조시모스가 서둘러 말했다. 「그리고 자네에게도 도움이 되었을 걸세. 내가 자네 편지를 더 훌륭하게 고쳐서 돌렸으니까. 자네는 절대 그렇게 고칠 수 없었을 거야……」 바우돌리노가 말했다. 「조시모스, 절대 악감정으로 그러는 게 아니라 만약 하느님께서 시키시는 대로 하자면 네 엉덩이를 부숴 놓아야 할 거다. 하지만 그렇게 하자면 힘이 들 테니, 네 눈으로 보다시피 내가 참는다.」 그리고 그를 손등으로 후려쳐서 머리가 저절로 두어 번 돌아가게 만들었다.

「난 바실레우스의 사람이다. 너희들에게 분명히 말하는데, 만약 내 수염 하나라도 건드렸다가는……」 시인이 그의 머리채를 움켜쥐고 아직도 대야의 가장자리에서 타고 있는 불길 곁으로 그의 얼굴을 갖다 댔다. 그러자 조시모스의 수염에서 연기가 나기 시작했다.

「너희들은 미쳤어.」 조시모스가 그사이 그의 두 팔을 잡아 등 뒤로 돌려 비틀고 있는 압둘과 키오트의 손아귀에서 벗어 나려고 애쓰면서 말했다. 그러자 바우돌리노가 한 손으로 그의 목덜미를 쳐서 그를 대야로 밀어붙였다. 대야에 머리가 거꾸로 처박혀 수염에 붙은 불이 꺼졌다. 그리고 그 비열한 인간이 대야에서 고개를 쳐들지 못하게 막자 이제 조시모스는 불이 아니라 물을 걱정하기 시작했다. 그가 걱정을 하면 할수록 물을 더 많이 들이켜게 되었다.

「네가 만들어 내는 물거품을 보고 예언을 하나 알게 되었다.」 바우돌리노가 그의 머리를 끌어올리면서 침착하게 말했다. 「넌 오늘 밤 수염이 타서 죽는 게 아니라 발이 타서 죽게 될 것이다.」

「바우돌리노.」 조시모스가 물을 토해 내면서 흐느껴 울었다. 「바우돌리노, 자네와 난 항상 마음이 맞았나…….기침 좀 하게 내버려 두게나, 제발 부탁이네, 난 달아날 수가 없어. 자네들이 원하는 게 뭔가? 한 사람에게 이렇게 많은 사람이 달려들다니, 자네들은 동정심도 없나? 이보게 바우돌리노, 난 자네가 내가 이렇게 힘이 없는 순간에 복수를 하고 싶어하지 않는다는 것을 알고 있네. 자네는 자네의 요한 사제의 땅에 갈 수 있어. 그곳에 갈 수 있게 해줄 정확한 지도를 내가 가지고 있다고 말하지 않았나? 난롯불 위에 흙을 던지면 불은 꺼지는 거야.」

「그게 무슨 말이냐, 이 도둑놈아? 사설은 집어치워라!」

「말하자면 자네가 나를 죽이면 자네는 앞으로 지도를 절대 보지 못하게 된다는 말이지. 물속에서 놀던 물고기들이 종종

물 위로 뛰어 올라와서 자신들의 자연스러운 거주지를 벗어나는 경우가 있지. 난 자네를 멀리 갈 수 있게 해줄 수 있네. 정직한 남자들답게 계약을 맺도록 하세나. 자네가 나를 풀어 주게. 그러면 나는 자네를 코스마스 인디코플레우스테스의 지도가 있는 곳으로 데려가 주겠네. 요한 사제의 왕국과 내 목숨을 바꾸는 걸세. 좋은 거래 같지 않은가?」

「너를 죽여 버리고 싶다.」 바우돌리노가 말했다. 「하지만 지도를 손에 넣으려면 네가 살아 있어야 해.」

「지도를 가진 다음에는?」

「그 다음에는 우리를 여기서 멀리 데려다 줄 안전한 배를 구할 때까지 너를 잘 묶어서 카펫에 둘둘 말아 둘 것이다. 배를 구한 다음에야 카펫을 펼칠 게야. 만약 우리가 너를 금방 풀어 주었다가는 곧 도시의 자객이란 자객은 다 보내서 우리를 추적할 수 있을 테니까.」

「그런데 카펫을 물속에서 풀면······.」

「집어치워, 우린 살인자들이 아니야. 그 후에 널 죽일 거면 지금 여기서 너를 손으로 때리지 않을 게야. 하지만 보라고, 달리 더 어떻게 해야 할지 모르기 때문에 이렇게 해서라도 분풀이를 하는 거야.」 그러더니 침착하게 먼저 손바닥으로 조시모스의 뺨을 한번 쳤다. 그리고 다시 한번 두 손을 번갈아 가며 쳤다. 뺨을 한번 쳤을 때 조시모스의 머리가 왼쪽으로 돌아갔고 다시 한번 치자 오른쪽으로 돌아갔다. 두 번은 손바닥으로, 또 두 번은 쫙 편 손가락으로, 다시 두 번은 손등으로, 두 번은 손날로, 두 번은 주먹을 쥐고, 조시모스가 보라색이 되고 바우돌리노의 손목이 거의 탈골이 될 때까지 쳤다. 그리고 나서 말했다. 「이제 내가 아프군. 그만 해야겠어.

지도를 보러 가자.」

키오트와 압둘이 조시모스의 양팔을 붙잡아 그를 끌고 갔다. 조시모스가 이제 혼자서는 제대로 서 있을 수도 없었기 때문이었다. 조시모스는 떨리는 손으로 겨우 길을 가리킬 수 있을 정도였다. 그러면서 그가 중얼거렸다.「모멸을 당하고 그것을 참는 수도사는 매일 주는 물을 받는 식물 같은 거야.」

바우돌리노가 시인에게 말했다.「예전에 조시모스가 내게 가르쳐 주었는데 영혼을 가장 동요시키고 혼란시키는 것은 많은 감정 중에서도 격노가 으뜸이라는군. 하지만 격노는 영혼에 도움이 되기도 한다네. 사실 우리가 신앙이 없는 사람들과 죄인들을 구하거나 그들에게 굴욕감을 주기 위해 침착하게 분노를 사용한다면, 정의라는 목표를 향해 직진하게 될 테니, 우리의 영혼은 부드러워지게 될 거야.」라비 솔로몬이 말했다.「탈무드에서 말하듯이 인간의 모든 죄를 씻어 내는 형벌들이 있다네.」

〈하권에 계속〉

옮긴이 **이현경** 1966년 충남 논산에서 태어나 한국외국어대학교 이탈리아어과와 동대학원을 졸업했다. 이탈리아 대사관에서 주관하는 제1회 번역 문학상을 수상하였으며 현재 한국외국어대학교 이탈리아어 통번역학과 교수로 재직 중이다. 옮긴 책으로는 수산나 타마로의 『마음 가는 대로』, 에드몬도 데 아미치스의 『사랑의 학교』, 이탈로 칼비노의 『반쪼가리 자작』, 『나무 위의 남작』, 『존재하지 않는 기사』, 로베르토 칼라소의 『카드무스와 하르모니아의 결혼』, 파트리치아 캔디의 『싯다르타』, 마시모 만프레디의 『알렉산드로스』, 움베르토 에코의 『미의 역사』 등이 있다.

바우돌리노 상

발행일	2002년 4월 30일 초판 1쇄
	2022년 3월 30일 초판 22쇄
지은이	움베르토 에코
옮긴이	이현경
발행인	홍예빈 · 홍유진
발행처	주식회사 열린책들

경기도 파주시 문발로 253 파주출판도시
전화 031-955-4000 팩스 031-955-4004
www.openbooks.co.kr

Copyright (C) 주식회사 열린책들, 2002, *Printed in Korea*.
ISBN 978-89-329-0429-0 04880
ISBN 978-89-329-0428-3 (세트)